16	3	2	13
5	10	11	8
9	6	7	12
4	15	14	1

BEOWULF

e outros poemas anglo-saxônicos (séculos VIII-X)

Edição bilíngue
Prefácio de Jorge Luis Borges
Tradução do inglês antigo, posfácio e notas de Elton Medeiros

editora 34

EDITORA 34

Editora 34 Ltda.
Rua Hungria, 592 Jardim Europa CEP 01455-000
São Paulo - SP Brasil Tel/Fax (11) 3811-6777 www.editora34.com.br

Copyright © Editora 34 Ltda., 2022
Tradução, posfácio e notas © Elton Medeiros, 2022
"La *Gesta de Beowulf*", extraído de *Antiguas literaturas germánicas*,
de Jorge Luis Borges e Delia Ingenieros. Copyright © 1995, Maria Kodama

A FOTOCÓPIA DE QUALQUER FOLHA DESTE LIVRO É ILEGAL E CONFIGURA UMA
APROPRIAÇÃO INDEVIDA DOS DIREITOS INTELECTUAIS E PATRIMONIAIS DO AUTOR.

Imagem da capa:
Sutton Hoo Helmet, séculos VI-VII d.C. (detalhe)
© The Trustees of the British Museum

Capa, projeto gráfico e editoração eletrônica:
Franciosi & Malta Produção Gráfica

Tradução do prefácio de Jorge Luis Borges:
Lucas Simone

Revisão:
Lucas Simone
Alberto Martins
Beatriz de Freitas Moreira

1ª Edição - 2022

CIP - Brasil. Catalogação-na-Fonte
(Sindicato Nacional dos Editores de Livros, RJ, Brasil)

B437a Beowulf e outros poemas anglo-saxônicos
  (séculos VIII-X) / edição bilíngue; tradução do
  inglês antigo, posfácio e notas de Elton Medeiros;
  prefácio de Jorge Luis Borges — São Paulo: Editora 34,
  2022 (1ª Edição).
  368 p.

  ISBN 978-65-5525-124-1

   1. Poesia inglesa medieval - Sécs. VIII-X.
  2. História da Inglaterra - Período anglo-saxão.
  I. Medeiros, Elton. II. Borges, Jorge Luis (1899-1986).
  III. Título.

CDD - 821

Sumário

Prefácio
A *Gesta de Beowulf*, Jorge Luis Borges 9

Nota do tradutor 15

BEOWULF

Prólogo
Scyld Scefing 21

Cantos I-II
I. A linhagem dos scyldingas e a construção de Heorot 25
II. O ataque de Grendel a Heorot 29

Cantos III-IX
III. A chegada de Beowulf à Dinamarca 37
IV. Beowulf explica os propósitos de sua viagem 41
V. Beowulf chega a Heorot 45
VI. A oferta de Beowulf 49
VII. O relato de Hrothgar sobre Grendel 55
VIII. Unferth, e a disputa de Beowulf e Breca 59
IX. O banquete 63

Cantos X-XII
X. A vigília por Grendel 73
XI. Grendel ataca 77
XII. Beowulf vitorioso 83

Cantos XIII-XVIII
XIII. Comemorações em Heorot 89
XIV. Hrothgar saúda Beowulf 95

XV. Festa em Heorot e os presentes de Hrothgar 99
XVI. A batalha de Finnsburh 103
XVII. A batalha de Finnsburh — continuação............................. 109
XVIII. O descanso dos guerreiros... 113

Cantos XIX-XXIII
XIX. A mãe de Grendel.. 119
XX. O relato de Hrothgar sobre o pântano................................. 123
XXI. A expedição ao pântano... 127
XXII. Beowulf e a mãe de Grendel... 133
XXIII. Beowulf derrota a mãe de Grendel e retorna a Heorot...... 139

Cantos XXIV-XXVI
XXIV. O conselho de Hrothgar... 147
XXV. Final do conselho de Hrothgar 153
XXVI. A partida dos geatas 159

Cantos XXVII-XXXI
XXVII. A corte de Hygelac e a história de Modthryth 165
XXVIII. A recepção de Hygelac 171
XXIX. O relato de Beowulf e a história de Freawaru 175
XXX. Continuação da história de Freawaru
     e do relato de Beowulf 179
XXXI. Troca de presentes 185

Cantos XXXII-XXXV
XXXII. O roubo do tesouro.. 193
XXXIII. O ataque do dragão 199
XXXIV. O discurso de Beowulf... 205
XXXV. Continuação do discurso de Beowulf
     e o combate contra o dragão... 209

Cantos XXXVI-XLIII
XXXVI. O auxílio de Wiglaf.. 219
XXXVII. A morte do dragão... 225
XXXVIII. A morte de Beowulf.. 229
XXXIX. Wiglaf contra os desertores 233
XL. O anúncio da morte de Beowulf.. 237

XLI. Os geatas visitam o local do combate	241
XLII. Preparações fúnebres	249
XLIII. O funeral de Beowulf	255

Outros poemas anglo-saxônicos

A batalha de Finnsburh	261
Widsith	267
Deor	277
A batalha de Brunanburh	283

Posfácio
Beowulf: o rei, o guerreiro e o herói, *Elton Medeiros*	289
Glossário de nomes próprios	345
Genealogias	350
As guerras entre os suecos e os geatas	352
Cronologia da Inglaterra anglo-saxônica	354
Mapas	356
Bibliografia	358
Sobre o tradutor	367

A *Gesta de Beowulf*

Jorge Luis Borges

Composta no século VIII de nossa era, a *Gesta de Beowulf* é o monumento épico mais antigo das literaturas germânicas. Foi descoberto em 1705 e registrado em um catálogo de manuscritos anglo-saxônicos como epopeia das guerras entre daneses e suecos.[1] Essa definição errônea se deve às dificuldades da linguagem poética; no início do século XVIII, havia na Inglaterra eruditos capazes de compreender a prosa anglo-saxônica, mas não de decifrar um poema escrito na linguagem artificial que já consideramos acima.[2]

---

[1] Adotamos a terminologia "daneses", em vez do termo moderno "dinamarqueses", em primeiro lugar por ambos serem, a princípio, sinônimos históricos, e também por ser um termo comum nas traduções em língua inglesa. Em *Beowulf* eles serão chamados por diversos outros epítetos (ver o "Glossário de nomes próprios" para maiores detalhes). Durante o período da Inglaterra Anglo-Saxônica, nas fontes históricas a partir do século IX, com o aumento das levas de invasores vikings, o termo "dena", "daene" e similares serão empregados para se referir aos invasores de origem escandinava, o que no inglês moderno convencionou-se pelos termos "dane" (ou "danes", no plural) e "danish". Afirmar que os daneses históricos teriam origem de fato na região da península da Jutlândia medieval, o que corresponde à atual Dinamarca, é um pouco temerário. (N. da E.)

[2] "A *Gesta de Beowulf*" é o texto inicial de "Literatura da Inglaterra saxã", a primeira das três literaturas que Jorge Luis Borges examina em *Literaturas germánicas medievales* (Madri, Alianza Editorial, 2005, com a colaboração de María Esther Vázquez; a primeira edição da obra apareceu com o título *Antiguas literaturas germánicas*, e contou com a colaboração de Delia Ingenieros, México, Fondo de Cultura Econômica, 1951); o texto da presente edição foi traduzido para o português por Lucas Simone. Na publicação, após mencionar o gosto pela aliteração na literatura anglo-saxônica antiga (e que perdura no inglês atual), o autor escreve: "Os nomes habituais das coisas nem sempre se prestavam à obrigação de aliterar; foi preciso substituí-los por palavras compostas, e os poetas não demoraram a descobrir que estas podiam ser metáforas. Assim, no *Beowulf*, o mar é o caminho das velas, o caminho do cisne, a taça das ondas, a estrada da baleia; o sol é a candeia do mundo, a alegria do céu, a pedra preciosa do céu; a harpa é a madeira do júbilo; a espada é o resíduo dos martelos, o companheiro de luta, a luz da bata-

Atraído pela menção do catálogo, um erudito dinamarquês, Thorkelin, foi à Inglaterra em 1786 para copiar o manuscrito. Dedicou 21 anos a ele, estudando-o, transcrevendo-o e preparando-o para ser impresso, em uma tradução latina. Em 1807, a esquadra inglesa atacou Copenhague, incendiou a casa de Thorkelin e destruiu o piedoso fruto de tantos anos e de tantos afãs. Encarnada em homens violentos, em homens mais próximos de Beowulf que do editor de *Beowulf*, a paixão patriótica que levara este à Inglaterra se voltava contra ele e aniquilava seu trabalho. Thorkelin superou essa desventura e publicou em 1815 a edição *princeps* de *Beowulf*. Essa edição agora quase não tem valor, exceto pelo de curiosidade literária.

Outro dinamarquês, o pastor Grundtvig, publicou em 1820 uma nova versão do poema. Não havia então dicionários de anglo-saxão, não havia gramáticas; Grundtvig aprendeu à luz de obras em prosa e do próprio *Beowulf*. Corrigiu o texto publicado por Thorkelin e sugeriu emendas que foram confirmadas, depois, pelo manuscrito original, que ele não chegou a ver, e que provocaram, naturalmente, a ira do antigo editor. Posteriormente, apareceram muitas versões alemãs e inglesas; destas, são dignas de menção as de Clark Hall e Earle em prosa e a de William Morris em verso.

Excluídos alguns episódios secundários, a *Gesta de Beowulf* consta de duas partes, que podem ser resumidas da seguinte maneira:

Beowulf, príncipe da linhagem dos geatas, nação do sul da Suécia que alguns identificaram com os jutos e outros com os godos, chega com sua gente à corte de Hrothgar, que reina na Dinamarca. Faz doze anos — doze invernos, diz o poema — que um demônio dos pântanos, Grendel, de forma gigantesca e humana, penetra, durante as noites escuras, no salão do rei para matar e devorar os guerreiros. Grendel é da raça de Caim. Por obra de um encantamento, é invulnerável às armas. Beowulf, que tem em seu punho a força de trinta homens, promete matá-lo e espera-o, desarmado e nu, na escuridão. Os guerreiros dormem; Grendel faz um deles em pedaços, devora-o, com ossos e tudo, e bebe o sangue em grandes goles, mas, quando quer atacar Beowulf, este agarra-lhe o

---

lha; a batalha é o jogo das espadas, a tormenta de ferro; a nave é a atravessadora do mar; o dragão é a ameaça do anoitecer, o guardião do tesouro; o corpo é a morada dos ossos; a rainha é a tecelã da paz; o rei é o senhor dos anéis, o áureo amigo dos homens, o chefe de homens, o distribuidor de torrentes". (N. da E.)

braço e não o solta. Lutam, Beowulf arranca-lhe o braço, Grendel foge gritando para seu pântano. Foge para morrer; a enorme mão, o braço e o ombro ficam como troféu. Naquela noite, é festejada a vitória, mas a mãe de Grendel — "loba do mar, mulher do mar, loba do fundo do mar" — penetra no salão, mata um amigo de Hrothgar e leva o braço do filho. Beowulf segue o rastro de sangue por desfiladeiros e planaltos; chega afinal ao pântano. Na água parada, há sangue quente e serpentes e a cabeça do guerreiro. Beowulf, armado, se lança ao pântano e nada boa parte do dia até tocar o fundo. Em uma câmara submarina, sem água e com uma luz inexplicável, Beowulf combate com a bruxa, decapita-a com uma espada monumental que está pendurada na parede e logo decapita o corpo de Grendel. O sangue de Grendel derrete a lâmina da espada; Beowulf enfim ressurge do pântano com a empunhadura e a cabeça. Quatro homens levam a pesada cabeça para o salão real. Assim se conclui a primeira parte do poema.

A segunda ocorre cinquenta anos depois. Beowulf é rei dos geatas; em sua história, entra um dragão que vaga pelas noites escuras. Há três séculos, o dragão é o guardião de um tesouro; um escravo fugitivo esconde-se em sua caverna e leva um jarro de ouro. O dragão desperta, percebe o roubo e decide matar o ladrão; pouco a pouco, desce até a caverna e a examina bem. (Curiosa invenção do poeta atribuir ao aturdido dragão essa insegurança tão humana.) O dragão começa a assolar o reino. O velho rei vai até sua caverna. Ambos combatem duramente. Beowulf mata o dragão e morre envenenado por uma mordida do monstro. É enterrado; doze guerreiros cavalgam ao redor do túmulo "e lamentam sua morte, choram pelo rei, entoam sua elegia e celebram seu nome".

Esses versos do *Beowulf* foram comparados com o último verso da *Ilíada*: "Celebraram assim os funerais de Heitor, domador de cavalos".

A julgar por *Beowulf*, as cerimônias funerárias dos germânicos coincidiam com as dos hunos. Gibbon, em sua *História do declínio e queda do Império Romano*, descreve deste modo as exéquias de Átila: "Ao redor do corpo de seu rei, cavalgaram os esquadrões, cantando uma canção fúnebre em memória do herói: glorioso no decorrer de sua vida, invencível em sua morte, pai de seu povo, flagelo de seus inimigos e terror do mundo".

Outro rito funerário figura no *Beowulf*: o cadáver de um rei da Dinamarca é confiado a um navio que logo é entregue ao "poder do oceano". Continua o texto: "Nenhum homem pode dizer com certeza, nem os conselheiros no salão, nem os guerreiros sob os céus, quem recebeu aquela carga".

O germanista inglês W. P. Ker conta, na obra *Epic and Romance*, que Aristóteles reduziu a poucas linhas os 24 cantos da *Odisseia* e observa que basta reduzir a essa escala a *Gesta de Beowulf* para que sejam evidentes seus vícios de estrutura. Ker propõe este resumo irônico: "Um homem em busca de trabalho chega à casa de um rei que é incomodado por harpias e, depois de conduzir a purificação dessa casa, volta com honra a seu lar. Anos depois, o homem torna-se rei em sua terra e mata um dragão, mas morre por obra de seu veneno. Seu povo chora e o sepulta".

Ker observa que nenhuma simplificação pode eliminar a dualidade fundamental da história de Beowulf. Acrescenta que a luta com o dragão é um mero apêndice, e relembra o desdenhoso juízo de Aristóteles sobre as *Heraclidas*, cujos autores supunham que, sendo um o herói, Héracles, também era uma a fábula de seus doze trabalhos. Escreve Ker: "Matar dragões e outros monstros é a ocupação habitual dos heróis dos contos da carochinha, e é difícil dar individualidade ou dignidade ética a essas trivialidades. Isto foi conseguido, no entanto, na *Gesta de Beowulf*".

O fato é que a participação de um dragão na epopeia de *Beowulf* parece diminuí-la a nossos olhos. Cremos no leão como realidade e como símbolo, cremos no minotauro como símbolo, se não como realidade; mas o dragão é o menos afortunado dos animais fabulosos. Parece-nos infantil, contamina de infantilidade as histórias em que figura. Convém não esquecer, no entanto, que se trata de um preconceito moderno, talvez provocado pelo excesso de dragões que há nos contos de fadas. Porém, no *Apocalipse* de São João, fala-se duas vezes do "dragão, a velha serpente que é o diabo e é Satanás". Analogamente, Santo Agostinho escreve que o diabo "é leão e dragão; leão pelo ímpeto, dragão pela astúcia". Jung observa que, no dragão, estão a serpente e o pássaro, a terra e o ar.

Ker negou a unidade da *Gesta de Beowulf*. Para presumi-la, bastaria considerar o dragão, Grendel e a mãe de Grendel como símbolos ou formas do mal. A história de Beowulf seria nesse caso a de um homem que crê ter sido vencedor em uma batalha e que, depois de muitos anos, tem que travá-la outra vez, e não é vencedor. Seria a fábula de um homem que é finalmente alcançado pelo destino e de uma batalha que retorna. Grendel, filho remoto de Caim, seria de algum modo o dragão, "o horror manchado, a peste da penumbra". Essa seria a unidade negada por

Ker. Não digo que esse seja o argumento de *Beowulf*; digo que esse é o argumento que o poeta do *Beowulf* previu ou para o qual escreveu.

Há poucos argumentos possíveis; um deles é o do homem que se depara com seu destino; *Beowulf* seria uma forma rudimentar desse argumento eterno.

No mais, a sangrenta fábula de *Beowulf* é menos importante que o contexto em que ela é produzida; advertimos, como nas epopeias homéricas, que as façanhas da espada e a aniquilação dos monstros interessavam menos ao poeta que a hospitalidade, a lealdade, a cortesia e os lentos discursos retóricos. A influência da *Eneida* é notória na famosa descrição do pântano de Grendel; conjectura-se que o autor anônimo era um clérigo do reino da Nortúmbria, estimulado igualmente pela leitura latina e pelas tradições escandinavas. Como cristão, não podia nomear as divindades pagãs, mas tampouco fala do Redentor ou dos santos. Consegue, assim, talvez sem o querer, o efeito de um mundo antigo, tão antigo que é anterior às mitologias e às teologias.

Por volta de 3200 versos integram o poema, que chegou quase íntegro ao nosso tempo. Os personagens são geatas, daneses e frísios, e a ação, como dissemos, transcorre no continente. Isto é um indício de que os diversos povos germânicos tinham plena consciência de sua unidade. A gente latina era designada por eles com uma palavra hostil, que na Inglaterra serviu para os galeses (*Welsh*) e na Alemanha para os italianos e os franceses (*welsch*).

O sentimento da paisagem, tardio em outras literaturas europeias, como por exemplo na espanhola, faz uma aparição precoce no *Beowulf*.

Foi dito que é inadmissível comparar o *Beowulf* com a *Ilíada*, já que esta é um poema famoso, lido, conservado e venerado por gerações, enquanto daquele só uma cópia chegou até nós, obra do acaso. Os que pensam assim alegam que o *Beowulf* é talvez uma de muitas epopeias anglo-saxônicas. George Sainsbury não rechaça a possibilidade de que tenham existido tais epopeias, mas observa que estas têm agora a desvantagem de não existir.

O fragmento de *Finnsburh*

Contemporâneo do *Beowulf*, segundo os filólogos, é o fragmento épico de *Finnsburh*, que abarca uns cinquenta versos e refere-se a um episódio da trágica história de Hildeburh, princesa da Dinamarca, cujo marido, rei dos frísios, mata o irmão, que matara um de seus filhos. (Outro fragmento da história figura no *Beowulf*, onde é cantado por um trovador.)[3]

É noite: os guerreiros daneses, hospedados no castelo de Finn, veem uma misteriosa claridade, que é na verdade a luz da lua cheia que se reflete nos escudos e nas espadas daqueles que os rodeiam para matá-los. "Não está queimando o telhado — falou o jovem rei guerreiro —, nem é o amanhecer do leste, nem um dragão voando para cá, nem o telhado deste salão em chamas." O recinto tem duas portas, que os daneses defendem com valor; os guerreiros, antes de combater, declaram quem são: "Sigeferth é meu nome — ele disse —, sou um homem dos secgan, um guerreiro conhecido por toda parte; passei por muitos conflitos, duras batalhas". Cinco dias dura o combate; "as espadas continuaram a brilhar, como se toda a fortaleza estivesse em chamas". A menção às águias, aos corvos e ao lobo cinza, típicas das epopeias germânicas, figura neste fragmento.

O estilo, muito menos retórico e mais direto que o de *Beowulf*, parece corresponder a outra tradição, e voltaremos a encontrá-lo, séculos depois, na famosa *Batalha de Maldon*.

---

[3] Ver os cantos XVI e XVII de *Beowulf*, e o poema *A batalha de Finnsburh* na seção "Outros poemas anglo-saxônicos", pp. 261-5 deste volume. (N. da E.)

Nota do tradutor

Elton Medeiros

Quando Beowulf chega às margens do lago assombrado, no pântano lúgubre que existe nas proximidades do salão do rei Hrothgar, ele se prepara e, sem grandes rodeios, mergulha nas águas sombrias em busca dos monstros e dos desafios que o aguardam. Aos leitores que, a exemplo do herói, sem maior hesitação, desejarem se aventurar neste livro diretamente pela leitura do poema, se fazem necessárias algumas breves explicações.

Beowulf é uma das obras mais antigas da história da língua inglesa e o mais longo poema do período anglo-saxônico da Inglaterra (séculos V-XI). Nele, é narrada a história do herói homônimo, desde a juventude — quando ele viaja até a corte do rei Hrothgar dos daneses para ajudá-lo a se livrar de monstros que aterrorizam seu povo há anos — até a velhice, quando Beowulf, rei de seu próprio povo, sobrevivente de diversas batalhas, enfrenta por fim a fúria de um dragão que decide atacar seu reino. Na obra, estão refletidas diversas características, reais e imaginárias, de um mundo medieval às margens do Mar do Norte, de uma época em que a Inglaterra ainda estava dividida em diversos reinos, e a Escandinávia havia apenas iniciado sua cristianização. Um período no limiar entre as antigas lendas orais do passado germânico — com suas armas mágicas, monstros devoradores de homens, gigantes e heróis de força sobre-humana — e a nova cultura cristã letrada. Um mundo mítico, rústico, sombrio, anterior ao cenário cavaleiresco mais amplamente conhecido das lendas do rei Artur e da Távola Redonda.

A tradução que aqui se encontra — bem como os comentários e notas que a acompanham — nasceu de um longo e meticuloso trabalho de quase uma década, inicialmente fruto de uma pesquisa de pós-graduação na Faculdade de Filosofia, Letras e Ciências Humanas da Universidade de São Paulo. Desta forma, houve uma busca cuidadosa por trabalhos consagrados na tradição de estudos sobre *Beowulf*, assim como pelas pesquisas internacionais mais recentes sobre o assunto, com o objetivo de produzir uma obra o mais abrangente possível, em língua portuguesa, sobre o poema, útil tanto àqueles que buscam simplesmente conhecer a obra quanto àqueles que pretendem estudá-la em detalhes.

Com o intuito de tornar o texto mais acessível ao leitor brasileiro, optou-se por verter *Beowulf* para o português na forma de prosa, diferentemente de seu formato original, em verso. Além disso, seguindo o exemplo de consagradas edições em inglês, decidiu-se dar títulos a cada um dos cantos do poema como forma de auxiliar o leitor a acompanhar de forma mais clara o desenvolvimento da história. Isso possibilita uma maior compreensão da obra e da narrativa, que por vezes pode se tornar difícil, com suas hipérboles, redundâncias, digressões e, principalmente, aliterações, características da poesia heroica anglo-saxônica e do idioma original, o inglês antigo.[1] Quanto aos períodos truncados e anacolutos, optamos por mantê-los sempre que a compreensão não fica seriamente comprometida, assim mantendo a narrativa o mais próximo possível do ritmo original.

O texto original em inglês antigo que acompanha a tradução foi baseado, principalmente, nas edições de Frederick Klaeber (1922), Elliott van Kirk Dobbie (1953) e Bruce Mitchell e Fred C. Robinson (1998). No início de cada grupo de cantos, o leitor encontrará também uma breve sinopse dos principais eventos narrados pelo texto. Sua função é auxiliar o leitor a ter em mente o desenvolvimento das ações e das personagens ao longo da narrativa. Ao final do livro, entre outras informações adicionais, encontra-se uma lista de nomes próprios, com a remissão a todas as ocorrências no poema, além de um conjunto de outros poemas do mesmo período anglo-saxônico vinculados de alguma maneira a *Beowulf* — seja por sua temática, seja pela ocorrência de personagens em comum —, um guia de pronúncia do inglês antigo e uma bibliografia que pode se revelar de grande utilidade para aqueles que queiram se aprofundar nas questões em torno de *Beowulf*.

---

[1] Na poesia heroica anglo-saxônica, a sonoridade das palavras dentro de uma mesma linha do poema deveria combinar, e quando isso não era possível criava-se um *kenning*: uma palavra ou expressão com a sonoridade necessária, mas cujo significado remetia a uma palavra que, devido às regras de aliteração, não era possível usar naquele momento (por exemplo: em vez de dizer "o mar" ou "o oceano", dizer "o caminho do cisne"; no lugar de "exército" ou "tropa", dizer "a floresta de lanças". Ver, a propósito, a nota 2 do texto "A *Gesta de Beowulf*", de Jorge Luis Borges, à p. 9.

form
BEOWULF

Prólogo e Cantos I-II

O poema começa com o relato da origem de Scyld Scefing, o lendário fundador da dinastia real danesa; sobre seu glorioso reinado e seu magnífico funeral cheio de riquezas num barco que é enviado ao mar. Sua descendência é descrita até o rei Hrothgar, que manda construir um grande salão de nome Heorot, onde realiza banquetes e distribui riquezas entre os homens. Entretanto, desde o princípio, tal salão é vigiado por um monstro, Grendel, que, enfurecido devido aos sons dos festejos diários no salão, decide ir até lá e acabar com a alegria de seus habitantes. Durante a noite, enquanto todos dormem, ele realiza um ataque-surpresa e mata trinta homens de uma única vez. Ele repete o ataque noite após noite, durante doze anos. O terror se instala no salão e arredores. Hrothgar é assolado pela tristeza e pela angústia, uma vez que seus conselheiros não conseguem encontrar uma solução para o problema, e seus guerreiros são incapazes de enfrentar Grendel.

Hwæt! We Gardena   in geardagum
þeodcyninga   þrym gefrunon
hu ða æþelingas   ellen fremedon.
Oft Scyld Scefing   sceaþena þreatum
monegum mægþum   meodosetla ofteah   5
egsode eorlas   syððan ærest wearð
feasceaft funden.   He þæs frofre gebad
weox under wolcnum   weorðmyndum þah
oðþæt him æghwylc   þara ymbsittendra
ofer hronrade   hyran scolde   10
gomban gyldan.   Þæt wæs god cyning.
Ðæm eafera wæs   æfter cenned
geong in geardum   þone god sende
folce to frofre   fyrenðearfe ongeat
þæt hie ær drugon   aldorlease   15
lange hwile.   Him þæs liffrea
wuldres wealdend   woroldare forgeaf
Beowulf wæs breme   — blæd wide sprang —
Scyldes eafera,   Scedelandum in.
Swa sceal geong guma   gode gewyrcean   20
fromum feohgiftum   on fæder bearme
þæt hine on ylde   eft gewunigen
wilgesiþas   þonne wig cume
leode gelæsten   lofdædum sceal
in mægþa gehwære   man geþeon.   25
Him ða Scyld gewat   to gescæphwile
felahror feran   on frean wære.
Hi hyne þa ætbæron   to brimes faroðe
swæse gesiþas   swa he selfa bæd
þenden wordum weold   wine Scyldinga   30

Prólogo

Scyld Scefing[1]

Escutem! Ouvimos falar da glória dos guerreiros daneses dos dias de outrora, dos reis de sua tribo, de como aqueles príncipes realizaram feitos de coragem! Por diversas vezes, Scyld Scefing[2] tomou os salões de hidromel[3] que pertenciam a tropas inimigas de muitas tribos, aterrorizou guerreiros, ainda que no início se encontrasse sozinho. Para isso, ele obteve auxílio e cresceu sob os céus, prosperou com grande honra, até que cada uma das nações ao longo da costa — além do caminho da baleia[4] — tivesse se submetido e pagasse tributo. Aquele foi um bom rei! Veio-lhe depois um filho, jovem na corte, que Deus enviou para confortar o povo. Um grande sofrimento abatia-lhes por terem permanecido sem um líder durante tanto tempo. O Senhor da vida, o Regente da glória, concedeu-lhe grande renome: Beowulf,[5] o filho de Scyld, foi famoso, e seu nome se espalhou ao longe por todas as terras do norte. Assim deve ser um homem jovem, de boas ações, generoso com presentes na casa de seu pai, para que, ao envelhecer, ainda estejam ao seu lado seus caros com-

---

[1] No manuscrito original, não constam os títulos de cada uma das partes do poema, apenas as numerações em algarismos romanos (os *fitts*). Tais títulos foram incluídos na atual tradução para facilitar a compreensão e a consulta do texto.

[2] Seu nome significa "Scyld, filho de Scef". A origem misteriosa de Scyld, oriundo de terras desconhecidas além-mar e devolvido a elas, é fonte de grandes especulações e interpretações na tradição de estudos sobre o poema.

[3] Sobre os "salões de hidromel", seu simbolismo e importância, ver mais informações na seção "O universo de *Beowulf*", no Posfácio a este volume.

[4] No original, *hronrade*: "o caminho da baleia", ou seja, o mar.

[5] Este não é o herói homônimo do poema, mas sim um rei dos daneses, da linhagem dos scyldingas. Alguns estudiosos costumam traduzi-lo também como "Beow", para diferenciá-lo do herói principal.

leof landfruma   lange ahte.
Þær æt hyðe stod   hringedstefna
isig ond utfus   æþelinges fær
aledon þa   leofne þeoden
beaga bryttan   on bearm scipes 35
mærne be mæste.   Þær wæs madma fela
of feorwegum   frætwa gelæded
ne hyrde ic cymlicor   ceol gegyrwan
hildewæpnum   ond heaðowædum
billum ond byrnum.   Him on bearme læg 40
madma mænigo   þa him mid scoldon
on flodes æht   feor gewitan.
Nalæs hi hine læssan   lacum teodan —
þeodgestreonum —   þon þa dydon
þe hine æt frumsceafte   forð onsendon 45
ænne ofer yðe   umborwesende.
Þa gyt hie him asetton   segen gyldenne
heah ofer heafod   leton holm beran
geafon on garsecg   him wæs geomor sefa
murnende mod.   Men ne cunnon 50
secgan to soðe   selerædende
hæleð under heofenum   hwa þæm hlæste onfeng.

panheiros, e para que, quando a guerra chegar, o povo o sirva. Comportamento tão admirável faz com que o homem seja próspero em qualquer lugar.

Scyld então partiu, quando sua hora chegou — ainda cheio de vigor —, para junto dos cuidados do Senhor. Eles, seus companheiros mais próximos, o carregaram para a beira do mar, assim como ele, o senhor dos scyldingas,[6] havia ordenado enquanto ainda podia dar ordens, o amado chefe que havia governado por tanto tempo. Na costa estava, de proa curvada, coberta de gelo e pronta para zarpar, a embarcação de um príncipe; deitaram seu amado rei doador de anéis no fundo da embarcação, grandiosa com seu mastro. Lá, havia muitos tesouros, ornamentos que foram trazidos de terras distantes. Nunca ouvi falar de barco carregado com melhores utensílios de guerra, trajes de batalha, espadas e cotas de malha. Sobre seu peito, foram colocados diversos tesouros, que seriam levados para longe pela força da correnteza. Não menores foram os presentes que lhe ofertaram — o tesouro do povo — do que aqueles que foram dados pelos que, no início, o mandaram embora, lançando-o sozinho através das ondas, quando criança.[7] Ergueram-lhe, então, um estandarte dourado sobre a cabeça e deixaram-no seguir com as ondas, entregando-o ao mar com tristeza em seus corações, pesarosos em seus pensamentos. Nenhum homem pode dizer ao certo, nem os conselheiros no salão, nem os guerreiros sob os céus, quem recebeu aquela carga.

---

[6] *Scyldingas*: "o povo de Scyld", os daneses.

[7] A famosa história das origens lendárias de Scyld Scefing, que teria chegado à costa danesa quando criança, sozinho, vindo de um local desconhecido além-mar.

I

Ða wæs on burgum   Beowulf Scyldinga
leof leodcyning   longe þrage
folcum gefræge   fæder ellor hwearf   55
aldor of earde   oþ þæt him eft onwoc
heah Healfdene   heold þenden lifde
gamol ond guðreouw   glæde Scyldingas.
Ðæm feower bearn   forðgerimed
in worold wocun   weoroda ræswan: 60
Heorogar ond Hroðgar   ond Halga til
hyrde ic þæt   [...]elan cwen
Heaðo-Scilfingas   healsgebedda.
Þa wæs Hroðgare   heresped gyfen
wiges weorðmynd   þæt him his winemagas   65
georne hyrdon   oðð þæt seo geogoð geweox
magodriht micel.   Him on mod bearn
þæt healreced   hatan wolde
medoærn micel   men gewyrcean
þonne yldo bearn   æfre gefrunon   70
ond þær on innan   eall gedælan
geongum ond ealdum   swylc him god sealde
buton folcscare   ond feorum gumena.
Ða ic wide gefrægn   weorc gebannan
manigre mægþe   geond þisne middangeard   75
folcstede frætwan.   Him on fyrste gelomp
ædre mid yldum   þæt hit wearð ealgearo
healærna mæst   scop him Heort naman
se þe his wordes geweald   wide hæfde
he beot ne aleh   beagas dælde   80
sinc æt symle.   Sele hlifade
heah ond horngeap   heaðowylma bad

I

A linhagem dos scyldingas e a construção de Heorot

Assim, o adorado soberano, Beowulf dos scyldingas, era, em sua fortaleza, há muito tempo famoso entre seu povo. Após a morte de seu pai, tornou-se senhor da terra, e da mesma forma teve também ele um filho — o grande Healfdene —, que, enquanto viveu, velho e vigoroso em batalha, gloriosamente governou os scyldingas. Dele, vieram ao todo quatro filhos, que para o mundo despertaram daquele líder de exércitos: Heorogar, e Hrothgar, e o bom Halga; também ouvi que Yrse foi a rainha de Onela,[8] consorte do guerreiro dos scylfingas.

A Hrothgar foi concedida a vitória em batalha, grande honra em guerra, o que fez seus nobres companheiros o servirem lealmente, enquanto os mais jovens cresciam, formando um poderoso exército. Veio-lhe à mente ordenar que fosse erguido um grandioso salão de hidromel, a ser construído pelo povo, a respeito do qual os filhos dos homens ouviriam para sempre, e, lá dentro dele, iria partilhar com os jovens e os velhos aquilo que Deus lhe dera, exceto as terras comuns e as vidas dos homens.[9] Então, ouvi que o trabalho foi ordenado a muitas pessoas, por toda parte desta terra média,[10] para que adornassem a habitação. No

---

[8] Há um nome faltando no manuscrito. A partir de outras fontes supõe-se que o nome deva ser "Yrse" ou "Úrsula". O rei Onela aparecerá novamente na narrativa, causando muitos problemas para o povo do herói Beowulf.

[9] Não é claro o que o poema quer dizer com as palavras *feorum gumena*. Uma possibilidade seria que ele estaria se referindo às vidas dos homens e suas almas, pois essas pertenceriam apenas a Deus, o que estaria de pleno acordo com a passagem logo anterior, sobre as dádivas divinas. Contudo, também é possível traduzir este trecho como "os corpos dos homens", o que nos levaria a uma interpretação relacionada à posse de servos e escravos.

[10] No original, *middangeard*: "terra média", o mundo. Esta palavra é uma reminiscência do passado germânico, sendo o equivalente à *miðgarðr* dos nórdicos, presente nas *Eddas*. A "Terra Média" do passado mitológico germânico seria o mundo dos homens, abaixo do mundo dos deuses *aesires* e *vanires* e acima do mundo das sombras e da

laðan liges   ne wæs hit lenge þa gen
þæt se ecghete   aþumsweoran
æfter wælniðe   wæcnan scolde.
Ða se ellengæst   earfoðlice
þrage geþolode   se þe in þystrum bad
þæt he dogora gehwam   dream gehyrde
hludne in healle   þær wæs hearpan sweg
swutol sang scopes.   Sægde se þe cuþe
frumsceaft fira   feorran reccan
cwæð þæt se ælmihtiga   eorðan worhte
wlitebeorhtne wang   swa wæter bebugeð
gesette sigehreþig   sunnan ond monan
leoman to leohte   landbuendum
ond gefrætwade   foldan sceatas
leomum ond leafum   lif eac gesceop
cynna gehwylcum   þara ðe cwice hwyrfaþ.
Swa ða drihtguman   dreamum lifdon
eadiglice   oððæt an ongan
fyrene fremman   feond on helle
wæs se grimma gæst   Grendel haten
mære mearcstapa   se þe moras heold
fen ond fæsten   fifelcynnes eard
wonsæli wer   weardode hwile
siþðan him scyppend   forscrifen hæfde
in Caines cynne   þone cwealm gewræc
ece drihten   þæs þe he Abel slog
ne gefeah he þære fæhðe   ac he hine feor forwræc,
metod for þy mane   mancynne fram.
Þanon untydras   ealle onwocon
eotenas ond ylfe   ond orcneas
swylce gigantas   þa wið gode wunnon
lange þrage   he him ðæs lean forgeald.

tempo esperado por eles, rapidamente veio a ser construído pelos homens o mais grandioso dos salões. Foi nomeado Heorot, por aquele cuja palavra tem força por toda parte;[11] ele não quebrou sua promessa, distribuiu anéis e tesouros durante os banquetes. O imponente salão, grandioso e com frontão de chifres, aguardava as chamas da guerra, o incêndio maligno; ainda não havia chegado o tempo quando o ódio da espada entre homens juramentados,[12] em fúria assassina, deveria se levantar.

Então, o grande monstro suportava miseravelmente o passar do tempo; nas trevas, aguardava por cada dia em que escutava a alegria ruidosa no salão. Lá, havia o som da harpa, o claro canto do poeta.[13] Ele falou a quem pudesse da origem dos homens de há muito tempo, contou como o Todo-Poderoso criou o mundo, esta resplandecente planície cercada pelas águas, e, em Seu vitorioso esplendor, fez do Sol e da Lua luzes brilhantes para os que habitam a terra, e adornou os cantões da terra com galhos e folhas; também criou a vida em cada um dos seres que se movem. Assim, os guerreiros do líder viveram alegremente, felizes, até que alguém começou a perpetrar o mal: um inimigo oriundo do inferno. Tal espírito detestável se chamava Grendel, conhecido andarilho dos ermos. Ele guardava os pântanos, alagadiços e charcos. Em terra de raça monstruosa ele viveu por tempos, o ser infeliz, uma vez que o Criador condenara-o a ser da raça de Caim — desde quando o Senhor Eterno vingou o assassinato de Abel;[14] ele[15] não teve nenhuma alegria com tal hostilidade, pois, por este crime, foi banido para longe, por Deus, da presença de outros homens. Dele, originou-se toda uma prole maligna: gigantes, e elfos, e espíritos maléficos, e também aqueles gigantes que lutaram contra Deus há muito tempo; Ele lhes deu o que era merecido.

---

morte. No contexto cristão, ela continua a ser o "mundo do meio", abaixo do reino celeste de Deus e acima do Inferno.

[11] O rei.

[12] Homens que estabeleceram votos entre si, neste caso se referindo a sogro e genro. O salão de Heorot está predestinado a ser destruído na batalha entre Hrothgar e seu genro Ingeld. Tal conflito estaria previsto também nos versos 2024-69.

[13] *Scop* é a palavra em inglês antigo para poeta e compositor. Ao longo do poema a figura do poeta aparecerá por diversas vezes.

[14] A história bíblica de Caim e Abel em Gênesis 4, 1-16.

[15] Caim.

Canto I

II

Gewat ða neosian   syþðan niht becom 115
hean huses   hu hit Hring-Dene
æfter beorþege   gebun hæfdon.
Fand þa ðær inne   æþelinga gedriht
swefan æfter symble   sorge ne cuðon
wonsceaft wera.   Wiht unhælo 120
grim ond grædig   gearo sona wæs
reoc ond reþe   ond on ræste genam
þritig þegna   þanon eft gewat
huðe hremig   to ham faran
mid þære wælfylle   wica neosan. 125
Ða wæs on uhtan   mid ærdæge
Grendles guðcræft   gumum undyrne
þa wæs æfter wiste   wop up ahafen
micel morgensweg.   Mære þeoden
æþeling ærgod,   unbliðe sæt 130
þolode ðryðswyð   þegnsorge dreah
syðþan hie þæs laðan   last sceawedon
wergan gastes   wæs þæt gewin to strang
lað ond longsum.   Nas hit lengra fyrst
ac ymb ane niht   eft gefremede 135
morðbeala mare   ond no mearn fore
fæhðe ond fyrene   wæs to fæst on þam.
Þa wæs eaðfynde   þe him elles hwær
gerumlicor   ræste sohte
bed æfter burum   ða him gebeacnod wæs 140
gesægd soðlice   sweotolan tacne
healðegnes hete   heold hyne syðþan
fyr ond fæstor   se þæm feonde ætwand.
Swa rixode   ond wið rihte wan

II

O ataque de Grendel a Heorot

Ele, então, foi à busca — assim que a noite veio — do ilustre salão, para ver como os daneses estavam após terem bebido. Lá dentro, encontrou uma companhia de nobres que dormiam após o banquete; eles desconheciam a tristeza e o sofrimento dos homens. A criatura maldita, horrível e cobiçosa estava preparada e, de forma selvagem e violenta, arrancou de seu repouso trinta guerreiros.[16] Feito isso, retornou, exultante com o butim, buscando seu covil, com aquela abundância de cadáveres. Foi na aurora, com o amanhecer, que o ataque de Grendel foi revelado aos homens; então, após o banquete, um choro se ergueu, um grande lamento pela manhã. O poderoso chefe, o velho e bom príncipe, sentou-se cheio de tristeza, lamentando enormemente e suportando o sofrimento de seus guerreiros, tendo encontrado a trilha do inimigo, do espírito maldito. Aquele foi um golpe muito forte, abominável e duradouro. Não levou muito tempo, pois já na noite seguinte ele retornou, causando grande matança e sem nenhum arrependimento; hostilidade e violência estavam atreladas a ele. Era, então, fácil achar aqueles que, por toda parte, naquelas cercanias, procuravam descanso e abrigo em fortalezas[17] — isto ocorria graças ao relato, claro e verdadeiro, dos sinais de ódio contra os

---

[16] No original, *þegn* (no inglês moderno "thane"), guerreiro pertencente à aristocracia; serve ao rei, a um outro nobre ou líder. Sua presença é constante na poesia de fundo germânico como parte do bando de guerreiros que cercam e protegem seu líder, capazes de morrer para vingar sua morte. A tradução por "guerreiro", "nobre" ou "herói" deve-se primeiramente ao fato de não termos uma palavra equivalente em nosso idioma, e porque tais termos são os que mais se aproximam da imagem poética que essas personagens representam na narrativa. É anacrônica a utilização de outros termos hierárquicos medievais posteriores ao período da Inglaterra anglo-saxônica (como "cavaleiros" ou "barões").

[17] Podemos interpretar que o salão de Hrothgar era cercado por outras construções menores, incluindo dormitórios para as mulheres (vv. 662-5). Sob condições normais os homens teriam o costume de dormir juntos no salão, prontos para a batalha (vv. 1239-

ana wið eallum   oðþæt idel stod 145
husa selest.   Wæs seo hwil micel
twelf wintra tid   torn geþolode
wine Scyldenda   weana gehwelcne
sidra sorga   forðam secgum wearð
ylda bearnum   undyrne cuð 150
gyddum geomore   þætte Grendel wan
hwile wið Hroþgar   heteniðas wæg
fyrene ond fæhðe   fela missera
singale sæce   sibbe ne wolde
wið manna hwone   mægenes Deniga 155
feorhbealo feorran   fea þingian
ne þær nænig witena   wenan þorfte
beorhtre bote   to banan folmum
ac se æglæca   ehtende wæs
deorc deaþscua   duguþe ond geogoþe 160
seomade ond syrede   sinnihte heold
mistige moras   men ne cunnon
hwyder helrunan   hwyrftum scriþað.
Swa fela fyrena   feond mancynnes
atol angengea   oft gefremede 165
heardra hynða.   Heorot eardode
sincfage sel   sweartum nihtum
no he þone gifstol   gretan moste
maþðum for metode   ne his myne wisse.
Þæt wæs wræc micel   wine Scyldinga 170
modes brecða.   Monig oft gesæt
rice to rune   ræd eahtedon
hwæt swiðferhðum   selest wære
wið færgryrum   to gefremmanne.
Hwilum hie geheton   æt hærgtrafum 175
wigweorþunga   wordum bædon
þæt him gastbona   geoce gefremede
wið þeodþreaum   swylc wæs þeaw hyra
hæþenra hyht   helle gemundon
in modsefan   metod hie ne cuþon 180
dæda demend   ne wiston hie drihten god
ne hie huru heofena helm   herian ne cuþon

guerreiros no salão —, mantendo, desta forma, distantes aqueles que fugiam do demônio. Assim, prevaleceu e lutou contra o que era bom — sozinho contra todos —, até que o melhor dos salões ficou vazio. Foi assim, por um longo tempo, durante doze invernos, que, em sofrimento, o senhor dos scyldingas suportou todo tipo de infortúnio, uma grande tristeza. Ainda foi dito e revelado, para que os filhos dos homens soubessem em dolorosas canções, que, levado pelo ódio, Grendel lutou contra Hrothgar por muito tempo. Crimes e atrocidades por muitos anos. Uma guerra contínua. Não desejava a paz com qualquer um dos homens da hoste danesa. Para cessar a matança, decidiram pagar a ele, mas de nenhum dos conselheiros puderam esperar uma brilhante quantia para as tais garras assassinas,[18] pois o inimigo era um perseguidor — escura sombra da morte —, que, escondido, aguardou e emboscou veteranos e jovens guerreiros e, na noite profunda, governou os nebulosos pântanos. Os homens não sabiam por onde o monstro demoníaco rondava.[19]

E, assim, o inimigo dos homens causou muito sofrimento, o terrível andarilho solitário, sempre realizando grande injúria. Nas noites escuras,

---

50). Mas isso mudou com os ataques de Grendel, que fez com que as pessoas fugissem dos arredores de Heorot, buscando lugares mais seguros.

[18] Tanto o costume germânico quanto a lei anglo-saxônica permitiam que um assassinato fosse remediado com a família da vítima por meio de uma compensação em dinheiro, o *wergild*. O valor pago variava dependendo da posição social da vítima. Aqui, os daneses se deparam com o problema de não poder estipular um preço para que Grendel cesse os ataques, uma vez que ele não faz parte da sociedade, por não ser um homem, e sim uma criatura monstruosa.

[19] Grendel, sua mãe, o dragão, assim como outros seres que aparecem em outras narrativas da literatura em inglês antigo são tratados em nossa atualidade como "monstros". Contudo, é importante ressaltar a natureza dessas criaturas. O conceito e o termo "monstro" não existe em inglês antigo. Foi introduzido na Inglaterra apenas no século XIV através do francês *monstre*. O termo que comumente se traduz por "monstro" a partir do inglês antigo é *aglæca*. Ele é atribuído a Grendel (vv. 159, 425, 433, 592, 646, 732, 739, 816, 989, 1000, 1269), à mãe de Grendel (v. 1259), ao dragão (vv. 2520, 2534, 2557, 2905) e aos monstros marinhos (v. 556). Entretanto, ele também é atribuído aos heróis Sigemund (v. 893) e Beowulf (vv. 1512, 2592). *Aglæca*, portanto, não é um equivalente ao conceito tradicional de "monstros", mas um termo que se refere a seres que causam espanto por sua natureza miraculosa, sobrenatural — sejam eles humanos ou feras. Grendel, sua mãe e o dragão são monstros não por serem *aglæca*, mas por saírem das sombras e invadirem a sociedade humana e realizarem atos contra a estrutura da ordem estabelecida por Deus, ameaçando a existência da civilização.

wuldres waldend.   Wa bið þæm ðe sceal
þurh sliðne nið   sawle bescufan
in fyres fæþm   frofre ne wenan,
wihte gewendan.   Wel bið þæm þe mot
æfter deaðdæge   drihten secean
ond to fæder fæþmum   freoðo wilnian.

habitou em Heorot, aquele salão adornado de tesouros; não podia reverenciar o trono, uma dádiva do Criador, nem conhecia seu propósito.[20] Aquele foi um grande tormento para o senhor dos scyldingas, algo que partiu seu coração. Por diversas vezes, muitos se sentaram, poderosos em conselho, considerando os planos para que o mais valente fizesse frente à perpetuação daquele horror inesperado. Às vezes, eles faziam pedidos em templos pagãos, adoravam ídolos, diziam preces para que o destruidor de almas[21] os ajudasse contra essa calamidade. Tal era seu costume, a crença dos pagãos que mantinham a lembrança do inferno no interior de seus corações; eles desconheciam o Criador, o Juiz dos atos, eles não sabiam do Senhor Deus, nem mesmo sabiam reverenciar o Guardião Celestial, o Regente Glorioso. Infeliz deve ser aquele que, durante grande aflição, confia sua alma ao abraço do fogo. Não deve esperar nenhum conforto, nenhuma mudança. Abençoado será aquele que puder, após o dia de sua morte, buscar o Senhor e ansiar por proteção no abraço do Pai.

---

[20] Este trecho é muito controverso. Segundo Bruce Mitchell e Fred C. Robinson (*Beowulf: An Edition*, Oxford, Blackwell, 1998), uma outra tradução possível seria: "De forma alguma ele era compelido por Deus a mostrar respeito pelo trono, aquele item precioso, nem sentia amor por ele". De qualquer maneira, é de comum acordo, dentre as possíveis interpretações, que o significado dos versos é que Grendel desconhece a autoridade e a importância do poder de Deus, representado pelo trono de Hrothgar.

[21] *Gastbona*: referência ao demônio ou a algum antigo deus pagão, uma vez que eles eram considerados, pela tradição da Igreja, como demônios disfarçados.

Cantos III-IX

Quando Beowulf, sobrinho do rei Hygelac, da tribo dos geatas, fica sabendo dos feitos de Grendel, decide ir ao socorro do rei Hrothgar; trata-se de um grande guerreiro, tendo em sua mão a força de trinta homens. Ele seleciona catorze bravos guerreiros e parte para a terra dos daneses. Ao chegarem, são recepcionados pela sentinela e, assim que declaram suas intenções, são prontamente levados até Heorot. Beowulf anuncia seu nome ao guardião do salão, Wulfgar, que se retira para anunciar os recém-chegados a seu rei. Hrothgar declara que eles são bem-vindos e ordena que entrem. Beowulf saúda o rei Hrothgar e promete livrá-los do mau que os assombra. O rei prontamente aceita a oferta e convida os geatas para o banquete. Durante o banquete, um dos nobres da corte danesa, Unferth, inicia uma discussão com Beowulf a respeito de uma disputa de natação que o jovem herói dos geatas teria realizado com Breca. Após desbaratar as provocações de Unferth, Beowulf volta-se para a rainha Wealhtheow e promete cumprir com o prometido, mesmo que isso o leve à morte.

III

Swa ða mælceare   maga Healfdenes
singala seað   ne mihte snotor hæleð   190
wean onwendan   wæs þæt gewin to swyð
laþ ond longsum   þe on ða leode becom
nydwracu niþgrim   nihtbealwa mæst.
Þæt fram ham gefrægn   Higelaces þegn
god mid Geatum   Grendles dæda   195
se wæs moncynnes   mægenes strengest
on þæm dæge   þysses lifes
æþele ond eacen.   Het him yðlidan
godne gegyrwan   cwæð he guðcyning
ofer swanrade   secean wolde   200
mærne þeoden   þa him wæs manna þearf.
Ðone siðfæt him   snotere ceorlas
lythwon logon   þeah he him leof wære
hwetton higerofne   hæl sceawedon.
Hæfde se goda   Geata leoda   205
cempan gecorone   þara þe he cenoste
findan mihte   fiftyna sum
sundwudu sohte   secg wisade
lagucræftig mon   landgemyrcu.
Fyrst forð gewat   flota wæs on yðum   210
bat under beorge.   Beornas gearwe
on stefn stigon   streamas wundon
sund wið sande   secgas bæron
on bearm nacan   beorhte frætwe
guðsearo geatolic   guman ut scufon   215
weras on wilsið   wudu bundenne.
Gewat þa ofer wægholm   winde gefysed
flota famiheals   fugle gelicost
oð þæt ymb antid   oþres dogores

III

A chegada de Beowulf à Dinamarca

Assim, naqueles tempos difíceis, o filho de Healfdene pensava constantemente, mas nem o poderoso e sábio herói conseguia solucionar o problema. Aquela era uma luta muito severa, odiosa e duradoura que se abateu sobre o povo. Uma terrível agonia,[22] poderoso mal noturno.

Em seu lar, o guerreiro de Hygelac,[23] valoroso entre os geatas, ouviu falar sobre os feitos de Grendel. Ele era o de maior força entre os homens daqueles dias de suas vidas, nobre e poderoso. Ordenou que um viajante das ondas[24] adequado fosse construído. Disse que desejava buscar o rei guerreiro além do caminho do cisne[25] — aquele renomado líder —, uma vez que necessitava de homens. Para esta sua expedição, os homens sábios em nada o condenaram, apesar de ser querido por eles. Encorajaram aquele coração intrépido, tendo consultado os preságios. O grande homem do povo dos geatas escolheu campeões, aqueles dos mais bravos que pôde encontrar. O grupo dos quinze foi para o navio, um guerreiro indicou o caminho — habilidoso homem no mar — para o extremo da terra.[26] O tempo então passou. O navio estava nas ondas, o barco sob os penhascos. Os guerreiros ansiosos subiram à proa — as ondas rolavam, o mar contra a areia. Os homens carregaram para o fundo do navio brilhantes armas ornamentadas, esplêndidas armaduras. Os heróis partiram naquela desejada jornada no navio bem construído. Partiu sobre as ondas do mar, impulsionado pelo vento, o barco de rastro espumante seme-

---

[22] Aqui o poema tenta enfatizar ao máximo a situação dos scyldingas ante os ataques de Grendel. Numa tradução mais literal, *nydwracu niþgrim* seria "terrível agonia angustiante".

[23] O herói Beowulf não será citado claramente até o verso 343. Hygelac é seu tio e rei.

[24] No original, *yðlidan*: "viajante das ondas", o barco.

[25] No original, *swanrade*: "caminho do cisne", o mar.

[26] No original, *landgemyrcu*: "extremo da terra", a praia.

```
wundenstefna     gewaden hæfde                              220
þæt ða liðende    land gesawon
brimclifu blican   beorgas steape
side sænæssas    þa wæs sund liden
eoletes æt ende.   Þanon up hraðe
Wedera leode    on wang stigon                              225
sæwudu sældon   syrcan hrysedon
guðgewædo     gode þancedon
þæs þe him yþlade   eaðe wurdon.
Þa of wealle geseah   weard Scildinga
se þe holmclifu   healdan scolde                            230
beran ofer bolcan   beorhte randas
fyrdsearu fuslicu   hine fyrwyt bræc
modgehygdum    hwæt þa men wæron.
Gewat him þa to waroðe   wicge ridan
þegn Hroðgares   þrymmum cwehte                             235
mægenwudu mundum   meþelwordum frægn:
"Hwæt syndon ge   searohæbbendra
byrnum werede   þe þus brontne ceol
ofer lagustræte    lædan cwomon
hider ofer holmas?   Ic hwile wæs                           240
endesæta      ægwearde heold
þe on land Dena   laðra nænig
mid scipherge    sceðþan ne meahte.
No her cuðlicor   cuman ongunnon
lindhæbbende    ne ge leafnesword                           245
guðfremmendra   gearwe ne wisson
maga gemedu.   Næfre ic maran geseah
eorla ofer eorþan   ðonne is eower sum
secg on searwum   nis þæt seldguma
wæpnum geweorðad.   Næfre him his wlite leoge,              250
ænlic ansyn.    Nu ic eower sceal
frumcyn witan    ær ge fyr heonan
leassceaweras    on land Dena
furþur feran.    Nu ge feorbuend
mereliðende     minne gehyrað                               255
anfealdne geþoht:   ofost is selest
to gecyðanne    hwanan eowre cyme syndon".
```

lhante a um pássaro, até que na hora apropriada — no segundo dia que a proa curvada havia viajado — os navegantes avistaram aquela terra, brilhantes rochedos costeiros, altas encostas, grandes promontórios. Assim o mar foi cruzado, a viagem, terminada. Então, rapidamente os homens dos weders se ergueram.[27] Em terra desembarcaram e atracaram a madeira do mar.[28] Suas armaduras tilintavam, suas roupas de batalha. Agradeceram a Deus, que fez com que o caminho sobre as ondas fosse fácil. Então, do alto do penhasco, a sentinela dos scyldingas viu — ele que devia guardar as encostas do mar — escudos reluzentes trazidos sobre a prancha do barco, utensílios de um ávido exército. A curiosidade consumia aquela mente: quem eram aqueles homens? Ele, o guerreiro de Hrothgar, dirigiu-se até a costa, conduzindo seu cavalo, com força brandiu a poderosa lança em sua mão e, com palavras claras, perguntou:

"Quem são vocês que usam armaduras, vestidos com cotas de malha, que com sua altiva quilha assim conduziram sua chegada até aqui pelo caminho do mar sobre as águas? Por muito tempo, fui o guardião da costa e mantive a vigilância do mar, de forma que nenhum inimigo com uma frota pudesse atacar a terra dos daneses. Aqui, nunca surgiram tão abertamente portadores de escudos; decerto nem palavra para permanecer vocês receberam dos guerreiros: o consentimento de nossos homens. Nunca vislumbrei sobre a terra guerreiro tão grandioso quanto este de vocês, o homem em armadura; não é um mero companheiro de salão, honrado pelas armas. A não ser que ele minta sobre sua aparência — magnífica aparência! Agora eu devo saber sua origem, a não ser que vocês prossigam daqui como espiões, enganadores na terra dos daneses, para viajar mais adiante. Agora, vocês, oriundos de terras distantes, viajantes do mar, ouçam meu simples pensamento: é melhor com rapidez se fazerem conhecidos, uma vez que sua chegada já o é".

---

[27] "Weders" é outra denominação para o povo dos geatas; ver o "Glossário de nomes próprios" ao final do livro.

[28] No original, *sæwudu*: "madeira do mar", o barco.

IV

Him se yldesta andswarode,
werodes wisa wordhord onleac:
"We synt gumcynnes Geata leode 260
ond Higelaces heorðgeneatas.
Wæs min fæder folcum gecyþed
æþele ordfruma Ecgþeow haten
gebad wintra worn ær he on weg hwurfe
gamol of geardum hine gearwe geman 265
witena welhwylc wide geond eorþan.
We þurh holdne hige hlaford þinne
sunu Healfdenes secean cwomon
leodgebyrgean wes þu us larena god.
Habbað we to þæm mæran micel ærende 270
Deniga frean ne sceal þær dyrne sum
wesan þæs ic wene. Þu wast gif hit is
swa we soþlice secgan hyrdon
þæt mid Scyldingum sceaðona ic nat hwylc
deogol dædhata deorcum nihtum 275
eaweð þurh egsan uncuðne nið
hynðu ond hrafyl. Ic þæs Hroðgar mæg
þurh rumne sefan ræd gelæran
hu he frod ond god feond oferswyðeþ
gyf him edwenden æfre scolde 280
bealuwa bisigu bot eft cuman
ond þa cearwylmas colran wurðaþ
oððe a syþðan earfoðþrage
þreanyd þolað þenden þær wunað
on heahstede husa selest." 285
Weard maþelode ðær on wicge sæt
ombeht unforht: "Æghwæþres sceal

IV

Beowulf explica os propósitos de sua viagem

O mais velho, líder do bando, respondeu-lhe, abrindo seu tesouro de palavras:[29]

"Nós somos da linhagem do povo dos geatas e companheiros da corte de Hygelac. Meu pai era conhecido pelo povo, nobre guerreiro chamado Ecgtheow; viveu muitos invernos antes que partisse, velho em nosso lar. Ele é logo lembrado por cada um dos sábios em toda a terra. Com coração sincero, viemos buscar seu senhor, o filho de Healfdene, protetor de seu povo. Seja para nós um bom guia. Temos uma mensagem grandiosa para o ilustre senhor dos daneses. Lá, isto não deve ser um segredo, eu acredito. Você sabe — se é como nós verdadeiramente ouvimos falar — que entre os scyldingas um inimigo, que eu não sei quem é, um misterioso perseguidor das noites escuras, mostra através do terror sua estranha hostilidade, humilhação e carnificina. Assim, posso ao sábio e bondoso Hrothgar, de todo o coração, providenciar o auxílio para derrotar o inimigo. Se mudanças lhe são devidas em algum momento pelo mal causado, uma solução prontamente virá, e as fontes de tristezas se tornarão mais frias; ou para sempre, em tempos atribulados, sofrerá necessidades, enquanto permanecer no grandioso local, a melhor das moradas".

O guardião, o destemido servo, falou, sentado em seu cavalo:

"Cada um daqueles que, dos astutos portadores de escudo, pensa corretamente deveria saber a diferença entre palavras e atos. Pelo que ouvi, esta é uma tropa leal ao senhor dos scyldingas. Siga em frente portando armas e armaduras, eu os guiarei. Também mandarei meus companheiros contra qualquer inimigo de sua embarcação, o barco recém--atracado na areia, para honradamente proteger até que carregue de volta, sobre as correntes do mar, o homem querido, na madeira de proa cur-

---

[29] No original, *wordhord*: "tesouro de palavras", a boca.

scearp scyldwiga   gescad witan
worda ond worca   se þe wel þenceð.
Ic þæt gehyre   þæt þis is hold weorod   290
frean Scyldinga.   Gewitaþ forð beran
wæpen ond gewædu   ic eow wisige
swylce ic maguþegnas   mine hate
wið feonda gehwone   flotan eowerne
niwtyrwydne   nacan on sande   295
arum healdan   oþ ðæt eft byreð
ofer lagustreamas   leofne mannan
wudu wundenhals   to Wedermearce
godfremmendra   swylcum gifeþe bið
þæt þone hilderæs   hal gedigeð."   300
Gewiton him þa feran   flota stille bad
seomode on sale   sidfæþmed scip
on ancre fæst.   Eoforlic scionon
ofer hleorbergan   gehroden golde
fah ond fyrheard   ferhwearde heold.   305
Guþmod grummon   guman onetton
sigon ætsomne   oþ þæt hy sæl timbred
geatolic ond goldfah   ongyton mihton
þæt wæs foremærost   foldbuendum
receda under roderum   on þæm se rica bad,   310
lixte se leoma   ofer landa fela.
Him þa hildedeor   hof modigra
torht getæhte   þæt hie him to mihton
gegnum gangan   guðbeorna sum
wicg gewende   word æfter cwæð: 315
"Mæl is me to feran   Fæder alwalda
mid arstafum   eowic gehealde
siða gesunde!   Ic to sæ wille
wið wrað werod   wearde healdan."

vada, para as fronteiras dos weders, e aqueles de feitos nobres a quem será permitido sobreviver íntegros à batalha".

Eles seguiram em frente. A embarcação aguardou no lugar, o barco de fundo amplo permaneceu preso à âncora pela corda. Imagens de javalis[30] brilhavam sobre os elmos adornados de ouro, resplandecentes e forjados pelo fogo, mantendo a proteção da vida. Com o espírito guerreiro exaltado, os homens apressaram-se. Eles marcharam juntos até que pudessem enxergar a construção do salão esplendidamente adornado em ouro. Para os que habitam este mundo, aquela era a mais ilustre edificação sob o céu — onde o regente habitava —, reluzindo seu brilho sobre muitas terras. Aquele valente em batalha guiou-os até a corte dos bravos, para que assim eles pudessem ir diretamente. O valoroso guerreiro virou seu cavalo e, então, disse:

"É minha hora de partir. Que o Pai Todo-Poderoso com benevolência os guarde a salvo na jornada! Eu irei para o mar manter a guarda contra tropas inimigas".

---

[30] O javali era um animal sagrado na mitologia germânica devido a sua coragem e ferocidade. Sua imagem é descrita por Tácito em *Germânia* (capítulo XLV), sendo usada por guerreiros em batalha.

V

Stræt wæs stanfah   stig wisode
gumum ætgædere.   Guðbyrne scan
heard hondlocen   hringiren scir
song in searwum   þa hie to sele furðum
in hyra gryregeatwum   gangan cwomon.
Setton sæmeþe   side scyldas
rondas regnhearde   wið þæs recedes weal,
bugon þa to bence.   Byrnan hringdon
guðsearo gumena   garas stodon
sæmanna searo   samod ætgædere
æscholt ufan græg   wæs se irenþreat
wæpnum gewurþad.   Þa ðær wlonc hæleð
oretmecgas   æfter æþelum frægn:
"Hwanon ferigeað ge   fætte scyldas
græge syrcan   ond grimhelmas
heresceafta heap?   Ic eom Hroðgares
ar ond ombiht.   Ne seah ic elþeodige
þus manige men   modiglicran.
Wen' ic þæt ge for wlenco   nalles for wræcsiðum
ac for higeþrymmum   Hroðgar sohton."
Him þa ellenrof   andswarode
wlanc Wedera leod   word æfter spræc
heard under helme: "We synt Higelaces
beodgeneatas   Beowulf is min nama.
Wille ic asecgan   sunu Healfdenes
mærum þeodne   min ærende
aldre þinum   gif he us geunnan wile
þæt we hine swa godne   gretan moton."
Wulfgar maþelode   þæt wæs Wendla leod
wæs his modsefa   manegum gecyðed

V

Beowulf chega a Heorot

A estrada era pavimentada com pedras. O caminho guiou os homens reunidos. As armaduras brilhavam intensamente, os anéis de ferro, feitos à mão, cintilavam e ressoavam na armadura, quando, em seu equipamento de guerra, eles vieram marchando ao salão pela primeira vez. Sentaram-se, cansados do mar, com seus grandes escudos — as bordas maravilhosamente forjadas, contra a parede da construção —, e sentaram-se nos bancos. As armaduras tilintaram; as vestimentas de batalha dos guerreiros. As lanças permaneceram todas juntas, as armas dos homens do mar; madeira de freixo de ponta cinzenta. A tropa de ferro era honorável em armas. Então um nobre herói[31] perguntou aos guerreiros por sua origem:

"De onde vocês trazem escudos ornamentados, cotas de malha cinzenta e austeros elmos, hoste de lança? Eu sou arauto e servo de Hrothgar. Nunca vi forasteiros assim, tantos homens com espírito tão valente. Acredito que vocês, por valor, não por exílio, mas pela grandeza de seus corações, buscam por Hrothgar".

Então ele respondeu — renomado por sua coragem —, o orgulhoso príncipe dos weders; falou então palavras fortes sob o elmo:

"Nós somos companheiros de mesa de Hygelac! Beowulf é meu nome![32] Eu gostaria de dizer ao filho de Healfdene, o glorioso líder, minha

---

[31] Mais tarde identificado como Wulfgar.

[32] É consenso entre os pesquisadores do poema que boa parte dos nomes próprios ao longo da narrativa são *keenings*, indicando alguma característica da personagem. No caso de Beowulf, seu nome seria a junção de *beo* ("abelha") e *wulf* ("lobo"): "o lobo das abelhas". A figura do lobo é muitas vezes relacionada à imagem do inimigo, do adversário. Assim, poderíamos também traduzir o nome como "o inimigo das abelhas", ou seja, o urso. Beowulf seria, portanto, comparável à figura do urso, um dos animais que simbolizavam força e coragem na antiga cultura germânica. Ver Frederick Klaeber, *Beowulf and The Fight at Finnsburg*, Boston, D. C. Heath, 1950 [1922], pp. 433-41.

wig ond wisdom: "Ic þæs wine Deniga
frean Scildinga   frinan wille
beaga bryttan   swa þu bena eart,
þeoden mærne   ymb þinne sið
ond þe þa andsware   ædre gecyðan
ðe me se goda   agifan þenceð."
Hwearf þa hrædlice   þær Hroðgar sæt
eald ond anhar   mid his eorla gedriht
eode ellenrof   þæt he for eaxlum gestod
Deniga frean   cuþe he duguðe þeaw.
Wulfgar maðelode   to his winedrihtne:
"Her syndon geferede   feorran cumene
ofer geofenes begang   Geata leode
þone yldestan   oretmecgas
Beowulf nemnað.   Hy benan synt
þæt hie þeoden min   wið þe moton
wordum wrixlan   no ðu him wearne geteoh
ðinra gegncwida   glædman Hroðgar.
Hy on wiggetawum   wyrðe þinceað
eorla geæhtlan   huru se aldor deah
se þæm heaðorincum   hider wisade."

mensagem; se pudéssemos saudar o seu senhor, caso ele nos permitisse, de forma tão benevolente".

Wulfgar falou — ele era do povo dos wendels, seu caráter, valor e sabedoria eram por muitos conhecidos:

"Ao amigo dos daneses, o senhor dos scyldingas, ao doador de anéis, ao famoso líder, eu direi o que você está pedindo sobre sua expedição e a você a resposta rapidamente anunciarei; aquela que a mim o benevolente homem pensar em dar".

Então voltou rapidamente para lá, onde Hrothgar se sentava, velho e grisalho, em meio à sua companhia de guerreiros. Dirigiu-se bravamente, até ficar aos ombros do senhor dos daneses; ele conhecia os costumes dos nobres. Wulfgar falou para seu amigo e senhor:

"Cá chegaram, vindos de longe sobre o grande oceano, homens dos geatas. O líder destes guerreiros se chama Beowulf. Eles pedem para que com você, meu senhor, possam trocar palavras. Não lhes dê recusa em sua resposta, caro Hrothgar. Por seus utensílios de batalha, parecem valorosos guerreiros de respeito. O líder que os trouxe até aqui é realmente poderoso".

VI

Hroðgar maþelode   helm Scyldinga:
"Ic hine cuðe   cnihtwesende
wæs his ealdfæder   Ecgþeo haten
ðæm to ham forgeaf   Hreþel Geata
angan dohtor   is his eaforan nu   375
heard her cumen,   sohte holdne wine.
Ðonne sægdon þæt   sæliþende
þa ðe gifsceattas   Geata fyredon
þyder to þance   þæt he þritiges
manna mægencræft   on his mundgripe   380
heaþorof hæbbe.   Hine halig god
for arstafum   us onsende
to West-Denum   þæs ic wen hæbbe
wið Grendles gryre.   Ic þæm godan sceal
for his modþræce   madmas beodan.   385
Beo ðu on ofeste   hat in gan
seon sibbegedriht   samod ætgædere
gesaga him eac wordum   þæt hie sint wilcuman
Deniga leodum."
                    Word inne abead: 390
"Eow het secgan   sigedrihten min
aldor East-Dena   þæt he eower æþelu can
ond ge him syndon   ofer sæwylmas
heardhicgende   hider wilcuman.
Nu ge moton gangan   in eowrum guðgeatawum   395
under heregriman   Hroðgar geseon
lætað hildebord   her onbidan
wudu wælsceaftas   worda geþinges."
Aras þa se rica   ymb hine rinc manig
þryðlic þegna heap   sume þær bidon   400

VI

A oferta de Beowulf

Hrothgar falou, o guardião dos scyldingas:
"Eu o conheci quando era um garoto. Seu velho pai era chamado Ecgtheow, a quem em seu lar Hrethel[33] dos geatas deu sua única filha. Seu filho valente agora está aqui, buscando verdadeira amizade. Assim disseram os viajantes do mar — eles, que levaram tesouros para os geatas, em agradecimento —, que ele possui a força de trinta homens em seu aperto de mão, este famoso em batalhas. O Santo Deus enviou-o em misericórdia a nós, os daneses do oeste. Isto eu tenho esperado contra o terror de Grendel. Eu devo oferecer tesouros a este bom homem por sua coragem. Que você seja rápido! Diga para que venha ver este bando de nobres reunidos. Diga a ele também, em palavras, que são bem-vindos pelo povo danês".

Anunciou as palavras vindas de dentro:[34]

"Tenho a lhe dizer, da parte de meu vitorioso senhor, líder dos daneses do leste, que ele conhece sua linhagem e que você é para ele, sobre as ondas do mar, bravo e determinado, bem-vindo aqui! Agora vocês podem ir com seus trajes de guerra, sob suas máscaras de batalha, ver Hrothgar. Deixem aqui seus escudos e as mortais hastes de madeira, aguardando pelas palavras que virão".

Ergueu-se o líder, junto a ele muitos homens, um poderoso bando de guerreiros. Alguns deles esperaram, guardando o equipamento de guerra, como lhes ordenou o valente. Juntos se apressaram enquanto o

---

[33] Hrethel era o pai de Hygelac e avô materno de Beowulf.

[34] Não há nenhuma falha no manuscrito, mas há uma inconsistência neste verso do poema, e possivelmente alguma frase está faltando nesse trecho. Desta forma, tornou-se comum nas traduções e edições do poema complementar este trecho com a frase: *Þa to dura healle Wulfgar eode* ("Então Wulfgar foi para a porta do salão"). Ver Mitchell e Robinson, *op. cit.*, p. 61.

heaðoreaf heoldon　　swa him se hearda bebead.
Snyredon ætsomne　　þa secg wisode
under Heorotes hrof　　[...]
heard under helme　　þæt he on heoðe gestod.
Beowulf maðelode　　on him byrne scan   405
searonet seowed　　smiþes orþancum:
"Wæs þu Hroðgar hal.　　Ic eom Higelaces
mæg ond magoðegn　　hæbbe ic mærða fela
ongunnen on geogoþe.　　Me wearð Grendles þing
on minre eþeltyrf　　undyrne cuð   410
secgað sæliðend　　þæt þæs sele stande
reced selesta　　rinca gehwylcum
idel ond unnyt　　siððan æfenleoht
under heofenes hador　　beholen weorþeð.
Þa me þæt gelærdon　　leode mine   415
þa selestan　　snotere ceorlas
þeoden Hroðgar　　þæt ic þe sohte
forþan hie mægenes cræft　　mine cuþon
selfe ofersawon　　ða ic of searum cwom
fah from feondum　　þær ic fife geband   420
yðde eotena cyn　　ond on yðum slog
niceras nihtes　　nearoþearfe dreah
wræc Wedera nið　　wean ahsodon
forgrand gramum　　ond nu wið Grendel sceal
wið þam aglæcan　　ana gehegan   425
ðing wið þyrse.　　Ic þe nu ða
brego Beorht-Dena　　biddan wille
eodor Scyldinga　　anre bene:
þæt ðu me ne forwyrne　　wigendra hleo
freowine folca　　nu ic þus feorran com   430
þæt ic mote ana　　minra eorla gedryht
ond þes hearda heap　　Heorot fælsian.
Hæbbe ic eac geahsod　　þæt se æglæca
for his wonhydum　　wæpna ne recceð.
Ic þæt þonne forhicge　　swa me Higelac sie   435
min mondrihten　　modes bliðe
þæt ic sweord bere　　oþðe sidne scyld
geolorand to guþe　　ac ic mid grape sceal

homem os guiou sob o telhado de Heorot; o guerreiro foi[35] valente sob o elmo e lá no salão ele permaneceu. Beowulf disse em sua cota de malha brilhante, armadura entrelaçada, unida pelo trabalho de um ferreiro:

"Saudações, Hrothgar! Sou parente e guerreiro de Hygelac. Obtive muitos feitos gloriosos na juventude. As ações de Grendel tornaram-se para mim amplamente conhecidas em minha terra natal. Dizem os viajantes do mar que este salão — excelente construção para todos os guerreiros — permanece vazio e inútil depois que a luz poente se esconde sob o céu brilhante. Então, os melhores e mais sábios homens de meu povo me aconselharam a vir até você, chefe Hrothgar, pois eles conhecem o poder de minha força. Eles mesmos viram quando eu retornei de batalhas com o sangue dos inimigos, onde subjuguei e destruí cinco da raça dos gigantes, e nas ondas matei monstros marinhos, na noite. Suportei grande tormento, vinguei o mal contra os weders — infortúnio que eles procuraram — acabando com o inimigo. E agora, contra Grendel, contra este monstro, devo sozinho travar um confronto contra este demônio. Então, eu agora pedirei a você, líder dos brilhantes daneses, protetor dos scyldingas, um favor (que você não me recuse, guardião dos guerreiros, nobre amigo do povo): que eu, que vim agora de longe, possa sozinho com meu bando de nobres deste valente grupo expurgar Heorot. Também ouvi que o monstro, em sua fúria, não se importa com armas. Isto eu então desdenharei: empunhar uma espada ou o escudo de batalha, grande e amarelo. Assim, Hygelac, meu líder e senhor, estará de coração alegre por mim. Pois apenas com as mãos eu devo me encontrar com o inimigo e lutar pela vida. Inimigo contra inimigo. Lá, deve acreditar no julgamento do Senhor aquele que a morte levar. Eu creio que ele irá — se puder agir no salão de guerra do povo dos geatas,[36] como fez por diversas vezes — devorar sem medo a força de gloriosos homens. Vocês não precisarão cobrir minha cabeça, pois ele me terá manchado em sangue, se a morte me alcançar. Carregando o corpo ensanguentado com intenções de devorá-lo, o andarilho solitário o comerá sem remorso, manchan-

---

[35] Neste trecho há uma falha no manuscrito. Para o início dessa sentença utilizamos uma conjectura do que poderia ser a frase ausente.

[36] Beowulf se refere ao salão do rei Hrothgar, Heorot, como sendo o salão dos geatas. Podemos interpretar que aqui houve um erro por parte do copista ou simplesmente liberdade poética: ao dizer que aquele seria o salão dos geatas, Beowulf estaria apenas insinuando que naquele momento o salão seria dos geatas por eles o estarem protegendo.

fon wið feonde   ond ymb feorh sacan
lað wið laþum   ðær gelyfan sceal
dryhtnes dome   se þe hine dead nimeð.
Wen' ic þæt he wille   gif he wealdan mot
in þæm guðsele   Geotena leode
etan unforhte   swa he oft dyde
mægen hreðmanna.   Na þu minne þearft
hafalan hydan   ac he me habban wile
dreore fahne   gif mec dead nimeð
byreð blodig wæl   byrgean þenceð
eteð angenga   unmurnlice
mearcað morhopu   no ðu ymb mines ne þearft
lices feorme   leng sorgian.
Onsend Higelace   gif mec hild nime,
beaduscruda betst   þæt mine breost wereð
hrægla selest   þæt is Hrædlan laf
Welandes geweorc.   Gæð a wyrd swa hio scel."

do seu lar no pântano. Vocês não precisam se preocupar com meu corpo e lamentar longamente. Enviem para Hygelac, se a batalha me levar, o melhor dos trajes de batalha que protege meu peito, a melhor das armaduras; esta é a herança de Hrethel, trabalho de Weland.[37] O destino[38] sempre se dá como deve!".

---

[37] Weland é o lendário ferreiro dos mitos germânicos, presente em diversas outras narrativas medievais do norte europeu. Entre outras obras, ele é mencionado na literatura anglo-saxônica no poema *Deor* (reproduzido na seção "Outros poemas anglo-saxônicos", pp. 277-81 deste volume).

[38] *Wyrd*: "destino", "sina". Na tradição germânica, o destino quase assume uma forma personificada, mas não chega a ser uma entidade como a deusa Fortuna da poesia latina. A palavra sobreviveu, chegando ao inglês moderno como a palavra "weird". Na poesia anglo-saxônica, o destino por vezes se mescla com a ideia da intervenção divina ou, às vezes, com a figura do próprio Deus, como na versão em inglês antigo da *Consolatio Philosophiae* de Boécio, realizada no século X, durante os tempos do rei Alfred, o Grande.

VII

Hroðgar maþelode   helm Scyldinga:
"For werefyhtum þu   wine min Beowulf
ond for arstafum   usic sohtest.
Gesloh þin fæder   fæhðe mæste:
wearþ he Heaþolafe   to handbonan   460
mid Wilfingum   ða hine Wedera cyn
for herebrogan   habban ne mihte.
Þanon he gesohte   Suð-Dena folc
ofer yða gewealc   Ar-Scyldinga
ða ic furþum weold   folce Deninga   465
ond on geogoðe heold   gimme rice
hordburh hæleþa   ða wæs Heregar dead
min yldra mæg   unlifigende
bearn Healfdenes   se wæs betera ðonne ic.
Siððan þa fæhðe   feo þingode   470
sende ic Wylfingum   ofer wæteres hrycg
ealde madmas   he me aþas swor.
Sorh is me to secganne   on sefan minum
gumena ængum   hwæt me Grendel hafað
hynðo on Heorote   mid his heteþancum   475
færniða gefremed   is min fletwerod
wigheap gewanod;   hie wyrd forsweop
on Grendles gryre.   God eaþe mæg
þone dolsceaðan   dæda getwæfan.
Ful oft gebeotedon   beore druncne   480
ofer ealowæge   oretmecgas
þæt hie in beorsele   bidan woldon
Grendles guþe   mid gryrum ecga.
Ðonne wæs þeos medoheal   on morgentid
drihtsele dreorfah   þonne dæg lixte   485

VII

O relato de Hrothgar sobre Grendel

Hrothgar disse, o guardião dos scyldingas:

"Por seus combates, meu amigo Beowulf, e por este favor nós buscávamos. Seu pai deu início a uma grande contenda: ele foi o assassino de Heatholaf entre os wylfingas. Então seu povo weder, pelo temor de guerra, não pôde protegê-lo. Assim, ele buscou pelo povo dos daneses do sul sobre o rolar das ondas, os honoráveis scyldingas. Eu então governava pela primeira vez o povo dos daneses e, na juventude, mantinha um precioso reino, valiosa fortaleza de heróis. Heorogar já estava morto, meu irmão mais velho, sem vida, filho de Healfdene; ele era melhor do que eu. Mais tarde, a contenda foi resolvida com o pagamento que eu enviei de volta aos wylfingas sobre as costas das águas. Antigos tesouros! Ele me fez juramentos.[39] A tristeza está em meu coração ao dizer para qualquer homem que Grendel tem me humilhado em Heorot com seus odiosos pensamentos, realizando ataques repentinos. Minha tropa do salão, meu bando de guerreiros, está diminuindo; o destino os tem levado no horror de Grendel. Deus pode facilmente pôr um fim aos feitos do louco destruidor. Muitos por vezes juraram, bêbados, guerreiros com canecas de cerveja, que eles, no salão da cerveja,[40] iriam aguardar pelo ataque de Grendel com o terror das espadas. Então, pela manhã, este nobre salão de hidromel estava manchado de sangue, quando o dia se iluminava. Todos os bancos encharcados de sangue, o salão ensanguentado. Tenho poucos amigos leais, caros veteranos, pois estes a morte levou. Sentem-se agora para o banquete e libertem seus pensamentos de vitórias gloriosas, guerreiros, como seu coração anseia".

---

[39] Aqui, Hrothgar explica que pagou o *wergild* pelo homem que Ecgtheow havia assassinado, e em troca este fez um juramento de lealdade a Hrothgar, o que de certa forma se reflete no relacionamento entre o velho rei e Beowulf. Ver nota 18.

[40] No original, *Beorsele*, "salão da cerveja", ou seja, Heorot.

eal bencþelu   blode bestymed
heall heorudreore   ahte ic holdra þy læs
deorre duguðe   þe þa deað fornam.
Site nu to symle   ond onsæl meoto
sigehreð secgum   swa þin sefa hwette."   490
Þa wæs Geatmæcgum   geador ætsomne
on beorsele   benc gerymed
þær swiðferhþe   sittan eodon
þryðum dealle.   Þegn nytte beheold
se þe on handa bær   hroden ealowæge   495
scencte scir wered.   Scop hwilum sang
hador on Heorote.   Þær wæs hæleða dream
duguð unlytel   Dena ond Wedera.

Então, todos os homens dos geatas ficaram juntos no salão da cer- 491
veja, num banco vago. Lá, os de espírito valente foram se sentar, exultantes em sua força. Um servo realizou seu dever — ele que, em suas mãos, segurava uma ornamentada caneca de cerveja — e despejou a doce bebida brilhante. O poeta por vezes cantou serenamente em Heorot. Lá estava a alegria dos heróis, a grande hoste de daneses e weders.

VIII

Unferð maþelode   Ecglafes bearn
þe æt fotum sæt   frean Scyldinga   500
onband beadurune   wæs him Beowulfes sið
modges merefaran,   micel æfþunca
forþon þe he ne uþe   þæt ænig oðer man
æfre mærða þon ma   middangeardes
gehedde under heofenum   þonne he sylfa: 505
"Eart þu se Beowulf   se þe wið Brecan wunne
on sidne sæ   ymb sund flite
ðær git for wlence   wada cunnedon
ond for dolgilpe   on deop wæter
aldrum neþdon   ne inc ænig mon   510
ne leof ne lað   belean mihte
sorhfullne sið   þa git on sund reon.
Þær git eagorstream   earmum þehton
mæton merestræta   mundum brugdon
glidon ofer garsecg   geofon yþum weol   515
wintrys wylme.   Git on wæteres æht
seofon niht swuncon   he þe æt sunde oferflat
hæfde mare mægen.   Þa hine on morgentid
on Heaþo-Ræmes   holm up ætbær
ðonon he gesohte   swæsne eþel   520
leof his leodum   lond Brondinga
freoðoburh fægere   þær he folc ahte
burh ond beagas.   Beot eal wið þe
sunu Beanstanes   soðe gelæste.
Ðonne wene ic to þe   wyrsan geþingea   525
ðeah þu heaðoræsa   gehwær dohte
grimre guðe   gif þu Grendles dearst
nihtlongne fyrst   nean bidan."

VIII

Unferth, e a disputa de Beowulf e Breca

Unferth,[41] filho de Ecglaf, falou, sentado junto aos pés do senhor dos scyldingas,[42] liberando palavras hostis.[43] Para ele, a jornada de Beowulf — aquele bravo navegador — era causa de grande desprazer, uma vez que ele não permitia que nenhum outro homem tivesse alguma vez obtido maior glória no mundo sob os céus além dele mesmo:

"É você o Beowulf que com Breca lutou no mar aberto, numa disputa a nado, onde vocês, por vaidade, desafiaram o mar e, por um orgulho tolo, nas águas profundas, arriscaram suas vidas?[44] Nenhum homem — nem amigo ou inimigo — podia dissuadi-los de tão triste aventura, quando nadaram. Com seus braços, envolveram as correntes do mar, atravessaram as estradas do oceano com o impulso das mãos, deslizando sobre ele; as ondas erguiam-se com a turbulência do inverno. No poder das águas, resistiram por sete noites. Ele o superou no nado, tendo mais força. Então, pela manhã, foi levado pelas águas aos guerreiros ræms.[45] A partir de lá, ele — amado por seu povo — buscou sua querida terra

500

---

[41] O nome de *Unferð* pode significar tanto "o não pacífico" quanto "o sem razão", o que indica sua predisposição para a discussão que se dará com Beowulf.

[42] No original, *æt fotum sæt*: "sentado aos pés". Sua posição aos pés de Hrothgar pode ser interpretada tanto como de prestígio, como de submissão.

[43] No original, *beadurune*: "runas de batalha". Esta palavra também pode ser traduzida como "pensamentos secretos". *Run*, em inglês antigo, muitas vezes pode significar "segredo", "mistério", ou "palavra", "letra", dependendo de seu contexto. O termo também pode ser usado para se referir às letras de alfabetos encontrados por toda a Europa setentrional, gravadas em pedras e madeiras.

[44] Unferth acusa Beowulf de vaidade e orgulho. No original, o termo *wlencu* pode ser entendido tanto de forma positiva quanto negativa, como "valor" ou "fibra moral", ou "vaidade"; o que não acontece com *dolgilpe* ("tolice", "estupidez", "orgulho tolo"). Este conflito, por vezes ambíguo, entre sabedoria, estupidez e arrogância, será um dos temas de destaque até o final do poema.

[45] No original, *heathoræms*, uma das tribos mítico-históricas do norte europeu.

Beowulf maþelode   bearn Ecgþeowes:
"Hwæt þu worn fela   wine min Unferð 530
beore druncen   ymb Brecan spræce
sægdest from his siðe.   Soð ic talige
þæt ic merestrengo   maran ahte
earfeþo on yþum   ðonne ænig oþer man.
Wit þæt gecwædon   cnihtwesende 535
ond gebeotedon   wæron begen þa git
on geogoðfeore   þæt wit on garsecg ut
aldrum neðdon   ond þæt geæfndon swa.
Hæfdon swurd nacod   þa wit on sund reon
heard on handa   wit unc wið hronfixas 540
werian þohton.   No he wiht fram me
flodyþum feor   fleotan meahte
hraþor on holme   no ic fram him wolde.
Ða wit ætsomne   on sæ wæron
fif nihta fyrst   oþþæt unc flod todraf 545
wado weallende   wedera cealdost
nipende niht   ond norþanwind
heaðogrim ondhwearf   hreo wæron yþa.
Wæs merefixa   mod onhrered;
þær me wið laðum   licsyrce min 550
heard hondlocen   helpe gefremede
beadohrægl broden   on breostum læg
golde gegyrwed.   Me to grunde teah
fah feondscaða,   fæste hæfde
grim on grape   hwæþre me gyfeþe wearð 555
þæt ic aglæcan   orde geræhte
hildebille   heaþoræs fornam
mihtig meredeor   þurh mine hand.

natal, a terra dos brondingas, a graciosa fortaleza, onde ele tinha seu povo, sua fortaleza e anéis. Tudo aquilo que lhe foi prometido o filho de Beanstan[46] verdadeiramente cumpriu. Desta forma, eu espero de você um resultado pior — apesar de ter sobrevivido a suas batalhas por toda parte, a terríveis combates — se você ousar esperar por Grendel pelo tempo de uma noite quase inteira".

Beowulf falou, o filho de Ecgtheow:

"Ouçam, vocês que são muitos! Meu amigo Unferth, bêbado de cerveja, falou a respeito de Breca, disse sobre suas aventuras. A verdade eu digo: eu tinha maior força no mar, mas também maiores dificuldades nas ondas do que qualquer outro homem. Isto nós combinamos, jovens como éramos, e juramos — ambos estávamos, então, ainda na juventude — que no oceano afora arriscaríamos a vida, e então o fizemos. Tendo as espadas desembainhadas, nós, então, nadamos no mar, fortes com as mãos. Contra baleias nós pretendíamos nos defender. Ele não podia nadar nas ondas nem um pouco distante de mim, rápido no oceano, nem eu dele iria. Assim, ficamos juntos no mar por um período de cinco noites, até que a correnteza nos separou, as ondas agitadas; o mais frio dos climas, a noite escura e o vento do norte, que violentamente se voltou contra nós. Cruéis eram as ondas. Os peixes do mar estavam agitados, em fúria. Lá, minha armadura, fortemente feita à mão contra meus inimigos, proveu auxílio; o equipamento de batalha, entrelaçado, jazia no peito adornado em ouro. No fundo do mar, fui mantido firme e cruelmente pelo inimigo hostil, por garras. Entretanto, foi-me possível ferir o monstro com a ponta da espada de combate; na tempestade da batalha, destruí as poderosas feras do oceano com o auxílio de minha mão".

---

[46] Breca.

IX

Swa mec gelome　　laðgeteonan
þreatedon þearle.　　Ic him þenode　　　　　　　560
deoran sweorde　　swa hit gedefe wæs.
Næs hie ðære fylle　　gefean hæfdon
manfordædlan　　þæt hie me þegon
symbel ymbsæton　　sægrunde neah
ac on mergenne　　mecum wunde　　　　　　　565
be yðlafe　　uppe lægon
sweordum aswefede　　þæt syðþan na
ymb brontne ford　　brimliðende
lade ne letton.　　Leoht eastan com
beorht beacen godes　　brimu swaþredon　　　570
þæt ic sænæssas　　geseon mihte
windige weallas.　　Wyrd oft nereð
unfægne eorl　　þonne his ellen deah.
Hwæþere me gesælde　　þæt ic mid sweorde ofsloh
niceras nigene.　　No ic on niht gefrægn　　　575
under heofones hwealf　　heardran feohtan
ne on egstreamum　　earmran mannon
hwæþere ic fara feng　　feore gedigde
siþes werig.　　Ða mec sæ oþbær
flod æfter faroðe　　on Finna land　　　　　　580
wudu weallendu.　　No ic wiht fram þe
swylcra searoniða　　secgan hyrde
billa brogan.　　Breca næfre git
æt heaðolace　　ne gehwæþer incer
swa deorlice　　dæd gefremede　　　　　　　　585

IX

O banquete

"Assim, várias vezes os hostis atacantes me ameaçaram severamente. Eu lhes servi a querida espada como era apropriado servi-la. Eles não tiveram prazer no banquete que obtiveram de mim, os perpetradores do mal, sentados ao redor do jantar, próximo ao fundo do mar; mas, pela manhã, com ferimentos de lâminas, por sobre as praias eles jaziam, postos para dormir pela espada. Desde então, nunca mais, sobre o profundo oceano, os viajantes do mar teriam o caminho impedido. A luz do leste veio — o brilhante sinal de Deus —, e o mar se acalmou, de modo que pude ver os penhascos do mar, as muralhas assoladas por ventos. O destino por vezes poupa um guerreiro não fadado a morrer quando sua coragem é poderosa. Desta forma, aconteceu-me de matar, com a espada, nove monstros do mar. Nunca ouvi sobre noite de combate mais difícil sob a abóbada do céu, nem nas correntes do mar sobre homem mais desamparado. Ainda assim, escapei vivo das garras do inimigo, exausto da jornada. Então, o oceano me carregou — as correntezas do mar — à terra dos finlandeses em águas agitadas. Não ouvi nada sobre você[47] em tais confrontos, no terror das espadas. Breca — nenhum de vocês dois — jamais realizou em batalha um feito tão valente, com uma espada brilhante. Eu não me vanglorio muito disso. Entretanto, você se tornou o assassino de seus irmãos, seus parentes próximos; por isso no inferno[48] você

559

574

---

[47] Beowulf se dirige a Unferth, ao dizer que nunca ouviu nada sobre este último que fosse digno de orgulho.

[48] A palavra *helle* ("inferno") não consta no manuscrito; apenas alguns indícios da letra *e* podem ser encontrados. Ela é atestada apenas pelo copista contratado por Thorkelin para elaborar a primeira edição do poema, em 1787. Porém, tal copista não conhecia o inglês antigo, e pode ter confundido as letras *e*, *æ* e *ea*. A palavra aqui faltante, portanto, pode ser, ainda, *healle* ("salão"), e assim os versos 588-9 seriam: "por isso no salão você deve sofrer tormentos, apesar de sua mente ser poderosa". Ver Mitchell e Robinson, *op. cit.*, p. 67.

fagum sweordum   no ic þæs swiðe gylpe
þeah ðu þinum broðrum   to banan wurde
heafodmægum   þæs þu in helle scealt
werhðo dreogan   þeah þin wit duge.
Secge ic þe to soðe   sunu Ecglafes   590
þæt næfre Grendel swa fela   gryra gefremede
atol æglæca   ealdre þinum
hynðo on Heorote   gif þin hige wære
sefa swa searogrim   swa þu self talast
ac he hafað onfunden   þæt he þa fæhðe ne þearf   595
atole ecgþræce   eower leode
swiðe onsittan   Sige-Scyldinga
nymeð nydbade   nænegum arað
leode Deniga   ac he lust wigeð
swefeð ond sændeþ   secce ne weneþ   600
to Gar-Denum.   Ac ic him Geata sceal
eafoð ond ellen   ungeara nu
guþe gebeodan.   Gæþ eft se þe mot
to medo modig   siþþan morgenleoht
ofer ylda bearn   oþres dogores   605
sunne sweglwered   suþan scineð."
Þa wæs on salum   sinces brytta
gamolfeax ond guðrof   geoce gelyfde
brego Beorht-Dena   gehyrde on Beowulfe
folces hyrde   fæstrædne geþoht.   610
Ðær wæs hæleþa hleahtor   hlyn swynsode
word wæron wynsume.   Eode Wealhþeow forð
cwen Hroðgares   cynna gemyndig,
grette goldhroden   guman on healle
ond þa freolic wif   ful gesealde   615
ærest East-Dena   eþelwearde
bæd hine bliðne   æt þære beorþege
leodum leofne   he on lust geþeah
symbel ond seleful   sigerof kyning.
Ymbeode þa   ides Helminga   620

deve sofrer tormentos, apesar de sua mente ser poderosa.[49] Eu lhe digo em verdade, filho de Ecglaf, que Grendel — este terrível monstro — nunca cometeria tantos horrores contra seu líder, humilhado em Heorot, se o seu coração fosse tão corajoso em batalha quanto você se considera; mas ele acabou descobrindo que, de nosso povo, os vitoriosos scyldingas, não precisava temer demasiadamente o combate, a terrível tempestade de espadas.[50] Tomou seu tributo e a ninguém poupou do povo dos dane-

---

[49] O crime de Unferth contra seus irmãos retoma o tema do assassinato de parentes, representado pelo exemplo máximo do pecado de Caim e de sua linhagem monstruosa. A temática do fratricídio é recorrente e voltará a surgir ao longo do poema. Além disso, no mundo anglo-saxão, não era impossível que parentes se encontrassem em lados opostos de uma disputa ou batalha, uma vez que os vínculos que uniam um homem ao seu senhor podiam ser mais importantes que os laços de família.

[50] Aqui Beowulf fala de si mesmo como membro dos scyldingas, o povo do rei Hrothgar. A razão para isso não é clara. As possibilidades vão desde um erro do copista até um ato intencional do autor. Caso não seja um erro, é possível que o laço de lealdade de seu pai, Ecgtheow, no passado, para com o rei Hrothgar — e agora sua oferta de ajuda e lealdade na luta contra Grendel — possa ter feito Beowulf se tornar um scyldinga de forma "honorária". Contudo, outra hipótese (que se alinha com essa ligação de Ecgtheow aos scyldingas) relaciona-se ao avô do rei Hrothgar. Na tradição de estudos e traduções de *Beowulf*, é comum o uso do nome "Beow", e não "Beowulf", como consta no texto original, ao se referir ao filho de Scyld Scefing, avô de Hrothgar. Isso em função dos paralelos com a genealogia da casa real de Wessex, segundo os quais o nome "Beowulf" que surge nos primeiros versos do poema seria um erro do copista, hipótese aceita entre muitos estudiosos do assunto. Por outro lado, muitos outros pesquisadores do poema (entre os quais devo me incluir) duvidam disso. Pois, se de fato a presença do nome "Beowulf" como ancestral da linhagem dos scyldingas é um erro, o copista então o teria cometido duas vezes, pois incluiu mais letras ao nome "Beow", o que é pouco provável. O erro mais comum em manuscritos dessa natureza é a deturpação de nomes e palavras ou a exclusão de letras, e não a inclusão ou substituição por letras e palavras novas. Logo, a presença de "Beowulf dos scyldingas" é proposital, talvez como forma de prenunciar aos leitores/ouvintes a aparição do herói Beowulf dos geatas (da mesma forma que a menção do embate entre Sigemund e o dragão, nos versos 884-92, poderia ser uma prefiguração do combate de Beowulf contra o dragão alado, no final do poema), ou ainda uma forma de vincular Beowulf, filho de Ecgtheow, aos daneses. Uma vez que Ecgtheow foi protegido pelo rei Hrothgar, e em função disso lhe jurou lealdade, James W. Earl propõe a possibilidade de que o herói Beowulf teria sido nomeado assim por seu pai como uma homenagem ao senhor dos scyldingas, dando ao próprio filho o nome do avô do rei Hrothgar, o que faria dele um membro da tribo dos geatas, mas detentor de um nome da dinastia danesa. Ver James W. Earl, *Thinking About Beowulf*, Stanford, Stanford University Press, 1994, pp. 23-5.

```
duguþe ond geogoþe     dæl æghwylcne
sincfato sealde     oþ þæt sæl alamp
þæt hio Beowulfe     beaghroden cwen
mode geþungen     medoful ætbær
grette Geata leod     gode þancode                    625
wisfæst wordum     þæs ðe hire se willa gelamp
þæt heo on ænigne     eorl gelyfde
fyrena frofre.     He þæt ful geþeah
wælreow wiga     æt Wealhþeon
ond þa gyddode     guþe gefysed                      630
Beowulf maþelode     bearn Ecgþeowes:
"Ic þæt hogode     þa ic on holm gestah
sæbat gesæt     mid minra secga gedriht
þæt ic anunga     eowra leoda
willan geworhte     oþðe on wæl crunge               635
feondgrapum fæst.     Ic gefremman sceal
eorlic ellen     oþðe endedæg
on þisse meoduhealle     minne gebidan."
Ðam wife þa word     wel licodon
gilpcwide Geates     eode goldhroden                 640
freolicu folccwen     to hire frean sittan.
Þa wæs eft swa ær     inne on healle
þryðword sprecen     ðeod on sælum
sigefolca sweg     oþ þæt semninga
sunu Healfdenes     secean wolde                     645
æfenræste     wiste þæm ahlæcan
to þæm heahsele     hilde geþinged
siððan hie sunnan leoht     geseon meahton
oþðe nipende     niht ofer ealle
scaduhelma gesceapu     scriðan cwoman               650
wan under wolcnum.     Werod eall aras.
Gegrette þa guma     guman oþerne
Hroðgar Beowulf     ond him hæl abead
winærnes geweald     ond þæt word acwæð:
"Næfre ic ænegum men     ær alyfde                   655
```

ses, pois teve prazer matando e devorando, não esperando o confronto dos guerreiros daneses. Mas, dos geatas, eu devo força e coragem dentro em breve oferecer-lhe em batalha. Aquele que puder voltará mais uma vez à celebração do hidromel, quando a luz da manhã de outro dia, o sol resplandecente, brilhar do sul sobre os filhos dos homens."

Estava então feliz o doador de tesouros, o velho grisalho e valente em batalha. O chefe dos brilhantes daneses, o guardião do povo, acreditava no auxílio que ouvira de Beowulf, sobre tão resoluta decisão. Houve risos dos heróis, o som ecoou, as palavras eram agradáveis. Wealhtheow veio à frente, a rainha de Hrothgar, conhecedora dos costumes. Saudou, adornada em ouro, os guerreiros no salão, e então a nobre mulher distribuiu canecas. Primeiro, ao protetor da terra dos daneses do leste, ofertando-lhe felicidade ao beber sua cerveja; amado pelo povo, o vitorioso rei tomou com prazer, no salão, a caneca e o banquete. A senhora dos helmingas, então, andou entre os veteranos e os jovens guerreiros, e um pouco para cada foi entregue em preciosas canecas, até que chegou a hora em que a Beowulf, o líder dos geatas, a rainha adornada de anéis e de espírito virtuoso, carregando a caneca de cerveja, saudou. Agradeceu a Deus com sábias palavras, pelas quais sua vontade se realizaria, pois, ela confiaria em qualquer guerreiro que os libertasse do sofrimento. Ele tomou aquela caneca de Wealhtheow, o guerreiro feroz, e então discursou ávido pela batalha.

Beowulf falou, o filho de Ecgtheow:

"Eu decidi, quando parti por sobre o mar, sentado no barco com meu bando de guerreiros, que eu realizaria completamente o anseio de seu povo ou cairia morto, firme nas garras do inimigo. Devo realizar um nobre ato de coragem ou experimentar o fim dos meus dias neste salão".

A mulher apreciou aquelas palavras, o juramento do geata. Adornada em ouro, a nobre rainha do povo foi se sentar com seu senhor. Então, foi novamente como antes dentro do salão, palavras poderosas foram ditas, o povo em alegria, o som do povo vitorioso, até que, de repente, o filho de Healfdene desejou buscar o descanso da noite. Sabia que o monstro pensava em combate no grande salão, desde o momento em que eles podiam ver a luz de seu sol, até a escuridão da noite descer sobre tudo, e criaturas cobertas pelas sombras virem sorrateiramente, sombrias sob as nuvens. O bando todo se levantou. Então, um homem saudou o outro, Hrothgar e Beowulf, e o senhor do salão do vinho desejou-lhe sorte e disse estas palavras:

siþðan ic hond ond rond   hebban mihte
ðryþærn Dena   buton þe nu ða.
Hafa nu ond geheald   husa selest
gemyne mærþo   mægenellen cyð
waca wið wraþum.   Ne bið þe wilna gad
gif þu þæt ellenweorc   aldre gedigest."

"Nunca antes confiei a qualquer homem — desde que eu pudesse erguer a mão e o escudo — a poderosa casa dos daneses, exceto a você agora. Tome-a agora e guarde a melhor das casas, pense com glória, mostre grande valor, vigie pelo inimigo. Seus desejos não serão vãos se sobreviver a este ato de coragem".

Cantos X-XII

Com o cair da noite, os daneses se recolhem, enquanto Beowulf e seus homens permanecem no salão. Todos adormecem, exceto Beowulf, que espera pela chegada do monstro. Grendel sai do pântano e aproxima-se de Heorot, rapidamente adentrando no salão e devorando um dos geatas adormecidos, Hondscio. Entretanto, ao tentar fazer o mesmo com Beowulf, o monstro percebe a grande força do punho do herói e tenta fugir. Uma longa luta é travada entre os dois dentro do salão; o som do combate ecoa por todo Heorot. Finalmente, Grendel emite um terrível urro de dor e foge mortalmente ferido. Beowulf, devido a sua força assombrosa, havia conseguido arrancar o braço do monstro com suas próprias mãos.

X

Ða him Hroþgar gewat   mid his hæleþa gedryht
eodur Scyldinga   ut of healle
wolde wigfruma   Wealhþeo secan
cwen to gebeddan.   Hæfde kyningwuldor   665
Grendle togeanes   swa guman gefrungon
seleweard aseted   sundornytte beheold
ymb aldor Dena   eotonweard' abead.
Huru Geata leod   georne truwode
modgan mægnes   metodes hyldo.   670
Ða he him of dyde   isernbyrnan
helm of hafelan   sealde his hyrsted sweord
irena cyst   ombihtþegne
ond gehealdan het   hildegeatwe.
Gespræc þa se goda   gylpworda sum   675
Beowulf Geata   ær he on bed stige:
"No ic me an herewæsmun   hnagran talige
guþgeweorca   þonne Grendel hine
forþan ic hine sweorde   swebban nelle
aldre beneotan   þeah ic eal mæge   680
nat he þara goda   þæt he me ongean slea
rand geheawe   þeah ðe he rof sie
niþgeweorca   ac wit on niht sculon
secge ofersittan   gif he gesecean dear
wig ofer wæpen   ond siþðan witig god   685
on swa hwæþere hond   halig dryhten
mærðo deme   swa him gemet þince."
Hylde hine þa heaþodeor   hleorbolster onfeng
eorles andwlitan   ond hine ymb monig
snellic særinc   selereste gebeah.   690
Nænig heora þohte   þæt he þanon scolde

X

A vigília por Grendel

Então Hrothgar, o guardião dos scyldingas, foi com seu bando de guerreiros para fora do salão. O chefe guerreiro desejava buscar por Wealhtheow, a rainha, como companheira de leito. O Rei da Glória[51] tinha estabelecido contra Grendel — como os homens ouviram — um guardião do salão; uma tarefa especial a cumprir para o senhor dos daneses: oferecer vigília contra o gigante. De fato, o líder dos geatas verdadeiramente confiava em sua poderosa força, um dom do Criador. Ele então tirou sua armadura de ferro, o elmo da cabeça, entregou ao ajudante sua ornamentada espada, feita com o melhor dos ferros, e ordenou que guardassem o equipamento de batalha. O bom homem, Beowulf dos geatas, disse então algumas palavras valorosas antes de ir para a cama:

"Não me considero, em vigor de combate, menor do que o próprio Grendel em feitos de guerra. Entretanto, eu não o matarei — não o privarei da vida — pela espada, apesar de eu certamente poder. Ele desconhece as boas artes,[52] com as quais ele me atacaria de volta e destruiria o escudo, apesar de ser famoso por seus feitos malignos. Mas, à noite, nós dois devemos nos abster da espada se ele ousar buscar a guerra sem armas, e a partir de então o sábio Deus, o Senhor sagrado, concederá glória às mãos daquele que achar mais acertado".

O valente em batalha deitou-se — os travesseiros receberam as faces dos guerreiros —, e ele, cercado de muitos valentes guerreiros do mar, se acomodou no descanso do salão. Nenhum deles pensou que, de lá, deve-

---

[51] No original, *kyningwuldor*: "Rei da Glória", ou seja, Deus.

[52] Aqui, *goda*, do inglês antigo, tem o sentido de "habilidade", "perícia" voltada ao combate. A interpretação que podemos dar a este trecho é que Grendel é um ser selvagem, bruto, pois desconhece as artes da guerra e as técnicas de combate com armas. Por outro lado, Beowulf não apenas as conhece (o que o torna superior) como vai abrir mão delas para lutar com o monstro em condições iguais, o que aumentará a glória de sua vitória.

eft eardlufan   æfre gesecean
folc oþðe freoburh   þær he afeded wæs
ac hie hæfdon gefrunen   þæt hie ær to fela micles
in þæm winsele   wældeað fornam 695
Denigea leode.   Ac him dryhten forgeaf
wigspeda gewiofu   Wedera leodum
frofor ond fultum   þæt hie feond heora
ðurh anes cræft   ealle ofercomon
selfes mihtum.   Soð is gecyþed 700
þæt mihtig god   manna cynnes
weold wideferhð.   Com on wanre niht
scriðan sceadugenga.   Sceotend swæfon
þa þæt hornreced   healdan scoldon
ealle buton anum   þæt wæs yldum cuþ 705
þæt hie ne moste   þa metod nolde
se synscaþa   under sceadu bregdan
ac he wæccende   wraþum on andan
bad bolgenmod   beadwa geþinges.

riam ver novamente a terra amada, o povo ou a nobre fortaleza onde foram criados, pois tinham ouvido que, anteriormente, muitos deles, do povo dos daneses, para longe daquele salão de vinho haviam sido levados pela morte violenta. Mas o Senhor concedeu-lhes, aos homens dos weders, a fortuna do sucesso em batalha, conforto e ajuda contra o inimigo através da força de um deles, que a todos superou com o próprio poder. A verdade é sabida, que o poderoso Deus governa para sempre sobre a raça dos homens.

Veio, na noite escura, o sorrateiro andarilho das sombras. Os guerreiros dormiam, eles, que deveriam guardar a altiva construção. Todos, exceto um — era sabido pelos homens que eles não podiam, se o Criador não desejasse, ser arrastados para as sombras pelo inimigo demoníaco —, pois ele esperava pelo ser maligno com raiva, aguardava, tomado de fúria, pela batalha que aconteceria.

XI

Ða com of more   under misthleoþum
Grendel gongan   godes yrre bær
mynte se manscaða   manna cynnes
sumne besyrwan   in sele þam hean.
Wod under wolcnum   to þæs þe he winreced
goldsele gumena   gearwost wisse
fættum fahne.   Ne wæs þæt forma sið
þæt he Hroðgares   ham gesohte
næfre he on aldordagum   ær ne siþðan
heardran hæle   healðegnas fand.
Com þa to recede   rinc siðian
dreamum bedæled.   Duru sona onarn
fyrbendum fæst   syþðan he hire folmum onhran
onbræd þa bealohydig   ða he gebolgen wæs
recedes muþan.   Raþe æfter þon
on fagne flor   feond treddode,
eode yrremod   him of eagum stod
ligge gelicost   leoht unfæger.
Geseah he in recede   rinca manige
swefan sibbegedriht   samod ætgædere
magorinca heap.   Þa his mod ahlog
mynte þæt he gedælde   ær þon dæg cwome
atol aglæca   anra gehwylces
lif wið lice   þa him alumpen wæs
wistfylle wen.   Ne wæs þæt wyrd þa gen
þæt he ma moste   manna cynnes
ðicgean ofer þa niht.   Þryðswyð beheold
mæg Higelaces   hu se manscaða
under færgripum   gefaran wolde.
Ne þæt se aglæca   yldan þohte

XI

Grendel ataca

Então Grendel, o portador da ira de Deus, veio caminhando do pântano sobre as colinas nebulosas. O perpetrador do mal pretendia capturar alguns da raça dos homens naquele altivo salão. Avançou sob as nuvens até que, pelo brilho do ouro, ele pudesse reconhecer mais claramente aquele salão do vinho, o dourado salão dos homens. Aquela não era a primeira vez que ele buscava o lar de Hrothgar; nos dias de sua vida, ele nunca encontrou, antes ou depois, pior sorte ou mais fortes guerreiros no salão. Veio então para a edificação o guerreiro em viagem, desprovido de alegria. A porta — presa com barras forjadas — logo se escancarou quando ele a tocou com as mãos; estava enfurecido, irrompeu planejando o mal à entrada da construção. Logo depois disso, no chão brilhante, o demônio caminhou, avançou irado. Em seus olhos, encontrava-se uma luz horrível, como uma chama.

Ele viu, no salão, muitos guerreiros, pacífico bando de companheiros adormecidos, todos reunidos. Uma tropa de jovens guerreiros. Então, seu coração se alegrou: ele, o terrível monstro, pretendia tomar, de cada um, antes que o dia viesse, a vida do corpo, uma vez que se apresentava a chance de um grande banquete. Não era seu destino que, depois daquela noite, ele pudesse novamente devorar outros da raça dos homens. O poderoso parente de Hygelac observava como o assassino procederia em um ataque súbito. O monstro nem pensava em demorar, pois rapidamente agarrou um guerreiro adormecido numa primeira investida. Dilacerou-o de imediato, mordeu as juntas dos ossos, bebeu o sangue das veias, engolindo grandes pedaços. Logo, já tinha consumido todo o homem sem vida, pés e mãos. Aproximou-se e, então, pegou o de bravo coração, o guerreiro em descanso, e em sua direção o demônio estendeu sua mão. Ele percebeu rapidamente as intenções malignas e contra o braço chocou-se.[53]

---

[53] Não é totalmente claro o que acontece nesta passagem do poema. Aparentemen-

ac he gefeng hraðe   forman siðe 740
slæpendne rinc   slat unwearnum
bat banlocan   blod edrum dranc
synsnædum swealh   sona hæfde
unlyfigendes   eal gefeormod
fet ond folma.   Forð near ætstop 745
nam þa mid handa   higeþihtigne
rinc on ræste   ræhte ongean
feond mid folme   he onfeng hraþe
inwitþancum   ond wið earm gesæt.
Sona þæt onfunde   fyrena hyrde 750
þæt he ne mette   middangeardes
eorþan sceatta   on elran men
mundgripe maran   he on mode wearð
forht on ferhðe   no þy ær fram meahte.
Hyge wæs him hinfus   wolde on heolster fleon, 755
secan deofla gedræg   ne wæs his drohtoð þær
swylce he on ealderdagum   ær gemette.
Gemunde þa se goda   mæg Higelaces
æfenspræce   uplang astod
ond him fæste wiðfeng   fingras burston 760
eoten wæs utweard   eorl furþur stop.
Mynte se mæra   þær he meahte swa
widre gewindan   ond on weg þanon
fleon on fenhopu   wiste his fingra geweald
on grames grapum.   Þæt he wæs geocor sið 765
þæt se hearmscaþa   to Heorute ateah.
Dryhtsele dynede.   Denum eallum wearð
ceasterbuendum   cenra gehwylcum
eorlum ealuscerwen.   Yrre wæron begen
reþe renweardas.   Reced hlynsode. 770
Þa wæs wundor micel   þæt se winsele
wiðhæfde heaþodeorum   þæt he on hrusan ne feol
fæger foldbold;   ac he þæs fæste wæs
innan ond utan   irenbendum
searoþoncum besmiþod.   Þær fram sylle abeag 775
medubenc monig   mine gefræge
golde geregnad   þær þa graman wunnon.

Assim que o guardião dos pecados o achou — uma vez que ele nunca havia encontrado, na terra média, em outro homem nas vastidões da terra, maior aperto de mão —, em seu coração seu espírito tornou-se temeroso, e ele não pôde afastar-se de imediato. Sua mente estava ansiosa em fugir, desejava correr para seu covil, buscava a companhia dos demônios; sua situação, ali, não era como ele anteriormente tinha se deparado nos dias de sua vida. O bom parente de Hygelac lembrou, então, seu discurso da noite, colocou-se de pé e firmemente agarrou-se a ele e quebrou-lhe os dedos. O gigante estava ansioso por escapar, mas o guerreiro permaneceu à frente. O infame pretendia — se assim pudesse — escapar para longe e, uma vez no caminho, fugir para o esconderijo no pântano; sentia a força em seus dedos no aperto do inimigo. Aquela foi uma infeliz jornada que ele, aquele terrível inimigo, realizou a Heorot. O nobre salão ressoou. Todos os daneses, os habitantes da fortaleza, valentes guerreiros, estavam aterrorizados.[54] Estavam ambos furiosos, os ferozes guardiões do salão.[55] A construção ecoava. Foi uma grande maravilha aquele salão de vinho ter resistido aos bravos guerreiros, pois não veio ao chão aquela bela edificação. Ele, por sua vez, era muito firme, por dentro e por fora preso por ferros, engenhosamente construído. Ouvi que, lá no assoalho, quebraram-se muitos bancos adornados de ouro, lá onde os inimigos lutaram. Isto não havia sido pensado antes pelos sábios scyldingas: que assim, por algum meio, qualquer homem esplêndido e adornado de ossos

---

te, Grendel se aproxima do corpo de Beowulf para atacá-lo; ao perceber a aproximação do monstro, o herói agarra seu braço e se choca contra a criatura.

[54] A palavra *ealuscerwen*, pode ser traduzida como "privado de alegria", "perturbado", "pânico", "terror", "aterrorizado" e, literalmente, "privação de cerveja". Devido a isto, o trecho pode ser traduzido de formas variadas, como por exemplo: "Para os daneses assim parecia, para os habitantes da fortaleza, e para cada um dos valentes, como uma privação de cerveja dos nobres". Nesta interpretação, o barulho do confronto entre Grendel e Beowulf lhes pareceria como uma briga durante uma festa no salão. A interpretação escolhida aqui é a de Mitchell e Robinson, *op. cit.*, pp. 167-71, onde a palavra é interpretada dentro do contexto do horror que os guerreiros sentiam ao ver o monstro no salão, seus gritos, o estrondo das paredes e o confronto com seu líder.

[55] Beowulf e Grendel. A princípio pode soar estranho o monstro ser descrito como um guardião do salão de Hrothgar; entretanto, do ponto de vista poético, faz sentido colocá-lo assim, quando pensamos em Grendel como aquele que guardou, vigiou e assombrou Heorot até a chegada de Beowulf.

Þæs ne wendon ær   witan Scyldinga
þæt hit a mid gemete   manna ænig
betlic ond banfag   tobrecan meahte   780
listum tolucan   nymþe liges fæþm
swulge on swaþule.   Sweg up astag
niwe geneahhe   Norð-Denum stod
atelic egesa   anra gehwylcum
þara þe of wealle   wop gehyrdon   785
gryreleoð galan   godes andsacan
sigeleasne sang   sar wanigean
helle hæfton.   Heold hine fæste
se þe manna wæs   mægene strengest
on þæm dæge   þysses lifes.   790

pudesse despedaçar, astuciosamente destruí-lo,⁵⁶ a não ser pelo abraço do fogo, engolido pelas chamas. Um barulho se ergueu muito repentinamente! Nos daneses do norte havia um terror horrível, em cada um daqueles que, da muralha, ouviu o grito, a terrível canção do inimigo de Deus, a melodia de derrota do cativo do inferno lamentando seu ferimento. Segurou-o firme, o que dos homens era o mais forte em poder naqueles dias desta vida.

782

---

⁵⁶ O salão Heorot.

XII

Nolde eorla hleo ænige þinga
þone cwealmcuman cwicne forlætan
ne his lifdagas leoda ænigum
nytte tealde. Þær genehost brægd
eorl Beowulfes ealde lafe 795
wolde freadrihtnes feorh ealgian
mæres þeodnes ðær hie meahton swa.
Hie þæt ne wiston þa hie gewin drugon
heardhicgende hildemecgas
ond on healfa gehwone heawan þohton 800
sawle secan þone synscaðan
ænig ofer eorþan irenna cyst
guðbilla nan gretan nolde
ac he sigewæpnum forsworen hæfde
ecga gehwylcre. Scolde his aldorgedal 805
on ðæm dæge þysses lifes
earmlic wurðan ond se ellorgast
on feonda geweald feor siðian.
Ða þæt onfunde se þe fela æror
modes myrðe manna cynne, 810
fyrene gefremede he fag wið god
þæt him se lichoma læstan nolde
ac hine se modega mæg Hygelaces
hæfde be honda wæs gehwæþer oðrum
lifigende lað. Licsar gebad 815
atol æglæca him on eaxle wearð
syndolh sweotol seonowe onsprungon
burston banlocan. Beowulfe wearð
guðhreð gyfeþe scolde Grendel þonan
feorhseoc fleon under fenhleoðu 820

XII

Beowulf vitorioso

O protetor dos nobres não desejava por razão alguma libertar o visitante assassino com vida, nem para qualquer povo seus dias de vida eram considerados benéficos. Muitos dos guerreiros de Beowulf, ali, brandiram antigas espadas; desejavam defender a vida de seu nobre senhor, do famoso líder, se assim pudessem. Eles não sabiam, quando se juntaram ao combate — guerreiros fortemente determinados e que de cada lado pretendiam atacar, procurando a alma daquele perpetrador do mal —, que nenhum dos melhores ferros sobre a terra, que nenhuma espada poderia feri-lo, pois ele tinha um feitiço contra as armas vitoriosas, para cada uma das lâminas.

Seria amargo o fim de sua existência naqueles dias desta vida, e seu espírito estrangeiro viajaria para longe, no poder dos demônios. Então, assim descobriu aquele que há muito realizava atrocidades, causando aflição no coração da raça dos homens — ele, que lutou contra Deus —, que o seu corpo não resistiria, uma vez que ele, o valoroso parente de Hygelac, o tinha pela mão.

Cada um considerava detestável que o outro vivesse.

O terrível monstro sentiu dor em seu corpo. Em seu ombro, era evidente um grande ferimento, os tendões arrebentados, a junta do osso rompida. A Beowulf foi dada a glória em batalha! Assim Grendel teve de fugir, mortalmente ferido, sobre as colinas pantanosas e buscar sua triste morada. Sabia com certeza que sua vida era chegada ao fim, a conta do número de seus dias.

Todos os daneses estavam com seu desejo realizado após aquele sangrento combate. Ele, que tinha vindo de longe, sábio e decidido, havia então expurgado o salão de Hrothgar e o salvado do mal. Celebrou o trabalho daquela noite, o feito heroico. Aos daneses do leste, o líder dos homens dos geatas tinha cumprido seu juramento e também remediado toda a angústia, a mágoa que eles antes suportaram e o grande sofrimento pelo qual tiveram de tolerar não menores atribulações. Eis um sinal

secean wynleas wic   wiste þe geornor
þæt his aldres wæs   ende gegongen
dogera dægrim.   Denum eallum wearð
æfter þam wælræse   willa gelumpen.
Hæfde þa gefælsod   se þe ær feorran com   825
snotor ond swyðferhð   sele Hroðgares
genered wið niðe.   Nihtweorce gefeh
ellenmærþum.   Hæfde East-Denum
Geatmecga leod   gilp gelæsted
swylce oncyþðe   ealle gebette   830
inwidsorge   þe hie ær drugon
ond for þreanydum   þolian scoldon
torn unlytel.   Þæt wæs tacen sweotol
syþðan hildedeor   hond alegde
earm ond eaxle   — þær wæs eal geador   835
Grendles grape —   under geapne hrof.

claro disso: o bravo em batalha[57] colocou a mão, o braço e o ombro sob o amplo telhado; lá estava a garra de Grendel![58]

---

[57] Beowulf.

[58] Após o combate e a derrota de Grendel, o braço e a pata da criatura são exibidos como troféu a todos os presentes. Algo que ressalta ainda mais o feito de Beowulf, além de não deixar dúvidas de sua vitória — o que nos recorda a discussão entre Beowulf e Unferth em versos anteriores, quando o último duvidava dos feitos do herói. Mais adiante no poema será mencionado que Grendel era protegido por um feitiço que o tornava imune a armas brancas, algo que, novamente, vem enfatizar o heroísmo e a força sobre-humana de Beowulf.

Cantos XIII-XVIII

Pela manhã, muitos guerreiros seguem o rastro de sangue deixado por Grendel até o lago no pântano. Enquanto retornam, um poeta canta sobre as histórias de Sigemund e Heremod. Quando Hrothgar adentra o salão, ele vê o braço e a garra de Grendel pendurados no teto do salão como troféu e, então, faz um discurso em honra ao jovem Beowulf. Um novo banquete é preparado no salão, e valiosos presentes são entregues a Beowulf e seu bando de guerreiros, enquanto o poeta conta sobre os fatos ocorridos em Finnsburh. A rainha Wealhtheow presenteia Beowulf com caros presentes e pede por sua simpatia para com seus filhos, os jovens príncipes. Após o banquete, Hrothgar e os geatas deixam o salão, que volta a ser guardado pelos guerreiros daneses.

XIII

Ða wæs on morgen   mine gefræge
ymb þa gifhealle   guðrinc monig
ferdon folctogan   feorran ond nean
geond widwegas   wundor sceawian   840
laþes lastas.   No his lifgedal
sarlic þuhte   secga ænegum
þara þe tirleases   trode sceawode
hu he werigmod   on weg þanon
niða ofercumen   on nicera mere   845
fæge ond geflymed   feorhlastas bær.
Ðær wæs on blode   brim weallende
atol yða geswing   eal gemenged
haton heolfre   heorodreore weol
deaðfæge deog   siððan dreama leas   850
in fenfreoðo   feorh alegde
hæþene sawle   þær him hel onfeng.
Þanon eft gewiton   ealdgesiðas
swylce geong manig   of gomenwaþe
fram mere modge   mearum ridan   855
beornas on blancum.   Ðær wæs Beowulfes
mærðo mæned   monig oft gecwæð
þætte suð ne norð   be sæm tweonum
ofer eormengrund   oþer nænig
under swegles begong   selra nære   860
rondhæbbendra   rices wyrðra.
Ne hie huru winedrihten   wiht ne logon
glædne Hroðgar   ac þæt wæs god cyning.
Hwilum heaþorofe   hleapan leton
on geflit faran   fealwe mearas   865
ðær him foldwegas   fægere þuhton

XIII

Comemorações em Heorot

Foi então, pela manhã, ouvi dizer, que, ao redor do salão de presentes, reuniram-se muitos guerreiros, líderes de povos, que viajaram de longe e de perto, através de amplas terras, para contemplar a maravilha, o rastro do inimigo. A partida de sua vida não parecia triste a nenhum daqueles homens que observavam as pegadas do maldito; com o espírito abatido, para longe dali, derrotado em batalha, ele foi para o lago dos monstros da água, condenado e posto a fugir, deixando um rastro de sangue. Lá estava a fonte de água ensanguentada, terrível oscilação de ondas todas misturadas aos quentes coágulos, o sangue borbulhante do combate. Condenado a morrer, escondeu-se quando privado de prazer em seu refúgio no pântano e abandonou a vida, sua alma pagã; lá o inferno o recebeu.

Então, os velhos companheiros retornaram, assim como muitos jovens, daquela alegre jornada, exultantes, vindos do lago, montados em cavalo; guerreiros em garanhões. Beowulf lá estava com sua glória anunciada. Por vezes, muitos disseram que, nem ao sul, nem ao norte, entre os dois mares,[59] sobre a vastidão da terra, havia alguém melhor dentre os portadores de escudo; nenhum outro, sob a abóbada do céu, mais digno de um reino. De forma alguma eles culparam seu senhor e amigo, o gracioso Hrothgar, pois ele era um bom rei. Por vezes, os bravos em batalha punham-se a galopar, a correr em disputa com os cavalos baios onde as estradas lhes pareciam adequadas, mais conhecidas. Às vezes, um guerreiro do rei, homem eloquente, lembrava-se de canções; ele, que se recordava de uma grande quantidade de histórias antigas, de muitas delas. Encontrava outras palavras e verdadeiramente as unia. O homem começou de novo a recitar, com habilidade, os feitos de Beowulf e, com sucesso, recitou uma história, com destreza, alternando as palavras. Fa-

---

[59] Provavelmente se referindo ao Mar do Norte e ao Báltico.

cystum cuðe.   Hwilum cyninges þegn
guma gilphlæden   gidda gemyndig
se ðe ealfela   ealdgesegena
worn gemunde   word oþer fand 870
soðe gebunden   secg eft ongan
sið Beowulfes   snyttrum styrian
ond on sped wrecan   spel gerade
wordum wrixlan   welhwylc gecwæð
þæt he fram Sigemunde   secgan hyrde 875
ellendædum   uncuþes fela
Wælsinges gewin   wide siðas
þara þe gumena bearn   gearwe ne wiston
fæhðe ond fyrena   buton Fitela mid hine
þonne he swulces hwæt   secgan wolde 880
eam his nefan   swa hie a wæron
æt niða gehwam   nydgesteallan
hæfdon ealfela   eotena cynnes
sweordum gesæged.   Sigemunde gesprong
æfter deaðdæge   dom unlytel 885
syþðan wiges heard   wyrm acwealde
hordes hyrde   he under harne stan
æþelinges bearn   ana geneðde
frecne dæde   ne wæs him Fitela mid
hwæþre him gesælde   ðæt þæt swurd þurhwod 890
wrætlicne wyrm   þæt hit on wealle ætstod
dryhtlic iren   draca morðre swealt.
Hæfde aglæca   elne gegongen
þæt he beahhordes   brucan moste
selfes dome   sæbat gehleod 895
bær on bearm scipes   beorhte frætwa
Wælses eafera   wyrm hat gemealt.
Se wæs wreccena   wide mærost
ofer werþeode   wigendra hleo
ellendædum   he þæs ær onðah 900
siððan Heremodes   hild sweðrode
earfoð ond ellen.   He mid Eotenum wearð
on feonda geweald   forð forlacen
snude forsended   hine sorhwylmas

lou tudo o que ouviu dizer sobre Sigemund e seus feitos de coragem,[60] muitas coisas estranhas. Da disputa do wælsinga, de suas longas jornadas — das quais os filhos dos homens não sabiam claramente —, de rixas e conflitos contra ele, exceto por Fitela (quando ele[61] desejava falar de tais coisas), a respeito do tio para com seu sobrinho,[62] uma vez que eles foram sempre companheiros de batalha, em todos os combates. Tiveram uma grande porção da raça dos gigantes exterminada por suas espadas. Sigemund ergueu não menor glória após o dia de sua morte, quando o forte guerreiro matou a serpente guardiã do tesouro. Sob a pedra cinzenta, ele, filho de um príncipe, aventurou-se, sozinho, num feito audacioso. Fitela não estava com ele; todavia, teve a sorte de que a espada atravessasse a estupenda serpente, de forma que o nobre ferro fixou-se no muro. O dragão pereceu assassinado. O herói tinha assegurado, com coragem, que ele poderia desfrutar do tesouro de anéis segundo sua escolha. Com o bote carregado, o filho de Waels[63] levava, no fundo do barco, tesouros brilhantes. A serpente em seu próprio calor derreteu.

885

---

[60] Beowulf é aqui honrado ao ser comparado a Sigemund, o matador de dragão, cuja história é narrada na *Volsunga saga* (em nórdico antigo) e na *Nibelungenlied* (em alto-alemão médio). A história presente em *Beowulf* difere um pouco das outras duas narrativas (por exemplo, no poema, eles são chamados de wælsingas, o equivalente, em inglês antigo, aos volsungos). A maior discrepância está no fato de que, em *Beowulf*, é o próprio Sigemund o responsável por matar o dragão, enquanto nas outras obras trata-se de seu filho Sigurd/Siegfried. Além da história de Sigemund, Beowulf também é comparado à figura do rei Heremod, sendo seu perfeito oposto. Heremod teria sido um antigo rei dos daneses, conhecido por sua tirania, que acabou caindo em desgraça e que talvez tenha levado os daneses a ficarem tanto tempo sem um rei (como é citado no início do poema). Além disso, pelo fato das narrativas no poema serem breves e indiretas, supõe-se que o público de *Beowulf* já conhecia tais histórias.

[61] Aquele que está contando a história de Sigemund.

[62] É confusa a descrição de Fitela no poema, ora como filho ou sobrinho de Sigemund. Talvez remonte a uma tradição comum do período no norte europeu no qual um jovem era criado no lar ou corte de um tio ou mesmo um padrinho poderoso. Algo semelhante ocorre, por exemplo, com o rei Haakon I, o Bom, da Noruega, também conhecido como *Aðalsteinsfóstri* ("o filho adotivo de Athelstan"), em nórdico antigo, por sido criado na corte do rei inglês Athelstan (neto de Alfred, o Grande).

[63] Referência a Sigemund, o equivalente na mitologia nórdica ao herói Volsung, descendente do deus Odin, presente em outras fontes medievais como a *Saga dos Volsungos* e a *Nibelungenlied*.

lemede to lange;   he his leodum wearð
eallum æþellingum   to aldorceare;
swylce oft bemearn   ærran mælum
swiðferhþes sið   snotor ceorl monig
se þe him bealwa   to bote gelyfde,
þæt þæt ðeodnes bearn   geþeon scolde,
fæderæþelum onfon,   folc gehealdan
hord ond hleoburh   hæleþa rice
eðel Scyldinga.   He þær eallum wearð
mæg Higelaces   manna cynne
freondum gefægra;   hine fyren onwod.
Hwilum flitende   fealwe stræte
mearum mæton.   Ða wæs morgenleoht
scofen ond scynded.   Eode scealc monig
swiðhicgende   to sele þam hean
searowundor seon   swylce self cyning
of brydbure   beahhorda weard
tryddode tirfæst   getrume micle
cystum gecyþed   ond his cwen mid him
medostigge mæt   mægþa hose.

Ele foi dos heróis, de longe, o mais famoso entre os povos por seus feitos valorosos, guardião dos guerreiros. Por isso, ele prosperou, desde que a guerra de Heremod findou, assim como sua força e coragem. Em meio aos jutos, ele foi claramente traído, em poder do inimigo, e rapidamente o mataram.[64] A fonte de suas mágoas o oprimiu por muito tempo. Para seu povo, para todos os nobres, ele se tornou um grande sofrimento. Em tempos anteriores, várias vezes também lamentaram muitos homens sábios a partida do valente; acreditaram que ele remediaria suas aflições, e que o filho do líder deveria prosperar, assumir o lugar do pai, proteger o povo, o tesouro e a fortaleza, o reino do herói, lar dos scyldingas. Ele, o parente de Hygelac,[65] era, para todos da raça dos homens, o amigo mais estimado. Os seus pecados o tomaram.[66]

Às vezes correndo pela estrada poeirenta, viajavam em seus cavalos. Lá estava a rápida luz da manhã, erguendo-se. Muitos guerreiros foram, valentes, para o altivo salão a fim de ver a curiosa maravilha. Assim também o próprio rei — guardião do tesouro de anéis, conhecido por sua nobreza — do quarto da mulher avançou, glorioso, com sua poderosa tropa, e, com sua rainha junto a ele, percorreu o caminho do salão na companhia de damas.

---

[64] Heremod. A utilização do termo "jutos", relacionando-o à tribo germânica que habitava a região sul da atual Dinamarca, é mera conjectura. A palavra *eotenum* não deixa claro a quem o poema se refere. A palavra em inglês antigo *eoten* significa literalmente "gigante" ou também "inimigo", dependendo do contexto. O fato de Heremod ter sido traído em meio aos *eotenum* pode ser uma forma do poema enfatizar que ele foi traído por seus inimigos. É pouco provável que o poema realmente queira dizer que Heremod estivesse em meio a gigantes. Uma das explicações mais aceitas é a de que o copista cometeu um erro, trocando o nome próprio do povo ou dos inimigos de Heremod pelo termo "gigantes". O mesmo ocorrerá no verso 1145.

[65] Beowulf.

[66] Referindo-se ao rei Heremod.

XIV

Hroðgar maþelode   he to healle geong   925
stod on stapole   geseah steapne hrof
golde fahne   ond Grendles hond:
"Ðisse ansyne   alwealdan þanc
lungre gelimpe.   Fela ic laþes gebad
grynna æt Grendle   a mæg god wyrcan   930
wunder æfter wundre   wuldres hyrde.
Ðæt wæs ungeara   þæt ic ænigra me
weana ne wende   to widan feore
bote gebidan   þonne blode fah
husa selest   heorodreorig stod   935
wea widscofen   witena gehwylcne
ðara þe ne wendon   þæt hie wideferhð
leoda landgeweorc   laþum beweredon
scuccum ond scinnum.   Nu scealc hafað
þurh drihtnes miht   dæd gefremede   940
ðe we ealle   ær ne meahton
snyttrum besyrwan.   Hwæt þæt secgan mæg
efne swa hwylc mægþa   swa ðone magan cende
æfter gumcynnum   gyf heo gyt lyfað
þæt hyre ealdmetod   este wære   945
bearngebyrdo.   Nu ic Beowulf þec
secg betsta   me for sunu wylle
freogan on ferhþe   heald forð tela
niwe sibbe.   Ne bið þe nænigre gad
worolde wilna   þe ic geweald hæbbe.   950
Ful oft ic for læssan   lean teohhode
hordweorþunge   hnahran rince
sæmran æt sæcce.   Þu þe self hafast
dædum gefremed   þæt þin dom lyfað

XIV

Hrothgar saúda Beowulf

Hrothgar foi para o salão e de pé permaneceu e viu o alto teto adornado em ouro com a garra de Grendel e disse:

"Por esta visão agradeço ao Todo-Poderoso, pelo que logo ocorreu! De Grendel, experimentei muita hostilidade, aflição; mas Deus, o Guardião da Glória, pode sempre realizar maravilha após maravilha. Não foi há muito tempo que eu não esperava achar remédio por toda uma vida de infortúnio, enquanto ensanguentada permanecesse a melhor das casas, com sangue de batalha. O sofrimento se espalhou em cada um dos sábios, que não esperavam que, durante suas vidas, eles protegeriam a fortaleza do povo contra o inimigo, demônios e espíritos malignos. O guerreiro, através do poder do Senhor, agora realizou um feito que todos nós antes não pudemos realizar com discernimento. Ouçam! Que possa ser dito, para quem quer que seja, que, da mulher que deu à luz este, entre a raça dos homens — se ela ainda vive —, o antigo Criador foi generoso no parto. Eu, agora, irei amá-lo de coração, Beowulf, o melhor dos homens, como um filho; doravante, mantenha firme esta nova parentela.[67] Nada lhe será privado dos bens deste mundo se eu tiver poder. Diversas vezes, por muito menos, eu entreguei recompensas, honrando com presentes um guerreiro inferior, fraco em combate. Você, sozinho, teve assegurado, por seus feitos, que sua glória viverá por toda a vida. Que o Todo-Poderoso recompense-o, assim como Ele acabou de fazer!".

Beowulf falou, o filho de Ecgtheow:

"Empenhamo-nos na luta, neste ato de coragem, com grande prazer; audaciosamente aventurando-nos contra esta força desconhecida.[68]

---

[67] Esta "nova parentela" (*niwe sibbe*) que Hrothgar estabelece ao tratar Beowulf como seu próprio filho não significa uma adoção propriamente dita, mas uma forma de o rei estabelecer uma forte aliança e firmar laços de lealdade entre os dois.

[68] Beowulf enfatiza a ideia de que ele não era forte o suficiente para enfrentar Grendel, apesar de nos versos 299-381 se dizer que ele teria o equivalente à força de trinta

awa to aldre.   Alwalda þec 955
gode forgylde   swa he nu gyt dyde!"
Beowulf maþelode   bearn Ecgþeowes:
"We þæt ellenweorc   estum miclum
feohtan fremedon,   frecne geneðdon
eafoð uncuþes.   Uþe ic swiþor 960
þæt ðu hine selfne   geseon moste
feond on frætewum   fylwerigne.
Ic him hrædlice   heardan clammum
on wælbedde   wriþan þohte
þæt he for mundgripe   minum scolde 965
licgean lifbysig   butan his lic swice
ic hine ne mihte   þa metod nolde
ganges getwæman   no ic him þæs georne ætfealh
feorhgeniðlan   wæs to foremihtig
feond on feþe.   Hwæþere he his folme forlet 970
to lifwraþe   last weardian
earm ond eaxle   no þær ænige swa þeah
feasceaft guma   frofre gebohte
no þy leng leofað   laðgeteona
synnum geswenced   ac hyne sar hafað 975
in niðgripe   nearwe befongen
balwon bendum   ðær abidan sceal
maga mane fah   miclan domes,
hu him scir metod   scrifan wille."
Ða wæs swigra secg   sunu Ecglafes 980
on gylpspræce   guðgeweorca
siþðan æþelingas   eorles cræfte
ofer heanne hrof   hand sceawedon
feondes fingras   foran æghwylc wæs
steda nægla gehwylc   styla gelicost 985
hæþenes handsporu   hilderinces
egl unheoru   æghwylc gecwæð
þæt him heardra nan   hrinan wolde
iren ærgod   þæt ðæs ahlæcan
blodge beadufolme   onberan wolde. 990

Eu preferiria que você mesmo pudesse ver o demônio em seus adornos,[69] caído e abatido. Rapidamente, num forte aperto, eu pretendia aprisioná-lo no leito de morte, pois, devido ao meu aperto de mão, ele devia jazer, lutando pela vida; a menos que seu corpo escapasse. Não pude impedi-lo de ir — assim não quis o Criador —, nem segurá-lo firme o bastante; aquele inimigo mortal. Era muito poderoso o demônio em fuga. Entretanto, ele largou a mão para salvar a vida, deixando para trás, como rastro, o braço e o ombro, embora com isso nenhum conforto tenha obtido, o ser infeliz. Nem uma vida longa, pois o perpetrador do mal afligido por pecados tinha os ferimentos do aperto violento, envolto bem de perto em terríveis laços. Lá deve esperar — criatura impregnada de culpa — pelo poderoso julgamento, como o Regente Glorioso irá puni-lo".

O filho de Ecglaf[70] estava, então, mais silencioso em seu discurso arrogante sobre feitos de batalha, quando os príncipes — devido à força do herói — sob o alto telhado viram a mão e os dedos do demônio. À frente de cada um deles, havia uma unha que mais parecia de aço: as garras do guerreiro pagão, as horríveis unhas. Todos disseram que ele não seria ferido pelo duro, antigo e excelente ferro, que poderia enfraquecer a sangrenta garra de batalha do monstro.[71]

---

homens em seu aperto de mão, e de a luta contra o monstro ter sido rapidamente resolvida. Podemos interpretar aqui não apenas um aspecto da personalidade do herói, uma humildade idealizada, mas também que o poema tenta passar a ideia de que, apesar de sua força e proezas, Beowulf é apenas um homem que está submetido à vontade divina. Ou seja, sua força e seu sucesso são manifestações do poder de Deus.

[69] Como é explicitado em versos anteriores, Grendel não utiliza armas, armadura ou qualquer outro tipo de utensílio. *Frætewum* ("adornos") pode ter sido utilizado aqui como uma metáfora para os ferimentos que ele recebeu no combate contra Beowulf.

[70] Unferth.

[71] Os presentes em Heorot, ao verem a garra de Grendel pendurada no teto do salão, confirmam que nenhum tipo de arma seria capaz de ferir o monstro. Isto enaltece ainda mais o feito heroico de Beowulf ao ter derrotado Grendel apenas com suas mãos.

XV

Ða wæs haten hreþe   Heort innanweard
folmum gefrætwod   fela þæra wæs
wera ond wifa   þe þæt winreced
gestsele gyredon.   Goldfag scinon
web æfter wagum wundorsiona fela						995
secga gehwylcum   þara þe on swylc staxað.
Wæs þæt beorhte bold   tobrocen swiðe
eal inneweard   irenbendum fæst
heorras tohlidene   hrof ana genæs
ealles ansund þe se aglæca						1000
fyrendædum fag   on fleam gewand
aldres orwena.   No þæt yðe byð
to befleonne   fremme se þe wille
ac gesecan sceal   sawlberendra
nyde genydde niþða bearna						1005
grundbuendra   gearwe stowe
þær his lichoma   legerbedde fæst
swefeþ æfter symle.   Ða wæs sæl ond mæl
þæt to healle gang   Healfdenes sunu
wolde self cyning symbel þicgan.						1010
Ne gefrægen ic þa mægþe   maran weorode
ymb hyra sincgyfan   sel gebæran.
Bugon þa to bence   blædagande
fylle gefægon   fægere geþægon
medoful manig magas þara						1015
swiðhicgende   on sele þam hean
Hroðgar ond Hroþulf.   Heorot innan wæs
freondum afylled   nalles facenstafas
Þeod-Scyldingas   þenden fremedon.
Forgeaf þa Beowulfe brand Healfdenes						1020

XV

Festa em Heorot e os presentes de Hrothgar

Então, foi ordenado que rapidamente enfeitassem com as mãos o interior de Heorot. Lá, estavam muitos homens e mulheres, que preparavam o salão do vinho, o salão dos convidados. Douradas, brilhantes tapeçarias nas paredes, muitas imagens maravilhosas contempladas por cada um dos homens. Aquela construção estava gravemente danificada, todo o seu interior, seguro por barras de ferro, suas dobradiças, quebradas. Apenas o telhado sobreviveu completamente intacto quando o monstro — marcado por seus terríveis atos — se pôs em fuga, sem esperança de vida. Da morte não é fácil escapar. Tente aquele que quiser! Pois os portadores de almas, os filhos dos homens, devem buscar — compelidos por necessidade — o lugar preparado para os habitantes da terra, onde seu corpo, seguro em seu leito de morte, dormirá após o banquete. Então, era a hora e o momento do filho de Healfdene ir para o salão. O próprio rei desejava tomar parte do festejo. Nunca ouvi de uma nação com maior hoste, que melhor se mantivesse junto de seu doador de tesouros. Eles se sentaram nos bancos, cheios de glória, felizes no banquete. Graciosamente, receberam muitas canecas de hidromel, parentes valentes naquele altivo salão: Hrothgar e Hrothulf. Em seu interior, Heorot estava cheio de amigos. Nenhum ato de traição o povo dos scyldingas realizou enquanto isso.[72] Para Beowulf, foram dados a espada de Healf-

---

[72] Está implícita a ideia de que, em algum momento futuro em relação à narrativa do poema, o povo dos scyldingas cometerá alguma traição. Supõe-se que após a morte de Hrothgar, seu sobrinho Hrothulf governará, em vez de Hrethric, filho de Hrothgar. Com isso, também se presume que o leitor conheça a história de traição que irá ocorrer. Desta forma, muito do que acontecerá ao longo do banquete torna-se de extrema importância para a compreensão dos acontecimentos futuros, em especial através da fala de Wealhtheow. Por outro lado, alguns estudiosos alegam que Hrothulf já governava os daneses com seu tio, e que a sucessão de pai para filho não seria automática, o que faria com que Hrothulf não tivesse cometido nenhum tipo de traição. Ver Mitchell e Robinson, *op. cit.*, p. 82.

segen gyldenne   sigores to leane
hroden hildecumbor   helm ond byrnan
mære maðþumsweord   manige gesawon
beforan beorn beran.   Beowulf geþah
ful on flette   no he þære feohgyfte   1025
for sceotendum   scamigan þorfte
ne gefrægn ic freondlicor   feower madmas
golde gegyrede   gummanna fela
in ealobence   oðrum gesellan.
Ymb þæs helmes hrof   heafodbeorge   1030
wirum bewunden   wala utan heold
þæt him fela laf   frecne ne meahte
scurheard sceþðan   þonne scyldfreca
ongean gramum   gangan scolde.
Heht ða eorla hleo   eahta mearas   1035
fætedhleore   on flet teon
in under eoderas   þara anum stod
sadol searwum fah   since gewurþad
þæt wæs hildesetl   heahcyninges
ðonne sweorda gelac   sunu Healfdenes   1040
efnan wolde   næfre on ore læg
widcuþes wig   ðonne walu feollon.
Ond ða Beowulfe   bega gehwæþres
eodor Ingwina   onweald geteah
wicga ond wæpna   het hine wel brucan.   1045
Swa manlice   mære þeoden
hordweard hæleþa   heaþoræsas geald
mearum ond madmum   swa hy næfre man lyhð
se þe secgan wile   soð æfter rihte.

dene, um estandarte dourado como recompensa pela vitória — bandeira de guerra ornamentada —, um elmo e armadura e uma grandiosa espada do tesouro; muitos a viram antes do herói portá-la. Beowulf tomou da caneca naquele salão; dos presentes valiosos ele não precisava se envergonhar perante os guerreiros. Nunca ouvi falar de quatro tesouros adornados em ouro entregues, entre tantos homens, de forma tão amistosa a outro homem, nos bancos de cerveja.

    Em torno do topo do elmo protetor da cabeça, um aro preso por faixa de metal[73] o protegia pelo lado de fora; assim, pelo fio da espada não poderia ser violentamente danificado por golpes seguidos, quando o guerreiro de escudo avançasse contra o inimigo. O senhor dos nobres ordenou que oito cavalos, com rédeas e freios decorados, fossem levados ao solo do salão através do pátio. Em um deles, encontrava-se uma sela habilmente decorada, ornamentada com joias. Esta era a sela de guerra do grande rei, quando o filho de Healfdene desejava ingressar no embate de espadas; nunca lhe falhou, na frente de batalha, a força guerreira, largamente conhecida, enquanto os mortos caíam. E, então, a Beowulf o protetor dos ingwines[74] concedeu, assim, a posse de ambos: os cavalos e as armas, dizendo-lhe para utilizá-los bem. Deste modo, de forma nobre, o grande líder, o guardião dos tesouros dos heróis, recompensou pela tormenta da batalha, com cavalos e tesouros. Desta maneira, nenhum homem poderia culpá-lo, aquele que desejasse dizer a verdade de acordo com o que é certo.[75]

---

[73] Trata-se de uma crista de metal sobre o elmo, usada para reforçar sua resistência contra ataques.

[74] No original, *Ingwina*: "amigos de Ing", os daneses.

[75] Podemos interpretar este trecho do poema da seguinte maneira: ninguém poderia culpar o rei Hrothgar por não ser generoso e grato a Beowulf, por este ter livrado seu grande salão da presença de Grendel.

XVI

Ða gyt æghwylcum eorla drihten
þara þe mid Beowulfe brimlade teah
on þære medubence maþðum gesealde
yrfelafe ond þone ænne heht
golde forgyldan þone ðe Grendel ær
mane acwealde swa he hyra ma wolde
nefne him witig god wyrd forstode
ond ðæs mannes mod. Metod eallum weold
gumena cynnes, swa he nu git deeð.
Forþan bið andgit æghwær selest
ferhðes foreþanc. Fela sceal gebidan
leofes ond laþes se þe longe her
on ðyssum windagum worolde bruceð.
Þær wæs sang ond sweg samod ætgædere
fore Healfdenes hildewisan
gomenwudu greted gid oft wrecen
ðonne healgamen Hroþgares scop
æfter medobence mænan scolde
Finnes eaferum ða hie se fær begeat
hæleð Healf-Dena Hnæf Scyldinga
in Freswæle feallan scolde.
Ne huru Hildeburh herian þorfte
Eotena treowe unsynnum wearð
beloren leofum æt þam lindplegan
bearnum ond broðrum hie on gebyrd hruron
gare wunde. Þæt wæs geomuru ides.
Nalles holinga Hoces dohtor
meotodsceaft bemearn syþðan morgen com
ða heo under swegle geseon meahte
morþorbealo maga þær he ær mæste heold

XVI

A batalha de Finnsburh

Assim, então, o senhor dos nobres presenteou cada um daqueles que realizaram a viagem pelo mar com Beowulf, naqueles bancos de hidromel, com tesouros de herança, e ordenou que fosse entregue ouro por aquele que Grendel malignamente havia matado;[76] pois ele teria pegado mais deles se o destino não fosse impedido pelo sábio Deus e pela coragem do homem. O Criador governava tudo da raça dos homens, assim como Ele ainda faz agora. Portanto, é sempre melhor o conhecimento, a reflexão do espírito. Muito deve experimentar, de amor e ódio, aquele que, por muito tempo, desfrutar aqui desse mundo, nesses dias de conflito. Houve, ali, canto e música, juntos, unidos. Perante o líder de batalha de Healfdene,[77] a harpa foi tocada, as histórias, mais uma vez contadas, enquanto o poeta de Hrothgar — o entretenimento do salão —, em meio aos de bancos de hidromel, recitou sobre os filhos de Finn, abatidos por um súbito ataque. E sobre o herói dos daneses, Hnæf, o scyldinga, que tombou no campo dos frísios.[78]

---

[76] Hrothgar paga a Beowulf a compensação em ouro pelo guerreiro assassinado por Grendel. Eis um claro exemplo de pagamento de *wergild*. Ver nota 18.

[77] Hrothgar.

[78] A história narrada aqui é obscura. Um outro poema, intitulado *A batalha de Finnsburh* (ver pp. 261-5 nesta edição), ajuda a esclarecer os acontecimentos que o poeta de Hrothgar recita: Hnæf, príncipe dos daneses e filho de Hoc, está visitando sua irmã Hildeburh na casa de seu marido Finn, rei dos frísios e filho de Folcwalda. Enquanto está lá, o grupo dos daneses é traído e atacado. Após cinco dias de combate Hnæf é morto, junto com muitos outros do lado inimigo. Um dos guerreiros sobreviventes de Hnæf, Hengest, torna-se o novo líder dos daneses. Na impossibilidade de concluir o confronto, decidem estabelecer uma trégua, quando os daneses se submetem ao rei dos frísios, com a garantia de que não serão mais molestados.

worolde wynne.　　Wig ealle fornam
Finnes þegnas　　nemne feaum anum
þæt he ne mehte　　on þæm meðelstede
wig Hengeste　　wiht gefeohtan
ne þa wealafe　　wige forþringan
þeodnes ðegne　　ac hig him geþingo budon
þæt hie him oðer flet　　eal gerymdon
healle ond heahsetl　　þæt hie healfre geweald
wið Eotena bearn　　agan moston
ond æt feohgyftum　　Folcwaldan sunu
dogra gehwylce　　Dene weorþode
Hengestes heap　　hringum wenede
efne swa swiðe　　sincgestreonum
fættan goldes　　swa he Fresena cyn
on beorsele　　byldan wolde.
Ða hie getruwedon　　on twa healfa
fæste frioðuwære.　　Fin Hengeste
elne unflitme　　aðum benemde
þæt he þa wealafe　　weotena dome
arum heolde　　þæt ðær ænig mon
wordum ne worcum　　wære ne bræce
ne þurh inwitsearo　　æfre gemænden
ðeah hie hira beaggyfan　　banan folgedon
ðeodenlease　　þa him swa geþearfod wæs
gyf þonne Frysna hwylc　　frecnan spræce
ðæs morþorhetes　　myndgiend wære
þonne hit sweordes ecg　　syððan scolde.
Að wæs geæfned　　ond icge gold
ahæfen of horde.　　Here-Scyldinga
betst beadorinca　　wæs on bæl gearu.
Æt þæm ade wæs　　eþgesyne
swatfah syrce　　swyn ealgylden
eofer irenheard　　æþeling manig
wundum awyrded　　sume on wæle crungon.
Het ða Hildeburh　　æt Hnæfes ade
hire selfre sunu　　sweoloðe befæstan
banfatu bærnan　　ond on bæl don
eame on eaxle.　　Ides gnornode

Na verdade, Hildeburh não precisava celebrar a lealdade dos jutos; ela fora privada de seus amados inocentes naquele confronto de escudos: os filhos e os irmãos. Eles caíram pelo destino, feridos pela lança. Ela foi uma senhora triste. Não sem motivo, a filha de Hoc lamentou os desígnios da Providência, quando veio o amanhecer, e ela pôde ver o massacre de seus familiares sob o céu, onde ela antes possuiu o maior dos prazeres do mundo. Dos guerreiros de Finn, a guerra levou todos, exceto alguns poucos, de forma que, naquele campo de batalha, ele não podia de forma alguma concluir o combate contra Hengest, nem os desafortunados remanescentes podiam ser retirados do confronto, os guerreiros do líder; mas eles lhes ofereceram uma trégua: obteriam uma nova construção inteiramente para eles, salão e trono, e receberiam permissão para dividir o poder com os filhos dos jutos; com a doação de presentes, o filho de Folcwalda honraria os daneses a cada dia, agradaria as tropas de Hengest com anéis, assim como ele também já havia encorajado a tribo dos frísios com tesouros ornados em ouro, no salão da cerveja. Eles, então, firmaram, dos dois lados, um tratado de paz. Finn prestou a Hengest juramentos verdadeiros, sem questionar que os tristes sobreviventes, com o julgamento dos conselheiros, ele manteria com honra, e que, lá, nenhum homem, nem por palavras, nem por atos, quebraria o tratado, nem por malícia nunca reclamaria, apesar de seguirem o assassino de seu doador de anéis — uma vez que assim lhes era requerido sem um líder. Se então, por meio de fala hostil, qualquer frísio fosse lembrado daquele ódio assassino, isso seria remediado pelas pontas de suas espadas. A pira estava preparada, e o poderoso ouro foi trazido do tesouro. Dos guerreiros scyldingas, o melhor homem de guerra estava pronto na pira. Na pira, era fácil ver a cota de malha impregnada de sangue, todos os dourados suínos, os duros javalis de ferro, muitos nobres destruídos por ferimentos; grandes homens tombaram na matança. Hildeburh, então, ordenou que enviassem à pira de Hnæf seu próprio filho e, no fogo, o colocassem ao lado do tio,[79] para que as chamas queimassem o corpo. A mulher lamentou com um triste canto. Os guerreiros se elevaram em espirais, em nuvens, no maior dos fogos funerais, que rugia perante o monte; suas cabeças derreteram, os ferimentos se romperam quando o sangue jorrou. Furiosas mordidas nos corpos: o fogo — espírito faminto — devorou tudo

---

[79] No original, *eame on eaxle*: literalmente, "aos ombros do tio".

geomrode giddum.　　Guðrinc astah
wand to wolcnum　　wælfyra mæst
hlynode for hlawe　　hafelan multon
bengeato burston　　ðonne blod ætspranc
laðbite lices.　　Lig ealle forswealg
gæsta gifrost　　þara ðe þær guð fornam
bega folces　　wæs hira blæd scacen.

daqueles que a guerra levara de ambos os povos; deles, a glória havia chegado ao fim.[80]

---

[80] Como se nota desde o início do poema, com os ritos fúnebres de Scyld Scefing, e ao longo de toda a narrativa, as representações de funerais constituem um elemento de suma importância para a sociedade tratada no texto. Para maiores informações sobre a simbologia e o contexto desses ritos fúnebres, ver, no Posfácio, a seção "O universo de *Beowulf*" (pp. 320-9).

XVII

Gewiton him ða wigend   wica neosian
freondum befeallen   Frysland geseon
hamas ond heaburh.   Hengest ða gyt
wælfagne winter   wunode mid Finn
eal unhlitme   eard gemunde
þeah þe he ne meahte   on mere drifan
hringedstefnan   holm storme weol
won wið winde   winter yþe beleac
isgebinde   oþ ðæt oþer com
gear in geardas   swa nu gyt deð
þa ðe syngales   sele bewitiað
wuldortorhtan weder.   Ða wæs winter scacen
fæger foldan bearm   fundode wrecca
gist of geardum   he to gyrnwræce
swiðor þohte   þonne to sælade
gif he torngemot   þurhteon mihte
þæt he Eotena bearn   inne gemunde.
Swa he ne forwyrnde   woroldrædenne
þonne him Hunlafing   hildeleoman
billa selest   on bearm dyde
þæs wæron mid Eotenum   ecge cuðe.
Swylce ferhðfrecan   Fin eft begeat
sweordbealo sliðen   æt his selfes ham
siþðan grimne gripe   Guðlaf ond Oslaf
æfter sæsiðe   sorge mændon
ætwiton weana dæl   ne meahte wæfre mod
forhabban in hreþre.   Ða wæs heal roden
feonda feorum   swilce Fin slægen
cyning on corþre   ond seo cwen numen.
Sceotend Scyldinga   to scypon feredon

XVII

A batalha de Finnsburh — continuação

Os guerreiros, então, deixaram de buscar sua morada para ver a Frísia, desprovidos de amigos, de seus lares e das altivas fortalezas. Hengest ainda permaneceu com Finn naquele inverno marcado de matanças, totalmente desolado; lembrava-se da terra natal, embora não pudesse guiar pelo mar o de proa curvada:[81] o oceano se agitava na tempestade, lutava contra o vento, o inverno encarcerava as ondas em prisões de gelo — até que veio outro ano na corte, como ainda se dá agora, por aqueles que sempre observam as estações, o glorioso tempo. Assim, o inverno estava terminado, e belo era o seio da terra. O convidado da corte estava ansioso para partir do exílio; na dolorosa vingança ele pensava intensamente, mais do que na viagem pelo mar: conseguiria arranjar um encontro hostil no qual lembraria os filhos dos jutos em seu íntimo? Assim, ele não recusou o costume mundano quando o filho de Hunlaf[82] colocou a chama da batalha, a melhor das espadas, em seu colo; sua lâmina era conhecida entre os jutos. Em troca, o espírito valente de Finn recebeu a cruel morte da espada, em seu próprio lar, quando Guthlaf e Oslaf, após sua viagem no mar, falaram do ataque feroz, de suas aflições, e o culparam por partilharem daquele sofrimento; o incansável espírito não podia se conter em seus corações.[83] Desta forma, o salão ficou vermelho com as vidas dos inimigos, e assim também Finn estava morto, o rei em sua tropa, e a rainha capturada. Os guerreiros scyldingas carregaram para os barcos todos os bens da casa do rei daquela terra, aquilo que eles puderam encontrar no lar de Finn, joias e gemas preciosas. Na jornada pelo

1125

---

[81] No original, *hringedstefnan*: "proa curvada (anelada)", ou seja, o barco.

[82] Não é muito claro sobre quem este trecho do poema fala. Aparentemente, alguns guerreiros permaneceram com Hengest no salão de Finn durante todo o inverno. Alguns estudiosos do poema entendem a palavra *hunlafing* como o nome de uma espada.

[83] Podemos interpretar que Guthlaf e Oslaf, ao fim do inverno, relembraram Hengest sobre o conflito contra os frísios e o porquê de estarem ali.

eal ingesteald   eorðcyninges 1155
swylce hie æt Finnes ham   findan meahton
sigla searogimma.   Hie on sælade
drihtlice wif   to Denum feredon
læddon to leodum.   Leoð wæs asungen
gleomannes gyd.   Gamen eft astah 1160
beorhtode bencsweg   byrelas sealdon
win of wunderfatum.   Þa cwom Wealhþeo forð
gan under gyldnum beage   þær þa godan twegen
sæton suhtergefæderan   þa gyt wæs hiera sib ætgædere
æghwylc oðrum trywe.   Swylce þær Unferþ þyle
æt fotum sæt frean Scyldinga;   gehwylc hiora his ferhþe treowde
þæt he hæfde mod micel   þeah þe he his magum nære
arfæst æt ecga gelacum.   Spræc ða ides Scyldinga:
"Onfoh þissum fulle   freodrihten min
sinces brytta.   Þu on sælum wes 1170
goldwine gumena   ond to Geatum spræc
mildum wordum   swa sceal man don.
Beo wið Geatas glæd   geofena gemyndig
nean ond feorran   þe þu nu hafast.
Me man sægde   þæt þu ðe for sunu wolde 1175
hereric habban.   Heorot is gefælsod
beahsele beorhta   bruc þenden þu mote
manigra medo   ond þinum magum læf
folc ond rice   þonne ðu forð scyle
metodsceaft seon.   Ic minne can 1180
glædne Hroþulf   þæt he þa geogoðe wile
arum healdan   gyf þu ær þonne he
wine Scildinga   worold oflætest
wene ic þæt he mid gode   gyldan wille
uncran eaferan   gif he þæt eal gemon 1185
hwæt wit to willan   ond to worðmyndum
umborwesendum ær   arna gefremedon."
Hwearf þa bi bence   þær hyre byre wæron
Hreðric ond Hroðmund   ond hæleþa bearn
giogoð ætgædere   þær se goda sæt 1190
Beowulf Geata   be þæm gebroðrum twæm.

mar, carregaram a senhora nobre[84] para os daneses, levaram-na para seu povo.

A canção havia sido cantada, a história do cantor. A alegria novamente se ergueu! Nos bancos, o som claro da algazarra! Os carregadores de canecas serviram vinho de uma maravilhosa jarra. Então, à frente veio Wealhtheow, andando sob sua coroa dourada, até lá onde os dois bons homens se sentavam, sobrinho e tio; ainda havia paz entre eles, cada um sincero para com o outro. Assim como Unferth, o orador estava sentado aos pés do senhor dos scyldingas. Todos confiavam em seu espírito, em que ele tinha grande coragem, apesar de, no choque das espadas, ele não ter sido misericordioso com seus parentes. Falou a senhora dos scyldingas:

"Receba esta caneca, meu nobre senhor, doador de tesouros. Você está cheio de alegria, dourado amigo dos homens,[85] e para os geatas fale palavras gentis, assim como um homem deve fazer. Seja cortês com os geatas, tenha em mente os presentes que, de longe e de perto, você agora possui. Disseram-me que você desejava ter este guerreiro como seu filho. Heorot está expurgado, o brilhante salão dos anéis; aproveite suas muitas recompensas enquanto pode, e deixe para seus familiares o povo e o reino quando você precisar ver os desígnios da Providência. Eu sei, de meu adorável Hrothulf, que ele irá honoravelmente manter estes jovens se você, amigo dos scyldingas, deixar o mundo; antes dele, eu penso que com bondade iria retribuir aos nossos filhos se ele se lembrar de tudo o que nós, por sua felicidade e honra, realizamos anteriormente em sua juventude".

Virou-se então para o banco onde seus filhos estavam — Hrethric e Hrothmund — e o filho do herói, os jovens todos juntos. Lá, o bom homem havia se sentado, Beowulf dos geatas, entre os irmãos.

---

[84] Hildeburh.

[85] No original, *goldwine gumena* ("dourado amigo dos homens"); é um dos termos referentes à figura régia benevolente, generosa, que distribui tesouros aos homens. Neste caso, referindo-se a Hrothgar.

XVIII

Him wæs ful boren ond freondlaþu
wordum bewægned ond wunden gold
estum geeawed earmreade twa
hrægl ond hringas healsbeaga mæst 1195
þara þe ic on foldan gefrægen hæbbe.
Nænigne ic under swegle selran hyrde
hordmadmum hæleþa syðan Hama ætwæg
to þære byrhtan byrig Brosinga mene
sigle ond sincfæt searoniðas fealh 1200
Eormenrices geceas ecne rad.
Þone hring hæfde Higelac Geata
nefa Swertinges nyhstan siðe
siðþan he under segne sinc ealgode
wælreaf werede hyne wyrd fornam 1205
syþðan he for wlenco wean ahsode
fæhðe to Frysum. He þa frætwe wæg
eorclanstanes ofer yða ful
rice þeoden; he under rande gecranc.
Gehwearf þa in Francna fæþm feorh cyninges 1210
breostgewædu ond se beah somod
wyrsan wigfrecan wæl reafeden
æfter guðsceare Geata leode
hreawic heoldon. Heal swege onfeng.
Wealhðeo maþelode heo fore þæm werede spræc: 1215
"Bruc ðisses beages Beowulf leofa
hyse mid hæle ond þisses hrægles neot
þeodgestreona ond geþeoh tela
cen þec mid cræfte ond þyssum cnyhtum wes
lara liðe. Ic þe þæs lean geman. 1220
Hafast þu gefered þæt ðe feor ond neah

XVIII

O descanso dos guerreiros

Uma caneca lhe foi trazida, e um sinal de amizade oferecido em palavras, e o ouro trabalhado, entregue de boa vontade: dois braceletes, armadura e anéis, e o maior colar de que já se soube na terra. Nunca ouvi, sob o céu, de melhor tesouro de um herói, desde que Hama[86] levou para a brilhante fortaleza o colar dos brosingas, joias e preciosos objetos; fugiu da vilania de Ermanrico, e buscou o conselho eterno. Hygelac dos geatas, sobrinho de Swerting, portava aquele colar em sua última expedição quando, sob o estandarte, ele defendeu seu tesouro, protegeu o espólio da batalha; o destino o levou quando ele, por orgulho, buscou por problemas, guerra com os frísios.[87] Ele usou o ornamento, aquela pedra preciosa, sobre as cristas das ondas, aquele poderoso líder; e sob seu escudo ele pereceu. Para o poder dos francos foi passada a vida do rei, junto com a cota de malha e o colar. Os piores guerreiros pilharam os mortos após a matança da guerra; o povo dos geatas encheu o campo de cadáveres. O salão encheu-se de som!

Wealhtheow disse, perante a tropa ela falou:

"Desfrute deste colar, Beowulf, jovem querido, com boa sorte, e faça uso desta armadura — o tesouro de um povo — e seja bem-sucedido, por sua força faça-se conhecido e para estes garotos seja benevolente em

---

[86] Aqui o poema inicia uma digressão (que se estenderá até o final do verso 1214) sobre os tesouros que Beowulf está recebendo como presente — especialmente o colar dos brosingas — e sua ligação com eventos futuros, envolvendo, por exemplo, a morte do rei Hygelac. O colar dos brosingas aparentemente se refere ao colar usado pela deusa da mitologia nórdica Freya. Não se sabe muito sobre Hama, que teria roubado o colar de Ermanrico, famoso rei dos godos. A "brilhante fortaleza" (*byrhtan byrig*) e o "conselho eterno" (*ecne rad*) podem se referir a um monastério e até mesmo à fé cristã (uma história contada na *Thidrekssaga*). Entretanto, qualquer conclusão aqui é mera suposição.

[87] Esta é a primeira menção à malsucedida expedição de Hygelac contra os frísios. Mais tarde saberemos que Beowulf dará o colar para Hygd, a esposa de Hygelac.

ealne wideferhþ   weras ehtigað
efne swa side   swa sæ bebugeð
windgeard weallas.   Wes þenden þu lifige
æþeling, eadig.   Ic þe an tela 1225
sincgestreona.   Beo þu suna minum
dædum gedefe   dreamhealdende.
Her is æghwylc eorl   oþrum getrywe
modes milde   mandrihtne hold
þegnas syndon geþwære   þeod ealgearo 1230
druncne dryhtguman   doð swa ic bidde."
Eode þa to setle.   Þær wæs symbla cyst
druncon win weras.   Wyrd ne cuþon
geosceaft grimme   swa hit agangen wearð
eorla manegum   syþðan æfen cwom 1235
ond him Hroþgar gewat   to hofe sinum
rice to ræste.   Reced weardode
unrim eorla   swa hie oft ær dydon.
Bencþelu beredon   hit geondbræded wearð
beddum ond bolstrum.   Beorscealca sum 1240
fus ond fæge   fletræste gebeag.
Setton him to heafdon   hilderandas
bordwudu beorhtan   þær on bence wæs
ofer æþelinge   yþgesene
heaþosteapa helm   hringed byrne 1245
þrecwudu þrymlic.   Wæs þeaw hyra
þæt hie oft wæron   an wig gearwe
ge æt ham ge on herge   ge gehwæþer þara
efne swylce mæla   swylce hira mandryhtne
þearf gesælde   wæs seo þeod tilu. 1250

conselhos. Eu me lembrarei de recompensá-lo. Você realizou tanto que, longe e perto, todos os homens para sempre o louvarão, um louvor tão largo quanto o mar que nos circunda como muralha, a morada dos ventos. Enquanto viver, seja abençoado, ó príncipe. Eu lhe desejo o bem e tesouros preciosos. Seja para os meus filhos gentil nas ações, cheio de alegria. Aqui todos os nobres são verdadeiros um para com o outro, de corações ternos, leais ao seu grande senhor; os guerreiros estão reunidos, a tropa atenta, e, tendo os homens bebido, fazem como peço". 1220

Foi então sentar-se. Aquele era um magnífico banquete! Os homens bebiam vinho. Não conheciam o destino, a terrível e antiga sina que estava para ocorrer a muitos heróis quando a noite viesse, e ele, Hrothgar — poderoso — fosse para seus aposentos, para seu descanso. A construção foi guardada por inúmeros guerreiros, assim como, por vezes, fora feito no passado. Afastaram os bancos; foram espalhados leitos e travesseiros. Um dos bebedores de cerveja, pronto e fadado a morrer, deitou-se em seu leito no salão. Puseram seus escudos de batalha perto de suas cabeças, brilhantes peças de madeira; estavam lá nos bancos, fáceis de enxergar sobre os nobres, o altivo elmo de batalha, a armadura anelada e a poderosa lança. Era seu costume que eles sempre estivessem prontos para a guerra, tanto em casa quanto em campanha, cada um deles, a cada instante que seu grande senhor estivesse em necessidade. Aquela era uma boa tropa! 1232 1240

Cantos XIX-XXIII

Naquela noite, a mãe de Grendel vai até Heorot com a intenção de vingar seu filho. Ela realiza seu ataque e, na fuga, carrega consigo Æschere, o melhor amigo e conselheiro de Hrothgar, e também o braço de Grendel, retornando então para o pântano. Pela manhã, os daneses partem, junto com Beowulf e seus homens, no rastro do monstro. No caminho, Hrothgar lamenta, para Beowulf, a perda de Æschere, e apela ao herói por ajuda. Beowulf promete pôr um fim definitivo ao mal que ainda paira sobre os daneses. Com uma tropa de daneses e geatas, o rei e o jovem herói partem para o lago. Ao chegarem, Beowulf se arma e dirige algumas palavras a Hrothgar. Ele mergulha no lago e nada até chegar ao fundo, sendo então atacado pela mãe de Grendel. Ela o arrasta para uma caverna e lá iniciam o combate. Beowulf não consegue derrotá-la com sua espada, e ela quase obtém a vitória sobre o herói. Mas, no último momento, ele encontra uma antiga espada, do tempo dos gigantes, e com ela mata a mãe de Grendel. Enquanto isso, às margens do lago, muitos acreditam que Beowulf tenha morrido devido à coloração que surge na água. Desta forma, os daneses decidem partir de volta para o salão. Entretanto, os guerreiros de Beowulf se mantêm leais e esperam, até que ele volta à superfície, carregando a cabeça de Grendel e o punho da espada dos gigantes, cuja lâmina havia sido derretida pelo sangue do monstro. E, assim, eles retornam a Heorot.

XIX

Sigon þa to slæpe.   Sum sare angeald
æfenræste   swa him ful oft gelamp
siþðan goldsele   Grendel warode
unriht æfnde   oþ þæt ende becwom
swylt æfter synnum.   Þæt gesyne wearþ   1255
widcuþ werum   þætte wrecend þa gyt
lifde æfter laþum   lange þrage
æfter guðceare   Grendles modor
ides aglæcwif   yrmþe gemunde
se þe wæteregesan   wunian scolde   1260
cealde streamas   siþðan Cain him wearð
to ecgbanan   angan breþer
fæderenmæge   he þa fag gewat
morþre gemearcod   mandream fleon
westen warode.   Þanon woc fela   1265
geosceaftgasta   wæs þæra Grendel sum
heorowearh hetelic   se æt Heorote fand
wæccendne wer   wiges bidan
þær him aglæca   ætgræpe wearð
hwæþre he gemunde   mægenes strenge   1270
gimfæste gife   ðe him god sealde
ond him to anwaldan   are gelyfde
frofre ond fultum   ðy he þone feond ofercwom
gehnægde helle gast.   Þa he hean gewat
dreame bedæled   deaþwic seon   1275
mancynnes feond.   Ond his modor þa gyt
gifre ond galgmod   gegan wolde
sorhfulne sið   sunu deoð wrecan.
Com þa to Heorote   ðær Hring-Dene
geond þæt sæld swæfun.   Þa ðær sona wearð   1280
edhwyrft eorlum   siþðan inne fealh
Grendles modor.   Wæs se gryre læssa

XIX

A mãe de Grendel

Caíram então no sono. Alguém pagou amargamente pelo descanso 1251
noturno, assim como muitas vezes acontecera quando Grendel invadira
o salão dourado, cometendo seus crimes, até que veio o seu fim, a morte
pelos seus pecados. Tornou-se claro, amplamente conhecido pelos homens, que um vingador ainda vivia por longo tempo após o ser abominável, depois daquela terrível batalha. A mãe de Grendel, a criatura, mulher monstruosa,[88] lembrou-se de sua desgraça. Ela, forçada a habitar as
águas malignas, as correntezas geladas; desde que Caim se tornou assassino de seu único irmão — o filho de seu pai — pela espada; ele, então,
culpado, partiu, marcado pelo assassinato, abandonou a alegria entre os
homens, morando nos ermos. Dele, vieram muitos espíritos amaldiçoados. Grendel era um deles, odiado, inimigo maldito, que em Heorot descobriu um guerreiro desperto, aguardando pela batalha. Lá, o monstro 1265
foi agarrá-lo; entretanto, ele se lembrou de sua poderosa força, o grandioso presente que Deus lhe dera e confiou no favor do Todo-Poderoso,
em Seu conforto e auxílio. Assim, então, ele derrotou o demônio, subjugou o espírito infernal. Desta forma, ele — o inimigo da raça dos homens
— partiu humilhado, privado de alegria, para ver o local de sua morte.
E sua mãe, assim, ávida e de coração triste, desejava ir em sua pesarosa
jornada, vingar a morte de seu filho. Dirigiu-se então até Heorot, onde
os daneses de anéis[89] dormiam por todo o salão. De repente, aconteceu 1279
uma reviravolta para os guerreiros quando, lá dentro, penetrou a mãe de
Grendel. O terror foi tanto menor, quanto o poder da força de uma dama, a força de guerra de uma mulher comparada a um homem armado,
quando a espada adornada, manchada de sangue, forjada pelo martelo,

---

[88] *Ides aglæcwif*: em uma tradução literal, "senhora mulher-monstro".

[89] *Hring-Dene*.

efne swa micle   swa bið mægþa cræft
wiggryre wifes   be wæpnedmen
þonne heoru bunden   hamere geþruen   1285
sweord swate fah   swin ofer helme
ecgum dyhtig   andweard scireð.
Þa wæs on healle   heardecg togen
sweord ofer setlum   sidrand manig
hafen handa fæst   helm ne gemunde   1290
byrnan side   þa hine se broga angeat.
Heo wæs on ofste   wolde ut þanon
feore beorgan   þa heo onfunden wæs
hraðe heo æþelinga   anne hæfde
fæste befangen   þa heo to fenne gang.   1295
Se wæs Hroþgare   hæleþa leofost
on gesiðes had   be sæm tweonum
rice randwiga   þone ðe heo on ræste abreat
blædfæstne beorn.   Næs Beowulf ðær
ac wæs oþer in   ær geteohhod   1300
æfter maþðumgife   mærum Geate.
Hream wearð in Heorote   heo under heolfre genam
cuþe folme   cearu wæs geniwod
geworden in wicun.   Ne wæs þæt gewrixle til
þæt hie on ba healfa   bicgan scoldon   1305
freonda feorum.   Þa wæs frod cyning
har hilderinc   on hreon mode
syðþan he aldorþegn   unlyfigendne
þone deorestan   deadne wisse.
Hraþe wæs to bure   Beowulf fetod   1310
sigoreadig secg.   Samod ærdæge
eode eorla sum   æþele cempa
self mid gesiðum   þær se snotera bad
hwæþer him alwalda   æfre wille
æfter weaspelle   wyrpe gefremman.   1315
Gang ða æfter flore   fyrdwyrðe man
mid his handscale   — healwudu dynede —
þæt he þone wisan   wordum nægde
frean Ingwina   frægn gif him wære
æfter neodlaðu   niht getæse.   1320

arranca, com a forte lâmina, o javali sobre o elmo de um oponente.[90] No salão, as poderosas lâminas foram então sacadas, as espadas sobre os assentos, muitos dos grandes escudos erguidos firmes nas mãos; não se lembraram dos elmos e das grandes armaduras quando foram pegos pelo terror. Ela estava com pressa, desejava sair de lá, proteger sua vida, quando foi descoberta; rapidamente, ela apanhou um guerreiro e, com força, agarrou-o quando se foi para o pântano. Ele era o mais querido do heróis de Hrothgar, na posição de companheiro entre os dois mares, poderoso guerreiro de escudo, que em seu descanso ela matou; renomado homem. Beowulf não estava lá, pois outro local lhe havia sido antes designado após a entrega dos tesouros ao glorioso geata. Houve um urro em Heorot: ela havia pegado a ensanguentada e conhecida mão;[91] a tristeza foi renovada, e ela retornou para sua habitação. Aquela não foi uma boa troca, na qual, de ambos os lados, eles tiveram de pagar com a vida de entes queridos.[92]

Então, o sábio rei, guerreiro grisalho, ficou com o espírito abalado, uma vez que aquele — seu velho comandante — não mais vivia, quando soube que o seu mais estimado estava morto. Beowulf foi rapidamente chamado do aposento, o homem abençoado pela vitória. Junto com a aurora, o nobre campeão foi com alguns guerreiros — ele com seus companheiros — até onde o sábio[93] aguardava o desígnio do Todo-Poderoso: que ele obtivesse alguma reviravolta após tal maré de infortúnios. O homem valoroso em batalha foi sobre o assoalho com sua tropa pessoal — a madeira do salão ressoou — e com palavras se dirigiu ao sábio senhor dos ingwines, perguntando se ele tivera uma noite agradável, apesar do chamado urgente.

---

[90] Na verdade, como será mostrado a seguir, a mãe de Grendel se revela um oponente muito mais perigoso para Beowulf do que seu filho. Não é clara a intenção desta passagem ao dizer que a mãe de Grendel seria mais fraca ou mais delicada que o filho, pois ao adentrar o salão ela de imediato se faz notar, e o confronto subsequente com Beowulf em sua toca é muito mais difícil.

[91] A garra de Grendel que estava pendurada como troféu em Heorot.

[92] *Freonda feorum*: numa tradução literal, "vida de amigos/parentes".

[93] O rei Hrothgar.

XX

Hroðgar maþelode helm Scyldinga:
"Ne frin þu æfter sælum. Sorh is geniwod
Denigea leodum. Dead is Æschere
Yrmenlafes yldra broþor
min runwita ond min rædbora 1325
eaxlgestealla ðonne we on orlege
hafelan weredon þonne hniton feþan
eoferas cnysedan. Swylc scolde eorl wesan
æþeling ærgod swylc Æschere wæs.
Wearð him on Heorote to handbanan 1330
wælgæst wæfre ic ne wat hwæþer
atol æse wlanc eftsiðas teah
fylle gefrægnod. Heo þa fæhðe wræc
þe þu gystran niht Grendel cwealdest
þurh hæstne had heardum clammum 1335
forþan he to lange leode mine
wanode ond wyrde. He æt wige gecrang
ealdres scyldig ond nu oþer cwom
mihtig manscaða wolde hyre mæg wrecan
ge feor hafað fæhðe gestæled 1340
þæs þe þincean mæg þegne monegum
se þe æfter sincgyfan on sefan greoteþ
hreþerbealo hearde nu seo hand ligeð
se þe eow welhwylcra wilna dohte.
Ic þæt londbuend leode mine 1345
selerædende secgan hyrde
þæt hie gesawon swylce twegen
micle mearcstapan moras healdan
ellorgæstas. Ðæra oðer wæs
þæs þe hie gewislicost gewitan meahton 1350

XX

O relato de Hrothgar sobre o pântano

Hrothgar falou, o protetor dos scyldingas: 1321
"Que você não pergunte sobre alegrias! A tristeza se renova para o povo danês. Æschere está morto, o irmão mais velho de Yrmenlaf, meu confidente e meu conselheiro, companheiro de ombro quando nós, em batalha, protegíamos as cabeças enquanto as tropas se confrontavam, chocavam os elmos de javali. Um guerreiro deve ser assim, nobre desde cedo, como era Æschere. Em Heorot ele foi morto pela mão do incansável espírito da morte; eu não sei qual foi o caminho de volta daquela medonha, orgulhosa com o cadáver, regozijante com seu banquete. Ela vingou o confronto no qual você matou Grendel ontem à noite, por meio violento, num aperto poderoso, porque, por muito tempo, ele humilhou e destruiu o meu povo. Ele caiu em batalha pagando com a vida, e agora veio outro ser maligno poderoso desejando vingar sua prole, e acabou indo muito longe para realizar o combate. Assim pode parecer para muitos guerreiros cujos espíritos lamentavam pelo seu doador de tesouros, uma grande aflição para o coração. Agora, a mão que lhes realizou todos os desejos permanece inerte.

Eu, dos habitantes da terra de meu povo, e dos conselheiros do salão, ouvi dizer que eles viram os tais dois grandes andarilhos dos ermos guardando os pântanos, os espíritos estrangeiros. Um deles era, como eles claramente eram capazes de distinguir, de aparência de mulher; a outra criatura deformada, na forma de homem, andava no caminho do exílio, apesar de ser maior do que qualquer outro homem. Nos dias de outrora, ele era chamado Grendel pelos habitantes da terra; eles não conheciam um pai ou se, antes deles, alguém havia nascido dos espíritos malignos. Uma terra misteriosa eles habitavam, refúgio de lobos, penhascos cheios de vento, perigosos caminhos pelo charco, onde as correntezas das montanhas fluem, descendo sob as trevas dos rochedos, uma inundação sob a terra. Entretanto, não é distante, medido em milhas, onde o lago fica; sobre ele, paira um bosque coberto de gelo, uma floresta presa pelas raí- 1361

1345

idese onlicnæs oðer earmsceapen
on weres wæstmum wræclastas træd
næfne he wæs mara þonne ænig man oðer
þone on geardagum Grendel nemdon
foldbuende no hie fæder cunnon 1355
hwæþer him ænig wæs ær acenned
dyrnra gasta. Hie dygel lond
warigeað wulfhleoþu windige næssas
frecne fengelad ðær fyrgenstream
under næssa genipu niþer gewiteð 1360
flod under foldan. Nis þæt feor heonon
milgemearces þæt se mere standeð
ofer þæm hongiað hrinde bearwas
wudu wyrtum fæst wæter oferhelmað.
Þær mæg nihta gehwæm niðwundor seon 1365
fyr on flode. No þæs frod leofað
gumena bearna þæt þone grund wite.
Ðeah þe hæðstapa hundum geswenced
heorot hornum trum holtwudu sece
feorran geflymed ær he feorh seleð 1370
aldor on ofre ær he in wille
hafelan hydan nis þæt heoru stow.
Þonon yðgeblond up astigeð
won to wolcnum þonne wind styreþ
lað gewidru oð þæt lyft drysmaþ 1375
roderas reotað. Nu is se ræd gelang
eft æt þe anum. Eard git ne const
frecne stowe ðær þu findan miht
felasinnigne secg sec gif þu dyrre.
Ic þe þa fæhðe feo leanige 1380
ealdgestreonum swa ic ær dyde
wundun golde gyf þu on weg cymest."

zes que cobrem de sombras a água. Lá, à noite, qualquer um pode ver um acontecimento assustador: fogo na água! Nenhum dos sábios viventes, dos filhos dos homens, conhece seu fundo. E, apesar de o andarilho das pradarias — o cervo de chifres poderosos —, perseguido por cães, buscar a floresta quando perseguido por longa distância, ele antes desiste de sua vida na margem a ter de se jogar no lago para salvar sua cabeça. Aquele não é um local agradável. Lá, ondas agitadas se erguem escuras até as nuvens, quando o vento agita uma terrível tempestade, até que o ar se torne sombrio, e o céu chore. Agora, a solução depende mais uma vez somente de você. Não conhece a região ainda, o lugar horrível onde poderá encontrar a criatura pecaminosa. Procure-a se você se atrever! Eu o recompensarei com riquezas, com antigos tesouros, com ouro trabalhado, assim como eu o fiz antes, se você retornar".

XXI

Beowulf maþelode   bearn Ecgþeowes:
"Ne sorga snotor guma.   Selre bið æghwæm
þæt he his freond wrece   þonne he fela murne.   1385
Ure æghwylc sceal   ende gebidan
worolde lifes   wyrce se þe mote
domes ær deaþe   þæt bið drihtguman
unlifgendum   æfter selest.
Aris rices weard   uton hraþe feran   1390
Grendles magan   gang sceawigan.
Ic hit þe gehate   no he on helm losaþ
ne on foldan fæþm   ne on fyrgenholt
ne on gyfenes grund   ga þær he wille.
Ðys dogor þu   geþyld hafa   1395
weana gehwylces   swa ic þe wene to."
Ahleop ða se gomela   gode þancode
mihtigan drihtne   þæs se man gespræc.
Þa wæs Hroðgare   hors gebæted
wicg wundenfeax.   Wisa fengel   1400
geatolic gende   gumfeþa stop
lindhæbbendra.   Lastas wæron
æfter waldswaþum   wide gesyne
gang ofer grundas   þær heo gegnum for
ofer myrcan mor   magoþegna bær   1405
þone selestan   sawolleasne
þara þe mid Hroðgare   ham eahtode.
Ofereode þa   æþelinga bearn
steap stanhliðo   stige nearwe
enge anpaðas   uncuð gelad   1410
neowle næssas   nicorhusa fela.
He feara sum   beforan gengde

XXI

A expedição ao pântano

Beowulf falou, o filho de Ecgtheow: 1383
"Não sofra, sábio homem. É sempre melhor vingar seu amigo, do que se lamentar muito por ele. Cada um de nós deve experimentar o fim da vida neste mundo; aquele que puder que conquiste glórias antes da morte. Para o guerreiro, é o melhor, depois que não mais viver. Levante-se, guardião do reino, permita-nos ir logo examinar o rastro da parenta de Grendel. Isto eu lhe prometo: ele[94] não escapará em segurança, nem nas profundezas da terra, nem nas florestas da montanha, nem no fundo do oceano, aonde quer que deseje ir. Neste dia, você deve ter paciência com todos os seus infortúnios, assim como eu espero de você".

O velho ergueu-se, agradeceu a Deus, o poderoso Senhor, pelo discurso daquele homem. Então, para Hrothgar foi preparado um cavalo, montaria de crina trançada. O sábio príncipe cavalgou esplendidamente; 1400
a tropa marchou a pé, os portadores de escudo. O rastro ia, claramente visível, pelo caminho da floresta; uma trilha sobre o solo, por onde ela avançou sobre o pântano sombrio, carregando o poderoso guerreiro sem vida, o melhor daqueles que, com Hrothgar, guardaram o seu lar. Os filhos dos nobres atravessaram o íngreme precipício, a trilha estreita, o limitado caminho solitário, uma região desconhecida, de penhascos estreitos, lar de muitos monstros das águas. Ele foi à frente, com alguns homens experientes, para verificar o caminho, até que subitamente encontrou as árvores das montanhas curvadas sobre as pedras cinzentas, uma floresta sem alegria. Embaixo, a água continuava sangrenta e agitada. Para todos os daneses, para o amigo dos scyldingas, foi doloroso ao coração suportar; tristeza para muitos guerreiros, para cada um dos nobres, 1417

---

[94] Pode ter ocorrido um erro do copista ao transcrever o pronome masculino *he* ("ele") ao se referir à mãe de Grendel. Outra hipótese seria que o pronome estaria se referindo à palavra *magan* ("parente"); ou simplesmente Beowulf não reconhece claramente o gênero do monstro, a mãe de Grendel.

wisra monna   wong sceawian
oþþæt he færinga   fyrgenbeamas
ofer harne stan   hleonian funde 1415
wynleasne wudu   wæter under stod
dreorig ond gedrefed.   Denum eallum wæs
winum Scyldinga   weorce on mode
to geþolianne   ðegne monegum
oncyð eorla gehwæm   syðþan Æscheres 1420
on þam holmclife   hafelan metton.
Flod blode weol   folc to sægon
hatan heolfre.   Horn stundum song
fuslic fyrdleoð.   Feþa eal gesæt.
Gesawon ða æfter wætere   wyrmcynnes fela 1425
sellice sædracan   sund cunnian
swylce on næshleoðum   nicras licgean
ða on undernmæl   oft bewitigað
sorhfulne sið   on seglrade
wyrmas ond wildeor.   Hie on weg hruron, 1430
bitere ond gebolgne   bearhtm ongeaton,
guðhorn galan.   Sumne Geata leod
of flanbogan   feores getwæfde
yðgewinnes   þæt him on aldre stod
herestræl hearda   he on holme wæs 1435
sundes þe sænra   ðe hyne swylt fornam.
Hræþe wearð on yðum   mid eoferspreotum
heorohocyhtum   hearde genearwod
niða genæged   ond on næs togen
wundorlic wægbora;   weras sceawedon 1440
gryrelicne gist.   Gyrede hine Beowulf
eorlgewædum   nalles for ealdre mearn.
Scolde herebyrne   hondum gebroden
sid ond searofah   sund cunnian
seo ðe bancofan   beorgan cuþe 1445
þæt him hildegrap   hreþre ne mihte
eorres inwitfeng   aldre gesceþðan
ac se hwita helm   hafelan werede
se þe meregrundas   mengan scolde
secan sundgebland   since geweorðad 1450

quando encontraram a cabeça de Æschere naquele rochedo próximo à água. A água borbulhava com sangue; as pessoas viram aquela quente sangria. Por várias vezes a trombeta tocou a melodia ávida por guerra. Toda tropa sentou-se. Observaram então na água muitas serpentes, estranhos dragões marinhos explorando a água, e também nas encostas do rochedo jaziam monstros aquáticos, que, no período da manhã, por vezes realizavam pesarosas jornadas no caminho do mar, serpentes e feras selvagens. Eles investiram diretamente, furiosos e enlouquecidos! Ouviram o glorioso som, o tocar da trombeta de guerra! Um do povo dos geatas, com arco e flecha, privou a vida de um deles, da luta nas ondas, de forma que em seu coração fincou-se a poderosa flecha de guerra; na água, ele era um nadador mais lento quando a morte o levou. Rapidamente estava nas ondas, com lanças dentadas de javali pressionando com força, o incrível viajante das ondas, atacado violentamente e puxado para o rochedo; os homens contemplaram o estranho convidado.[95] 1432

Beowulf se armou em sua nobre vestimenta, não lamentava por sua vida. Devia, com a armadura feita à mão, grandiosa e ricamente decorada, explorar as águas. Sabia como proteger o seu corpo de forma que não poderia haver um ataque a seu coração, ou um enfurecido e maligno ataque atingir sua vida. Desta forma, seu elmo brilhante protegia a cabeça daquilo com que o fundo do lago deveria atingi-lo ao buscar as águas agitadas, adornado de tesouros, contornado por um esplêndido aro, como em seus dias antigos, feito por um ferreiro de armas, maravilhosamente forjado, decorado com imagens de javalis e de forma que, depois, nenhuma lâmina e nenhuma espada pudessem feri-lo. Nem aquele foi o menor dos poderosos auxílios que, em necessidade, o orador de Hrothgar[96] concedeu-lhe; aquela espada empunhada era chamada Hrunting. Ela era única perante os antigos tesouros! Seu corte era de ferro, decorada com traços venenosos, endurecida com sangue de batalha; ela nunca havia falhado, em combate, para homem algum que a tivesse brandido 1441

1455

---

[95] Como podemos ver, existiam outros monstros (neste caso, marinhos) na região onde se encontrava a morada de Grendel e sua mãe. Grendel e sua mãe, e mais tarde o dragão, são os monstros mais conhecidos e de maior relevância para a narrativa. Entretanto, existem outros confrontos contra monstros no poema, como este trecho, em que eles matam a criatura marinha próximo ao covil de Grendel, e aqueles que Beowulf enfrenta também no mar durante a competição entre ele e Breca (vv. 530-58).

[96] Unferth, filho de Ecglaf.

befongen freawrasnum swa hine fyrndagum
worhte wæpna smið wundrum teode
besette swinlicum þæt hine syðþan no
brond ne beadomecas bitan ne meahton.
Næs þæt þonne mætost mægenfultuma 1455
þæt him on ðearfe lah ðyle Hroðgares
wæs þæm hæftmece Hrunting nama
þæt wæs an foran ealdgestreona
ecg wæs iren atertanum fah
ahyrded heaþoswate næfre hit æt hilde ne swac 1460
manna ængum þara þe hit mid mundum bewand
se ðe gryresiðas gegan dorste
folcstede fara næs þæt forma sið
þæt hit ellenweorc æfnan scolde.
Huru ne gemunde mago Ecglafes 1465
eafoþes cræftig þæt he ær gespræc
wine druncen þa he þæs wæpnes onlah
selran sweordfrecan selfa ne dorste
under yða gewin aldre geneþan
drihtscype dreogan þær he dome forleas 1470
ellenmærðum. Ne wæs þæm oðrum swa
syðþan he hine to guðe gegyred hæfde.

com as mãos, aqueles que temíveis jornadas se atreveram a realizar à morada do inimigo. Esta não era a primeira vez que ela deveria realizar um feito de coragem. O filho de Ecglaf, poderoso em força, verdadeiramente não se lembrava do que ele havia falado antes, embriagado pelo vinho, quando emprestou a arma ao melhor guerreiro. Ele mesmo não se atreveu em arriscar sua vida sob o agitar das ondas, a realizar um ato valoroso; por isso, ele perdeu sua honra, sua fama, devido à coragem. Não era assim com o outro, uma vez que ele mesmo tinha se equipado para a batalha.

XXII

Beowulf maðelode   bearn Ecgþeowes:
"Geþenc nu se mæra   maga Healfdenes
snottra fengel   nu ic eom siðes fus 1475
goldwine gumena   hwæt wit geo spræcon
gif ic æt þearfe   þinre scolde
aldre linnan   þæt ðu me a wære
forðgewitenum   on fæder stæle.
Wes þu mundbora   minum magoþegnum 1480
hondgesellum   gif mec hild nime
swylce þu ða madmas   þe þu me sealdest
Hroðgar leofa   Higelace onsend.
Mæg þonne on þæm golde ongitan   Geata dryhten
geseon sunu Hrædles,   þonne he on þæt sinc staræð, 1485
þæt ic gumcystum   godne funde
beaga bryttan   breac þonne moste.
Ond þu Unferð læt   ealde lafe
wrætlic wægsweord   widcuðne man
heardecg habban   ic me mid Hruntinge 1490
dom gewyrce   oþðe mec dead nimeð."
Æfter þæm wordum   Weder-Geata leod
efste mid elne   nalas andsware
bidan wolde   brimwylm onfeng
hilderince.   Ða wæs hwil dæges 1495
ær he þone grundwong   ongytan mehte.
Sona þæt onfunde   se ðe floda begong
heorogifre beheold   hund missera
grim ond grædig   þæt þær gumena sum
ælwihta eard   ufan cunnode. 1500
Grap þa togeanes   guðrinc gefeng
atolan clommum   no þy ær in gescod

XXII

Beowulf e a mãe de Grendel

Beowulf falou, o filho de Ecgtheow: 1473
"Lembre-se, famoso filho de Healfdene, sábio príncipe, dourado amigo dos homens, agora que eu estou ansioso por partir, o que nós conversamos antes: se, a seu serviço, eu tiver de perder a vida, que você sempre seja para mim como um pai quando eu morrer. Que você seja o guardião de meus guerreiros, de meus companheiros, se a batalha me levar. Assim também os tesouros que você me deu, querido Hrothgar, envie para Hygelac. Possa então o senhor dos geatas, o filho de Hrethel, pelo ouro perceber, quando tal tesouro contemplar, que eu encontrei um bom e generoso doador de anéis e desfrutei enquanto pude. E deixe para Unferth a antiga herança, a maravilhosa espada ornamentada; que o famoso homem tenha a poderosa lâmina.[97] Eu, com Hrunting, obterei para mim honra, ou a morte me levará". 1484

Após estas palavras, o homem dos weder-geatas apressou-se, com coragem; por nenhuma resposta desejava esperar. O lago agitado envolveu o guerreiro. Foi o tempo de um dia[98] antes que ele, então, pudesse encontrar o fundo. Logo, ela, que as regiões das águas guardava ferozmente há cinquenta anos,[99] descobriu, furiosa e cobiçosa, que lá um ho- 1492

---

[97] Beowulf se refere a sua espada, talvez a própria Nægling. Ver "Glossário de nomes próprios".

[98] O trecho *Ða wæs hwil dæges* também pode ser interpretado como: "Então, foi no raiar do dia...", o que explicaria como a mãe de Grendel detectou a presença de Beowulf tão rapidamente.

[99] O tempo pelo qual a mãe de Grendel habita o fundo do lago não é claro. Alguns estudiosos interpretam o trecho *hund missera* como "cem anos", enquanto outros "cinquenta anos" (literalmente "metade de cem"). J. R. Clark Hall define *missere* tanto como "ano" como "meio ano". Sendo assim, a opção por qualquer uma das interpretações é pura especulação. Ver J. R. Clark Hall, *Beowulf and The Fight at Finnsburg: A Translation into Modern English Prose*, Londres, Allen & Unwin, 1901, p. 238; Mitchell e Robinson, *op. cit.*, p. 97.

halan lice   hring utan ymbbearh
þæt heo þone fyrdhom   ðurhfon ne mihte
locene leoðosyrcan   laþan fingrum.
Bær þa seo brimwylf   þa heo to botme com
hringa þengel   to hofe sinum
swa he ne mihte   — no he þæs modig wæs —
wæpna gewealdan   ac hine wundra þæs fela
swecte on sunde   sædeor monig
hildetuxum   heresyrcan bræc
ehton aglæcan.   Ða se eorl ongeat
þæt he niðsele   nathwylcum wæs
þær him nænig wæter   wihte ne sceþede
ne him for hrofsele   hrinan ne mehte
færgripe flodes   fyrleoht geseah
blacne leoman   beorhte scinan.
Ongeat þa se goda   grundwyrgenne
merewif mihtig   mægenræs forgeaf
hildebille   hond swenge ne ofteah
þæt hire on hafelan   hringmæl agol
grædig guðleoð.   Ða se gist onfand
þæt se beadoleoma   bitan nolde
aldre sceþðan   ac seo ecg geswac
ðeodne æt þearfe   ðolode ær fela
hondgemota   helm oft gescær
fæges fyrdhrægl   ða wæs forma sið
deorum madme   þæt his dom alæg.
Eft wæs anræd   nalas elnes læt
mærða gemyndig   mæg Hylaces
wearp ða wundenmæl   wrættum gebunden
yrre oretta   þæt hit on eorðan læg
stið ond stylecg   strenge getruwode
mundgripe mægenes.   Swa sceal man don
þonne he æt guðe   gegan þenceð
longsumne lof   na ymb his lif cearað.
Gefeng þa be eaxle   nalas for fæhðe mearn
Guð-Geata leod   Grendles modor
brægd þa beadwe heard   þa he gebolgen wæs
feorhgeniðlan   þæt heo on flet gebeah.

mem vindo de cima explorava a terra dos monstros. Agarrou-se a ele, prendeu o guerreiro com terríveis garras; não tão cedo feriu seu corpo vigoroso: a cota de malha o protegia do exterior, de forma que, com suas garras hostis, ela não podia atravessar a vestimenta de guerra, aquela armadura unida por anéis. A loba do lago, então, arrastou, quando chegou ao fundo, o príncipe de anéis para a sua morada. Assim, ele não podia — embora fosse valente — usar sua arma. Mesmo assim, muitas criaturas estranhas o atacaram na água, muitas feras do mar com presas de combate atingiram a armadura; os monstros[100] o perseguiram. O nobre então percebeu que ele estava em um tipo de salão do inimigo, onde nenhuma água podia atingi-los; devido ao teto do salão, o súbito ataque das águas não podia alcançá-los.[101] Ele viu a luz de fogo, uma luz resplandecente, uma claridade brilhante.

1512

O bom homem viu, então, a criatura das profundezas, a poderosa mulher do pântano! Deu um golpe poderoso com a espada — a mão não se negou ao movimento — de forma que a espada anelada cantou em sua cabeça uma feroz canção de guerra! Então, o convidado descobriu que a chama da batalha[102] não iria ferir, destruir a vida, mas que a lâmina falhou ao nobre em necessidade; já havia suportado muitas batalhas, muitas vezes havia partido elmos e as armaduras dos condenados — aquela era a primeira vez que a glória daquele precioso tesouro falhou.

1518

Novamente estava resoluto, sem diminuir sua coragem, o parente de Hygelac com a glória em mente! Então arremessou a espada ornamentada com decorações gravadas; o guerreiro furioso a deixou no chão, poderosa e com corte de aço. Acreditava em sua força, no poder do aperto de sua mão. Assim o homem deve fazer quando em batalha ele pensa obter honra duradoura e não se preocupa com sua vida. Não se arrependia

1529

---

[100] A palavra *aglæcan* ("monstro", "inimigo") pode ser interpretada como se referindo a Beowulf e não aos monstros. Assim, o trecho *ehton aglæcan* também pode ser interpretado como "e atacou seus inimigos". Ver Mitchell e Robinson, *op. cit.*, p. 98.

[101] O combate entre Beowulf e a mãe de Grendel ocorre num local dentro do lago, seco e misterioso, onde existe ar suficiente, e a água não pode entrar. Talvez um tipo de caverna submersa. Em analogia com um episódio da *Grettir saga*, o local onde o herói trava sua batalha com o monstro seria sob um lago, atrás de uma queda d'água, onde se encontra uma caverna que ficaria abaixo do nível da água do lago. Ver Mitchell e Robinson, *op. cit.*, p. 98.

[102] No original, *beadoleoma*: "chama da batalha", a espada.

Heo him eft hraþe andlean forgeald
grimman grapum ond him togeanes feng
oferwearp þa werigmod wigena strengest
feþecempa þæt he on fylle wearð.
Ofsæt þa þone selegyst ond hyre seaxe geteah 1545
brad ond brunecg wolde hire bearn wrecan
angan eaferan. Him on eaxle læg
breostnet broden þæt gebearh feore,
wið ord ond wið ecge ingang forstod.
Hæfde ða forsiðod sunu Ecgþeowes 1550
under gynne grund Geata cempa
nemne him heaðobyrne helpe gefremede
herenet hearde ond halig god
geweold wigsigor witig drihten
rodera rædend hit on ryht gesced 1555
yðelice syþðan he eft astod.

pelo confronto. O líder dos guerreiros geatas agarrou-a pelos cabelos — a mãe de Grendel — e já que ele estava enfurecido, endurecido pela batalha, arremessou o inimigo mortal, de forma que ela caiu no solo.

Rapidamente ela lhe pagou, em troca, com uma recompensa, com rígidas garras e apertando-o contra si. Fatigado, o mais forte dos guerreiros — dos campeões a pé — tropeçou, de forma que ele assim caiu. Ela se sentou, então, em seu convidado do salão e sacou uma faca, larga e de lâmina brilhante; vingaria seu filho, sua única prole! Em seus ombros, encontrava-se a armadura forjada — que sua vida protegeu — impedindo a entrada contra a ponta e contra o corte.[103] O filho de Ecgtheow, o campeão dos geatas, teria então perecido sobre aquele grande solo, não tivesse sua armadura lhe proporcionado ajuda — a forte malha de guerra —, e o santo Deus comandado a vitória em batalha. O sábio Senhor, Regente dos Céus, de forma correta decidiu, facilmente, quando outra vez se levantou.

---

[103] Beowulf teria caído, e a mãe de Grendel se aproveitou da situação para tentar esfaqueá-lo, mas a armadura que o herói usava o protegeu.

XXIII

Geseah ða on searwum   sigeeadig bil
ealdsweord eotenisc   ecgum þyhtig
wigena weorðmynd   þæt wæs wæpna cyst
buton hit wæs mare   ðonne ænig mon oðer   1560
to beadulace   ætberan meahte
god ond geatolic   giganta geweorc.
He gefeng þa fetelhilt   freca Scyldinga
hreoh ond heorogrim   hringmæl gebrægd
aldres orwena,   yrringa sloh   1565
þæt hire wið halse   heard grapode
banhringas bræc   bil eal ðurhwod
fægne flæschoman   heo on flet gecrong;
sweord wæs swatig   secg weorce gefeh.
Lixte se leoma   leoht inne stod   1570
efne swa of hefene   hadre scineð
rodores candel.   He æfter recede wlat
hwearf þa be wealle   wæpen hafenade
heard be hiltum   Higelaces ðegn
yrre ond anræd   næs seo ecg fracod   1575
hilderince   ac he hraþe wolde
Grendle forgyldan   guðræsa fela
ðara þe he geworhte   to West-Denum
oftor micle   ðonne on ænne sið
þonne he Hroðgares   heorðgeneatas   1580
sloh on sweofote   slæpende fræt
folces Denigea   fyftyne men
ond oðer swylc   ut offerede
laðlicu lac.   He him þæs lean forgeald
reþe cempa   to ðæs þe he on ræste geseah   1585
guðwerigne   Grendel licgan

XXIII

Beowulf derrota a mãe de Grendel e retorna a Heorot

Viu, então, entre as armaduras[104] a lâmina abençoada pela vitória, antiga espada dos gigantes e de corte poderoso, o orgulho de um guerreiro. Aquela era a melhor das armas, mas ela era maior do que a que qualquer outro homem pudesse carregar para a batalha, boa e decorada, a obra dos gigantes.[105] Ele, o campeão dos scyldingas, agarrou seu cabo anelado, feroz e ameaçador, e sacou a espada, desesperançado por sua vida, e furiosamente golpeou, acertando assim pesadamente seu pescoço, e quebrou seus anéis de ossos! A espada atravessou completamente sua condenada morada de carne,[106] e ela caiu ao chão. A espada estava ensanguentada e o homem orgulhoso do feito.

Um brilho despontou, uma luz surgiu lá dentro, do mesmo modo que no firmamento claramente brilha a vela do céu.[107] Ele olhou ao redor do recinto, seguindo então as paredes. O guerreiro de Hygelac ergueu a arma poderosa pelo punho, com raiva e decidido. A espada não era inútil para o guerreiro, mas ele desejava que Grendel logo pagasse pelos muitos ataques que realizara contra os daneses ocidentais, muito mais do que uma única vez, quando ele matara, nos leitos, os companheiros do fogo

---

[104] É comum nas narrativas míticas do norte europeu a recorrência a monstros que acumulam e guardam tesouros no formato de dinheiro e armamentos, ainda que tais objetos sejam inúteis para eles — uma vez que são itens do mundo humano ao qual eles ameaçam.

[105] O fato de o poema realçar que a espada era obra de gigantes não apenas atesta seu caráter extraordinário, como também a antiguidade do objeto. Ao relacionar a arma com os gigantes, o poema está remetendo a uma época muito anterior à narrativa, a um tempo mítico, que pode ser observado quando é relatada a linhagem de Caim e os gigantes que enfrentaram Deus (vv. 101-14). Esta mesma relação com o passado será realizada mais tarde na descrição do monte onde se encontra o dragão e seu tesouro.

[106] No original *flæschoman*: "morada de carne", o corpo.

[107] No original *rodores candel*: "vela do céu", o sol.

aldorleasne   swa him ær gescod
hild æt Heorote.   Hra wide sprong
syþðan he æfter deaðe   drepe þrowade
heorosweng heardne   ond hine þa heafde becearf.   1590
Sona þæt gesawon   snottre ceorlas
þa ðe mid Hroðgare   on holm wliton
þæt wæs yðgeblond   eal gemenged
brim blode fah.   Blondenfeaxe
gomele ymb godne   ongeador spræcon   1595
þæt hig þæs æðelinges   eft ne wendon
þæt he sigehreðig   secean come
mærne þeoden   þa ðæs monige gewearð
þæt hine seo brimwylf   abreoten hæfde.
Ða com non dæges.   Næs ofgeafon   1600
hwate Scyldingas   gewat him ham þonon
goldwine gumena.   Gistas setan
modes seoce   ond on mere staredon
wiston ond ne wendon   þæt hie heora winedrihten
selfne gesawon.   Þa þæt sweord ongan   1605
æfter heaþoswate   hildegicelum
wigbil wanian   þæt wæs wundra sum
þæt hit eal gemeal   ise gelicost
ðonne forstes bend   fæder onlæteð
onwindeð wælrapas   se geweald hafað   1610
sæla ond mæla   þæt is soð metod.
Ne nom he in þæm wicum   Weder-Geata leod
maðmæhta ma   þeh he þær monige geseah,
buton þone hafelan   ond þa hilt somod
since fage   sweord ær gemealt   1615
forbarn brodenmæl   wæs þæt blod to þæs hat
ættren ellorgæst   se þær inne swealt.
Sona wæs on sunde   se þe ær æt sæcce gebad
wighryre wraðra   wæter up þurhdeaf
wæron yðgebland   eal gefælsod   1620
eacne eardas   þa se ellorgast
oflet lifdagas   ond þas lænan gesceaft.
Com þa to lande   lidmanna helm
swiðmod swymman   sælace gefeah

de Hrothgar, devorara adormecidos quinze homens do povo danês e outros tantos levara embora — o odioso butim. Ele lhe pagou por isso, o bravo campeão, pois lá ele viu Grendel, em repouso, fatigado da batalha, deitado sem vida, assim como ele o havia ferido anteriormente no combate em Heorot. O corpo partiu-se, rompeu-se, quando, depois de morto, sofreu um ataque, o poderoso golpe de espada que cortou a sua cabeça.

Logo os homens sábios viram, aqueles que vigiavam a água com Hrothgar, que as ondas estavam todas agitadas, revoltas, a água manchada de sangue. Os de cabelos grisalhos, os anciões, falaram juntos sobre o bom homem, que eles não esperavam que novamente o nobre, triunfante, viesse buscar o poderoso líder. Pareceu, então, para muitos que a loba do mar o destruíra. Veio então a nona hora do dia. Os valentes scyldingas abandonaram o rochedo; partiu então para seu lar o dourado amigo dos homens.[108] Os convidados se sentaram, com tristeza no coração e fitando o lago; eles desejavam, mas não esperavam que vissem seu amigo e senhor em pessoa.

Então, devido ao suor da guerra,[109] a espada começou a definhar como gelo de batalha;[110] aquela lâmina de guerra. Aquilo era algo incrível, pois ela toda derreteu da mesma forma como o Pai quando liberta o gelo da prisão do frio, desata as amarras das águas; Ele tem o controle das estações e do tempo. Este é o verdadeiro Criador! Ele, o homem dos weder-geatas, não tomou, daquela habitação, outras das ricas posses — apesar de ter visto muitas lá —, a não ser a cabeça e o punho da espada decorada de joias. A lâmina já havia derretido, a ornamentada espada havia sido consumida; era muito quente o sangue daquele venenoso espírito estrangeiro que morreu naquele local. Logo ele estava nadando — ele, que havia sobrevivido ao combate, à queda dos inimigos na batalha — para cima através das águas. As ondas agitadas estavam todas expurgadas, as grandes regiões, quando o espírito estrangeiro abandonou os seus dias de vida e este mundo passageiro.

---

[108] Neste caso, referindo-se a Hrothgar.

[109] No original, *heaþoswate*: "suor da batalha", o sangue.

[110] O poema descreve de que maneira a espada derretia após ter entrado em contato com o sangue de Grendel. A imagem que o poema nos passa é de que a lâmina começa a derreter como se fosse feita de gelo: *hildegicelum* ("espada de batalha de gelo").

mægenbyrþenne   þara þe he him mid hæfde.   1625
Eodon him þa togeanes   gode þancodon
ðryðlic þegna heap   þeodnes gefegon
þæs þe hi hyne gesundne   geseon moston.
Ða wæs of þæm hroran   helm ond byrne
lungre alysed.   Lagu drusade   1630
wæter under wolcnum   wældreore fag.
Ferdon forð þonon   feþelastum
ferhþum fægne   foldweg mæton
cuþe stræte   cyningbalde men
from þæm holmclife   hafelan bæron   1635
earfoðlice   heora æghwæþrum
felamodigra   feower scoldon
on þæm wælstenge   weorcum geferian
to þæm goldsele   Grendles heafod
oþ ðæt semninga   to sele comon   1640
frome fyrdhwate   feowertyne
Geata gongan   gumdryhten mid
modig on gemonge   meodowongas træd.
Ða com in gan   ealdor ðegna
dædcene mon   dome gewurþad   1645
hæle hildedeor   Hroðgar gretan.
Þa wæs be feaxe   on flet boren
Grendles heafod   þær guman druncon
egeslic for eorlum   ond þære idese mid
wliteseon wrætlic   weras onsawon.   1650

O guardião dos marinheiros veio à terra, nadando bravamente, orgulhoso de seu espólio do mar, o grande butim que ele tinha consigo. Então, foi até ele, agradecendo a Deus, a magnífica tropa de guerreiros exultantes por seu líder, por poderem ouvi-lo e vê-lo. Daquele vigoroso homem o elmo e a armadura foram rapidamente retirados. O lago se tranquilizou, a água sob as nuvens permaneceu com o sangue dos mortos. Rumaram adiante, por uma trilha, de espírito alegre, o caminho através 1632 da terra, as conhecidas estradas. Orgulhosos como reis, os homens carregaram a cabeça daquele rochedo do mar com dificuldade; cada um deles muito valente — foi preciso quatro deles para, com esforço, carregar, na lança mortal, a cabeça de Grendel para o salão dourado — até que logo chegaram ao salão, os catorze geatas valentes em batalha, em marcha com o seu altivo líder no bando, caminhando pelo terreno do salão do hidromel. Veio caminhando o chefe dos guerreiros, o homem valo- 1644 roso em atos, renomado em glória, o herói valente em batalha, saudar Hrothgar. Então, pelos cabelos, foi trazida ao salão a cabeça de Grendel, lá onde os homens bebiam; apavorante para os homens e para a rainha também. Os homens contemplaram um incrível espetáculo!

Cantos XXIV-XXVI

Beowulf relata o ocorrido no fundo do lago e assegura a Hrothgar que o terror de Grendel e sua mãe chegou ao fim. O rei agradece e faz um longo e importante discurso em honra a Beowulf e aconselha-o. Após as comemorações, Beowulf descansa, mas logo pela manhã ele e seus homens se dirigem à praia e se preparam para partir.

XXIV

Beowulf maþelode   bearn Ecgþeowes:
"Hwæt we þe þas sælac   sunu Healfdenes
leod Scyldinga   lustum brohton
tires to tacne   þe þu her to locast.
Ic þæt unsofte   ealdre gedigde   1655
wigge under wætere   weorc geneþde
earfoðlice   ætrihte wæs
guð getwæfed   nymðe mec god scylde.
Ne meahte ic æt hilde   mid Hruntinge
wiht gewyrcan   þeah þæt wæpen duge   1660
ac me geuðe   ylda waldend
þæt ic on wage geseah   wlitig hangian
ealdsweord eacen   oftost wisode
winigea leasum   þæt ic ðy wæpne gebræd.
Ofsloh ða æt þære sæcce   þa me sæl ageald   1665
huses hyrdas.   Þa þæt hildebil
forbarn brogdenmæl   swa þæt blod gesprang
hatost heaþoswata.   Ic þæt hilt þanan
feondum ætferede   fyrendæda wræc
deaðcwealm Denigea   swa hit gedefe wæs.   1670
Ic hit þe þonne gehate   þæt þu on Heorote most
sorhleas swefan   mid þinra secga gedryht
ond þegna gehwylc   þinra leoda
duguðe ond iogoþe   þæt þu him ondrædan ne þearft
þeoden Scyldinga,   on þa healfe   1675
aldorbealu eorlum   swa þu ær dydest."
Ða wæs gyldenhilt   gamelum rince
harum hildfruman   on hand gyfen
enta ærgeweorc   hit on æht gehwearf
æfter deofla hryre   Denigea frean   1680

XXIV

O conselho de Hrothgar

Beowulf falou, o filho de Ecgtheow: 1651
"Veja, filho de Healfdene, chefe dos scyldingas, estes presentes do mar a você nós orgulhosamente trouxemos, um símbolo de glória, o qual você aqui vislumbra. Eu não resisti facilmente com vida à batalha sob as águas, o arriscado trabalho foi difícil; em certo momento, estaria terminado o combate, se não fosse Deus ter me protegido. Em batalha, com Hrunting eu não pude fazer nada, apesar de ser uma boa arma; mas o Regente dos homens me garantiu que eu visse pendurada na parede a bela e antiga grande espada. Por vezes, Ele guia quem está desprovido de amigos, e assim eu peguei a arma. Quando o momento me permitiu, matei, durante a luta, os guardiões da casa. Assim aquela espada de batalha 1665 foi consumida, a lâmina ornamentada, enquanto o sangue jorrava o mais quente suor de guerra. De lá, eu trouxe aquela empunhadura do inimigo; vinguei os atos criminosos, a chacina aos daneses, assim como era devido. Isto eu então lhe prometo: que em Heorot você pode dormir sem pesar com o seu bando de guerreiros e cada nobre de seu povo, veteranos e jovens. Por eles, pelos nobres, você não precisa mais temer nestas partes por uma vida de malefícios, como o fazia antes, líder dos scyldingas".

Então, ao velho guerreiro a dourada empunhadura foi entregue em 1677 suas mãos; para o grisalho líder de batalhas o antigo trabalho dos gigantes. Ela passou para as posses do senhor dos daneses após a queda dos demônios, aquele trabalho de ferreiros maravilhosos; e, quando este mundo foi abandonado pelo homem de coração maligno, o inimigo de Deus, culpado por assassinatos — e também sua mãe —, passou para o poder, dentre os reis deste mundo, do melhor entre os dois mares daqueles que partilhavam tesouros no sul da Escandinávia.

Hrothgar falou, examinou a empunhadura do antigo legado, e nela 1687 estava escrita a origem do antigo conflito, quando o dilúvio destruiu a raça dos gigantes com os oceanos em fúria. Eles sofreram terrivelmente. Aquele era um povo estranho para o Senhor eterno. A última recompen-

wundorsmiþa geweorc   ond þa þas worold ofgeaf
gromheort guma   godes andsaca
morðres scyldig   ond his modor eac
on geweald gehwearf   woroldcyninga
ðæm selestan   be sæm tweonum 1685
ðara þe on Scedenigge   sceattas dælde.
Hroðgar maðelode   hylt sceawode
ealde lafe   on ðæm wæs or writen
fyrngewinnes   syðþan flod ofsloh
gifen geotende   giganta cyn 1690
frecne geferdon   þæt wæs fremde þeod
ecean dryhtne   him þæs endelean
þurh wæteres wylm   waldend sealde.
Swa wæs on ðæm scennum   sciran goldes
þurh runstafas   rihte gemearcod 1695
geseted ond gesæd   hwam þæt sweord geworht
irena cyst   ærest wære
wreoþenhilt ond wyrmfah.   Ða se wisa spræc
sunu Healfdenes   swigedon ealle:
"Þæt la mæg secgan   se þe soð ond riht 1700
fremeð on folce   feor eal gemon
eald eþelweard   þæt ðes eorl wære
geboren betera.   Blæd is arære d
geond widwegas   wine min Beowulf
ðin ofer þeoda gehwylce.   Eal þu hit geþyldum healdest 1705
mægen mid modes snyttrum.   Ic þe sceal mine gelæstan
freoðe swa wit furðum spræcon.   Ðu scealt to frofre weorþan
eal langtwidig   leodum þinum
hæleðum to helpe.   Ne wearð Heremod swa
eaforum Ecgwelan   Ar-Scyldingum 1710
ne geweox he him to willan   ac to wælfealle
ond to deaðcwalum   Deniga leodum
breat bolgenmod   beodgeneatas
eaxlgesteallan   oþ þæt he ana hwearf
mære þeoden   mondreamum from, 1715
ðeah þe hine mihtig god   mægenes wynnum
eafeþum stepte   ofer ealle men
forð gefremede   hwæþere him on ferhþe greow

sa deles o Soberano enviou através das águas agitadas. Assim estava no punho da espada de ouro brilhante, através de letras rúnicas corretamente gravadas, inscritas e ditas, para quem fizeram primeiramente aquela espada e para quem seria o melhor dos ferros, com o punho trançado e com formas de serpentes. Então, o sábio falou, o filho de Healfdene, e todos se calaram:

"Isto pode dizer sinceramente aquele que a verdade e o correto realiza para o povo, ao lembrar-se de todo o passado, antigo guardião de sua terra, que este guerreiro foi o melhor dos que nasceram. Sua glória é exaltada por vastas regiões, meu amigo Beowulf, por sobre cada povo. Você controla tudo com paciência, a força, com espírito sábio. Eu devo cumprir com você minha amizade, como antes conversamos. Você deverá se tornar um conforto por todo um longo tempo para o seu povo, um auxílio para os guerreiros. Heremod não foi assim para os filhos de Ecgwela, os honoráveis scyldingas;[111] ele não cresceu para alegrá-los, mas para a matança e para o massacre do povo danês. Enfurecido, matou companheiros de mesa, camaradas em armas,[112] até que ele se tornou apartado da alegria dos homens, aquele poderoso líder. Apesar do poderoso Deus — com grandes alegrias e com força — exaltá-lo sobre todos os homens em longa medida. Entretanto, em seu coração, em seu tesouro do peito, tornou-se sanguinolento. Não deu nenhum anel por honra aos daneses. Viveu sem alegrias, de forma que ele sofreu as misérias desse conflito, um longo sofrimento para o povo. Você aprenda com isso, compreenda a virtude viril. Eu lhe contei esta história da sabedoria de meus invernos. É uma maravilha dizer como, para a raça dos homens, o poderoso Deus, por meio de Seu grande espírito, distribui sabedoria, terras e nobreza; Ele tem o controle de tudo. Às vezes, Ele permite que vaguem em deleite os pensamentos de um homem de uma raça poderosa, dá a ele, em sua terra natal, os prazeres terrenos de manter uma fortaleza de homens e assim lhe garante poder sobre as regiões do mundo, um grande reino, do qual ele mesmo não pode conceber um fim, devido a sua ignorância. Ele vive em fartura! Nada o prejudica: a doença ou a idade,

---

[111] O poema remete ao passado dos daneses, mas não é clara a relação entre Heremod e Ecgwala, a não ser pelo fato de ambos serem da linhagem dos scyldingas.

[112] No original, *eaxlgesteallan*: "camaradas em ombros" (companheiros de batalha, camaradas em armas).

breosthord blodreow   nallas beagas geaf
Denum æfter dome   dreamleas gebad
þæt he þæs gewinnes   wærc þrowade
leodbealo longsum.   Ðu þe lær be þon
gumcyste ongit.   Ic þis gid be þe
awræc wintrum frod.   Wundor is to secganne
hu mihtig god   manna cynne
þurh sidne sefan   snyttru bryttað
eard ond eorlscipe   he ah ealra geweald.
Hwilum he on lufan   læteð hworfan
monnes modgeþonc   mæran cynnes
seleð him on eþle   eorþan wynne
to healdanne   hleoburh wera
gedeð him swa gewealdene   worolde dælas
side rice   þæt he his selfa ne mæg
for his unsnyttrum   ende geþencean.
Wunað he on wiste   no hine wiht dweleð
adl ne yldo   ne him inwitsorh
on sefan sweorceð   ne gesacu ohwær
ecghete eoweð   ac him eal worold
wendeð on willan;   he þæt wyrse ne con.

nem tristezas tornam seu espírito sombrio, nem surgem conflitos ou guerras em qualquer parte, mas, para ele, todo o mundo procede como deseja; ele não conhece nada pior que isto".[113]

---

[113] No original, *he þæt wyrse ne con*: "ele não conhece nada pior que isto", indicando a situação benéfica do homem a quem Deus concede suas benesses. Que ele desconhece uma situação inferior à sua boa condição.

XXV

Oð þæt him on innan   oferhygda dæl   1740
weaxeð ond wridað   þonne se weard swefeð
sawele hyrde   bið se slæp to fæst
bisgum gebunden   bona swiðe neah
se þe of flanbogan   fyrenum sceoteð.
Þonne bið on hreþre   under helm drepen   1745
biteran stræle   him bebeorgan ne con
wom wundorbebodum   wergan gastes
þinceð him to lytel   þæt he to lange heold
gytsað gromhydig   nallas on gylp seleð
fætte beagas   ond he þa forðgesceaft   1750
forgyteð ond forgymeð   þæs þe him ær god sealde
wuldres waldend   weorðmynda dæl.
Hit on endestæf   eft gelimpeð
þæt se lichoma   læne gedreoseð
fæge gefealleð   fehð oþer to   1755
se þe unmurnlice   madmas dæleþ
eorles ærgestreon   egesan ne gymeð.
Bebeorh þe ðone bealonið   Beowulf leofa
secg betosta   ond þe þæt selre geceos
ece rædas   oferhyda ne gym   1760
mære cempa.   Nu is þines mægnes blæd
ane hwile   eft sona bið
þæt þec adl oððe ecg   eafoþes getwæfeð
oððe fyres feng   oððe flodes wylm
oððe gripe meces   oððe gares fliht   1765
oððe atol yldo   oððe eagena bearhtm
forsiteð ond forsworceð   semninga bið
þæt ðec dryhtguma   dead oferswyðeð.
Swa ic Hring-Dena   hund missera

XXV

Final do conselho de Hrothgar

"Até que nele uma porção de arrogância surja e floresça, enquanto dorme o guardião, o protetor da alma; o sono é muito profundo, atrelado a preocupações, o assassino muito próximo, ele que, com arco e flecha, pecaminosamente atira. Então é atingido no coração, sob o elmo, por uma flecha afiada; ele não sabe como se proteger do perverso, dos estranhos conselhos do espírito maldito. Parece-lhe muito pouco o que ele manteve por tanto tempo. Ganancioso e irascível, por orgulho nunca doa anéis ornamentados em ouro, e esquece-se de seu destino final e o renega, aquele que Deus, o Regente da glória, lhe deu anteriormente em sua parcela de honras. Depois, no fim, acontece que o seu corpo efêmero se enfraquece, fadado a morrer, e perece. Outro o sucede, o qual, sem ressentimentos, distribui tesouros, as antigas riquezas do nobre, não se preocupando com nenhum terror.[114] Proteja-se desta maldade, caro Beowulf, melhor dos homens, e para você escolha o mais adequado: o auxílio eterno. Não se preocupe com o orgulho, grande campeão. Agora está no vigor de sua força, por enquanto; logo irá se voltar contra você a doença ou a lâmina que o privarão da força, ou o abraço do fogo, ou as águas agitadas, ou o golpe da espada, ou o voo da lança, ou a terrível idade, ou o brilho dos olhos haverá de diminuir e tornar-se escuro. Assim imediatamente estará você, nobre guerreiro, tomado pela morte.

Desta forma, por cinquenta anos eu comandei os bravos daneses sob o céu, e da guerra os protegi de muitas tribos sobre esta terra média, com

---

[114] Neste trecho do poema, Hrothgar elabora uma alegoria onde um soberano permite que o orgulho e os vícios corrompam sua alma. Esta passagem já foi amplamente debatida por suas características cristãs, que remontam à tradição da alegoria poética cristã do escritor latino Prudêncio, em seu poema *Psychomachia*. Em sua obra, Prudêncio retrata o combate entre os vícios e as virtudes como se fosse um combate real armado. Em *Beowulf* tal alegoria também é presente e pode ser interpretada da seguinte forma: o "protetor da alma" (*sawele hyrde*) é a razão ou a consciência que adormece, e as flechas do vício penetram em sua alma, tornando-o arrogante e fadado a um triste fim.

weold under wolcnum　　ond hig wigge beleac
manigum mægþa　　geond þysne middangeard
æscum ond ecgum　　þæt ic me ænigne
under swegles begong　　gesacan ne tealde.
Hwæt me þæs on eþle　　edwendan cwom
gyrn æfter gomene　　seoþðan Grendel wearð
ealdgewinna　　ingenga min
ic þære socne　　singales wæg
modceare micle.　　Þæs sig metode þanc
ecean dryhtne　　þæs ðe ic on aldre gebad
þæt ic on þone hafelan　　heorodreorigne
ofer eald gewin　　eagum starige!
Ga nu to setle　　symbelwynne dreoh
wiggeweorþad　　unc sceal worn fela
maþma gemænra　　siþðan morgen bið."
Geat wæs glædmod　　geong sona to
setles neosan　　swa se snottra heht.
Þa wæs eft swa ær　　ellenrofum
fletsittendum　　fægere gereorded
niowan stefne.　　Nihthelm geswearc
deorc ofer dryhtgumum.　　Duguð eal aras
wolde blondenfeax　　beddes neosan,
gamela Scylding.　　Geat unigmetes wel
rofne randwigan　　restan lyste
sona him seleþegn　　siðes wergum
feorrancundum　　forð wisade
se for andrysnum　　ealle beweotede
þegnes þearfe　　swylce þy dogore
heaþoliðende　　habban scoldon.
Reste hine þa rumheort　　reced hliuade
geap ond goldfah　　gæst inne swæf
oþ þæt hrefn blaca　　heofones wynne
bliðheort bodode.　　Ða com beorht scacan
[scima ofer sceadwa]　　scaþan onetton
wæron æþelingas　　eft to leodum
fuse to farenne　　wolde feor þanon
cuma collenferhð　　ceoles neosan.
Heht þa se hearda　　Hrunting beran

1770

1775

1780

1785

1790

1795

1800

1805

lanças e espadas, de modo que, para mim, não considero ninguém como adversário sob a amplitude do céu. Veja que um contragolpe veio à minha terra natal, tristeza após a alegria, desde que Grendel tornou-se meu invasor, o antigo inimigo; por aquela perseguição, eu suportei contínua e grande perturbação de espírito. São para o Criador os agradecimentos, o Senhor eterno, por eu ter resistido com vida e por aquela cabeça, ensanguentada devido à espada, eu ter visto com meus olhos, depois de antigo conflito! Vá agora se sentar, aproveite os prazeres do banquete, honorável em batalha! Nós deveremos partilhar uma grande quantidade de tesouros quando a manhã chegar."

O geata estava de coração alegre, e foi logo buscar o banco, assim como o sábio lhe ordenou. Então, novamente foi como antes para os famosos de coragem, para os que se sentavam no salão, uma bela festa preparada para a nova ocasião. O elmo da noite[115] tornou-se escuro, negro sobre os nobres homens. Todos os guerreiros se levantaram; o de cabelos grisalhos, o velho scyldinga, desejava buscar seu leito. Incomensuravelmente, o geata bem desejava descansar, o famoso guerreiro de escudo. Prontamente o servidor do salão — conhecedor de sua jornada de um reino distante — o guiou adiante e, por cortesia, cuidou de todas as necessidades do nobre, que, naqueles dias, os guerreiros do mar deveriam ter.

O de grande coração descansou no altivo salão, amplo e adornado em ouro. Nele, o convidado dormiu até que o corvo negro anunciou, com coração feliz, a alegria do céu.[116] Então, rapidamente veio o brilho, a luz sobre a sombra;[117] os guerreiros se apressaram de volta para seu povo. Os nobres estavam ansiosos por partir. O visitante de espírito valente desejava buscar seu barco, distante de lá.

---

[115] No original, *niht-helm*: "elmo da noite", ou seja, a abóboda celeste, o céu.

[116] Pode-se interpretar uma certa ironia no poema, ao colocar o corvo (animal símbolo dos campos de batalha e da morte entre os povos do norte da Europa) como o mensageiro de um novo amanhecer sem matanças em Heorot.

[117] Não há nenhuma falha no manuscrito, mas existe um consenso entre os estudiosos do poema que devido à métrica e ao sentido do trecho está faltando metade de um verso aqui. Entre as sugestões plausíveis estaria *scima ofer sceadwa* ("luz sobre as sombras") ou *scima æfter sceadwa* ("luz após as sombras"). Ver Mitchell e Robinson, *op. cit.*, p. 107.

sunu Ecglafes   heht his sweord niman
leoflic iren   sægde him þæs leanes þanc
cwæð he þone guðwine   godne tealde   1810
wigcræftigne   nales wordum log
meces ecge   þæt wæs modig secg.
Ond þa siðfrome   searwum gearwe
wigend wæron,   eode weorð Denum
æþeling to yppan   þær se oþer wæs,   1815
hæle hildedeor   Hroðgar grette.

O bravo disse então para Hrunting ser carregada pelo filho de Ecg- 1807
laf,[118] falou para pegar sua espada, o querido ferro e lhe disse agradecimentos pelo empréstimo. Ele disse que o considerava um bom amigo de guerra, habilidoso em batalha, e não culpou em palavras a lâmina da espada. Ele era um homem valoroso.

E então, ansiosos pela jornada, preparados em armaduras estavam 1813
os guerreiros. O honorável pelos daneses, o príncipe, foi para o altivo banco, lá onde os outros estavam. O herói, valente em batalha, saudou Hrothgar.

---

[118] Unferth.

XXVI

Beowulf maþelode   bearn Ecgþeowes:
"Nu we sæliðend   secgan wyllað
feorran cumene   þæt we fundiaþ
Higelac secan.   Wæron her tela   1820
willum bewenede   þu us wel dohtest.
Gif ic þonne on eorþan   owihte mæg
þinre modlufan   maran tilian
gumena dryhten   ðonne ic gyt dyde
guðgeweorca   ic beo gearo sona.   1825
Gif ic þæt gefricge   ofer floda begang
þæt þec ymbsittend   egesan þywað
swa þec hetende   hwilum dydon
ic ðe þusenda   þegna bringe
hæleþa to helpe.   Ic on Higelace wat   1830
Geata dryhten   þeah ðe he geong sy
folces hyrde   þæt he mec fremman wile
weordum ond worcum   þæt ic þe wel herige
ond þe to geoce   garholt bere
mægenes fultum   þær ðe bið manna þearf.   1835
Gif him þonne Hreþric   to hofum Geata
geþingeð þeodnes bearn   he mæg þær fela
freonda findan   feorcyþðe beoð
selran gesohte   þæm þe him selfa deah."
Hroðgar maþelode   him on andsware: 1840
"Þe þa wordcwydas   wigtig drihten
on sefan sende   ne hyrde ic snotorlicor
on swa geongum feore   guman þingian.
Þu eart mægenes strang   ond on mode frod
wis wordcwida.   Wen ic talige   1845
gif þæt gegangeð   þæt ðe gar nymeð
hild heorugrimme   Hreþles eaferan
adl oþðe iren   ealdor ðinne
folces hyrde   ond þu þin feorh hafast

158   Beowulf

XXVI

A partida dos geatas

Beowulf falou, o filho de Ecgtheow:

"Agora nós, viajantes do mar vindos de longe, desejamos dizer que estamos ansiosos por ir à busca de Hygelac. Aqui fomos muito bem atendidos em nossas vontades; vocês nos trataram bem. Se um dia eu puder fazer qualquer coisa na terra para merecer mais de sua afeição, senhor dos guerreiros, do que eu já fiz com feitos de guerra, eu estarei prontamente disposto. Se eu então ouvir, sobre as extensões do mar, que seus vizinhos o ameaçam com terror — assim como seus inimigos por vezes fizeram —, eu lhe trarei mil guerreiros, heróis para ajudá-lo. Eu sei que, de Hygelac, o senhor dos geatas, apesar de ainda ser jovem guardião do povo, terei apoio com palavras e atos, e que eu o honrarei bem e o auxiliarei portando uma floresta de lanças com a força de meu poder onde estiver precisando de homens. Se ele, então, Hrethric, o filho do líder, para a corte dos geatas decidir ir, lá ele poderá encontrar muitos amigos; reinos distantes são mais bem buscados por aquele que faz o que é bom por si mesmo".[119]

Hrothgar falou-lhe em resposta:

"A você estas palavras o sábio Senhor ao seu coração enviou. Eu nunca ouvi mais sábias no discurso de um homem de tão jovem idade. Você é poderoso em força e prudente em espírito, sábio orador. Tenho certeza de que, se vier a ocorrer de que a lança, o horror da guerra no combate, a doença ou o ferro leve o filho de Hrethel,[120] o seu senhor guardião do povo, e você mantiver a sua vida, que os geatas do mar não terão melhor rei entre outros para escolher — um guardião dos tesouros dos heróis — se você governar o reino de seu povo. Seu espírito agrada-

---

[119] Este trecho pode ser interpretado com o sentido de que outros reinos e povos seriam mais adequados para aqueles que, sozinhos, são bem-sucedidos por seus próprios atos; exatamente como Beowulf entre os daneses.

[120] Hygelac.

þæt þe Sæ-Geatas   selran næbban 1850
to geceosenne   cyning ænigne
hordweard hæleþa   gyf þu healdan wylt
maga rice.   Me þin modsefa
licað leng swa wel   leofa Beowulf.
Hafast þu gefered   þæt þam folcum sceal 1855
Geata leodum   ond Gar-Denum
sib gemæne   ond sacu restan
inwitniþas   þe hie ær drugon
wesan þenden ic wealde   widan rices
maþmas gemæne   manig oþerne 1860
godum gegrettan   ofer ganotes bæð,
sceal hringnaca   ofer heaþu bringan
lac ond luftacen.   Ic þa leode wat
ge wið feond ge wið freond   fæste geworhte
æghwæs untæle   ealde wisan." 1865
Ða git him eorla hleo   inne gesealde
mago Healfdenes   maþmas twelf
het hine mid þæm lacum   leode swæse
secean on gesyntum   snude eft cuman.
Gecyste þa   cyning æþelum god, 1870
þeoden Scyldinga   ðegn betstan
ond be healse genam   hruron him tearas
blondenfeaxum.   Him wæs bega wen
ealdum infrodum   oþres swiðor
þæt hie seoððan no   geseon moston 1875
modige on meþle.   Wæs him se man to þon leof
þæt he þone breostwylm   forberan ne mehte
ac him on hreþre   hygebendum fæst
æfter deorum men   dyrne langað
beorn wið blode.   Him Beowulf þanan 1880
guðrinc goldwlanc   græsmoldan træd
since hremig;   sægenga bad
agendfrean   se þe on ancre rad.
Þa wæs on gange   gifu Hroðgares
oft geæhted   þæt wæs an cyning 1885
æghwæs orleahtre   oþ þæt hine yldo benam
mægenes wynnum   se þe oft manegum scod.

-me há um bom tempo, querido Beowulf. Você tem demonstrado que as nações, o povo dos geatas e o povo dos guerreiros daneses, devem compartilhar a paz e cessar os conflitos, as hostilidades que elas sofreram no passado. Os tesouros serão partilhados enquanto eu governar este vasto reino. Muitos saudarão outros com presentes sobre o banho do albatroz;[121] a proa anelada deve trazer sobre o oceano presentes e símbolos de afeição. Eu sei que estes povos, tanto contra inimigos, como contra amigos, estarão firmemente unidos, completamente sem culpa, como é o antigo costume".

Então, ainda lá dentro, ele, o protetor dos nobres, o filho de Healfdene, entregou doze tesouros. Disse-lhe que, com aqueles presentes, buscasse em segurança seu querido povo e que logo retornasse. Assim, o rei, o líder dos scyldingas, beijou o bom nobre, o melhor dos guerreiros; abraçou-o pelo pescoço, e caiu uma lágrima daquele de cabelos grisalhos. Nele, no velho muito sábio, estavam dois pensamentos, mas um deles era mais forte, o de que não poderiam ver-se novamente, valentes reunidos naquele local. O homem era tão querido para ele, que não podia conter o sentimento crescente em seu peito, pois em seu coração — preso pelas amarras de seu espírito — uma saudade profunda pelo estimado homem queimava em seu sangue. De lá, Beowulf, guerreiro valoroso em ouro, caminhou pelo gramado triunfante em tesouros. O andarilho do mar,[122] que flutuava ancorado, esperava seu dono e senhor. Assim, eles estavam a caminho, e o presente de Hrothgar foi muitas vezes louvado. Aquele era um rei único, sem culpa de qualquer coisa, até que a idade o privou do prazer de sua força, o que diversas vezes a muitos aflige.

---

[121] No original, *ganotes bæð*: "banho do albatroz", o mar.

[122] No original, *sægenga*: "andarilho do mar", o barco.

Cantos XXVII-XXXI

Os geatas embarcam em seu navio e logo chegam a sua terra natal. A lembrança da boa rainha Hygd faz o poeta lembrar-se da história da cruel rainha Modthryth. Ao chegar à corte de Hygelac, o herói relata os acontecimentos de sua aventura na terra dos daneses e também fala sobre o que pode vir a acontecer devido ao casamento de Freawaru e Ingeld. Os presentes que Beowulf recebeu na corte danesa são divididos com Hygelac e Hygd, e, em troca, ele recebe grandes honrarias de seu tio e rei.

XXVII

Cwom þa to flode   felamodigra
hægstealdra heap   hringnet bæron
locene leoðosyrcan.   Landweard onfand   1890
eftsið eorla   swa he ær dyde
no he mid hearme   of hliðes nosan
gæstas grette   ac him togeanes rad
cwæð þæt wilcuman   Wedera leodum
scaþan scirhame   to scipe foron.   1895
Þa wæs on sande   sægeap naca
hladen herewædum   hringedstefna
mearum ond maðmum   mæst hlifade
ofer Hroðgares   hordgestreonum.
He þæm batwearde   bunden golde   1900
swurd gesealde   þæt he syðþan wæs
on meodubence   maþme þy weorþra
yrfelafe.   Gewat him on nacan
drefan deop wæter   Dena land ofgeaf.
Þa wæs be mæste   merehrægla sum   1905
segl sale fæst   sundwudu þunede
no þær wegflotan   wind ofer yðum
siðes getwæfde   sægenga for
fleat famigheals   forð ofer yðe
bundenstefna   ofer brimstreamas   1910
þæt hie Geata clifu   ongitan meahton
cuþe næssas   ceol up geþrang
lyftgeswenced   on lande stod.
Hraþe wæs æt holme   hyðweard geara
se þe ær lange tid   leofra manna   1915
fus æt faroðe   feor wlatode.
Sælde to sande   sidfæþme scip

XXVII

A corte de Hygelac e a história de Modthryth

Veio, então, para o mar o muito corajoso bando de jovens guerreiros, portando cotas de malha, a forjada armadura do corpo. O guardião da costa viu o retorno dos nobres, assim como fizera antes; com insultos do topo dos rochedos, ele não saudou os convidados, mas, na direção deles, disse que seriam bem-vindos ao povo dos weders, aqueles guerreiros de armaduras brilhantes que rumaram para o navio. Lá estava na areia o barco espaçoso, o de proa curvada, carregado de armaduras, cavalos e tesouros; o mastro erguido sobre o precioso tesouro de Hrothgar. Ele,[123] para o guardião do barco, deu uma espada, decorada em ouro, e assim ele,[124] desde então, foi, nos bancos de hidromel, o mais valoroso em tesouro de herança. Eles se foram no barco, agitando as águas profundas, deixando a terra dos daneses. Lá estava no mastro um tecido do mar, uma vela presa firme por corda; a madeira do mar[125] rugia, flutuando nas ondas. Com o vento sobre os vagalhões, não se atrasou em sua jornada. O viajante do mar avançou, flutuou junto à espuma, à frente, sobre as ondas, a proa ornamentada sobre as correntes do mar, até que pudessem reconhecer as encostas dos geatas, os conhecidos rochedos. A quilha avançou, guiada pelo vento, e em terra colocou-se. Logo ali, na água, estava esperando o guardião do porto, ele que, já por longo tempo, vislumbrava os estimados homens, ansiosamente, nas distantes correntes. Prendeu à areia o barco de fundo amplo, prendeu-o firme com a âncora, uma vez que a força das ondas poderia levar a belíssima embarcação. Ordenou que carregassem os tesouros dos nobres, joias e peças de ouro. De lá, eles não estavam longe para buscar o seu doador de riquezas, Hyge-

1888

1900

1914

---

[123] Beowulf.

[124] A sentinela da costa.

[125] No original, *sundwudu*: "madeira do mar", o barco.

oncerbendum fæst   þy læs hym yþa ðrym
wudu wynsuman   forwrecan meahte.
Het þa up beran   æþelinga gestreon   1920
frætwe ond fætgold   næs him feor þanon
to gesecanne   sinces bryttan
Higelac Hreþling   þær æt ham wunað
selfa mid gesiðum   sæwealle neah.
Bold wæs betlic   bregorof cyning   1925
hea in healle   Hygd swiðe geong
wis welþungen   þeah ðe wintra lyt
under burhlocan   gebiden hæbbe
Hæreþes dohtor   næs hio hnah swa þeah
ne to gneað gifa   Geata leodum   1930
maþmgestreona.   Modþryðo wæg
fremu folces cwen   firen' ondrysne
nænig þæt dorste   deor geneþan
swæsra gesiða   nefne sinfrea
þæt hire an dæges   eagum starede   1935
ac him wælbende   weotode tealde
handgewriþene   hraþe seoþðan wæs
æfter mundgripe   mece geþinged
þæt hit sceadenmæl   scyran moste,
cwealmbealu cyðan.   Ne bið swylc cwenlic þeaw   1940
idese to efnanne   þeah ðe hio ænlicu sy
þætte freoðuwebbe   feores onsæce
æfter ligetorne   leofne mannan.
Huru þæt onhohsnod   Hemminges mæg
ealodrincende   oðer sædan   1945
þæt hio leodbealewa   læs gefremede
inwitniða   syððan ærest wearð
gyfen goldhroden   geongum cempan
æðelum diore   syððan hio Offan flet
ofer fealone flod   be fæder lare   1950
siðe gesohte   ðær hio syððan well
in gumstole   gode mære
lifgesceafta   lifigende breac
hiold heahlufan   wið hæleþa brego
ealles moncynnes   mine gefræge   1955

lac, filho de Hrethel, onde habitava em seu lar com seus companheiros, próximo à parede do mar.[126]

A construção era belíssima! O majestoso rei, altivo em seu salão, e a muito jovem Hygd — sábia e honrada, apesar de ter vivido poucos invernos naquela fortaleza —, filha de Hæreth; ela não era pobre, por sua vez, nem avarenta com presentes ao povo dos geatas, as riquezas do tesouro. Modthryth,[127] nobre rainha do povo, realizou crimes terríveis; nenhum dos bravos, dos caros companheiros, ousava arriscar-se — exceto seu senhor[128] — a olhar em seus olhos durante o dia, pois sabia que tramas mortais seriam ordenadas para ele, feitas à mão; e, após ser agarrado pela mão, logo em seguida uma lâmina lhe seria apontada, de forma que a espada decorada seria clara ao proclamar a maligna morte.[129] Estes não são os costumes de uma rainha, que uma mulher deva praticar — ainda que ela seja de beleza sem par —: uma tecelã da paz[130] tirar a vida de um homem querido após falsa afronta. Em verdade, o parente de Hemming[131] pôs um fim a isso, e os bebedores de cerveja contaram ou-

1925

1940

---

[126] No original, *sæwealle*: "parede do mar", a costa.

[127] Este trecho do poema é um tanto complexo. Algumas edições transcrevem o nome da rainha como "Modthrytho" outras como "Thryth". A digressão que se segue a respeito desta rainha é claramente um contraponto entre o comportamento da maligna Modthryth e a boa Hygd, exatamente o equivalente feminino da história do rei Heremod. Além desta função moralizante, alguns estudiosos acreditam que há uma preocupação em citar no poema a figura do rei Offa (marido de Modthryth), pois existe a hipótese de que ele seria, de alguma maneira, ancestral do rei Offa de Mércia (757-796), como a *Crônica Anglo-Saxônica* sugere. Desta forma, uma das hipóteses sobre as origens do poema *Beowulf* seria de que ele teria circulado na corte do rei Offa de Mércia, no século VIII. Entretanto, não existem evidências concretas que comprovem tal relação entre a personagem e o verdadeiro rei. Ver Mitchell e Robinson, *op. cit.*, p. 112.

[128] O poema pode estar se referindo ao seu marido ou até mesmo a seu próprio pai. Ver Roy Michael Liuzza, *Beowulf: A New Verse Translation*, Toronto, Broadview Literary Texts, 2000, p. 112.

[129] Em outras palavras, nenhum dos homens ousava olhar nos olhos de Modthryth pois sabia que, se o fizesse, ela ordenaria sua morte, devido a seu temperamento maligno.

[130] No original, *freoðuwebbe*: "tecelã da paz". Este é um epíteto muito comum na poesia anglo-saxônica e que reflete a função destas mulheres dentro da narrativa. Elas costumavam representar um acordo de paz entre dois grupos, tribos ou reinos, onde a filha de um líder é entregue como noiva ao filho do outro líder, selando o acordo.

[131] O rei Offa, futuro esposo de Modthryth.

þæs selestan   bi sæm tweonum
eormencynnes   forðam Offa wæs
geofum ond guðum   garcene man
wide geweorðod   wisdome heold
eðel sinne   þonon Eomer woc   1960
hæleðum to helpe   Hemminges mæg
nefa Garmundes   niða cræftig.

tra coisa: que ela causou menos sofrimento ao povo, atos hostis, uma vez que logo foi entregue, adornada em ouro, ao jovem campeão de excelente e nobre linhagem. Quando o salão de Offa, sobre o pálido mar, por vontade de seu pai, ela buscou em viagem; onde ela, posteriormente, famosa por sua bondade no trono, muito bem aproveitou, vivendo o que ainda lhe era devido de sua vida, mantendo um grande amor com o líder dos heróis de todos os homens — como ouvi dizer —, o melhor da raça dos homens entre os dois mares. Desta forma, Offa, em presentes e batalhas, foi um homem valente com a lança, largamente honrado, e manteve com sabedoria sua terra natal. Dele, veio Eomer para auxiliar os heróis, parente de Hemming, neto de Garmund, habilidoso em batalha.

XXVIII

Gewat him ða se hearda   mid his hondscole
sylf æfter sande   sæwong tredan
wide waroðas.   Woruldcandel scan   1965
sigel suðan fus.   Hi sið drugon,
elne geeodon   to ðæs ðe eorla hleo
bonan Ongenþeoes   burgum in innan
geongne guðcyning   godne gefrunon
hringas dælan.   Higelace wæs   1970
sið Beowulfes   snude gecyðed
þæt ðær on worðig   wigendra hleo
lindgestealla   lifigende cwom
heaðolaces hal   to hofe gongan.
Hraðe wæs gerymed   swa se rica bebead,   1975
feðegestum   flet innanweard.
Gesæt þa wið sylfne   se ða sæcce genæs
mæg wið mæge   syððan mandryhten
þurh hleoðorcwyde   holdne gegrette
meaglum wordum.   Meoduscencum hwearf   1980
geond þæt healreced   Hæreðes dohtor
lufode ða leode   liðwæge bær
hæðum to handa.   Higelac ongan
sinne geseldan   in sele þam hean
fægre fricgcean   hyne fyrwet bræc   1985
hwylce Sæ-Geata   siðas wæron:
"Hu lomp eow on lade   leofa Biowulf
þa ðu færinga   feorr gehogodest
sæcce secean   ofer sealt wæter
hilde to Hiorote?   Ac ðu Hroðgare   1990
widcuðne wean   wihte gebettest
mærum ðeodne?   Ic ðæs modceare

XXVIII

A recepção de Hygelac

O valente, então, andou com seu bando de companheiros pela areia, caminhando pela praia, a grande costa. A vela do mundo brilhava, ávido sol do sul. Eles sobreviveram à jornada, orgulhosamente indo para o protetor dos nobres, o assassino de Ongentheow,[132] o jovem rei guerreiro, em cuja fortaleza, eles ouviram, o bom homem distribuía anéis. Para Hygelac foi logo anunciado o retorno de Beowulf. Que o defensor dos guerreiros, seu companheiro de escudo, aproximava-se de sua morada, vivo e ileso da luta de espadas, andando para o salão. Prontamente tudo estava arrumado para os convidados adentrarem a pé no salão, assim como o poderoso ordenara.

Ele se sentou com aquele que sobreviveu ao confronto, parente com parente, depois que o senhor dos homens lealmente o saudou através de um cerimonioso discurso de palavras sinceras. A filha de Hæreth,[133] amada pelo povo, passou através daquele salão com jarras de hidromel, carregando canecas para as mãos dos heróis.[134] Hygelac começou, no amplo salão, a interrogar seus companheiros de forma cortês; a curiosidade o afligia sobre como havia sido a aventura dos geatas do mar:

"Como se deu sua viagem, caro Beowulf, desde que você de repente decidiu buscar o distante conflito sobre a água salgada, a batalha em

1963

1977

1987

---

[132] Hygelac. A morte do rei Ongentheow acontecerá nos versos 2961-4, e na verdade quem o matou foram Wulf e Eofor. Mas, como eles agiam sob as ordens de Hygelac, o rei é indicado como o responsável pela morte.

[133] Hygd.

[134] Existem controvérsias quanto à grafia neste trecho do poema. Na realidade, o texto original diz *hæðum to handa*: "para as mãos dos pagãos"; entretanto, a letra ð está parcialmente apagada, o que leva a crer que há um erro. Assim, em algumas edições o trecho aparece como *hæleðum to handa*: "para as mãos dos heróis". Ver Klaeber, *op. cit.*, pp. 74 e 350; Mitchell e Robinson, *op. cit.*, p. 115.

sorhwylmum seað   siðe ne truwode
leofes mannes   ic ðe lange bæd
þæt ðu þone wælgæst   wihte ne grette   1995
lete Suð-Dene   sylfe geweorðan
guðe wið Grendel.   Gode ic þanc secge
þæs ðe ic ðe gesundne   geseon moste."

Heorot? E você, a Hrothgar, aliviou o sofrimento largamente conhecido do poderoso líder? Por isto, eu, com ansiedade e apreensão, me fiz inquieto, não acreditando na aventura deste amado homem; por muito tempo eu pedi que você não se encontrasse com aquele espírito assassino, que deixasse que os daneses do sul realizassem sua guerra contra Grendel sozinhos. Dirijo agradecimentos a Deus por eu poder vê-lo a salvo!".

XXIX

Biowulf maðelode   bearn Ecgðioes:
"Þæt is undyrne   dryhten Higelac   2000
mæru gemeting   monegum fira,
hwylc orleghwil   uncer Grendles
wearð on ðam wange   þær he worna fela
Sige-Scyldingum   sorge gefremede
yrmðe to aldre   ic ðæt eall gewræc   2005
swa begylpan ne þearf   Grendeles maga
ænig ofer eorðan   uhthlem þone
se ðe lengest leofað   laðan cynnes
fæcne bifongen.   Ic ðær furðum cwom
to ðam hringsele   Hroðgar gretan   2010
sona me se mæra   mago Healfdenes
syððan he modsefan   minne cuðe
wið his sylfes sunu   setl getæhte.
Weorod wæs on wynne   ne seah ic widan feorh
under heofones hwealf   healsittendra   2015
medudream maran.   Hwilum mæru cwen
friðusibb folca   flet eall geondhwearf
bædde byre geonge   oft hio beahwriðan
secge sealde   ær hie to setle geong.
Hwilum for duguðe   dohtor Hroðgares   2020
eorlum on ende   ealuwæge bær
þa ic Freaware   fletsittende
nemnan hyrde   þær hio nægled sinc
hæleðum sealde.   Sio gehaten is
geong goldhroden   gladum suna Frodan   2025
hafað þæs geworden   wine Scyldinga
rices hyrde   ond þæt ræd talað
þæt he mid ðy wife   wælfæhða dæl

XXIX[135]

O relato de Beowulf e a história de Freawaru

Beowulf falou, o filho de Ecgtheow: 1999
"Senhor Hygelac, não é segredo para muitos homens que o grande encontro — aquele momento de batalha entre mim e Grendel — aconteceu naquele local onde, para uma grande quantidade dos vitoriosos scyldingas, ele causou tristezas, desgraça para suas vidas. Eu os vinguei de tudo isso, de forma que a família de Grendel não precisará se vangloriar deste confronto da aurora, nenhum deles sobre a terra, aquele que, desta odiosa raça envolta em malícia, viver por muito tempo. Em primeiro lugar, fui para o salão de anéis para saudar Hrothgar. Logo, o famoso filho de Healfdene — uma vez que conhecia minha intenção — indicou-me que me sentasse com seus próprios filhos. A hoste estava contente; eu nunca   2014
vi em toda a vida, sob a abóboda do céu, habitantes de salão celebrarem tanto com hidromel! Por vezes, a famosa rainha, a mantenedora da paz do povo, ia por todo o salão, encorajando seus jovens filhos. Algumas vezes, ela entregou anéis aos homens, antes que ela fosse se sentar. Às vezes, ante os guerreiros veteranos, a filha de Hrothgar segurou as canecas de cerveja dos nobres até o final; ouvi os que estavam no salão chamarem-na Freawaru, quando ela entregava tesouros encrustados aos heróis. Ela é prometida, jovem adornada em ouro, ao gracioso filho de Froda;[136]   2024
isto foi arranjado pelo senhor dos scyldingas, o guardião do reino, que

---

[135] A organização dos cantos XXIX e XXX, na forma aqui apresentada, é apenas uma conjectura, uma vez que, neste trecho do manuscrito, a divisão do poema se torna confusa. Ver Liuzza, *op. cit.*, p. 117; Mitchell e Robinson, *op. cit.*, pp. 6-7.

[136] Ingeld, filho de Froda, príncipe dos heathobardos. Seu ataque (citado nos vv. 80-5) é aparentemente malsucedido. Em outro poema em inglês antigo, *Widsith* (ver pp. 267-75 deste volume), este mesmo episódio também é retratado. Os versos 45-9 do poema *Widsith* dizem: "Hrothwulf [Hrothulf] e Hrothgar mantiveram juntos, por um longo tempo, a paz entre tio e sobrinho, quando expulsaram a raça dos vikings e arrasaram com o exército de Ingeld, destruindo a hoste dos heathobardos em Heorot".

```
sæcca gesette.    Oft seldan hwær
æfter leodhryre    lytle hwile                        2030
bongar bugeð    þeah seo bryd duge.
Mæg þæs þonne ofþyncan    ðeoden Heaðo-Beardna
ond þegna gehwam    þara leoda
þonne he mid fæmnan    on flett gaeð
dryhtbearn Dena    duguða biwenede                    2035
on him gladiað    gomelra lafe
heard ond hringmæl    Heaða-Bearna gestreon
þenden hie ðam wæpnum    wealdan moston.
```

aprovou o conselho de que ele[137] acertasse, com sua esposa, as muitas contendas mortais e conflitos.[138] Entretanto, é raro, em qualquer parte, que, após a queda do líder, a lança mortal descanse por muito tempo, mesmo que seja uma boa noiva. Isto pode, assim, desagradar ao líder dos heathobardos e a todos os guerreiros daquela tribo, quando ele andar com a mulher no salão, e os nobres filhos dos daneses forem recebidos com honras; neles, brilham antigas heranças, forte e anelada herança dos heathobardos enquanto puderem usar suas armas".[139]

2032

---

[137] Ingeld.

[138] Mais um exemplo de uma princesa servindo como forma de acertar a paz entre dois povos inimigos. Neste caso, a filha de Hrothgar, dos daneses, casada com Ingeld dos heathobardos.

[139] Este trecho do poema é confuso e dá margem a mais de uma interpretação. A tradução aqui foi baseada na interpretação de Mitchell e Robinson, *op. cit.*, p. 117: guerreiros daneses acompanhariam a princesa Freawaru na corte dos heathobardos, o que desagradaria a Ingeld e seus guerreiros.

XXX

Oððæt hie forlæddan   to ðam lindplegan
swæse gesiðas   ond hyra sylfra feorh. 2040
Þonne cwið æt beore   se ðe beah gesyhð
eald æscwiga   se ðe eall geman
garcwealm gumena   him bið grim sefa
onginneð geomormod   geongum cempan
þurh hreðra gehygd   higes cunnian 2045
wigbealu weccean   ond þæt word acwyð:
"Meaht ðu min wine   mece gecnawan
þone þin fæder   to gefeohte bær
under heregriman   hindeman siðe
dyre iren,   þær hyne Dene slogon, 2050
weoldon wælstowe   syððan Wiðergyld læg
æfter hæleþa hryre   hwate Scyldungas?
Nu her þara banena   byre nathwylces
frætwum hremig   on flet gaeð
morðres gylpeð   ond þone maðþum byreð 2055
þone þe ðu mid rihte   rædan sceoldest."
Manað swa ond myndgað   mæla gehwylce
sarum wordum   oð ðæt sæl cymeð
þæt se fæmnan þegn   fore fæder dædum
æfter billes bite   blodfag swefeð 2060
ealdres scyldig   him se oðer þonan
losað lifigende   con him land geare.
Þonne bioð gebrocene   on ba healfe
aðsweorð eorla   syððan Ingelde
weallað wælniðas   ond him wiflufan 2065
æfter cearwælmum   colran weorðað.
Þy ic Heaðo-Beardna   hyldo ne telge
dryhtsibbe dæl   Denum unfæcne

XXX

Continuação da história de Freawaru e do relato de Beowulf

"Até que eles levem para aquele confronto de escudos seus caros companheiros e suas próprias vidas. Então falará aos bebedores de cerveja aquele que vê os anéis, o velho guerreiro[140] de lança, ele que se lembra de todos os homens mortos por lanças. Seu espírito é austero! Com a mente pesarosa, começa, com os pensamentos de seu coração, a testar o espírito do jovem campeão, a despertar o terror da batalha, e diz estas palavras: 'Você consegue, meu amigo, reconhecer aquela espada que seu pai carregou em combate, sob a máscara de batalha[141] em sua última expedição, o estimado ferro, quando os daneses — os valentes scyldingas — o abateram? Quando Withergyld tombou, e dominaram o campo dos mortos depois da queda do herói? Agora, aqui, o filho de um daqueles assassinos, exultante em pertences, anda neste chão gabando-se pela matança e carregando os tesouros que você, por direito, deve possuir'.[142] Assim incita e recorda toda vez com palavras ásperas, até que chega o momento em que o nobre da mulher, devido aos atos de seu pai, pelo golpe de uma espada adormece ensanguentado, perde sua vida; o outro escapa de lá com vida, ele conhece bem a região.[143] Então, estão quebra-

---

[140] Um guerreiro dos heathobardos que está incomodado com a presença dos daneses.

[141] No original, *heregriman*: "máscara de batalha", o elmo.

[142] Dentro da poesia heroica, é por direito um guerreiro tomar para si as armas e a armadura do inimigo que caiu em batalha. Além disso, tais utensílios de guerra (espadas, armaduras, elmos etc.) são extremamente valiosos, não apenas por seu valor monetário, mas também por serem símbolos da sociedade guerreira aristocrática. Por diversas vezes ao longo do poema, vemos tais objetos como relíquias, heranças, passadas de pai para filho ou de um senhor para seu leal guerreiro.

[143] O guerreiro danês que acompanhava a filha de Hrothgar acaba sendo morto pelo velho guerreiro dos heathobardos, que depois foge; o que acaba provocando o fim da trégua entre os dois povos.

freondscipe fæstne.   Ic sceal forð sprecan
gen ymbe Grendel   þæt ðu geare cunne   2070
sinces brytta   to hwan syððan wearð
hondræs hæleða.   Syððan heofones gim
glad ofer grundas   gæst yrre cwom
eatol æfengrom   user neosan
ðær we gesunde   sæl weardodon.   2075
Þær wæs Hondscio   hilde onsæge
feorhbealu fægum   he fyrmest læg
gyrded cempa,   him Grendel wearð
mærum maguþegne   to muðbonan,
leofes mannes   lic eall forswealg   2080
no ðy ær ut ða gen   idelhende
bona blodigtoð   bealewa gemyndig
of ðam goldsele   gongan wolde
ac he mægnes rof   min costode,
grapode gearofolm.   Glof hangode   2085
sid ond syllic   searobendum fæst
sio wæs orðoncum   eall gegyrwed
deofles cræftum   ond dracan fellum.
He mec þær on innan   unsynnigne
dior dædfruma   gedon wolde   2090
manigra sumne   hyt ne mihte swa
syððan ic on yrre   upprihte astod.
To lang ys to reccenne   hu ic ðam leodsceaðan
yfla gehwylces   ondlean forgeald
þær ic þeoden min   þine leode   2095
weorðode weorcum.   He on weg losade
lytle hwile   lifwynna breac
hwæþre him sio swiðre   swaðe weardade
hand on Hiorte   ond he hean ðonan
modes geomor   meregrund gefeoll.   2100
Me þone wælræs   wine Scildunga
fættan golde   fela leanode
manegum maðmum   syððan mergen com
ond we to symble   geseten hæfdon.
Þær wæs gidd ond gleo   gomela Scilding   2105
fela fricgende   feorran rehte

dos, de ambos os lados, os juramentos dos nobres; desta forma, em Ingeld surgirá o ódio da matança, e o amor por sua esposa esfriará com o surgimento destas preocupações. Por isso eu não conto com a lealdade dos heathobardos, sua parte da nobre aliança aos daneses sem falsidade, ou sua firme amizade.

Eu ainda devo dizer mais sobre Grendel, assim você bem saberá, doador de tesouros, sobre o que aconteceu então no confronto de heróis. Quando a joia do céu deslizou para sob o solo, o espírito enfurecido, o terrível ser hostil veio, à noite, buscar-nos onde, desarmados, guardávamos o salão. Lá, a batalha foi fatal para Hondscio,[144] malignamente mortal para o escolhido; ele caiu primeiro, o equipado campeão. Por Grendel ele foi devorado, o famoso jovem guerreiro; querido homem, teve todo o seu corpo engolido. Não tão cedo, para fora e de mãos vazias, o assassino, com sangue nos dentes, obcecado pela destruição, desejava partir daquele salão. Mas ele, de renomada força, decidiu me testar e agarrou-me com mão firme. Uma luva[145] pendia, grande e estranha, fortemente presa por tiras; toda ela havia sido feita habilmente com artes demoníacas e pele de dragão. Lá dentro, o terrível perpetrador do mal desejava colocar, dentre muitos, a mim, inocente. Não foi capaz disto, uma vez que eu, tomado de ira, me pus de pé. É muito longo para contar como eu obtive o pagamento daquele inimigo do povo por todo o mal. Lá, meu senhor, honrei seu povo em atos. Ele fugiu para longe, para aproveitar ainda um pouco o prazer da vida; entretanto, deixou como marca a sua mão direita em Heorot, e miseravelmente de lá, de coração triste, mergulhou no fundo do lago. Pelo confronto mortal, o amigo dos scyldingas me recompensou com muito ouro incrustado, muitos tesouros, quando

---

[144] Hondscio é o nome do guerreiro que primeiro foi capturado e morto por Grendel, antes do monstro alcançar Beowulf e iniciar o combate em Heorot (vv. 739-45).

[145] No original, *glof*: "luva". Não é claro no texto o que realmente seria isso, ou por que tal objeto não aparece na descrição anterior de Grendel. Talvez seja alguma divergência ou inclusão posterior na narrativa do poema. De qualquer modo, é comum nos mitos e lendas nórdicas a presença de luvas e bolsas utilizadas por criaturas como gigantes e *trolls*. Um exemplo disso é a história contida na *Gylfaginning*, da *Edda em prosa*, onde o deus Thor encontra um grande salão na floresta, no meio do caminho de sua viagem para a terra dos gigantes, Jotunheim. Ele passa a noite no local, mas pela manhã descobre que o que ele achava se tratar de um salão era na verdade a luva de um gigante. Ver Snorri Sturluson, *Edda*, Londres, Everyman's Library, 1998, p. 39.

hwilum hildedeor   hearpan wynne
gomenwudu grette   hwilum gyd awræc
soð ond sarlic   hwilum syllic spell
rehte æfter rihte   rumheort cyning   2110
hwilum eft ongan   eldo gebunden
gomel guðwiga   gioguðe cwiðan
hildestrengo   hreðer inne weoll
þonne he wintrum frod   worn gemunde.
Swa we þær inne   andlangne dæg   2115
niode naman   oð ðæt niht becwom
oðer to yldum.   Þa wæs eft hraðe
gearo gyrnwræce   Grendeles modor
siðode sorhfull   sunu deað fornam
wighete Wedra.   Wif unhyre   2120
hyre bearn gewræc   beorn acwealde
ellenlice   þær wæs Æschere
frodan fyrnwitan   feorh uðgenge.
Noðer hy hine ne moston   syððan mergen cwom
deaðwerigne   Denia leode   2125
bronde forbærnan   ne on bel hladan
leofne mannan   hio þæt lic ætbær
feondes fæðmum   under firgenstream.
Þæt wæs Hroðgare   hreowa tornost
þara þe leodfruman   lange begeate.   2130
Þa se ðeoden mec   ðine life
healsode hreohmod   þæt ic on holma geþring
eorlscipe efnde   ealdre geneðde,
mærðo fremede   he me mede gehet.
Ic ða ðæs wælmes   þe is wide cuð   2135
grimme gryrelicne   grundhyrde fond.
Þær unc hwile wæs   hand gemæne,
holm heolfre weoll   ond ic heafde becearf
in ðam [guð]sele   Grendeles modor
eacnum ecgum   unsofte þonan   2140
feorh oðferede   næs ic fæge þa gyt
ac me eorla hleo   eft gesealde
maðma menigeo   maga Healfdenes."

veio a manhã, e nós então nos sentamos para festejar. Lá, havia música
e celebração: o velho scyldinga de muitas coisas ouviu falar, de histórias
de há muito tempo. Às vezes, o valente em batalha, por prazer à harpa
— a alegre madeira —, dirigia-se, contando histórias verdadeiras e trágicas, às vezes o rei de grande coração narrava histórias estranhas corretamente; preso à idade, às vezes o velho guerreiro começava a falar novamente da juventude, de sua força em batalha. Seu coração se agitava por
dentro quando ele, velho e sábio em invernos, de muitas coisas se lembrava. Assim, lá, durante todo aquele dia, nós aproveitamos, até que outra noite chegou sobre os homens. Então foi logo em seguida que, ávida,
a mãe de Grendel, para a terrível vingança, rumou cheia de mágoa. A
morte havia levado seu filho, o ódio da batalha dos weders. A mulher
monstruosa vingou seu filho, matou um guerreiro corajoso! Foi lá que de
Æschere — o sábio e velho conselheiro — a vida se foi. Quando veio a
manhã, o povo dânes não pôde cremá-lo no fogo, nem colocar na pira o
estimado homem, afligido pela morte. Ela havia levado seu corpo, em seu
abraço diabólico, sob os veios da montanha. Aquela foi, para Hrothgar,
a tristeza mais terrível dentre as que há tempos recaíam sobre o líder do
povo. Então, o chefe, por sua vida, implorou-me angustiado para que,
na turbulência da água, eu realizasse um feito nobre, que arriscasse a vida, obtivesse glória; ele prometeu me recompensar. Naquela agitação de
águas, eu, então — como é largamente conhecido —, achei a terrível, a
horrível guardiã das profundezas. Lá, nós dois lutamos por certo tempo
corpo a corpo. A água borbulhou com sangue, e eu cortei a cabeça da
mãe de Grendel, naquele salão de batalha,[146] com uma grande espada e,
com dificuldade, de lá escapei com vida. Eu ainda não estava fadado a
morrer; e, assim, o protetor dos guerreiros, o filho de Healfdene, me deu
novamente muitos tesouros."

---

[146] Parte da palavra está faltando neste trecho do manuscrito. As palavras mais utilizadas para completar esse verso do poema costumam ser *guð* (*guðsele*: "salão de batalha") ou *grund* (*grundsele*: "salão na terra").

XXXI

Swa se ðeodkyning   þeawum lyfde
nealles ic ðam leanum   forloren hæfde   2145
mægnes mede   ac he me maðma geaf
sunu Healfdenes   on minne sylfes dom
ða ic ðe beorncyning   bringan wylle
estum geywan.   Gen is eall æt ðe
lissa gelong   ic lyt hafo   2150
heafodmaga   nefne Hygelac ðec."
Het ða in beran   eafor heafodsegn
heaðosteapne helm   hare byrnan
guðsweord geatolic   gyd æfter wræc
"Me ðis hildesceorp   Hroðgar sealde   2155
snotra fengel   sume worde het
þæt ic his ærest ðe   est gesægde
cwæð þæt hyt hæfde   Hiorogar cyning
leod Scyldunga   lange hwile
no ðy ær suna sinum   syllan wolde   2160
hwatum Heorowearde   þeah he him hold wære
breostgewædu.   Bruc ealles well."
Hyrde ic þæt þam frætwum   feower mearas
lungre gelice   last weardode
æppelfealuwe   he him est geteah   2165
meara ond maðma.   Swa sceal mæg don
nealles inwitnet   oðrum bregdon
dyrnum cræfte   deað renian
hondgesteallan.   Hygelace wæs
niða heardum   nefa swyðe hold   2170
ond gehwæðer oðrum   hroþra gemyndig.
Hyrde ic þæt he ðone healsbeah   Hygde gesealde
wrætlicne wundurmaððum   ðone þe him Wealhðeo geaf

XXXI

Troca de presentes

"Assim, o rei da tribo viveu de forma honrada, de forma alguma perdi tais presentes, mas, como recompensa pela força, o filho de Healfdene me deu tesouros de minha própria escolha; os quais eu gostaria de trazer a você, rei guerreiro, e graciosamente lhe oferecer. Mesmo porque está toda em você a origem dos favores.[147] Eu tenho poucos parentes próximos, a não ser você, Hygelac."

Ordenou, então, que trouxessem o estandarte de javali, o elmo de guerra, a armadura cinzenta, a ornamentada espada de batalha, e então contou a história:[148]

"Hrothgar, o sábio rei, deu-me esta armadura. Ordenou que, com algumas palavras, eu primeiramente lhe contasse sobre o presente. Disse que o rei Heorogar[149] a possuiu por longo tempo, quando líder dos scyldingas; mesmo assim, ele não deixaria a armadura do corpo para seu filho — apesar de ele lhe ser leal — o bravo Heoroweard. Use bem tudo!".

Eu ouvi que, junto com o tesouro, quatro cavalos igualmente velozes seguiam, baios; ele lhe deu como presentes os cavalos e os tesouros. Assim os parentes devem fazer: de forma alguma tecer tramas malignas para os outros em secretas artimanhas, preparando a morte de seus companheiros próximos. Seu sobrinho era muito leal a Hygelac, valente em

---

[147] Aqui Beowulf reforça o poder da figura do rei dentro da sociedade. Ao longo da narrativa vemos o rei sempre caracterizado como o guardião do povo, mas ele também desempenha o papel daquele que concede favores, presentes e auxílio.

[148] O herói apresenta os presentes que teria recebido na corte do rei Hrothgar: uma espada, um estandarte, um elmo e uma cota de malha (vv. 1020-4), além de oito cavalos e uma sela (vv. 1035-9), e a rainha Wealhtheow lhe deu dois braceletes de ouro, uma armadura e anéis (vv. 1192-200). Após a morte da mãe de Grendel, ele recebe doze presentes de Hrothgar (vv. 1866-7). Os presentes citados nos versos 2152-4 correspondem aos dos versos 1020-4.

[149] Irmão mais velho de Hrothgar.

ðeodnes dohtor þrio wicg somod
swancor ond sadolbeorht hyre syððan wæs 2175
æfter beahðege breost geweorðod.
Swa bealdode bearn Ecgðeowes
guma guðum cuð godum dædum
dreah æfter dome nealles druncne slog
heorðgeneatas næs him hreoh sefa 2180
ac he mancynnes mæste cræfte
ginfæstan gife þe him god sealde
heold hildedeor. Hean wæs lange
swa hyne Geata bearn godne ne tealdon
ne hyne on medobence micles wyrðne 2185
drihten wereda gedon wolde
swyðe wendon þæt he sleac wære
æðeling unfrom. Edwenden cwom
tireadigum menn torna gehwylces.
Het ða eorla hleo in gefetian 2190
heaðorof cyning Hreðles lafe
golde gegyrede næs mid Geatum ða
sincmaðþum selra on sweordes had
þæt he on Biowulfes bearm alegde
ond him gesealde seofan þusendo 2195
bold ond bregostol. Him wæs bam samod
on ðam leodscipe lond gecynde
eard eðelriht oðrum swiðor
side rice þam ðær selra wæs.
Eft þæt geiode ufaran dogrum 2200
hildehlæmmum syððan Hygelac læg
ond Heardrede hildemeceas
under bordhreoðan to bonan wurdon
ða hyne gesohtan on sigeþeode
hearde hildfrecan Heaðo-Scilfingas 2205
niða genægdan nefan Hererices
syððan Beowulfe bræde rice
on hand gehwearf he geheold tela
fiftig wintra wæs ða frod cyning
eald eþelweard oð ðæt on ongan 2210
deorcum nihtum draca ricsian

batalha, e cada um buscava o contentamento do outro. Ouvi que ele presenteou o colar para Hygd, a filha do líder — esplêndido e maravilhoso tesouro que lhe foi dado por Wealhtheow —, e também três cavalos graciosos e de selas brilhantes; ela, então, ficou com o peito adornado, após receber o colar.

Assim, mostrou-se valente o filho de Ecgtheow, homem conhecido pelas batalhas e boas ações, agiu com honra. Bêbado, nunca assassinou os companheiros de seu lar, nem era cruel seu coração; mas, a maior força da raça dos homens, o grande presente que Deus lhe deu, manteve bravamente em batalha. Há muito, havia sido desprezado,[150] uma vez que os filhos dos geatas não o consideravam bem, nem nos bancos de cerveja muito valor o senhor dos weders desejava conceder-lhe; com veemência acreditavam que ele era um preguiçoso, um príncipe covarde. Uma reviravolta veio para o glorioso homem por cada um de seus infortúnios.

O protetor dos guerreiros, o rei valente em batalha, ordenou, então, que trouxessem o tesouro de Hrethel,[151] ornamentado em ouro; não havia entre os geatas melhor tesouro na forma de espada. Ele a colocou no colo de Beowulf e lhe deu setecentas porções de terras,[152] um salão e um precioso trono. Ambos estavam juntos em terras herdadas daquela nação, terras por direito ancestral, para o outro porém um reino mais amplo, ele que era o maior.[153]

Depois disso, ocorreu, em dias posteriores, o confronto da batalha, quando Hygelac pereceu, e de Heardred[154] a espada de guerra causou a morte, sob a proteção do escudo, quando eles, os ferozes guerreiros scylfingas, o buscaram na vitoriosa tribo e, com violência, atacaram o sobri-

---

[150] As razões para que se diga que o herói, em sua juventude, teria sido visto com maus olhos não são claras, uma vez que em nenhuma outra parte do poema isso voltará a ser citado.

[151] Hrethel, pai de Hygelac.

[152] No texto original, não se faz menção clara ao tipo de unidade territorial que o poeta utiliza. Porém, em muitas traduções, costuma-se utilizar, nesta passagem, a medida de setecentos *hides*. Um *hide* territorial seria o suficiente para um camponês e sua família. Seu tamanho podia variar dependendo da região da Inglaterra. De qualquer forma, a quantidade presenteada a Beowulf representa uma porção extremamente generosa.

[153] Aqui o poema se refere ao fato de que Hygelac, como rei, era superior a Beowulf e, portanto, tinha mais terras que o herói.

[154] Filho de Hygelac.

se ðe on heaum hofe   hord beweotode
stanbeorh steapne   stig under læg
eldum uncuð.   Þær on innan giong
niða nathwylc   se þe nide gefeng   2215
hæðnum horde   hond wæge nam
smæye since fah   he þæt syððan þah
þeah ðe he slæpende   besyred wurde
þeofes cræfte   þæt sie ðiod onfand
bufolc beorna   þæt he gebolgen wæs.   2220

nho de Hereric.[155] Foi quando o amplo reino passou às mãos de Beowulf. Ele o manteve bem por cinquenta invernos — foi um rei sábio, velho guardião da terra —, até que, em certa noite escura, um dragão, que vigiava seu tesouro do grandioso lar, a altiva colina de pedras, começou a dominar; o caminho subterrâneo jazia desconhecido para os homens. Lá dentro foi certo homem, que chegou próximo do tesouro pagão. Com suas mãos, pegou um cálice adornado de joias. Mais tarde, ele se vingou disso,[156] pois havia sido enganado durante o sono pela astúcia de um ladrão: então, descobriu-se pelo povo e pelos homens vizinhos que ele estava enfurecido.

---

[155] O relato sobre a queda de Hygelac e de Heardred faz parte de um contexto mais amplo que envolve as guerras entre a tribo dos geatas e os suecos, as quais são abordadas de forma fragmentada ao longo do poema. A multiplicidade de personagens e a maneira não linear como são narrados tais confrontos muitas vezes dificulta o entendimento do leitor. Para maiores detalhes, bem como para a ordem cronológica dos eventos, ver a seção "As guerras entre os geatas e os suecos", pp. 352-3 deste volume.

[156] "Ele" no caso se refere ao dragão. Este trecho do poema está extremamente danificado, quase ilegível, dando margem para diversas interpretações e traduções. Entretanto, é consenso que o que ocorre é o roubo de um objeto de grande valor (um cálice) do tesouro do dragão enquanto este dormia, e que, devido a isso, o dragão irá despertar e se vingar.

Cantos XXXII-XXXV

Depois da morte de Hygelac e de seu filho Heardred, Beowulf se torna rei dos geatas por cinquenta anos. Após esse tempo, o antigo tesouro de um dragão é roubado por um escravo fugitivo, e a criatura, enfurecida, começa a atacar a região, por vingança. O velho rei, ainda vigoroso em espírito, decide enfrentar o dragão. Beowulf, munido de um escudo de ferro, e acompanhado por onze homens, dirige-se à toca do inimigo. Antes de prosseguir, ele faz um longo discurso recordando sua juventude, os fatos ocorridos na corte dos geatas e a disputa com os suecos.

XXXII

Nealles mid gewealdum   wyrmhord a[b]ræ[c]
sylfes willum   se ðe him sare gesceod
ac for þreanedlan   þ[eow] nathwylces
hæleða bearna   heteswengeas fleah
[ærnes] þearfe   ond ðær inne fealh   2225
secg synbysig.   Sona inw[l]at[o]de
þæt ...... ðam gyst[e   gryre]broga stod
hwæðre [earm]sceapen   ....
.... sceapen
.... se fær begeat   2230
sincfæt ....   Þær wæs swylcra fela
in ðam eorðsele   ærgestreona
swa hy on geardagum   gumena nathwylc
eormenlafe   æðelan cynnes
þanchycgende   þær gehydde   2235
deore maðmas.   Ealle hie deað fornam
ærran mælum   ond se an ða gen
leoda duguðe   se ðær lengest hwearf
weard winegeomor   wende þæs ylcan
þæt he lytel fæc   longgestreona   2240
brucan moste.   Beorh eallgearo
wunode on wonge   wæteryðum neah
niwe be næsse   nearocræftum fæst
þær on innan bær   eorlgestreona
hringa hyrde   handwyrðne dæl   2245
fættan goldes   fea worda cwæð:
"Heald þu nu hruse   nu hæleð ne mostan
eorla æhte.   Hwæt hyt ær on ðe
gode begeaton   guðdeað fornam
feorhbeale frecne   fyrena gehwylcne   2250

XXXII

O roubo do tesouro

De forma alguma pretendia adentrar no tesouro do dragão por sua própria vontade — ele que amargamente o atingiu — mas, em terrível necessidade, um escravo do filho de um guerreiro fugiu do golpe hostil, desejoso por abrigo, e, lá para dentro, dirigiu-se o homem atormentado por pecados. Uma vez que o intruso foi tomado pelo horror, miseravelmente ainda [...] feito [...] quando tomado pelo medo, o precioso cálice [...].[157] Havia muitíssimas riquezas antigas naquela morada na terra, pois um homem desconhecido, nos dias de outrora, sabiamente escondeu ali o valioso tesouro, o imenso legado de uma nobre raça. A morte pegou-os todos em tempos passados, e, ainda, aquele que, dentre os guerreiros da tribo mais tempo viveu ali, aguardava pelo mesmo — o guardião que lamentava os amigos —, pois ele teria pouco tempo para apreciar os antigos tesouros. O túmulo estava preparado, localizado em campo aberto, próximo às ondas do mar, novo no promontório, feito com grande habilidade. Lá dentro, o guardião dos anéis manteve a nobre riqueza — um digno montante de tesouro de ouro trabalhado — e disse poucas palavras:

"Agora guarde você, terra, já que os heróis não o podem, os tesouros dos nobres. Ouça: outrora, de você, os bons os obtiveram! A morte em batalha, a terrível destruidora da vida, levou cada um dos homens de meu povo que entregou a vida, os que viram os prazeres do salão. Não tenho ninguém que segure a espada ou que possa polir a caneca decorada, o precioso copo de beber, pois todos os velhos guerreiros partiram. O poderoso elmo adornado de ouro deve ser privado de seus ornamen-

---

[157] Os versos 2225 a 2230 estão extremamente danificados, comprometendo a leitura e dando margem a mais de uma interpretação do poema neste trecho. A tradução aqui seguiu as indicações de outras edições do poema, em especial as de Liuzza, *op. cit.*, de Mitchell e Robinson *op. cit.*, e também de John Porter, *Beowulf*, Norfolk, Anglo-Saxon Books, 2003.

leoda minra   þara me þis lif ofgeaf
gesawon seledream.   Nah hwa sweord wege
oððe feormie   fæted wæge
dryncfæt deore   duguð ellor seoc.
Sceal se hearda helm   hyrstedgolde 2255
fætum befeallen   feormynd swefað
þa ðe beadogriman   bywan sceoldon
ge swylce seo herepad   sio æt hilde gebad
ofer borda gebræc   bite irena
brosnað æfter beorne.   Ne mæg byrnan hring 2260
æfter wigfruman   wide feran
hæleðum be healfe.   Næs hearpan wyn
gomen gleobeames   ne god hafoc
geond sæl swingeð   ne se swifta mearh
burhstede beateð.   Bealocwealm hafað 2265
fela feorhcynna   forð onsended."
Swa giomormod   giohðo mænde
an æfter eallum   unbliðe hwearf
dæges ond nihtes   oððæt deaðes wylm
hran æt heortan.   Hordwynne fond 2270
eald uhtsceaða   opene standan
se ðe byrnende   biorgas seceð
nacod niðdraca   nihtes fleogeð
fyre befangen   hyne foldbuend
swiðe ondrædað.   He gesecean sceall 2275
hord on hrusan   þær he hæðen gold
warað wintrum frod   ne byð him wihte ðy sel.
Swa se ðeodsceaða   þreo hund wintra
heold on hrusan   hordærna sum
eacencræftig   oððæt hyne an abealch 2280
mon on mode   mandryhtne bær
fæted wæge   frioðowære bæd
hlaford sinne.   Ða wæs hord rasod
onboren beaga hord   bene getiðad
feasceaftum men   frea sceawode 2285
fira fyrngeweorc   forman siðe.
Þa se wyrm onwoc   wroht wæs geniwad
stonc ða æfter stane   stearcheort onfand

tos; dorme o responsável que deveria preparar a máscara de guerra. Assim, também a armadura, que em combate caiu sobre o choque de escudos a golpes de ferro, definha como os homens. A cota de malha não pode viajar para longe com seu líder de guerra ao lado dos heróis. Nem o prazer da harpa, a música da madeira cantante, nem pode o bom falcão voar pelo salão, nem o querido cavalo, trotar no campo. A terrível morte tem levado muitos da raça dos vivos".

Assim em sua angústia lamentou, solitário depois de tudo, em constante tristeza, dia e noite, até que a maré da morte chegou ao seu coração. O digno tesouro foi encontrado ainda aberto pelo velho destruidor da aurora.[158] Aquele incendiário busca os túmulos, o esguio dragão abominável que voa pela noite, envolto em chamas. Os habitantes da região o temiam imensamente. Ele buscava por riquezas na terra, onde deveria guardar o tesouro pagão por antigos invernos, apesar de não lhe trazer nenhum benefício.

Assim, por trezentos invernos, o terror do povo manteve, na terra, os seus tesouros, incrivelmente poderoso, até que foi enfurecido por um homem em seu coração. Ele pegou, para seu mestre, um cálice adornado, para assegurar um acordo com seu senhor. Assim o tesouro foi roubado, o tesouro de anéis, diminuído, e o perdão, garantido para o homem miserável. Seu senhor olhava para aquele antigo trabalho dos homens pela primeira vez. Logo, o dragão despertou — o conflito foi renovado — e então procurou incansavelmente, em meio às pedras, até que encontrou as pegadas do inimigo; ele havia caminhado, com sua habilidade furtiva, muito próximo à cabeça do dragão. Quem não está fadado a morrer pode facilmente sobreviver aos infortúnios e ao exílio quando o Senhor o favorece com proteção.[159] O guardião do tesouro procurou veementemente pelo chão, desejando encontrar o homem que amargamente o afrontara enquanto dormia. Quente e feroz, contornou todo o monte por fora, mas não havia nenhum homem naquele local selvagem que por sua vez exaltasse a guerra e atos de batalha. Por vezes, retornou para o interior do monte, procurando pelo precioso cálice; ele, então, logo notou que algum homem tinha perturbado seu ouro, seu grandioso tesouro.

---

[158] O dragão.

[159] Esta máxima pode estar relacionada às palavras de Beowulf nos versos 572-3: "O destino por vezes poupa um guerreiro não fadado a morrer quando sua coragem é poderosa".

feondes fotlast   he to forð gestop
dyrnan cræfte   dracan heafde neah. 2290
Swa mæg unfæge   eaðe gedigan
wean ond wræcsið   se ðe waldendes
hyldo gehealdeþ.   Hordweard sohte
georne æfter grunde   wolde guman findan
þone þe him on sweofote   sare geteode 2295
hat ond hreohmod   hlæw oft ymbehwearf
ealne utanweardne   ne ðær ænig mon
on þam westenne   hwæðre wiges gefeh
beadu weorces   hwilum on beorh æthwearf
sincfæt sohte   he þæt sona onfand 2300
ðæt hæfde gumena sum   goldes gefandod
heahgestreona.   Hordweard onbad
earfoðlice   oððæt æfen cwom,
wæs ða gebolgen   beorges hyrde
wolde se laða   lige forgyldan 2305
drincfæt dyre.   Þa wæs dæg sceacen
wyrme on willan   no on wealle læng
bidan wolde   ac mid bæle for
fyre gefysed.   Wæs se fruma egeslic
leodum on lande   swa hyt lungre wearð 2310
on hyra sincgifan   sare geendod.

O guardião do tesouro esperou, impacientemente, até que a noite 2302
veio. O guardião do monte estava enfurecido, desejava pagar o inimigo
com fogo pelo precioso cálice! O dia tinha terminado, para o deleite do
dragão. Jazendo entre as paredes, não podia mais aguardar, mas em chamas saiu, despejando fogo. O começo foi terrível para o povo da região,
assim como logo seria amargo o desfecho para seu doador de anéis.

XXXIII

Ða se gæst ongan   gledum spiwan
beorht hofu bærnan   bryneleoma stod
eldum on andan   no ðær aht cwices
lað lyftfloga   læfan wolde.   2315
Wæs þæs wyrmes wig   wide gesyne
nearofages nið   nean ond feorran,
hu se guðsceaða   Geata leode
hatode ond hynde.   Hord eft gesceat
dryhtsele dyrnne   ær dæges hwile.   2320
Hæfde landwara   lige befangen
bæle ond bronde   beorges getruwode
wiges ond wealles.   Him seo wen geleah.
Þa wæs Biowulfe   broga gecyðed
snude to soðe   þæt his sylfes ham   2325
bolda selest   brynewylmum mealt
gifstol Geata.   Þæt ðam godan wæs
hreow on hreðre   hygesorga mæst.
Wende se wisa   þæt he wealdende
ofer ealde riht   ecean dryhtne   2330
bitre gebulge   breost innan weoll
þeostrum geþoncum   swa him geþywe ne wæs.
Hæfde ligdraca   leoda fæsten
ealond utan   eorðweard ðone
gledum forgrunden   him ðæs guðkyning   2335
Wedera þioden   wræce leornode.
Heht him þa gewyrcean   wigendra hleo
eallirenne   eorla dryhten
wigbord wrætlic   wisse he gearwe
þæt him holtwudu   helpan ne meahte   2340
lind wið lige.   Sceolde liþenddaga

XXXIII

O ataque do dragão

O visitante, então, começou a cuspir fogo, a queimar os luminosos salões. O brilho das chamas despertava o terror nos homens; nada seria deixado vivo lá pelo terrível ser voador.[160] A destruição do dragão era vista por toda parte — sua maligna hostilidade — nas proximidades e, à distância, em como o guerreiro destruidor[161] odiava e afligia o povo dos geatas! Retornou para o tesouro, para o grandioso salão secreto, antes do raiar do dia. Havia envolvido os moradores da região em chamas, fogo e incêndio; ele confiava em sua morada, em seu valor guerreiro e em suas paredes. Sua esperança o traiu!

Então, para Beowulf, fizeram o terror ser conhecido, rapidamente a verdade, que o seu próprio lar — o melhor dos salões, o trono dos geatas — ardia em chamas. Naquele bom homem, havia tristeza no coração, a maior das mágoas. Ele pensou — o sábio guerreiro — que tivesse ido contra Deus, o Senhor Eterno, e a antiga lei, e irritado-O profundamente. Seu peito se perturbou com pensamentos sombrios, como não era de

2312

2324

---

[160] No original, *lað lyftfloga*: "terrível ser voador"; é interessante observar que, dentre as figuras de dragões nas narrativas de origem germânica, o dragão de *Beowulf* é o único que possui a capacidade de voar. Nos demais casos, eles sempre são seres terrestres, como o dragão Fafnir da *Saga dos Volsungos* e da *Nibelungenlied*. O dragão alado é característico do imaginário cristão, pois representa o diabo, a partir do texto bíblico: *Et factum est proelium in caelo, Michael et angeli eius, ut proeliarentur cum dracone. Et draco pugnavit et angeli eius, et non valuit, neque locus inventus est eorum amplius in caelo. Et proiectus est draco ille magnus, serpens antiquus, qui vocatur Diabolus et Satanas, qui seducit universum orbem; proiectus est in terram, et angeli eius cum illo proiecti sunt* ["Houve então uma batalha no céu: Miguel e seus anjos guerrearam contra o Dragão. O Dragão batalhou, com seus anjos, mas foi derrotado, e não se encontrou mais um lugar para eles no céu. Foi expulso o grande Dragão, a antiga serpente, o chamado Diabo e Satanás, sedutor de toda a terra habitada; foi expulso para a terra, e seus anjos foram expulsos"], Apocalipse 12, 7-9.

[161] No original, *guðsceaða*: "guerreiro destruidor"; neste caso uma referência ao dragão.

æþeling ærgod   ende gebidan
worulde lifes   ond se wyrm somod
þeah ðe hordwelan   heolde lange.
Oferhogode ða   hringa fengel
þæt he þone widflogan   weorode gesohte
sidan herge   no he him þam sæcce ondred
ne him þæs wyrmes wig   for wiht dyde
eafoð ond ellen   forðon he ær fela
nearo neðende   niða gedigde
hildehlemma   syððan he Hroðgares
sigoreadig secg   sele fælsode
ond æt guðe forgrap   Grendeles mægum
laðan cynnes.   No þæt læsest wæs
hondgemota   þær mon Hygelac sloh
syððan Geata cyning   guðe ræsum
freawine folca   Freslondum on
Hreðles eafora   hiorodryncum swealt
bille gebeaten.   Þonan Biowulf com
sylfes cræfte   sundnytte dreah
hæfde him on earme   eorla þritig
hildegeatwa   þa he to holme stag
nealles Hetware   hremge þorfton
feðewiges   þe him foran ongean
linde bæron   lyt eft becwom
fram þam hildfrecan   hames niosan.
Oferswam ða sioleða bigong   sunu Ecgðeowes
earm anhaga   eft to leodum
þær him Hygd gebead   hord ond rice
beagas ond bregostol   bearne ne truwode
þæt he wið ælfylcum   eþelstolas
healdan cuðe   ða wæs Hygelac dead.
No ðy ær feasceafte   findan meahton
æt ðam æðelinge   ænige ðinga
þæt he Heardrede   hlaford wære
oððe þone cynedom   ciosan wolde
hwæðre he hine on folce   freondlarum heold
estum mid are   oððæt he yldra wearð.
Weder-Geatum weold.   Hyne wræcmæcgas

costume. A fortaleza do povo, aquela fortaleza costeira, o dragão tinha destruído com fogo; por isto, o rei guerreiro, o líder dos weders, planejava vingança.

O guardião dos guerreiros ordenou que fizessem para ele, o senhor dos nobres, um maravilhoso escudo todo de ferro. Ele bem sabia que o escudo de madeira não poderia lhe ajudar: a madeira contra o fogo. Os dias passageiros do velho e bom príncipe deveriam chegar ao fim, sua vida no mundo junto com o dragão, apesar de ter mantido por tanto tempo seu tesouro. Então, o príncipe de anéis desdenhou de encontrar-se com o dragão com uma tropa, um grande exército; ele não temia a batalha, nem de modo algum o poder da serpente, sua força e coragem, porque de muitos momentos arriscados havia sobrevivido anteriormente, a combates, a confrontos, desde que expurgara o salão de Hrothgar — homem abençoado com a vitória — e em combate enfrentara a raça de Grendel, de odiosa linhagem. Nem foi este o último dos combates quando Hygelac — o filho de Hrethel — foi morto. Quando o rei dos geatas, o amigo do povo, na matança da batalha nas terras da Frísia morreu pelas bebedoras de sangue,[162] derrubado por espadas. Assim, Beowulf veio, por sua própria força, com sua habilidade em nadar, tendo em seus braços, dos guerreiros, trinta armaduras, quando cruzou o oceano. Não havia necessidade dos hetwares[163] exultarem o combate, que, contra eles, anteriormente, ergueram escudos; poucos retornaram daquela feroz batalha para visitar seu lar.

Nadando por sobre a imensidão do mar, o filho de Ecgtheow, infeliz e solitário, retornou para sua tribo. Lá, Hygd lhe ofereceu o tesouro e o reino, anéis e o trono — não acreditava no filho, que, contra povos estrangeiros, o trono natal pudesse defender — uma vez que Hygelac estava morto. Não foi de imediato que, pesarosos, puderam, de algum modo, persuadir o príncipe para que fosse o senhor de Heardred, ou que aceitasse o reino; ainda assim, ele o ajudou com o povo, com conselhos amigáveis, um favor com honra, até que ele ficasse mais velho e governasse os weder-geatas.[164]

---

[162] No original, *hiorodryncum*: "bebedoras de sangue", as espadas.

[163] Possivelmente uma tribo aliada dos francos.

[164] Beowulf não aceitou o trono, mas auxiliou Heardred a governar seu povo como um conselheiro ou regente.

ofer sæ sohtan   suna Ohteres 2380
hæfdon hy forhealden   helm Scylfinga
þone selestan   sæcyninga
þara ðe in Swiorice   sinc brytnade
mærne þeoden.   Him þæt to mearce wearð
he þær for feorme   feorhwunde hleat 2385
sweordes swengum   sunu Hygelaces
ond him eft gewat   Ongenðioes bearn
hames niosan   syððan Heardred læg
let ðone bregostol   Biowulf healdan
Geatum wealdan.   Þæt wæs god cyning. 2390

Homens exilados buscaram-no[165] por sobre o mar, os filhos de Ohthere; haviam se rebelado contra o protetor dos scylfingas,[166] o melhor dos reis do mar a distribuir tesouros na Suécia, um famoso líder. Para ele,[167] veio o fim: por sua hospitalidade lá, o filho de Hygelac recebeu ferimentos mortais de golpes de espada; e o filho de Ongentheow retornou, buscando seu lar, uma vez que Heardred havia perecido, deixando Beowulf a ocupar o trono real, governando os geatas. Ele foi um bom rei.

---

[165] Heardred.

[166] Onela, filho de Ongentheow. Ohthere havia sucedido seu pai Ongentheow, mas, após sua morte, seu irmão Onela tomou o trono e expulsou seus jovens sobrinhos Eanmund e Eadgils. Eles buscaram refúgio na corte dos geatas, razão pela qual Heardred é atacado e morto por Onela. Mais tarde, Eanmund é morto por Weohstan (canto XXXVI), mas Eadgils, com a ajuda de Beowulf, retorna para a Suécia e se torna rei (canto XXXIV). Ver "As guerras entre os geatas e e os suecos", pp. 352-3 deste volume.

[167] Heardred.

XXXIV

Se ðæs leodhryres   lean gemunde
uferan dogrum   Eadgilse wearð
feasceaftum freond   folce gestepte
ofer sæ side   sunu Ohteres
wigum ond wæpnum   he gewræc syððan 2395
cealdum cearsiðum   cyning ealdre bineat.
Swa he niða gehwane   genesen hæfde
sliðra geslyhta   sunu Ecgðiowes
ellenweorca   oð ðone anne dæg
þe he wið þam wyrme   gewegan sceolde. 2400
Gewat þa twelfa sum   torne gebolgen
dryhten Geata   dracan sceawian.
Hæfde þa gefrunen   hwanan sio fæhð aras
bealonið biorna   him to bearme cwom
maðþumfæt mære,   þurh ðæs meldan hond. 2405
Se wæs on ðam ðreate   þreotteoða secg
se ðæs orleges   or onstealde
hæft hygegiomor   sceolde hean ðonon
wong wisian.   He ofer willan giong
to ðæs ðe he eorðsele   anne wisse 2410
hlæw under hrusan   holmwylme neh
yðgewinne   se wæs innan full
wrætta ond wira.   Weard unhiore
gearo guðfreca   goldmaðmas heold
eald under eorðan   næs þæt yðe ceap 2415
to gegangenne   gumena ænigum.
Gesæt ða on næsse   niðheard cyning
þenden hælo abead   heorðgeneatum
goldwine Geata.   Him wæs geomor sefa
wæfre ond wælfus   wyrd ungemete neah 2420
se ðone gomelan   gretan sceolde

XXXIV

O discurso de Beowulf

Ele[168] se lembrou de vingar a queda de seu líder dias mais tarde e de Eadgils tornou-se amigo em seu exílio; apoiou, com homens, o filho de Ohthere sobre o grande mar, com guerreiros e armas. Ele[169] se vingou, então, numa triste e fria jornada, tomando a vida do rei.

Assim ele sobreviveu a todas as adversidades, a terrível matança, o filho de Ecgtheow, com feitos de coragem, até aquele dia, quando teve de enfrentar em combate a serpente. Dirigiu-se, cheio de ira — um entre os doze,[170] o senhor dos geatas —, em busca do dragão. Ele ouviu, então, como surgiu a contenda, a terrível aflição para os homens; veio a seu colo o famoso cálice valioso, através das mãos daquele que o encontrou. Ele era o décimo terceiro homem naquele grupo, o que deu início a este conflito, o pesaroso escravo; humilhado, teve de indicar o caminho para lá. Contra sua vontade, ele foi para aquele salão na terra, que apenas ele conhecia, uma caverna sob a terra, próximo ao quebra-mar, ao choque das ondas; seu interior estava cheio de tesouros e objetos de ouro. O guardião monstruoso, pronto para o combate, protegia os tesouros dourados, antigos sob a terra; não era fácil, para qualquer homem, consegui-los em barganha. O rei valoroso em batalha, o generoso amigo dos geatas, sentou-se sobre o promontório, enquanto desejava sorte para seus queridos companheiros. Seu coração estava triste, incansável e pronto para a morte; era demasiado próximo o destino que deveria encontrar o velho homem, buscando o tesouro de sua alma, partindo, separando a vida do corpo. Não por muito mais tempo estaria a alma do nobre envolta por sua carne.

Beowulf disse, o filho de Ecgtheow:

---

[168] Beowulf.

[169] Eadgils.

[170] O grupo era então formado por Beowulf, Wiglaf e outros dez; o ladrão que indica o covil do dragão corresponde ao décimo terceiro membro.

```
secean sawle hord     sundur gedælan
lif wið lice.     No þon lange wæs
feorh æþelinges     flæsce bewunden.
Biowulf maþelade     bearn Ecgðeowes:                    2425
"Fela ic on giogoðe     guðræsa genæs
orleghwila.     Ic þæt eall gemon.
Ic wæs syfanwintre     þa mec sinca baldor
freawine folca     æt minum fæder genam.
Heold mec ond hæfde     Hreðel cyning,                   2430
geaf me sinc ond symbel     sibbe gemunde
næs ic him to life     laðra owihte
beorn in burgum     þonne his bearna hwylc
Herebeald ond Hæðcyn     oððe Hygelac min.
Wæs þam yldestan     ungedefelice                        2435
mæges dædum     morþorbed stred
syððan hyne Hæðcyn     of hornbogan
his freawine     flane geswencte
miste mercelses     ond his mæg ofscet
broðor oðerne     blodigan gare.                         2440
Þæt wæs feohleas gefeoht     fyrenum gesyngad
hreðre hygemeðe     sceolde hwæðre swa þeah
æðeling unwrecen     ealdres linnan.
Swa bið geomorlic     gomelum ceorle
to gebidanne     þæt his byre ride                       2445
giong on galgan     þonne he gyd wrece
sarigne sang     þonne his sunu hangað
hrefne to hroðre     ond he him helpan ne mæg
eald ond infrod     ænige gefremman.
Symble bið gemyndgad     morna gehwylce                  2450
eaforan ellorsið     oðres ne gymeð
to gebidanne     burgum in innan
yrfeweardas     þonne se an hafað
þurh deaðes nyd     dæda gefondad.
Gesyhð sorhcearig     on his suna bure                   2455
winsele westne     windge reste
reote berofene     ridend swefað
hæleð in hoðman     nis þær hearpan sweg,
gomen in geardum     swylce ðær iu wæron.
```

"Eu sobrevivi a muitos confrontos em batalha na juventude, a tempos de guerra. Disso tudo eu me lembro. Eu tinha sete invernos quando o príncipe dos tesouros, o senhor amigo do povo, me levou de meu pai.[171] O rei Hrethel me manteve e me protegeu, me concedeu tesouros e banquetes, relembrando nosso parentesco; em sua vida, nunca fui mais odiado por ele, um homem em sua fortaleza, do que cada um de seus filhos: Herebeald e Hæthcyn ou o meu Hygelac. Para o mais velho,[172] de maneira não merecida, um leito de morte foi preparado pelos feitos de seu parente, quando Hæthcyn, com seu arco, atingiu-o com uma flecha, seu senhor e amigo; errou o alvo e acertou seu parente, o sangue de um irmão na arma do outro. Aquela foi uma ofensa irreparável, um crime abominável, que arrasou o coração; ainda assim, deveria o príncipe perder a vida sem ser vingado. Da mesma forma, é triste, para um homem velho, viver para ver seu filho balançar jovem na forca;[173] ele então canta um lamento, uma triste canção, enquanto seu filho balança — um prazer para o corvo —, e ele não pode ajudá-lo de forma alguma, velho e sábio. Sempre é lembrada, a cada manhã, a morte do filho; por outro não se importa em esperar, em sua fortaleza, por um herdeiro, quando o primeiro teve de cair morto através de atos malignos. Pesaroso, observa a morada de seu filho, o salão do vinho deserto, o lar varrido pelo vento destituído de alegria; os cavaleiros[174] dormem, os heróis em suas covas; não há som de harpa, regozijos na corte, assim como era antes".

---

[171] Beowulf foi criado como uma criança de linhagem nobre, adotado na corte dos geatas e tratado como igual entre os filhos legítimos do rei Hrethel, numa espécie de apadrinhamento, o que era muito comum neste tipo de sociedade norte-europeia.

[172] Herebeald.

[173] Aqui, o poeta faz um paralelo entre a mágoa do rei Hrethel pela morte de seu filho (uma morte que não poderia ser indenizada ou vingada, por ter sido acidentalmente causada por seu outro filho) e a mágoa de um pai cujo filho foi condenado a ser enforcado por seus crimes pois, como um criminoso, sua morte também não pode ser digna de compensação ou vingança. Ver Liuzza, *op. cit.*, p. 128. De qualquer maneira, esta passagem serve como uma máxima para ilustrar a grande tristeza que é um pai viver o suficiente para ver a morte do próprio filho.

[174] No original, *ridend*: "cavaleiros", "homens montados". Esses cavaleiros não têm absolutamente nenhuma relação com a figura clássica do cavaleiro medieval a partir do século XI. Aqui, o termo se refere simplesmente aos homens montados em cavalos, que até poderiam ir para a batalha desta forma, mas sem nenhuma relação com a ideia da cavalaria medieval propriamente dita.

XXXV

Gewiteð þonne on sealman sorhleoð gæleð 2460
an æfter anum þuhte him eall to rum
wongas ond wicstede. Swa Wedra helm
æfter Herebealde heortan sorge
weallinde wæg wihte ne meahte
on ðam feorhbonan fæghðe gebetan; 2465
no ðy ær he þone heaðorinc hatian ne meahte
laðum dædum, þeah him leof ne wæs.
He ða mid þære sorhge þe him sio sar belamp
gumdream ofgeaf godes leoht geceas;
eaferum læfde swa deð eadig mon 2470
lond ond leodbyrig þa he of life gewat.
Þa wæs synn ond sacu Sweona ond Geata
ofer wid wæter wroht gemæne
herenið hearda syððan Hreðel swealt
oððe him Ongenðeowes eaferan wæran 2475
frome fyrdhwate freode ne woldon
ofer heafo healdan ac ymb Hreosnabeorh
eatolne inwitscear oft gefremedon.
Þæt mægwine mine gewræcan,
fæhðe ond fyrene swa hyt gefræge wæs 2480
þeah ðe oðer his ealdre gebohte
heardan ceape. Hæðcynne wearð
Geata dryhtne guð onsæge.
Þa ic on morgne gefrægn mæg oðerne
billes ecgum on bonan stælan 2485
þær Ongenþeow Eofores niosað
guðhelm toglad gomela Scylfing
hreas heaþoblac hond gemunde
fæhðo genoge feorhsweng ne ofteah.

XXXV

Continuação do discurso de Beowulf e o combate contra o dragão

"Dirige-se então para seu leito e canta lamentos, um após o outro. 2460
Tudo lhe parece muito vazio, os campos e sua morada. Assim, o guardião dos weders[175] suportou, em seu coração, o sofrimento que pulsava por Herebeald; de forma alguma podia buscar a vingança pela ofensa de seu assassino. Ele também não podia odiar aquele guerreiro por seus atos vis, apesar de não lhe ser querido.[176] Ele, então, com a tristeza que lhe abateu tão amargamente, desistiu da alegria dos homens e escolheu a luz de Deus. Para seus herdeiros deixou — assim como faz um homem abençoado — terra e fortalezas, quando partiu desta vida.

Então, houve luta e confronto entre suecos e geatas,[177] embate entre 2472
ambos sobre as amplas águas, poderosa hostilidade, quando Hrethel morreu, uma vez que os filhos[178] de Ongentheow eram valentes e aguerridos e não queriam a paz sobre o mar, mas, em torno de Hreosnabeorh,[179] realizaram uma terrível carnificina. Meus amigos e parentes vingaram-se daquelas disputas e atos vis,[180] assim como ficou conhecido, apesar de um deles ter pago com sua própria vida uma difícil barganha. Para Hæthcyn, o senhor dos geatas, foi um conflito mortal. Então, pela manhã, eu ouvi outro homem matar por vingança com a ponta da espada, 2484

---

[175] Hrethel.

[176] Hæthcyn.

[177] Os embates entre suecos e geatas vêm de longa data. Nesse momento, o conflito se refere a uma geração anterior aos confrontos de Heardred, Eanmund e Eadgils.

[178] Ohthere e Onela.

[179] No original, *Hreosnabeorh*: "Colina das Mágoas".

[180] O momento dessa vingança se dá possivelmente na Suécia; esta batalha será citada novamente nos cantos XL e XLI.

Ic him þa maðmas   þe he me sealde 2490
geald æt guðe   swa me gifeðe wæs
leohtan sweorde   he me lond forgeaf
eard eðelwyn.   Næs him ænig þearf
þæt he to Gifðum   oððe to Gar-Denum
oððe in Swiorice   secean þurfe 2495
wyrsan wigfrecan   weorðe gecypan
symle ic him on feðan   beforan wolde
ana on orde   ond swa to aldre sceall
sæcce fremman   þenden þis sweord þolað
þæt mec ær ond sið   oft gelæste 2500
syððan ic for dugeðum   Dæghrefne wearð
to handbonan,   Huga cempan.
Nalles he ða frætwe   Frescyninge
breostweorðunge   bringan moste
ac in cempan gecrong   cumbles hyrde 2505
æþeling on elne   ne wæs ecg bona
ac him hildegrap   heortan wylmas
banhus gebræc.   Nu sceall billes ecg
hond ond heard sweord   ymb hord wigan."
Beowulf maðelode   beotwordum spræc 2510
niehstan siðe: "Ic geneðde fela
guða on geogoðe   gyt ic wylle
frod folces weard   fæhðe secan
mærðum fremman   gif mec se mansceaða
of eorðsele   ut geseceð." 2515
Gegrette ða   gumena gehwylcne
hwate helmberend   hindeman siðe
swæse gesiðas: "Nolde ic sweord beran
wæpen to wyrme   gif ic wiste hu
wið ðam aglæcean   elles meahte 2520
gylpe wiðgripan   swa ic gio wið Grendle dyde
ac ic ðær heaðufyres   hates wene
oreðes ond attres   forðon ic me on hafu
bord ond byrnan.   Nelle ic beorges weard
oferfleon fotes trem   ac unc sceal 2525
weorðan æt wealle   swa unc wyrd geteoð
metod manna gehwæs.   Ic eom on mode from

onde Ongentheow atacou Eofor;[181] o elmo de batalha partiu-se, o velho scylfinga tombou pálido; a mão lembrou-se de muitas disputas, e não resistiu ao golpe fatal.

O tesouro que me deu paguei-lhe[182] em batalha, assim como me era devido, com uma brilhante espada; ele me concedeu terras, um lar feliz. Ele não tinha nenhuma necessidade de buscar entre os gifthas, ou entre os guerreiros daneses, ou no reino dos suecos, um pior guerreiro[183] para pagar com riquezas. Na tropa, sempre fui adiante dele, sozinho na frente, e assim sempre devo agir em combate, enquanto suportar esta espada que me serviu por muitas vezes, antes e depois — desde que, perante a tropa, fui o assassino de Dæghrefn, o campeão dos hugas.[184] Os espólios para o rei frísio ele não pôde levar, o ornamento peitoral, pois, em batalha, o portador do estandarte caiu, um nobre de coragem; nenhuma lâmina foi sua assassina, mas um golpe de batalha em seu coração pulsante quebrou seu peito.[185] Agora as pontas das lâminas devem lutar pelo butim, a mão e a pesada espada."

Beowulf falou, disse palavras valorosas pela última vez:

"Eu sobrevivi a muitas batalhas na juventude; eu ainda irei buscar, velho guardião do povo,[186] uma disputa, um feito glorioso, se o perpetrador do mal vier me buscar, de seu salão na terra".

Saudou, então, cada um dos guerreiros, valorosos portadores de elmos, pela última vez, aqueles caros companheiros:

"Eu não portaria espada — uma arma contra a serpente — se eu soubesse como, de que outra forma, pudesse capturar aquele monstro com honra, da mesma forma que fiz com Grendel. Mas lá espero pelo

---

[181] Hygelac vingou a morte de Hæthcyn contra seu assassino Ongentheow; não diretamente, mas através de um de seus homens: Eofor.

[182] A Hygelac.

[183] Um guerreiro que fosse inferior a ele.

[184] Os hugas são uma das tribos de francos aliadas aos frísios; a batalha em questão pode ser a mesma na qual Hygelac faleceu, e onde Beowulf teria assassinado o guerreiro Dæghrefn.

[185] Beowulf é conhecido por sua força sobre-humana. Podemos entender aqui, como diz o texto, que ele não matou Dæghrefn com sua espada, mas com um soco poderoso (*hildegrap*, "golpe de batalha") em seu peito.

[186] O termo *frod* pode ser traduzido tanto como "velho" quanto como "sábio".

þæt ic wið þone guðflogan　　gylp ofersitte.
Gebide ge on beorge　　byrnum werede
secgas on searwum　　hwæðer sel mæge　　2530
æfter wælræse　　wunde gedygan
uncer twega.　　Nis þæt eower sið
ne gemet mannes　　nefne min anes
þæt he wið aglæcean　　eofoðo dæle
eorlscype efne.　　Ic mid elne sceall　　2535
gold gegangan　　oððe guð nimeð
feorhbealu frecne　　frean eowerne."
Aras ða bi ronde　　rof oretta
heard under helme　　hiorosercean bær
under stancleofu　　strengo getruwode　　2540
anes mannes　　ne bið swylc earges sið.
Geseah ða be wealle　　se ðe worna fela
gumcystum god　　guða gedigde
hildehlemma　　þonne hnitan feðan
stodan stanbogan　　stream ut þonan　　2545
brecan of beorge　　wæs þære burnan wælm
heaðofyrum hat　　ne meahte horde neah
unbyrnende　　ænige hwile
deop gedygan　　for dracan lege.
Let ða of breostum　　ða he gebolgen wæs　　2550
Weder-Geata leod　　word ut faran
stearcheort styrmde　　stefn in becom
heaðotorht hlynnan　　under harne stan.
Hete wæs onhrered　　hordweard oncniow
mannes reorde　　næs ðær mara fyrst　　2555
freode to friclan.　　From ærest cwom
oruð aglæcean　　ut of stane
hat hildeswat　　hruse dynede.
Biorn under beorge　　bordrand onswaf
wið ðam gryregieste　　Geata dryhten　　2560
ða wæs hringbogan　　heorte gefysed
sæcce to seceanne.　　Sweord ær gebræd
god guðcyning　　gomele lafe
ecgum unslaw　　æghwæðrum wæs
bealohycgendra　　broga fram oðrum.　　2565

calor das chamas do combate, pelo hálito e pelo veneno; assim, tenho comigo escudo e armadura. Do guardião do monte eu não irei fugir nem um simples passo, mas nós deveremos ir às suas paredes, para que aconteça aquilo que o Destino nos decretar, o Criador de todos os homens. Estou confiante de que conseguirei renome contra esse inimigo voador. Esperem no monte, protegidos em armaduras, guerreiros em seus trajes de guerra, para ver qual pôde melhor sobreviver aos ferimentos após o enfrentamento mortal entre nós dois. Não é sua tarefa! Não é adequado para nenhum homem confrontar sua força com o monstro, a não ser eu sozinho, a realizar feitos heroicos. Com coragem, eu devo conseguir o ouro, ou a batalha vai obter a terrível morte de seu senhor".

O bravo guerreiro ergueu-se, então, com seu escudo, valente sob o elmo, usando sua armadura sob o penhasco de pedra, confiante na força de um único homem; este não é o caminho do covarde. Viu, então, na parede — ele, que a muitos embates sobreviveu, com boas virtudes viris, a batalhas, quando exércitos se encontraram —, a presença de arcos de pedra e um riacho que, por sua vez, saía do monte; a fonte daquela água era de chamas quentes mortais, ninguém podia ficar muito tempo perto do tesouro sem se queimar, suportar por muito tempo as chamas do dragão. Uma vez que o líder dos weder-geatas estava tomado pela raiva, soltou de seu peito uma palavra para o alto, bradou com a força de seu coração! A voz penetrou como um grito de guerra vibrante sob a pedra cinzenta. O ódio foi aceso! O guardião do tesouro reconheceu a voz de um homem; lá, não havia mais tempo para fazer a paz. Primeiro, então, veio o hálito do monstro de dentro da pedra, a fumaça quente da batalha. A terra tremeu! O guerreiro sob o monte virou seu escudo, o senhor dos geatas, contra aquele terrível inimigo; então, a criatura anelada[187] estava com seu coração impelido a buscar pelo combate. O bom rei guerreiro já havia sacado de sua espada, a antiga herança, a lâmina afiada; estava em cada um deles, entre os agressores, o horror pelo outro. Permaneceu impassível, junto a seu grande escudo, o amistoso líder, enquanto a serpente se enrolava suavemente para junto de si; ele aguardava em sua armadura. Veio, então, queimando, contorcendo-se e rastejando, depressa para o seu destino. O escudo protegeu bem a vida e o corpo por um tempo menor do que ele desejava em sua mente, o famoso chefe. Lá,

---

[187] O dragão.

Stiðmod gestod   wið steapne rond
winia bealdor   ða se wyrm gebeah
snude tosomne   he on searwum bad.
Gewat ða byrnende   gebogen scriðan
to gescipe scyndan.   Scyld wel gebearg   2570
life ond lice   læssan hwile
mærum þeodne   þonne his myne sohte
ðær he þy fyrste   forman dogore
wealdan moste   swa him wyrd ne gescraf
hreð æt hilde.   Hond up abræd   2575
Geata dryhten   gryrefahne sloh
incgelafe   þæt sio ecg gewac
brun on bane   bat unswiðor
þonne his ðiodcyning   þearfe hæfde
bysigum gebæded.   Þa wæs beorges weard   2580
æfter heaðuswenge   on hreoum mode
wearp wælfyre   wide sprungon
hildeleoman.   Hreðsigora ne gealp
goldwine Geata   guðbill geswac
nacod æt niðe   swa hyt no sceolde   2585
iren ærgod.   Ne wæs þæt eðe sið
þæt se mæra   maga Ecgðeowes
grundwong þone   ofgyfan wolde
sceolde ofer willan   wic eardian
elles hwergen   swa sceal æghwylc mon   2590
alætan lændagas.   Næs ða long to ðon
þæt ða aglæcean   hy eft gemetton.
Hyrte hyne hordweard   hreðer æðme weoll
niwan stefne   nearo ðrowode
fyre befongen   se ðe ær folce weold.   2595
Nealles him on heape   handgesteallan
æðelinga bearn   ymbe gestodon
hildecystum   ac hy on holt bugon
ealdre burgan.   Hiora in anum weoll
sefa wið sorgum   sibb' æfre ne mæg   2600
wiht onwendan   þam ðe wel þenceð.

pela primeira vez naquele dia, pôde usá-lo, uma vez que o destino não lhe garantiu a vitória em batalha. O líder dos geatas ergueu a mão, golpeou o ser abominável com a antiga herança, de forma que a lâmina errou, reluzindo contra as escamas, não tão forte quanto o rei daquela tribo precisava que fosse, pressionado pela batalha. Assim, o guardião do monte estava com o espírito selvagem após o confronto, e cuspiu o fogo mortal; altas se elevaram as chamas de guerra. O generoso geata não pôde se orgulhar de sua gloriosa vitória; sua espada falhou, desnuda em combate, como não devia, antigo e bom metal. Não foi tarefa fácil para o famoso filho de Ecgtheow desistir de seu espaço naquele lugar; teve de buscar, contra sua vontade, um abrigo em outro lugar, da mesma forma que cada homem deve desistir de seus dias transitórios. Não demorou muito para que aquelas duas criaturas[188] se encontrassem novamente. O guardião do tesouro, com o peito cheio de seu hálito, se encorajou mais uma vez; ele[189] sofreu de forma cruel, envolto em chamas, ele, que havia governado seu povo. Nenhum daqueles da tropa, seus companheiros, filhos de nobres, permaneceu ao seu redor, valorosos em batalha, e sim fugiram para a floresta, para salvar suas vidas. Em um deles, ergueu-se o coração em pesar; o parentesco não pode nunca ser ignorado por aquele que pensa corretamente.

---

[188] A palavra *aglæcean* desta vez se refere tanto a Beowulf quanto ao dragão.

[189] Beowulf.

Cantos XXXVI-XLIII

Beowulf inicia o ataque contra o dragão mas encontra resistência devido às chamas cuspidas pelo inimigo. Seus homens ficam aterrorizados e fogem para a floresta, com a exceção de Wiglaf, que corre em seu auxílio. Ambos atacam a criatura. Wiglaf a fere, e Beowulf finalmente a liquida. Entretanto, o próprio rei acaba sofrendo um ferimento mortal. Wiglaf ajuda seu senhor, que agora morre, e atende seu último pedido de ver parte do tesouro conquistado. Ele dá instruções para a construção de seu túmulo, se alegra por ter sido um bom rei e então morre. Wiglaf lamenta a morte de seu senhor, e pune aqueles que se acovardaram e fugiram no momento do combate. Wiglaf envia a mensagem da morte do rei aos geatas, e uma terrível previsão é feita sobre o futuro de seu povo perante seus inimigos, agora que não há mais Beowulf para protegê-los. Uma pira é construída para o rei Beowulf, e, mais tarde, ele é sepultado, com o tesouro do dragão, em um monte funerário próximo da costa. Doze guerreiros cavalgam em torno do túmulo do rei, lamentando sua morte e honrando-o por seus feitos e belas virtudes.

XXXVI

Wiglaf wæs haten   Weoxstanes sunu
leoflic lindwiga   leod Scylfinga
mæg Ælfheres   geseah his mondryhten
under heregriman   hat þrowian.   2605
Gemunde ða ða are   þe he him ær forgeaf
wicstede weligne   Wægmundinga
folcrihta gehwylc   swa his fæder ahte
ne mihte ða forhabban   hond rond gefeng
geolwe linde   gomelswyrd geteah   2610
þæt wæs mid eldum   Eanmundes laf
suna Ohtere   þam æt sæcce wearð
wræcca wineleasum   Weohstanes bana
meces ecgum   ond his magum ætbær
brunfagne helm   hringde byrnan   2615
ealdsweord etonisc   þæt him Onela forgeaf
his gædelinges   guðgewædu
fyrdsearo fuslic   no ymbe ða fæhðe spræc
þeah ðe he his broðor bearn   abredwade.
He frætwe geheold   fela missera   2620
bill ond byrnan   oð ðæt his byre mihte
eorlscipe efnan   swa his ærfæder
geaf him ða mid Geatum   guðgewæda
æghwæs unrim   þa he of ealdre gewat
frod on forðweg.   Þa wæs forma sið   2625
geongan cempan   þæt he guðe ræs
mid his freodryhtne   fremman sceolde.
Ne gemealt him se modsefa   ne his mægenes laf
gewac æt wige   þa se wyrm onfand
syððan hie togædre   gegan hæfdon.   2630
Wiglaf maðelode   wordrihta fela

XXXVI

O auxílio de Wiglaf

Ele se chamava Wiglaf, filho de Weohstan, honrado guerreiro do povo dos scylfingas,[190] parente de Ælfhere. Ele viu seu senhor sofrer com o calor sob seu elmo de guerra. Recordou, então, das honras que recebeu dele anteriormente, o rico lar dos wægmundingas, todos os direitos de sua família que seu pai possuíra. Não pôde ficar para trás, e sua mão segurou o escudo — a madeira amarelada — e sacou sua velha espada; ela era conhecida entre os homens como o legado de Eanmund, filho de Ohthere; aquele que foi, em batalha, sem amigos e exilado, morto por Weohstan, pela ponta da espada, e para seu parente trouxe o elmo brilhante, a cota de malha e a antiga espada feita pelos gigantes; estes lhes foram devolvidos por Onela, o equipamento de batalha de seu parente, a forte armadura; nunca se falou do confronto, embora ele tivesse assassinado o filho de seu irmão.[191] Ele[192] guardou aquele tesouro por muitos anos, espada e armadura, até que seu filho pudesse realizar feitos nobres, como seu pai antes dele; deu-lhe aqueles equipamentos de batalha, de todo tipo, vastos, enquanto se encontrava entre os geatas, quando partiu desta vida, e velho se foi. Era a primeira vez que, na confusão da batalha, o jovem guerreiro deveria se juntar a seu nobre senhor. Sua coragem não se desfez, nem o legado de seu pai falhou na batalha. Aquela serpente descobriu isso quando eles se encontraram.

---

[190] A origem de Wiglaf é questionável. Ele é tanto um sueco quanto um wægmundinga (assim como Beowulf, vv. 2813-4). Seu pai lutou ao lado dos suecos em suas disputas contra os geatas.

[191] Aqui temos uma outra digressão. Onela nunca mais falou de tal confronto, apesar de Weohstan ter assassinado o filho do irmão de Onela, pois o queria morto. Como em outros momentos do poema, uma espada é lembrada tanto como símbolo de vitória quanto de vingança.

[192] Weohstan.

sægde gesiðum   him wæs sefa geomor:
"Ic ðæt mæl geman   þær we medu þegun
þonne we geheton   ussum hlaforde
in biorsele   ðe us ðas beagas geaf   2635
þæt we him ða guðgetawa   gyldan woldon
gif him þyslicu   þearf gelumpe,
helmas ond heard sweord.   Ðe he usic on herge geceas
to ðyssum siðfate   sylfes willum
onmunde usic mærða   ond me þas maðmas geaf   2640
þe he usic garwigend   gode tealde
hwate helmberend   þeah ðe hlaford us
þis ellenweorc   ana aðohte
to gefremmanne   folces hyrde
forðan he manna mæst   mærða gefremede   2645
dæda dollicra.   Nu is se dæg cumen
þæt ure mandryhten   mægenes behofað
godra guðrinca   wutun gongan to
helpan hildfruman   þenden hyt sy
gledegesa grim.   God wat on mec   2650
þæt me is micle leofre   þæt minne lichaman
mid minne goldgyfan   gled fæðmie.
Ne þynceð me gerysne   þæt we rondas beren
eft to earde   nemne we æror mægen
fane gefyllan   feorh ealgian   2655
Wedra ðeodnes.   Ic wat geare
þæt næron ealdgewyrht   þæt he ana scyle
Geata duguðe   gnorn þrowian
gesigan æt sæcce   urum sceal sweord ond helm
byrne ond byrduscrud   bam gemæne."   2660
Wod þa þurh þone wælrec   wigheafolan bær
frean on fultum   fea worda cwæð:
"Leofa Biowulf   læst eall tela
swa ðu on geoguðfeore   geara gecwæde
þæt ðu ne alæte   be ðe lifigendum   2665
dom gedreosan   scealt nu dædum rof
æðeling anhydig,   ealle mægene
feorh ealgian   ic ðe fullæstu."
Æfter ðam wordum   wyrm yrre cwom

Wiglaf falou muitas palavras sinceras, disse a seus companheiros — seu coração estava entristecido:

"Eu relembro aquele tempo quando nós partilhamos hidromel, quando prometemos a nosso senhor — que nos presenteou com anéis —, no salão, que iríamos pagar pelos equipamentos de guerra se lhe surgisse tal necessidade; pelos elmos e pelas fortes espadas. Para isso ele nos escolheu para a tropa, nesta aventura, por sua própria vontade, considerando-nos dignos e concedendo-me estes tesouros, pois ele nos julga bons guerreiros de lança, bravos portadores de elmos, embora nosso senhor, guardião de seu povo, pretendesse realizar sozinho este feito de coragem, uma vez que ele executou os feitos mais gloriosos entre os homens, atos audaciosos. Agora, chegou o dia em que nosso senhor necessita da força de bons guerreiros; vamos ajudar nosso líder de batalha, apesar do calor, do implacável terror do fogo. Deus sabe, de mim, que me é muito melhor que meu corpo seja abraçado pelo fogo com meu doador de anéis. Não me parece certo que nós carreguemos os escudos de volta para o lar, a não ser que, antes, possamos derrubar o inimigo e defender a vida do senhor dos weders. Eu bem sei que ele não merece sofrer sozinho tal aflição da tropa dos geatas e cair em batalha; nossas espadas e elmos, armaduras e trajes de batalha, devem estar todos juntos".

Apressou-se, então, através da fumaça mortal, usando seu elmo, em auxílio a seu senhor; disse poucas palavras:

"Caro Beowulf, faça tudo de acordo com o que você disse em sua juventude, há muito tempo, que, enquanto estivesse vivo, você não permitiria que diminuísse sua honra! Firme em seus atos, agora, resoluto e nobre, deve com toda a força defender sua vida. Eu o ajudarei!".

Após aquelas palavras, a serpente veio, furiosa, o abominável inimigo, por uma segunda vez, procurando por seus adversários, os odiados homens, com brilhantes jatos de fogo. As chamas vieram em ondas e queimaram o escudo até o centro, a armadura não podia fornecer ajuda para o jovem guerreiro, mas, sob o escudo de seu companheiro, o jovem foi valente quando o seu próprio havia sido consumido pelo fogo. Então, o rei guerreiro novamente lembrou-se de sua glória e, com toda a força, golpeou com sua espada, de forma que ela acertou na cabeça, impelida com violência. Nægling se quebrou, a espada de Beowulf falhou em batalha, antiga e cinzenta. Não lhe foi destinado que aquela lâmina de ferro pudesse ajudá-lo no combate; sua mão era muito forte, daquele que de todas as espadas, como eu ouvi, muito exigiu com seus ataques, quan-

atol inwitgæst   oðre siðe 2670
fyrwylmum fah   fionda niosian
laðra manna.   Lig yðum for
born bord wið rond   byrne ne meahte
geongum garwigan   geoce gefremman
ac se maga geonga   under his mæges scyld 2675
elne geeode   þa his agen wæs
gledum forgrunden.   Þa gen guðcyning
miht gemunde   mægenstrengo sloh
hildebille   þæt hyt on heafolan stod
niþe genyde.   Nægling forbærst 2680
geswac æt sæcce   sweord Biowulfes
gomol ond grægmæl.   Him þæt gifeðe ne wæs
þæt him irenna   ecge mihton
helpan æt hilde   wæs sio hond to strong
se ðe meca gehwane   mine gefræge 2685
swenge ofersohte   þonne he to sæcce bær
wæpen wundum heard   næs him wihte ðe sel.
Þa wæs þeodsceaða   þriddan siðe
frecne fyrdraca   fæhða gemyndig
ræsde on ðone rofan   þa him rum ageald 2690
hat ond heaðogrim   heals ealne ymbefeng
biteran banum   he geblodegod wearð
sawuldriore   swat yðum weoll.

do portava, em batalha, uma arma forjada por golpes; ela não era de forma alguma superior.

 Pela terceira vez, o inimigo das tribos, o temível dragão de fogo, lembrando-se da luta, avançou sobre o bravo rei, quando a oportunidade surgiu, em quente e terrível batalha, e envolveu todo o seu pescoço com garras afiadas! Ele[193] estava manchado com seu próprio sangue, que surgia em ondas. 2688

---

[193] Beowulf.

XXXVII

Ða ic æt þearfe gefrægn þeodcyninges
andlongne eorl ellen cyðan 2695
cræft ond cenðu swa him gecynde wæs.
Ne hedde he þæs heafolan ac sio hand gebarn
modiges mannes þær he his mægenes healp
þæt he þone niðgæst nioðor hwene sloh
secg on searwum þæt ðæt sweord gedeaf 2700
fah ond fæted þæt ðæt fyr ongan
sweðrian syððan. Þa gen sylf cyning
geweold his gewitte wællseaxe gebræd
biter ond beaduscearp þæt he on byrnan wæg
forwrat Wedra helm wyrm on middan. 2705
Feond gefyldan — ferh ellen wræc —
ond hi hyne þa begen abroten hæfdon
sibæðelingas. Swylc sceolde secg wesan
þegn æt ðearfe. Þæt ðam þeodne wæs
siðas sigehwile sylfes dædum 2710
worlde geweorces. Ða sio wund ongon
þe him se eorðdraca ær geworhte
swelan ond swellan he þæt sona onfand
þæt him on breostum bealonið weoll
attor on innan. Ða se æðeling giong 2715
þæt he bi wealle wishycgende
gesæt on sesse seah on enta geweorc
hu ða stanbogan stapulum fæste
ece eorðreced innan healden.
Hyne þa mid handa heorodreorigne 2720
þeoden mærne þegn ungemete till
winedryhten his wætere gelafede
hilde sædne ond his helm onspeon.

XXXVII

A morte do dragão

Ouvi, então, que, no momento de necessidade do rei do povo, o nobre mostrou coragem a seu lado, força e valor, como era de sua natureza. Ele não se preocupou com a cabeça, mas sua mão estava queimada, valente guerreiro, quando ajudou o seu parente, quando ele — guerreiro em armadura — atingiu aquele odiado inimigo, um pouco mais para baixo, de forma que a espada afundou, reluzente, com seus ornamentos, de maneira que o fogo começou finalmente a diminuir.[194] Então, o rei dominou seus próprios pensamentos, sacou a faca de guerra, afiada e amolada em batalha, que ele usava na armadura; o guardião dos weders cortou a serpente ao meio. Derrubaram o inimigo — a coragem tomou sua vida — e, então, juntos, eles o trouxeram abaixo, os nobres parentes. Assim deve ser um homem, um guerreiro, quando necessário. Aquele foi, para o chefe, o último momento de vitória, por seus próprios méritos, de façanhas neste mundo.

Então, o ferimento que o dragão do monte lhe causou anteriormente começou a arder e a agravar-se. Ele logo percebeu que, com fúria mortal, o veneno queimava seu peito por dentro. Desta forma, o nobre, ainda sábio em seus pensamentos, foi se sentar junto da parede; contemplou a obra dos gigantes, como os arcos de pedra e os pilares sustentavam, com firmeza, o interior daquela antiga morada na terra. Então, com suas mãos, o excelente guerreiro lavou com água aquele ensanguentado e famoso chefe — seu querido senhor cansado da batalha — e retirou o seu elmo.

---

[194] Uma vez que Beowulf foi atacado, Wiglaf investe contra o dragão (mesmo estando ferido) e acerta a criatura na barriga (*þæt he þone niðgæst nioðor hwene sloh*: "quando ele atingiu aquele odiado inimigo um pouco mais para baixo"), provocando sua morte. É impossível não estabelecer um paralelo entre a forma como morre o dragão de *Beowulf* e o relato da morte de Fafnir na *Saga dos Volsungos* e da *Nibenlungenlied*.

Biowulf maþelode   he ofer benne spræc
wunde wælbleate   wisse he gearwe
þæt he dæghwila   gedrogen hæfde
eorðan wynne   ða wæs eall sceacen
dogorgerimes   dead ungemete neah:
"Nu ic suna minum   syllan wolde
guðgewædu   þær me gifeðe swa
ænig yrfeweard   æfter wurde
lice gelenge.   Ic ðas leode heold
fiftig wintra   næs se folccyning
ymbesittendra   ænig ðara
þe mec guðwinum   gretan dorste
egesan ðeon.   Ic on earde bad
mælgesceafta   heold min tela
ne sohte searoniðas   ne me swor fela
aða on unriht.   Ic ðæs ealles mæg
feorhbennum seoc   gefean habban
forðam me witan ne ðearf   Waldend fira
morðorbealo maga   þonne min sceaceð
lif of lice.   Nu ðu lungre geong
hord sceawian   under harne stan
Wiglaf leofa   nu se wyrm ligeð
swefeð sare wund   since bereafod
Bio nu on ofoste   þæt ic ærwelan
goldæht ongite   gearo sceawige
swegle searogimmas   þæt ic ðy seft mæge
æfter maððumwelan   min alætan
lif ond leodscipe   þone ic longe heold."

Beowulf falou, apesar de seus ferimentos se pronunciou, com o ferimento mortal; ele bem sabia que havia aproveitado seus dias, os prazeres na terra; assim se foi toda a quantidade de seus dias, a morte, extremamente próxima:

"Agora, eu gostaria de entregar para meu filho tal equipamento de batalha, se assim me fosse destinado, ter depois de mim qualquer herdeiro pertencente a minha carne. Eu governei este povo por cinquenta invernos; não houve rei, dos povos vizinhos, nenhum deles, que ousou me enfrentar com guerreiros e ameaçar com terror. Eu esperei, na terra, pelos desígnios do tempo, guardei-me bem, não busquei por intrigas, nem falsamente jurei muitos votos. De tudo isto eu posso ter orgulho, mesmo enfraquecido por ferimentos mortais; da mesma forma o Senhor dos homens não precisa me culpar pelo assassinato de parentes, quando me abandona a vida de meu corpo. Agora vá rápido examinar o tesouro sob a antiga pedra, caro Wiglaf, agora que a serpente jaz morta, adormecida pelos ferimentos, privada de seu tesouro. Vá depressa, de forma que as antigas riquezas eu possa ver, prontamente contemplar os itens de ouro, as brilhantes joias preciosas, de maneira que eu possa deixar tranquilamente, devido à riqueza deste tesouro, minha vida e o reino que eu mantive por tanto tempo".

XXXVIII

Ða ic snude gefrægn   sunu Wihstanes
æfter wordcwydum   wundum dryhtne
hyran heaðosiocum   hringnet beran
brogdne beadusercean   under beorges hrof.   2755
Geseah ða sigehreðig   þa he bi sesse geong
magoþegnmodig   maððumsigla fealo
gold glitinian   grunde getenge
wundur on wealle   ond þæs wyrmes denn
ealdes uhtflogan   orcas stondan   2760
fyrnmanna fatu   feormendlease
hyrstum behrorene   þær wæs helm monig
eald ond omig   earmbeaga fela
searwum gesæled.   Sinc eaðe mæg
gold on grunde   gumcynnes gehwone   2765
oferhigian   hyde se ðe wylle.
Swylce he siomian geseah   segn eallgylden
heah ofer horde   hondwundra mæst
gelocen leoðocræftum   of ðam leoman stod
þæt he þone grundwong   ongitan meahte   2770
wræte giondwlitan.   Næs ðæs wyrmes þær
onsyn ænig   ac hyne ecg fornam.
Ða ic on hlæwe gefrægn   hord reafian
eald enta geweorc   anne mannan
him on bearm hlodon   bunan ond discas   2775
sylfes dome   segn eac genom
beacna beorhtost.   Bill ær gescod
ecg wæs iren   ealdhlafordes
þam ðara maðma   mundbora wæs
longe hwile   ligegesan wæg   2780
hatne for horde   hioroweallende
middelnihtum   oð þæt he morðre swealt.

XXXVIII

A morte de Beowulf

Então, eu ouvi que, lentamente, o filho de Weohstan, após o discurso do senhor ferido, atingido em batalha, obedeceu, usando sua cota de malha, a armadura ornamentada, sob o teto do monte. Lá, contemplou, vitorioso, quando ele foi além do assento[195] — o bravo e jovem guerreiro —, muitas joias preciosas, ouro reluzindo pelo chão, maravilhas nas paredes e o covil daquela serpente; taças largadas, do velho voador noturno, canecas de homens antigos sem ninguém para polir, desprovidas de seus ornamentos; lá, havia muitos elmos, antigos e enferrujados, muitos braceletes torcidos habilmente. O tesouro podia, facilmente, aquele ouro pelo chão, superar o de qualquer um da raça dos homens; esconda--o quem puder! Ele também viu um estandarte, todo de ouro, pendurado alto sobre o tesouro, o maior dos artefatos, elaborado com habilidade; dele vinha um brilho, de forma que ele podia enxergar o chão e examinar os tesouros. Da serpente, não havia lá nenhum sinal, uma vez que a espada a destruiu. Eu, então, ouvi que o tesouro do monte, o antigo trabalho dos gigantes, foi levado por um único homem;[196] carregou em seu peito canecas e pratos de sua própria escolha; também pegou o estandarte, o mais brilhante dos emblemas. A antiga lâmina feriu — seu corte era de ferro — a de seu velho senhor, aquele que foi o protetor daquele tesouro por longo tempo, que usou o terror do fogo, quente sobre o tesouro, erguendo-se ferozmente no meio das noites, até que morreu assassinado. O mensageiro estava apressado, ansioso por retornar, carregado com os tesouros. Ele estava curioso e decidido a saber se encontraria vivo, naquele local, o senhor dos weders, enfraquecido, onde antes ele o havia deixado. Ele, então, com aqueles tesouros, encontrou o poderoso chefe, seu senhor, sangrando, e sua vida chegando ao fim; novamente, ele

---

[195] De onde estava com Beowulf.

[196] Tanto aqui quanto mais adiante, ao mencionar o mensageiro apressado, o poema se refere a Wiglaf.

Ar wæs on ofoste   eftsiðes georn
frætwum gefyrðred   hyne fyrwet bræc
hwæðer collenferð   cwicne gemette   2785
in ðam wongstede   Wedra þeoden
ellensiocne   þær he hine ær forlet.
He ða mid þam maðmum   mærne þioden
dryhten sinne   driorigne fand
ealdres æt ende   he hine eft ongon   2790
wæteres weorpan   oð þæt wordes ord
breosthord þurhbræc. [...]
gomel on giohðe   gold sceawode:
"Ic ðara frætwa   frean ealles ðanc
wuldurcyninge   wordum secge   2795
ecum dryhtne   þe ic her on starie
þæs ðe ic moste   minum leodum
ær swyltdæge   swylc gestrynan
Nu ic on maðma hord   minne bebohte
frode feorhlege   fremmað gena   2800
leoda þearfe   ne mæg ic her leng wesan.
Hatað heaðomære   hlæw gewyrcean
beorhtne æfter bæle   æt brimes nosan
se scel to gemyndum   minum leodum
heah hlifian   on Hronesnæsse   2805
þæt hit sæliðend   syððan hatan
Biowulfes biorh   ða ðe brentingas
ofer floda genipu   feorran drifað."
Dyde him of healse   hring gyldenne
þioden þristhydig   þegne gesealde   2810
geongum garwigan   goldfahne helm
beah ond byrnan   het hyne brucan well:
"Þu eart endelaf   usses cynnes
Wægmundinga   ealle wyrd fors[weop]
mine magas   to metodsceafte   2815
eorlas on elne   ic him æfter sceal."
Þæt wæs þam gomelan   gingæste word
breostgehygdum   ær he bæl cure
hate heaðowylmas   him of hwæðre gewat
sawol secean   soðfæstra dom.   2820

começou a jogar-lhe água, até que o início de uma palavra rompeu de seu peito. [...]¹⁹⁷ velho em seu pesar,¹⁹⁸ contemplou o ouro:

"Por estes tesouros, eu agradeço ao Senhor, ao Rei da glória, dizendo em palavras, para o Senhor eterno, pelo que eu aqui vejo, que eu consegui, para meu povo, tamanha riqueza antes do dia de minha morte. Agora que eu comprei estes tesouros com o meu velho tempo de vida, que eles atendam à necessidade do povo; eu não poderei estar aqui por mais tempo. Ordene que renomados guerreiros construam um monte, brilhante depois do fogo do funeral, no promontório junto ao mar. Ele deve ser um memorial para meu povo, uma torre altiva em Hronesness,¹⁹⁹ de forma que os marinheiros assim o chamarão, 'a colina de Beowulf', quando os barcos vierem de longe, sobre as sombras do oceano".

Ele pegou um colar dourado de seu pescoço, o bravo senhor, e deu-o para o herói, para o jovem guerreiro, e o elmo coberto de ouro, o anel e a armadura, e ordenou que os usasse bem:

"Você é o último de nossa linhagem, os wægmundingas. O destino varreu todos os meus parentes para a morte, nobres de coragem; eu devo segui-los".

Estas foram as últimas palavras do velho homem, dos pensamentos de seu coração, antes que escolhesse o fogo,²⁰⁰ o calor das chamas hostis. De seu coração, partiu a alma, buscando o verdadeiro julgamento.

---

[197] Metade da linha está perdida nesta parte do manuscrito.

[198] Beowulf.

[199] Promontório não identificado da terra dos geatas.

[200] A pira de seu funeral.

XXXIX

Ða wæs gegongen　　guman unfrodum
earfoðlice　　þæt he on eorðan geseah
þone leofestan　　lifes æt ende
bleate gebæran.　　Bona swylce læg
egeslic eorðdraca　　ealdre bereafod　　　　　　　2825
bealwe gebæded.　　Beahhordum leng
wyrm wohbogen　　wealdan ne moste
ac him irenna　　ecga fornamon
hearde heaðoscearpe　　homera lafe
þæt se widfloga　　wundum stille　　　　　　　2830
hreas on hrusan　　hordærne neah.
Nalles æfter lyfte　　lacende hwearf
middelnihtum　　maðmæhta wlonc
ansyn ywde　　ac he eorðan gefeoll
for ðæs hildfruman　　hondgeweorce.　　　　　　2835
Huru þæt on lande　　lyt manna ðah
mægenagendra　　mine gefræge
þeah ðe he dæda gehwæs　　dyrstig wære
þæt he wið attorsceaðan　　oreðe geræsde
oððe hringsele　　hondum styrede　　　　　　　2840
gif he wæccende　　weard onfunde
buon on beorge.　　Biowulfe wearð
dryhtmaðma dæl　　deaðe forgolden
hæfde æghwæðre　　ende gefered
lænan lifes.　　Næs ða lang to ðon　　　　　　　2845
þæt ða hildlatan　　holt ofgefan
tydre treowlogan　　tyne ætsomne
ða ne dorston ær　　dareðum lacan
on hyra mandryhtnes　　miclan þearfe
ac hy scamiende　　scyldas bæran　　　　　　　2850
guðgewædu　　þær se gomela læg
wlitan on Wilaf.　　He gewergad sæt
feðecempa　　frean eaxlum neah

XXXIX

Wiglaf contra os desertores

Então aconteceu que o jovem homem, dolorosamente, viu, lá no solo, o seu mais adorado senhor, com a vida chegando ao fim, tão tristemente apresentado. O assassino também jazia — o terrível dragão do monte —, privado de sua vida, abatido impiedosamente. Por mais tempo, a sinuosa serpente não podia mais controlar os anéis do tesouro, pois lâminas de ferro a destruíram, poderosas, afiadas para batalha, forjadas pelo martelo, de forma que o grande ser voador, afligido por ferimentos, caiu ao chão, próximo ao seu lar de riquezas. Não mais voando pelo céu no meio da noite — orgulhoso de seu precioso tesouro — mostrou sua face, mas na terra ele caiu através da habilidade do chefe guerreiro. A verdade é que poucos homens na terra conseguiriam aquilo com sua própria força, segundo eu ouvi, mesmo que fosse valente em seus atos, ao ter confrontado o hálito do inimigo venenoso ou ao perturbar aquele salão de anéis com as próprias mãos, se ele se deparasse com o vigilante guardião vivendo no monte. Para Beowulf, foi com a morte que pagou por sua parte do nobre tesouro; cada um deles tinha rumado para o devido final de suas vidas.

Não demorou muito até que os covardes deixassem a floresta — dez dos fracos traidores ao todo —, aqueles que antes não ousaram avançar, com lanças, quando seu senhor mais precisava de ajuda; mas, agora, eles, envergonhados, carregavam seus escudos e trajes de batalha para lá, onde o velho homem se encontrava, e olharam para Wiglaf. Ele se sentou, exausto, o campeão a pé, próximo aos ombros de seu senhor, e tentou despertá-lo com água; isso não o ajudou. Apesar de desejar muito, neste mundo ele não podia manter a vida de seu líder, nem mudar os desígnios do Senhor; o julgamento de Deus guiava os atos de todos os homens, da mesma forma como faz agora. Assim, do jovem, uma resposta amarga foi facilmente obtida por aqueles que antes tinham abandonado a coragem.

Wiglaf falou, o filho de Weohstan, disse, com o coração triste, e olhou para os desprezíveis:

wehte hyne wætre   him wiht ne speow.
Ne meahte he on eorðan   ðeah he uðe wel 2855
on ðam frumgare   feorh gehealdan
ne ðæs wealdendes   wiht oncirran
wolde dom godes   dædum rædan
gumena gehwylcum   swa he nu gen deð.
Þa wæs æt ðam geongum   grim andswaru 2860
eðbegete   þam ðe ær his elne forleas
Wiglaf maðelode   Weohstanes sunu
secg sarigferð   seah on unleofe:
"Þæt la mæg secgan   se ðe wyle soð specan
þæt se mondryhten   se eow ða maðmas geaf 2865
eoredgeatwe   þe ge þær on standað
þonne he on ealubence   oft gesealde
healsittendum   helm ond byrnan,
þeoden his þegnum   swylce he þrydlicost
ower feor oððe neah   findan meahte 2870
þæt he genunga   guðgewædu
wraðe forwurpe   ða hyne wig beget.
Nealles folccyning   fyrdgesteallum
gylpan þorfte   hwæðre him god uðe
sigora waldend   þæt he hyne sylfne gewræc 2875
ana mid ecge   þa him wæs elnes þearf.
Ic him lifwraðe   lytle meahte
ætgifan æt guðe   ond ongan swa þeah
ofer min gemet   mæges helpan
symle wæs þy sæmra   þonne ic sweorde drep 2880
ferhðgeniðlan   fyr unswiðor
weoll of gewitte.   [W]ergendra to lyt
þrong ymbe þeoden   þa hyne sio þrag becwom.
Nu sceal sincþego   ond swyrdgifu
eall eðelwyn   eowrum cynne 2885
lufen alicgean   londrihtes mot
þære mægburge   monna æghwylc
idel hweorfan   syððan æðelingas
feorran gefricgean   fleam eowerne
domleasan dæd.   Deað bið sella 2890
eorla gehwylcum   þonne edwitlif."

"Com certeza, aquele que falar a verdade pode dizer que o senhor que lhes deu aqueles tesouros, os equipamentos de guerra que vocês possuem — quando, no salão da cerveja, uma vez, ele, um líder para seus guerreiros, concedeu elmos e armaduras para os que se sentavam, os mais esplêndidos que ele pudesse encontrar em qualquer parte, longe ou perto —, desperdiçou completamente, absolutamente, tais instrumentos de batalha quando a guerra veio até ele. De companheiros em armas o rei do povo não precisou se regozijar, pois Deus, o Senhor das vitórias, garantiu-lhe que ele mesmo se vingaria, sozinho com sua espada, quando precisasse de coragem. Pouca proteção à sua vida eu pude conceder na batalha e ainda assim comecei, além de minhas forças, a ajudar meu parente. Quando eu o atingi com a espada, ficava cada vez mais fraco o mortífero inimigo; enfraquecido, o fogo surgia de sua cabeça. Muitos poucos defensores avançaram ao redor do chefe quando o pior momento chegou. 2877

Agora, a entrega de tesouros e a distribuição das espadas, toda a alegria de seu lar e de sua raça, o conforto, tudo deverá chegar ao fim; todos os homens de seu parentesco devem ser privados dos direitos de suas terras, quando os nobres de lugares distantes souberem de sua fuga, do ato de desonra. A morte é melhor para qualquer homem do que uma vida de vergonha". 2884

XL

Heht ða þæt heaðoweorc   to hagan biodan
up ofer ecgclif   þær þæt eorlweorod
morgenlongne dæg   modgiomor sæt
bordhæbbende   bega on wenum 2895
endedogores   ond eftcymes
leofes monnes.   Lyt swigode
niwra spella   se ðe næs gerad
ac he soðlice   sægde ofer ealle:
"Nu is wilgeofa   Wedra leoda 2900
dryhten Geata   deaðbedde fæst
wunað wælreste   wyrmes dædum
him on efn ligeð   ealdorgewinna
siexbennum seoc   sweorde ne meahte
on ðam aglæcean   ænige þinga 2905
wunde gewyrcean.   Wiglaf siteð
ofer Biowulfe   byre Wihstanes
eorl ofer oðrum   unlifigendum
healdeð higemæðum   heafodwearde
leofes ond laðes.   Nu ys leodum wen 2910
orleghwile   syððan underne
Froncum ond Frysum   fyll cyninges
wide weorðeð.   Wæs sio wroht scepen
heard wið Hugas   syððan Higelac cwom
faran flotherge   on Fresna land 2915
þær hyne Hetware   hilde gehnægdon
elne geeodon   mid ofermægene
þæt se byrnwiga   bugan sceolde
feoll on feðan   nalles frætwe geaf
ealdor dugoðe.   Us wæs a syððan 2920
Merewioingas   milts ungyfeðe.

XL

O anúncio da morte de Beowulf

Ordenou que a batalha fosse anunciada no acampamento, sobre o cume do rochedo, onde o bando de guerreiros se sentou, pesaroso, por toda a manhã daquele dia, os portadores de escudos, esperando tanto o dia final ou o retorno do querido homem. Pouco se calou sobre as novidades, ele que rumou para o promontório, pois falou verdadeiramente perante todos:

"Agora, o doador das alegrias do povo dos weders está preso ao seu leito de morte, o senhor dos geatas, e encontra-se no local dos mortos, devido ao feito da serpente; ao seu lado, jaz seu inimigo mortal, afligido pelos ferimentos de faca; com a espada, não pôde, de maneira alguma, naquele monstro realizar um ferimento. Wiglaf, o filho de Weohstan, se sentou junto a Beowulf, um guerreiro junto a outro falecido; manteve, com tristeza em seu coração, a vigília sobre o querido e o odiado. Agora, o povo há de esperar por tempos de guerras, quando for revelada aos francos e aos frísios a queda do rei, quando ela se tornar notória. O embate tornou-se acirrado contra os hugas, quando Hygelac rumou, viajando com seus navios, para a terra dos frísios; lá, Hetware o atacou em batalha, avançando, com coragem e força superior, de modo que o guerreiro de armadura teve de se submeter e caiu em meio à tropa; tesouros não foram dados pelo senhor a seus homens. Desde então, a misericórdia nos foi negada pelos merovíngios.

Do povo dos suecos, paz ou trégua eu também não espero de forma alguma, pois é largamente conhecido que Ongentheow pôs fim à vida de Hæthcyn, filho de Hrethel, na floresta dos corvos, quando o povo dos geatas, em sua arrogância, primeiro atacou os aguerridos scylfingas. Logo, o sábio pai de Ohthere, velho e temido, devolveu o ataque, abateu o líder do mar,[201] resgatou sua esposa, a velha mulher desprovida de seu

---

[201] Ongentheow assassinou Hæthcyn. Hygelac não está presente nesta batalha, mas chegará mais tarde.

Ne ic te Sweoðeode   sibbe oððe treowe
wihte ne wene   ac wæs wide cuð
þætte Ongenðio   ealdre besnyðede
Hæðcen Hreþling   wið Hrefnawudu 2925
þa for onmedlan   ærest gesohton
Geata leode   Guð-Scilfingas.
Sona him se froda   fæder Ohtheres
eald ond egesfull   hondslyht ageaf
abreot brimwisan   bryda herode 2930
gomela iomeowlan   golde berofene
Onelan modor   ond Ohtheres
ond ða folgode   feorhgeniðlan
oð ðæt hi oðeodon   earfoðlice
in Hrefnesholt   hlafordlease. 2935
Besæt ða sinherge   sweorda lafe
wundum werge   wean oft gehet
earmre teohhe   ondlonge niht
cwæð he on mergenne   meces ecgum
getan wolde   sume on galgtreowum 2940
fuglum to gamene.   Frofor eft gelamp
sarigmodum   somod ærdæge
syððan hie Hygelaces   horn ond byman
gealdor ongeaton   þa se goda com
leoda dugoðe   on last faran. 2945

ouro, a mãe de Onela e de Ohthere; e então perseguiu seus inimigos mortais até que eles escaparam, com dificuldade, para a floresta dos corvos, sem o seu senhor. Perseguiu com um vasto exército as espadas sobreviventes, feridos e fatigados; continuou ameaçando mais desgraças para o desafortunado bando, por toda a noite. Pela manhã, ele falou que, com a ponta de sua espada, iria estripá-los e pendurar alguns nas árvores, como diversão para os pássaros. Aconteceu de ajuda retornar para seus angustiados espíritos junto com a aurora, quando eles ouviram soando a corneta e a trompa de Hygelac, quando o bom homem veio, seguindo o seu rastro, com o exército de seu povo".

2936

XLI

Wæs sio swatswaðu   Swona ond Geata
wælræs weora   wide gesyne
hu ða folc mid him   fæhðe towehton.
Gewat him ða se goda   mid his gædelingum
frod felageomor   fæsten secean 2950
eorl Ongenþio   ufor oncirde
hæfde Higelaces   hilde gefrunen
wlonces wigcræft   wiðres ne truwode
þæt he sæmannum   onsacan mihte
heaðoliðendum   hord forstandan 2955
bearn ond bryde   beah eft þonan
eald under eorðweall.   Þa wæs æht boden
Sweona leodum   segn Higelaces
freoðowong þone   forð ofereodon
syððan Hreðlingas   to hagan þrungon. 2960
Þær wearð Ongenðiow   ecgum sweordum
blondenfexa   on bid wrecen
þæt se þeodcyning   ðafian sceolde
Eafores anne dom.   Hyne yrringa
Wulf Wonreðing   wæpne geræhte 2965
þæt him for swenge   swat ædrum sprong
forð under fexe.   Næs he forht swa ðeh
gomela Scilfing   ac forgeald hraðe
wyrsan wrixle   wælhlem þone
syððan ðeodcyning   þyder oncirde. 2970
Ne meahte se snella   sunu Wonredes
ealdum ceorle   ondslyht giofan
ac he him on heafde   helm ær gescer
þæt he blode fah   bugan sceolde
feoll on foldan   næs he fæge þa git 2975

XLI

Os geatas visitam o local do combate

"O rastro de sangue da matança de homens dos geatas e dos suecos era visto facilmente, como aquele povo despertou o conflito entre eles. O bom homem,[202] então, partiu com os seus companheiros e, velho e triste, buscou sua fortaleza; o nobre Ongentheow voltou-se para longe, tinha ouvido sobre as proezas em combate de Hygelac, sua audaciosa habilidade em batalha; não acreditava que ele pudesse resistir aos homens do mar, defender, dos guerreiros do mar, seu tesouro, as mulheres e as crianças; assim, ele fugiu de volta, velho, para as muralhas de terra. A perseguição foi oferecida ao povo sueco! O estandarte de Hygelac atravessou todo aquele local de refúgio, quando os homens do povo de Hrethel atacaram o abrigo. De lá, pela ponta da espada, Ongentheow foi capturado, o homem grisalho, de forma que o rei da tribo teve que se submeter unicamente ao julgamento de Eofor. Com raiva ele, Wulf, filho de Wonred, o acertou com sua arma, de maneira que, por seu golpe, o sangue surgiu, jorrando longe, sob o cabelo. Apesar disso, ele não estava com medo, o velho scylfinga, mas retribuiu rápido, com uma resposta pior, por aquele golpe mortal, uma vez que o rei daquela tribo se virou.[203] O valente filho de Wonred não pôde conceder um contra-ataque ao velho homem, porque ele tinha atingido sua cabeça através do elmo de tal forma que, ensanguentado, teve de se curvar e caiu no chão; ainda não estava fadado a morrer, mas recuperou-se, apesar do corte tê-lo ferido. O bravo guerreiro de Hygelac[204] deixou que a poderosa lâmina — uma vez que seu

2946

2957

2971

2977

---

[202] Ongentheow.

[203] Devido à estrutura do poema, a narrativa pode se tornar confusa neste trecho. O que o poeta relata é o confronto entre Wulf e o rei Ongentheow e, subsequentemente, o confronto e a morte do último contra Eofor.

[204] Eofor, irmão de Wulf.

ac he hyne gewyrpte   þeah ðe him wund hrine.
Let se hearda   Higelaces þegn
brade mece   þa his broðor læg
ealdsweord eotonisc   entiscne helm
brecan ofer bordweal   ða gebeah cyning   2980
folces hyrde   wæs in feorh dropen.
Ða wæron monige   þe his mæg wriðon
ricone arærdon   ða him gerymed wearð
þæt hie wælstowe   wealdan moston.
Þenden reafode   rinc oðerne   2985
nam on Ongenðio   irenbyrnan
heard swyrd hilted   ond his helm somod
hares hyrste   Higelace bær.
He ðam frætwum feng   ond him fægre gehet
leana mid leodum   ond gelæste swa   2990
geald þone guðræs   Geata dryhten
Hreðles eafora   þa he to ham becom
Iofore ond Wulfe   mid ofermaðmum
sealde hiora gehwæðrum   hund þusenda
landes ond locenra beaga   ne ðorfte him ða lean oðwitan   2995
mon on middangearde   syððan hie ða mærða geslogon
ond ða Iofore forgeaf   angan dohtor
hamweorðunge   hyldo to wedde.
Þæt ys sio fæhðo   ond se feondscipe
wælnið wera   ðæs ðe ic wean hafo   3000
þe us seceað to   Sweona leoda
syððan hie gefricgeað   frean userne
ealdorleasne   þone ðe ær geheold
wið hettendum   hord ond rice
æfter hæleða hryre   hwate scildwigan   3005
folcred fremede   oððe furður gen
eorlscipe efnde.   [Nu] is ofost betost
þæt we þeodcyning   þær sceawian
ond þone gebringan   þe us beagas geaf
on adfære   Ne scel anes hwæt   3010
meltan mid þam modigan   ac þær is maðma hord
gold unrime   grimme geceapod
ond nu æt siðestan   sylfes feore

irmão estava caído —, a velha espada feita pelos gigantes, destruísse o enorme elmo sobre a muralha de escudos; então, o rei, o guardião de seu povo, curvou-se, pois sua vida tinha sido atingida. Lá, havia muitos que socorreram seu parente,[205] rapidamente o ergueram quando uma saída se tornou clara para eles e, desta forma, puderam ter controle sobre o campo da matança. Assim, um guerreiro pilhou o outro, tomou de Ongentheow a armadura de ferro, a espada com empunhadura e também seu elmo, e carregaram a armadura do velho para Hygelac. Ele pegou aqueles tesouros e, satisfeito, prometeu presentes entre o povo, e assim cumpriu; o senhor dos geatas, o filho de Hrethel, por aquela carnificina pagou a Eofor e Wulf com incríveis tesouros quando retornou a seu lar; concedeu a cada um deles cem mil[206] em terras e anéis torcidos; não era necessário que os homens o reprovassem pelos presentes neste mundo, uma vez que obtiveram sua glória em batalha. E, para Eofor, ele entregou sua única filha, o tesouro de seu lar, como prova de amizade.

Assim é o conflito e a inimizade, o ódio mortal dos homens, pelo qual eu espero, quando o povo sueco nos buscar, logo que ficarem sabendo que nosso senhor se foi desta vida, aquele que antes protegeu seu tesouro e seu reino contra seus inimigos, após a queda dos heróis, o valente guerreiro de escudo,[207] e agiu pelo bem do povo e por mais ainda, realizando atos nobres. Agora é melhor nos apressarmos, para que lá contemplemos o rei de nosso povo e possamos trazê-lo — aquele que nos deu anéis — no caminho para o fogo.[208] Não apenas uma pequena parte deverá queimar com o bravo homem, mas lá está o precioso tesouro, o incontável ouro, adquirido de forma cruel, e que agora, com sua própria vida, por fim, os anéis foram comprados; as chamas devem de-

---

[205] Refere-se ao irmão de Eofor.

[206] Supostamente refere-se a alguma unidade monetária, apesar de não ficar claro qual.

[207] Esta parte do poema tem sentido dúbio. Ela pode tanto estar se referindo a *scylfingas* (os suecos) como a *scildwigan* (o guerreiro de escudo). Optamos pela interpretação de S. A. J. Bradley (*Anglo-Saxon Poetry*, Londres, Everyman's Library, 2003) e de Howell D. Chickering, Jr. (*Beowulf: A Dual-Language Edition*, Nova York, Anchor Books, 1989). Como está, o mensageiro dos geatas estaria se referindo às façanhas do passado de Beowulf, ao proteger seu povo contra as ameaças dos povos vizinhos.

[208] Para a pira do funeral.

```
beagas gebohte      þa sceall brond fretan
æled þeccean.      Nalles eorl wegan                      3015
maððum to gemyndum      ne mægð scyne
habban on healse      hringweorðunge
ac sceal geomormod      golde bereafod
oft nalles æne      elland tredan
nu se herewisa      hleahtor alegde                       3020
gamen ond gleodream.      Forðon sceall gar wesan
monig morgenceald      mundum bewunden,
hæfen on handa      nalles hearpan sweg
wigend weccean      ac se wonna hrefn
fus ofer fægum      fela reordian                         3025
earne secgan      hu him æt æte speow
þenden he wið wulf      wæl reafode."
Swa se secg hwata      secggende wæs
laðra spella      he ne leag fela
wyrda ne worda.      Weorod eall aras                     3030
eodon unbliðe      under earna næs
wollenteare      wundur sceawian.
Fundon ða on sande      sawulleasne
hlimbed healdan      þone þe him hringas geaf
ærran mælum      þa wæs endedæg                            3035
godum gegongen      þæt se guðcyning
Wedra þeoden      wundordeaðe swealt.
Ær hi þær gesegan      syllicran wiht
wyrm on wonge      wiðerræhtes þær
laðne licgean      wæs se legdraca                         3040
grimlic gryregiest      gledum beswæled
se wæs fiftiges      fotgemearces
lang on legere      lyftwynne heold
nihtes hwilum      nyðer eft gewat
dennes niosian      wæs ða deaðe fæst                      3045
hæfde eorðscrafa      ende genyttod.
Him big stodan      bunan ond orcas
discas lagon      ond dyre swyrd
omige þurhetone      swa hie wið eorðan fæðm
þusend wintra      þær eardodon                            3050
þonne wæs þæt yrfe      eacencræftig
```

vorá-lo, o fogo, envolvê-lo. Nenhum guerreiro usará o tesouro como lembrança, nem bela mulher terá no pescoço um colar valioso, mas devem ficar com os corações tristes, privados de ouro; por muitas vezes — não apenas uma —, trilharão por terras estranhas,[209] agora que o líder da tropa perdeu seu sorriso, a alegria e a felicidade. A partir de então, a lança deverá ser agarrada pelos dedos, em muitas manhãs frias, erguida pelas mãos; nem o tocar da harpa despertará os guerreiros, mas o corvo negro — ansioso sobre os moribundos — falará muito, dirá para a águia o quão bem-sucedido ele foi em sua refeição, quando ele e o lobo pilharem os mortos."[210]

O bravo homem dizia, assim, uma terrível mensagem. Ele não havia mentido demasiadamente em fatos e palavras. Todo o bando guerreiro se ergueu e foram, tristes, até Earnanæs,[211] cheios de lágrimas, olhar para a cena. Lá, na areia, encontraram, sem vida, deitado em seu leito de morte, aquele que lhes deu anéis em tempos passados; assim foi o fim dos dias que se abateu sobre o bom homem, quando o bom rei, líder dos weders, morreu uma morte magnífica. Antes, eles viram ali uma criatura estranha, a serpente no solo, à sua frente, ali jazendo, repugnante; o dragão de fogo, feroz e terrível, estava chamuscado pelas chamas; ele tinha o tamanho de quinze pés de comprimento, deitado; aproveitara, com alegria, o ar da noite, por certo tempo, e ia para baixo novamente buscar seu covil, mas agora estava atrelado à morte, tinha chegado ao fim o uso de suas cavernas na terra. Canecas e cálices se encontravam a seu lado, lá se encontravam pratos e preciosas espadas, consumidas pela ferrugem, como se, envoltos pela terra, eles tivessem permanecido lá por uns mil invernos. Assim estava aquele poderoso legado, o ouro dos antigos, envolto por um feitiço, de modo que aquele salão de anéis não poderia ser tocado por homem algum, a não ser pelo próprio Deus, o verdadeiro Rei da vitória, garantindo, a quem Ele desejasse — Ele é o protetor dos ho-

---

[209] Devido aos conflitos futuros, eles serão obrigados a viver em exílio.

[210] A águia, o corvo e o lobo são animais símbolos da guerra, muito ligados às imagens dos campos de batalha e à morte dos guerreiros em combate. São muito recorrentes na poesia da Inglaterra anglo-saxônica (em especial as de cunho heroico), assim como nas demais narrativas de origem escandinava e ligadas também ao deus Odin.

[211] Promontório não identificado da terra dos geatas.

iumonna gold   galdre bewunden
þæt ðam hringsele   hrinan ne moste
gumena ænig   nefne god sylfa
sigora soðcyning   sealde þam ðe he wolde   3055
he is manna gehyld   hord openian
efne swa hwylcum manna   swa him gemet ðuhte.

mens —, que abrisse o tesouro, assim como a qualquer homem que assim Lhe parecesse adequado.[212]

---

[212] Aqui, insinua-se que haveria algum tipo de maldição sobre o tesouro do qual o dragão se apossou e que ninguém poderia tê-lo, a não ser com a permissão de Deus. Mais uma vez, é possível estabelecermos um paralelo com as narrativas da *Saga dos Volsungos* e da *Nibelungenlied*. Além da forma como o dragão é morto em todas essas histórias, temos também a presença de um rico tesouro amaldiçoado. Isso poderia reforçar a ideia de que *Beowulf* seria um amálgama de outras narrativas do passado germânico, na forma de uma única história. Afinal, como demonstra o poema (vv. 867-902), a história de Sigemund era conhecida pelo poeta de *Beowulf*.

XLII

Þa wæs gesyne   þæt se sið ne ðah
þam ðe unrihte   inne gehydde
wræce under wealle.   Weard ær ofsloh 3060
feara sumne   þa sio fæhð gewearð
gewrecen wraðlice.   Wundur hwar þonne
eorl ellenrof   ende gefere
lifgesceafta   þonne leng ne mæg
mon mid his mægum   meduseld buan. 3065
Swa wæs Biowulfe   þa he biorges weard
sohte searoniðas   seolfa ne cuðe
þurh hwæt his worulde gedal   weorðan sceolde.
Swa hit oð domes dæg   diope benemdon
þeodnas mære   þa ðæt þær dydon 3070
þæt se secg wære   synnum scildig
hergum geheaðerod   hellbendum fæst
wommum gewitnad   se ðone wong strude
næs he goldhwæte   gearwor hæfde
agendes est   ær gesceawod. 3075
Wiglaf maðelode   Wihstanes sunu:
"Oft sceall eorl monig   anes willan
wræc adreogan   swa us geworden is.
Ne meahton we gelæran   leofne þeoden
rices hyrde   ræd ænigne 3080
þæt he ne grette   goldweard þone
lete hyne licgean   þær he longe wæs
wicum wunian   oð woruldende.
Heoldon heahgesceap.   Hord ys gesceawod
grimme gegongen   wæs þæt gifeðe to swið 3085
þe ðone þeodcyning   þyder ontyhte.
Ic wæs þær inne   ond þæt eall geondseh

XLII

Preparações fúnebres

Assim, viu-se que a jornada não trouxe prosperidade para aquele que erroneamente escondeu lá dentro as joias, sob aqueles muros.²¹³ Antes, o guardião matou um dentre poucos;²¹⁴ aquele confronto foi então vingado severamente. É um mistério quando um homem corajoso encontra o fim predestinado de sua vida, quando não pode mais o homem habitar o salão do hidromel com os seus parentes. Foi assim com Beowulf, quando o guardião do monte ele buscou em batalha; ele mesmo não sabia de que modo deveria acontecer sua partida deste mundo. Assim, intensamente amaldiçoaram, até o Dia do Julgamento, os poderosos líderes, quando lá o fizeram, que seria culpado por pecados o homem que, firmemente aprisionado a altares por laços infernais, atormentado por horrores, saqueasse o local; a não ser que aquele que ambicionasse o ouro tivesse sido contemplado pela graça do Senhor.²¹⁵

Wiglaf falou, o filho de Weohstan:

"Por vezes, muitos homens devem, devido à vontade de um, sofrer tormentos, assim como ocorreu conosco. Nós não pudemos persuadir nosso amado líder, protetor do reino, com qualquer conselho, para que ele não confrontasse o guardião do ouro e deixasse-o permanecer onde estava desde então, habitando sua morada, até o fim do mundo. Ele se manteve em seu grande destino. O tesouro foi revelado, cruelmente ob-

---

[213] O dragão.

[214] No original, *feara sumne*: "um dentre poucos" ou "aquele dentre uns poucos", ou seja, "um homem único", alguém inigualável.

[215] O verdadeiro significado desta passagem é extremamente impreciso, dando margem às mais diversas interpretações. A tradução presente tentou incorporar o significado de algumas possíveis interpretações em relação às passagens anteriores sobre o tesouro do dragão: o tesouro que havia no covil do monstro era amaldiçoado, e apenas Deus poderia permitir que alguém se apoderasse dele. Entretanto, não podemos afirmar com clareza até que ponto isso influiu na morte de Beowulf.

recedes geatwa   þa me gerymed wæs
nealles swæslice   sið alyfed
inn under eorðweall.   Ic on ofoste gefeng   3090
micle mid mundum   mægenbyrðenne
hordgestreona   hider ut ætbær
cyninge minum.   Cwico wæs þa gena
wis ond gewittig   worn eall gespræc
gomol on gehðo   ond eowic gretan het   3095
bæd þæt ge geworhton   æfter wines dædum
in bælstede   beorh þone hean
micelne ond mærne   swa he manna wæs
wigend weorðfullost   wide geond eorðan
þenden he burhwelan   brucan moste.   3100
Uton nu efstan   oðre siðe
seon ond secean   on seao[gimma] geþræc
wundur under wealle   ic eow wisige
þæt ge genoge   neon sceawiað
beagas ond brad gold.   Sie sio bær gearo   3105
ædre geæfned   þonne we ut cymen
ond þonne geferian   frean userne
leofne mannan   þær he longe sceal
on ðæs waldendes   wære geþolian."
Het ða gebeodan   byre Wihstanes   3110
hæle hildedior   hæleða monegum
boldagendra   þæt hie bælwudu
feorran feredon   folcagende
godum togenes: "Nu sceal gled fretan
weaxan wonna leg   wigena strengel   3115
þone ðe oft gebad   isernscure
þonne stræla storm   strengum gebæded
scoc ofer scildweall   sceft nytte heold
fæðergearwum fus   flane fulleode."
Huru se snotra   sunu Wihstanes   3120
acigde of corðre   cyniges þegnas
syfone tosomne   þa selestan
eode eahta sum   under inwithrof
hilderinc sum   on handa bær
æledleoman   se ðe on orde geong.   3125

tido; foi um destino muito pesado aquele que impeliu o rei do nosso povo até lá. Eu estava lá dentro e tudo observei, os tesouros do salão, quando estava aberto para mim; a entrada não foi permitida gentilmente para dentro dos muros de terra. Com pressa, eu agarrei, com as mãos, uma grande e poderosa quantidade do tesouro e, lá fora, o carreguei para perto de meu rei. Ainda estava vivo, sábio e desperto. Falou muitas coisas, o velho homem em seu pesar, e ordenou que lhes avisasse: exigiu que construíssem, devido aos feitos de seu senhor, no local de sua pira, um alto monte, grande e poderoso, visto que ele era o mais valoroso guerreiro de todo o mundo, enquanto pôde aproveitar a prosperidade de sua fortaleza.[216] Vamos agora nos apressar outra vez, para ver e buscar pelo amontoado de joias preciosas, maravilhas sob as paredes. Eu os guiarei, de forma que vocês as vejam bem de perto, os anéis e o vasto ouro. Que

---

[216] Em uma leitura mais atenta, notamos que — como numa obra com estrutura circular — os cantos finais de *Beowulf* acabam por ecoar temas presentes no início do poema, ainda que esses temas não se apresentem exatamente da mesma forma. Neste trecho podemos encontrar ecos da primeira parte do conselho de Hrothgar (canto XXIV), quando o rei dos daneses fala a respeito dos bens e dádivas que Deus concede à raça dos homens nesta terra, o que se relaciona diretamente com a ideia da efemeridade da vida humana neste mundo, tema bastante recorrente na literatura anglo-saxônica. Como exemplo, temos a famosa passagem de Beda, o Venerável, em sua *Historia Ecclesiastica Gentis Anglorum*, livro II, capítulo XIII, em que diz: *"Talis", inquiens, "mihi uidetur, rex, uita hominum praesens in terris, ad conparationem eius, quod nobis incertum est, temporis, quale cum te residente ad caenam cum ducibus ac ministris tuis tempore brumali, accenso quidem foco in medio, et calido effecto caenaculo, furentibus autem foris per omnia turbinibus hiemalium pluuiarum uel niuium, adueniens unus passerum domum citissime peruolauerit; qui cum per unum ostium ingrediens, mox per aliud exierit. Ipso quidem tempore, quo intus est, hiemis tempestate non tangitur, sed tamen paruissimo spatio serenitatis ad momentum excurso, mox de hieme in hiemem regrediens, tuis oculis elabitur. Ita haec uita hominum ad modicum apparet; quid autem sequatur, quidue praecesserit, prorsus ignoramus. Unde si haec noua doctrina certius aliquid attulit, merito esse sequenda uidetur"* ("A vida presente do homem na terra, ó rei, me parece, em comparação com aquele tempo que nos é desconhecido, como o voo rápido de um pardal pela casa onde você janta no inverno, com seus comandantes e conselheiros, enquanto o fogo arde no meio, e o salão é aquecido, mas as tempestades invernais de chuva ou neve estão furiosas no exterior. O pardal, entrando por uma porta e imediatamente saindo por outra, enquanto está dentro, está a salvo da tempestade invernal; mas depois de um curto espaço de tempo bom, ele imediatamente desaparece de sua vista, passando de inverno em inverno novamente. Assim, esta vida do homem surge por pouco tempo, mas do que se seguirá ou do que aconteceu antes não sabemos nada. Se, portanto, esta nova doutrina nos diz algo mais certo, parece justamente merecer ser seguida").

Næs ða on hlytme   hwa þæt hord strude
syððan orwearde   ænigne dæl
secgas gesegon   on sele wunian
læne licgan   lyt ænig mearn
þæt hi ofostlice   ut geferedon 3130
dyre maðmas   dracan ec scufun
wyrm ofer weallclif   leton weg niman,
flod fæðmian   frætwa hyrde.
Þæt wæs wunden gold   on wæn hladen
æghwæs unrim   æþelinge boren 3135
harum hilde   to Hronesnæsse.

uma maca esteja pronta, rapidamente preparada, quando nós voltarmos e então carregaremos nosso senhor, o querido homem, para onde, por muito tempo, ele deverá permanecer, sob a proteção do Senhor".

O filho de Weohstan, então, ordenou que se fizesse saber, o herói valente em batalha, a muitos guerreiros e senhores de salões, líderes de povos, que trouxessem de longe a madeira para a pira, para junto do bom homem:

"Agora, as chamas devem devorá-lo, o fogo escuro crescerá sobre o chefe guerreiro, que aguardou, por muitas vezes, a chuva de ferro, quando a tempestade de flechas, lançada com força, foi atirada sobre a muralha de escudos; suas hastes realizaram seu dever, preparadas com penas, seguindo as pontas das flechas".

E, assim, o sábio filho de Weohstan convocou, da hoste dos guerreiros do rei, sete ao todo, os melhores; foi sob o teto do inimigo, um dentre oito, o bravo guerreiro; alguém segurava na mão uma tocha, aquele que ia à frente. Não foi preciso sortear quem pegaria aquele tesouro, uma vez que estava desprotegida qualquer parte vista pelos homens do que permanecia no salão, perecendo e se perdendo; pouco reclamaram de que eles carregassem depressa para fora os tesouros preciosos. Também empurraram o dragão, a serpente, sobre a encosta do penhasco e deixaram as ondas levá-lo, envolto pela correnteza, o guardião dos tesouros. Numa carroça, aquele ouro torcido foi carregado, de todos os tipos, e o nobre, carregado, o velho guerreiro, para Hronesness.[217]

---

[217] De certa forma, os finais trágicos do dragão e de Beowulf servem para reforçar o caráter amaldiçoado do tesouro ali escondido, subentendido anteriormente na narrativa. O monstro que se apossou dele, e por tanto tempo o guardou, por fim morreu; Beowulf, por sua vez, dele se apodera por direito de conquista ao enfrentar seu antigo guardião, mas acaba morto.

XLIII

Him ða gegiredan   Geata leode
ad on eorðan   unwaclicne
helmum behongen   hildebordum
beorhtum byrnum   swa he bena wæs   3140
alegdon ða tomiddes   mærne þeoden
hæleð hiofende   hlaford leofne.
Ongunnon þa on beorge   bælfyra mæst
wigend weccan   wudurec astah
sweart ofer swioðole   swogende leg   3145
wope bewunden   windblond gelæg
oð þæt he ða banhus   gebrocen hæfde
hat on hreðre.   Higum unrote
modceare mændon   mondryhtnes cwealm
swylce giomorgyd   Geatisc meowle   3150
æfter Biowulfe   bundenheorde
sang sorgcearig   sæðe geneahhe
þæt hio hyre hearmdagas   hearde ondrede
wælfylla worn   werudes egesan
hynðo ond hæftnyd.   Heofon rece swealg.   3155
Geworhton ða   Wedra leode
hlæw on hliðe   se wæs heah ond brad
wægliðendum   wide gesyne
ond betimbredon   on tyn dagum
beadurofes becn   bronda lafe   3160
wealle beworhton   swa hyt weorðlicost
foresnotre men   findan mihton.
Hi on beorg dydon   beg ond siglu
eall swylce hyrsta   swylce on horde ær
niðhedige men   genumen hæfdon   3165
forleton eorla gestreon   eorðan healdan

XLIII

O funeral de Beowulf

O povo dos geatas, então, preparou-lhe uma esplêndida pira funerária na terra, com elmos pendurados, escudos de batalha e armaduras brilhantes, assim como ele tinha pedido. Colocaram o famoso líder lá no centro, os heróis lamentando por seu amado senhor. Deu-se início, lá no monte, à maior pira funerária a ser acesa pelos guerreiros; a fumaça da madeira ergueu-se, escura, sobre as chamas, o fogo rugiu, cercado por prantos — o vento parou de soprar —, até que ele tivesse destruído aquele corpo quente até o coração. Com os espíritos tristes, com pesar em seus corações, lamentaram a morte de seu senhor e líder; da mesma forma que a canção cheia de tristeza da mulher geata[218] — com o cabelo preso —, para Beowulf, que cantou, com mágoa, e incessantemente disse que ela temia para si a crueldade de dias funestos, muitas matanças, o horror de exércitos, humilhação e cativeiro. O céu tragou a fumaça. O povo dos weders, então, construiu um monte sobre o penhasco. Ele era alto e amplo, claramente visível para os navegantes, e, em dez dias, terminaram o monumento do valente guerreiro. Cercaram os restos das brasas com um muro, da forma mais digna que o mais sábio dos homens poderia construir. No monte, eles deixaram anéis e joias, todos aqueles ornamentos, aqueles que, antes do tesouro, tinham sido retirados pelos aguerridos homens; deixaram que a terra guardasse a riqueza dos nobres, o ouro na terra, onde até agora ele permanece, tão inútil para os homens como era antes. Então, ao redor do monte, bravos guerreiros cavalgaram, filhos de nobres, doze ao todo; desejavam proclamar sua tristeza e lamentar seu

---

[218] O manuscrito neste trecho está extremamente danificado e a leitura desta passagem é meramente uma conjectura aceita de forma geral por estudiosos do texto. Neste caso, nos baseamos nas edições de Klaeber, *op. cit.*, e de Mitchell e Robinson, *op. cit.* Não é esclarecido quem é a "mulher geata", mas por ela ser descrita com o cabelo preso, supõe-se que seja uma mulher idosa. Em geral, na poesia germânica, são as mulheres e os poetas que realizam tais tipos de lamentos fúnebres.

gold on greote þær hit nu gen lifað
eldum swa unnyt swa hit æror wæs.
Þa ymbe hlæw riodan hildedeore
æþelinga bearn ealra twelfa   3170
woldon care cwiðan kyning mænan,
wordgyd wrecan ond ymb wer sprecan
eahtodan eorlscipe ond his ellenweorc
duguðum demdon. Swa hit gedefe bið
þæt mon his winedryhten wordum herge   3175
ferhðum freoge þonne he forð scile
of lichaman læded weorðan.
Swa begnornodon Geata leode
hlafordes hryre heorðgeneatas
cwædon þæt he wære wyruldcyninga   3180
manna mildust monðwærust
leodum liðost ond lofgeornost.

rei, compor uma elegia e falar a respeito do homem; louvaram sua nobreza e seus atos de coragem e exaltaram sua força. Assim é próprio daquele homem que honra seu querido senhor com palavras, o ama de coração quando ele deve ser guiado para longe de seu corpo. Assim lamentou o povo dos geatas e seus companheiros a queda de seu senhor. Disseram que ele foi, dos reis deste mundo, o mais amável dos homens e o mais gentil, o mais bondoso para o povo e o mais ávido por fama.[219]

---

[219] O final de *Beowulf* é objeto de longos debates. O termo que encerra o poema — *lofgeornost*, "o mais ávido por fama" — pode soar como um anticlímax em relação a tudo o que o antecede, o que nos leva a indagar se o fecho da narrativa exalta ou repreende o herói. Tal ambiguidade está presente em outros momentos da obra e não chega a ser surpreendente reencontrá-la em seu final. Por exemplo, nos cantos XXIV e XXV, quando o rei Hrothgar conta a história do rei Heremod, o relato é também um alerta de como alguém, mesmo tendo recebido de Deus sagacidade (*snyttru*) e nobreza (*eorlscipe*), pode cair em desgraça ao se deixar levar por arrogância e orgulho (*oferhygda*). Assim, pode-se interpretar o final do poema como a concretização da advertência de Hrothgar, feita anteriormente na obra. *Beowulf* é uma obra literária, não um tratado político, e, dessa forma, carrega em si vários elementos ambivalentes e contraditórios, para desespero dos críticos que, às vezes, buscam respostas simples no poema. Uma leitura possível é a de que, ao final da obra, o poema critique o rei Beowulf pelo pecado da soberba, na medida em que, por orgulho, decidiu enfrentar sozinho o dragão e acabou morrendo, deixando assim seu povo à mercê de tribos inimigas.

OUTROS POEMAS ANGLO-SAXÔNICOS

Apesar dos debates e problemas que giram em torno de *Beowulf*, e do fato de seu protagonista não aparecer em nenhum outro texto, ainda assim é possível encontrar paralelos com o poema na literatura anglo-saxônica da época. Selecionamos a seguir quatro obras que possuem algum tipo de vínculo com *Beowulf*, de maneira a auxiliar a compreensão do poema e também do momento histórico no qual ele surgiu: *A batalha de Finnsburh*, *Widsith*, *Deor* e *A batalha de Brunanburh*.

A batalha de Finnsburh

O único registro conhecido deste poema é uma transcrição de 1705, de autoria de George Hickes. O manuscrito original teria sido encontrado por Hickes na biblioteca do arcebispo de Canterbury, no palácio de Lambeth, Londres, mas o manuscrito se perdeu. Possivelmente sua transcrição não está completa, uma vez que o poema inicia e termina no meio de frases e, apesar de sua linguagem difícil, parece narrar um trecho da batalha entre Finn e Hengest citada em *Beowulf*, vv. 1063-162.[1]

Neste fragmento, Hnæf, líder dos daneses, é atacado em Finnsburh ("fortaleza de Finn") — supostamente o salão de seu cunhado Finn, governante dos frísios. O fragmento começa com Hnæf alertando sobre a luz de tochas inimigas que se aproximam. Ele e seus sessenta guerreiros resistem por cinco dias, até que um guerreiro ferido se vira para falar com seu chefe e o fragmento termina. Nem a causa nem o resultado da luta são descritos no fragmento.

---

[1] Ver Roy Michael Liuzza, *Beowulf: A New Verse Translation*, Toronto, Broadview Literary Texts, 2000, p. 163; Bruce Mitchell e Fred C. Robinson, *Beowulf: An Edition*, Oxford, Blackwell, 1998, pp. 212-5; J. R. R. Tolkien, *Finn and Hengest: The Fragment and the Episode*, Londres, Harper Collins, 1982.

                    [...] nas byrnað?"
Hnæf hleoþrode ða,   heaþogeong cyning:
"Ne ðis ne dagað eastan,   ne her draca ne fleogeð,
ne her ðisse healle   hornas ne byrnað.
Ac her forþ berað;   fugelas singað,   5
gylleð græghama,   guðwudu hlynneð,
scyld scefte oncwyð.   Nu scyneð þes mona
waðol under wolcnum.   Nu arisað weadæda
ðe ðisne folces nið   fremman willað.
Ac onwacnigeað nu,   wigend mine,   10
habbað eowre linda,   hicgeaþ on ellen,
winnað on orde,   wesað onmode!"
ða aras mænig goldhladen ðegn,   gyrde hine his swurde.
ða to dura eodon   drihtlice cempan,
Sigeferð and Eaha,   hyra sword getugon,   15
and æt oþrum durum   Ordlaf and Guþlaf,
and Hengest sylf   hwearf him on laste.
ða gyt Garulf   Guðere styrde
ðæt he swa freolic feorh   forman siþe
to ðære healle durum   hyrsta ne bære,   20
nu hyt niþa heard   anyman wolde,
ac he frægn ofer eal   undearninga,
deormod hæleþ,   hwa ða duru heolde.
"Sigeferþ is min nama," cweþ he,   "ic eom Secgena leod,
wreccea wide cuð;   fæla ic weana gebad,   25
heardra hilda.   ðe is gyt her witod
swæþer ðu sylf to me   secean wylle."
ða wæs on healle   wælslihta gehlyn;
sceolde cellod bord   cenum on handa,
banhelm berstan   (buruhðelu dynede),   30

[...]² está queimando?

Então, Hnæf falou, o jovem rei guerreiro:

"Este não é nem o amanhecer do leste, nem um dragão voando para cá, nem o telhado deste salão em chamas. Mas avançam para cá em ataque; os pássaros cantam, o lobo cinzento uiva, a lança se choca, e o escudo responde contra a haste. Agora, esta lua brilha, vagando sobre as nuvens; agora, atos malditos se erguem, os quais irão suprir o ódio deste povo. Mas acordem agora, meus guerreiros, peguem seus escudos, pensem com coragem, lutem à frente, sejam resolutos!".

Então, muitos guerreiros dourados se ergueram e se armaram com suas espadas; e, assim, até a porta foram os nobres campeões, Sigeferth e Eaha, e sacaram suas espadas; e até a outra porta, Ordlaf e Guthlaf, e o próprio Hengest estava logo atrás deles. Então, Garulf ainda exortou Guthere a não arriscar daquela maneira sua preciosa vida, em sua armadura, no primeiro ataque à porta do salão, agora que um bravo inimigo desejava tomá-la; mas ele perguntou, abertamente, por cima de todos aqueles que seguravam aquela porta, o destemido herói:

"Sigeferth é meu nome — ele disse —, sou um homem dos secgan, um guerreiro conhecido por toda parte; passei por muitos conflitos, duras batalhas. É você que, aqui, ainda decide o que deseja buscar de mim!".

Então, havia no salão o som do confronto mortal, o escudo redondo deveria estar nas mãos dos bravos, e o elmo³ a se partir — o assoalho do salão ressoou —, até que, naquela batalha, Garulf caiu, o primeiro de todos os habitantes daquela terra, o filho de Guthlaf, e, ao seu redor, muitos bons homens, um grande amontoado de corpos. O corvo

---

² O início do poema está perdido.

³ No poema, *banhelm* pode ser interpretado tanto como "escudo" quanto como "elmo".

A batalha de Finnsburh 263

oð æt ðære guðe   Garulf gecrang,
ealra ærest   eorðbuendra,
Guðlafes sunu,   ymbe hyne godra fæla,
hwearflicra hræw.   Hræfen wandrode,
sweart and sealobrun.   Swurdleoma stod,   35
swylce eal Finnsburuh   fyrenu wære.
Ne gefrægn ic næfre wurþlicor   æt wera hilde
sixtig sigebeorna   sel gebæran,
ne nefre swetne medo   sel forgyldan
ðonne Hnæfe guldan   his hægstealdas.   40
Hig fuhton fif dagas,   swa hyra nan ne feol
drihtgesiða,   ac hig ða duru heoldon.
ða gewat him wund hæleð   on wæg gangan,
sæde þæt his byrne   abrocen wære,
heresceorp unhror,   and eac wæs his helm ðyrel.   45
ða hine sona frægn   folces hyrde,
hu ða wigend hyra   wunda genæson,
oððe hwæþer ðæra hyssa [...]

voou em círculos, negro e castanho. As espadas continuaram a brilhar, como se todo o Finnsburh estivesse em chamas. Nunca ouvi falar de mais honrados homens a melhor resistirem em batalha — sessenta triunfantes guerreiros —, nem melhor pagamento pelo doce hidromel do que os jovens guerreiros deram a Hnæf.[4] Eles lutaram por cinco dias, sem que nenhum dos guerreiros caísse; mas protegeram a porta. Então, ferido, ele partiu, o herói saiu caminhando e disse que sua armadura estava danificada, sua roupa de batalha, inútil, e seu elmo, também perfurado. Assim, o protetor do povo logo lhe perguntou como seus guerreiros sobreviveram aos ferimentos, ou qual dos jovens [...][5]

34

41

---

[4] O significado desta passagem não é muito claro. Entretanto, o mais provável é que se trate de uma alusão ao fato de que os guerreiros que beberam à mesa de seu senhor estavam obrigados (por seus votos) a retribuir a generosidade do líder com a lealdade no campo de batalha.

[5] O final do poema está perdido.

Widsith

Poema de autoria anônima, *Widsith* encontra-se no *Livro de Exeter*, o maior dos manuscritos contendo obras poéticas do período da Inglaterra anglo-saxônica, escrito por volta do ano de 975 e mantido na catedral de Exeter — daí seu nome — ao menos desde o início do século XI. Além de poemas como *Widsith* e *Deor*, que veremos a seguir, o *Livro de Exeter* possui um vasto conjunto de textos, como adivinhações e poemas de cunho religioso. Em *Widsith*, o poeta que dá nome ao texto é um homem que não apenas teria viajado por vários lugares, mas também vivido até idade avançada. Em função disso, neste poema encontra-se seu relato a respeito de diversos povos, reinos, reis e outras personagens que remetem ao passado mítico-histórico da Inglaterra anglo-saxônica. Algumas passagens podem ser relacionadas diretamente ao poema *Beowulf* (por exemplo, os versos 5-9, 27, 29, 31, 32, 35-44, 45-49, 88-92, 109-11 e 124-30).

Widsið maðolade, wordhord onleac,
se þe monna mæst mægþa ofer eorþan,
folca geondferde; oft he on flette geþah
mynelicne maþþum. Him from Myrgingum
æþele onwocon. He mid Ealhhilde, 5
fælre freoþuwebban, forman siþe
Hreðcyninges ham gesohte
eastan of Ongle, Eormanrices,
wraþes wærlogan. Ongon þa worn sprecan:
"Fela ic monna gefrægn mægþum wealdan! 10
Sceal þeodna gehwylc þeawum lifgan,
eorl æfter oþrum eðle rædan,
se þe his þeodenstol geþeon wile.
þara wæs Hwala hwile selast,
ond Alexandreas ealra ricost 15
monna cynnes, ond he mæst geþah
þara þe ic ofer foldan gefrægen hæbbe.
ætla weold Hunum, Eormanric Gotum,
Becca Baningum, Burgendum Gifica.
Casere weold Creacum ond Cælic Finnum, 20
Hagena Holmrygum ond Heoden Glommum.
Witta weold Swæfum, Wada Hælsingum,
Meaca Myrgingum, Mearchealf Hundingum.
þeodric weold Froncum, þyle Rondingum,
Breoca Brondingum, Billing Wernum. 25
Oswine weold Eowum ond Ytum Gefwulf,
Fin Folcwalding Fresna cynne.
Sigehere lengest Sædenum weold,
Hnæf Hocingum, Helm Wulfingum,
Wald Woingum, Wod þyringum, 30

Widsith[6] falou, abriu seu tesouro de palavras, ele que foi o homem que mais viajou entre nações e povos sobre a terra; por vezes, recebeu, no salão, tesouros invejáveis. Ele honradamente descendia dos myrgingas. Com Ealhhild, graciosa tecelã da paz, ele primeiro viajou em busca do lar do vitorioso rei Ermanrico, a leste dos anglos, o terrível traidor.

Começou então a dizer muitas coisas:

"Ouvi dos muitos homens que governam os povos! Cada príncipe deve viver distintamente, um nobre após o outro possuir a terra, aquele que deseja que seu trono prospere. Destes, Hwala foi por um tempo o melhor, e Alexandre, o mais poderoso de todos da raça dos homens, e ele foi o que mais prosperou daqueles que eu ouvi por sobre a terra. Átila governava os hunos, Ermanrico, os godos, Becca, os baningas, Gifica, os burgúndios. César, os gregos, e Cælic, os finlandeses, Hagen, os holmrygas, e Heoden, os glommas. Witta governava os suevos, Wada, os helsingas, Meaca, os myrgingas, Mearchealf, os hundingas. Teodorico governava os francos, Thyle, os rondingas, Breoca, os brondingas,[7] Billing, os werns. Oswine governava os eows, e Gefwulf, os jutos, e Fin Folcwalding,[8] a raça dos frísios. Sigehere governou os daneses do mar por longo

---

[6] O nome Widsith significa "viagem distante", que é exatamente o que representa o poeta ao longo da narrativa. Em outros idiomas germânicos, existe o nome próprio que significa "o viajante distante" ou "o que viaja para longe" (há, por exemplo, o epíteto em nórdico antigo: *inn víðforli*, que é designado a vários nomes masculinos). Ver Mitchell e Robinson, *op. cit.*, p. 196.

[7] Em *Beowulf* (v. 521), os brondingas são referidos como o povo de Breca. Em *Widsith*, não está claro se o líder Breoca é o mesmo Breca, companheiro de Beowulf, mencionado no canto VIII, "Unferth, e a disputa de Beowulf e Breca"; ver o "Glossário de nomes próprios" adiante neste volume.

[8] Em *Beowulf* (v. 1089), referido como Finn, filho de Folcwalda.

Sæferð Sycgum,   Sweom Ongendþeow,
Sceafthere Ymbrum,   Sceafa Longbeardum,
Hun Hætwerum   ond Holen Wrosnum.
Hringweald wæs haten   Herefarena cyning.
Offa weold Ongle,   Alewih Denum; 35
se wæs þara manna   modgast ealra,
no hwæþre he ofer Offan   eorlscype fremede,
ac Offa geslog   ærest monna,
cnihtwesende,   cynerica mæst.
Nænig efeneald him   eorlscipe maran 40
on orette.   Ane sweorde
merce gemærde   wið Myrgingum
bi Fifeldore;   heoldon forð siþþan
Engle ond Swæfe,   swa hit Offa geslog.
Hroþwulf ond Hroðgar   heoldon lengest 45
sibbe ætsomne   suhtorfædran,
siþþan hy forwræcon   wicinga cynn
ond Ingeldes   ord forbigdan,
forheowan æt Heorote   Heaðobeardna þrym.
Swa ic geondferde fela   fremdra londa 50
geond ginne grund.   Godes ond yfles
þær ic cunnade   cnosle bidæled,
freomægum feor   folgade wide.
Forþon ic mæg singan   ond secgan spell,
mænan fore mengo   in meoduhealle 55
hu me cynegode   cystum dohten.
Ic wæs mid Hunum   ond mid Hreðgotum,
mid Sweom ond mid Geatum   ond mid Suþdenum.
Mid Wenlum ic wæs ond mid Wærnum   ond mid wicingum.
Mid Gefþum ic wæs ond mid Winedum   ond mid Gefflegum. 60
Mid Englum ic wæs ond mid Swæfum   ond mid ænenum.
Mid Seaxum ic wæs ond Sycgum   ond mid Sweordwerum.
Mid Hronum ic wæs ond mid Deanum   ond mid Heaþoreamum.
Mid þyringum ic wæs   ond mid þrowendum,
ond mid Burgendum,   þær ic beag geþah; 65
me þær Guðhere forgeaf   glædlicne maþþum
songes to leane.   Næs þæt sæne cyning!
Mid Froncum ic wæs ond mid Frysum   ond mid Frumtingum.

tempo, Hnæf, os honcingas, Helm, os wulfingas, Wald, os woingas, Wod, os turíngios, Sæferth, os sycges, Ongentheow, os suecos, Sceafthere, os ymbers, Sceafa, os lombardos, Hun, os hætwerum, e Holen, os wrosnas. Hringweald foi chamado rei dos piratas. Offa governava os anglos, Alewih, os daneses; ele foi o mais valente de todos estes homens, embora não sobrepujasse Offa em feitos de valor, pois Offa, o primeiro dos homens, conquistou, quando jovem, um grandioso reino. Ninguém de sua época foi mais valente em batalha. Com uma única espada, demarcou a fronteira com os myrgingas em Fifeldore; mais tarde, os anglos e os suevos a mantiveram, como Offa a conquistou. Hrothwulf[9] e Hrothgar mantiveram juntos, por um longo tempo, a paz entre tio e sobrinho, quando expulsaram a raça dos vikings e arrasaram com o exército de Ingeld, destruindo a hoste dos heathobardos em Heorot.

Assim percorri muitas terras estranhas, através deste grande mundo. O bem e o mal lá eu conheci, separado da família, distante de companheiros, servi por toda parte. Desta forma, eu posso cantar e contar minha história, fazer a multidão, no salão do hidromel, saber como os nobres me julgaram o melhor.

Estive com os hunos, e com os gloriosos godos, com os suecos, e com os geatas, e com os daneses do sul. Com os wenles eu estive, e com os wærns, e com os vikings. Com os gefthas eu estive, e com os winedas, e com os gefflegas. Com os anglos eu estive, e com os suevos, e com os ænenas. Com os saxões eu estive, e com os sycges, e com os sweordweras. Com os hrones eu estive, e com os daneses, e com os guerreiros reams. Com os turíngios eu estive, e com os throwends, e com os burgúndios, lá onde recebi um anel; lá, Guthhere me deu um gracioso tesouro como recompensa pelas canções. Aquele não era um rei mesquinho!

Com os francos eu estive, e com os frísios, e com os frumtingas. Com os rugios eu estive, e com os glomms, e com os romanos. Eu também estive na Itália com Ælfwine; ele tinha, eu ouvi, dos homens a mais brilhante mão para obter glórias, o coração mais generoso na doação de anéis, resplandecentes braceletes, o filho de Eadwin.

Com os sarracenos eu estive, e com os seringas; com os gregos eu estive, e com os finlandeses, e com César, ele que possuía, em seu poder, cidades de vinho, ricas e desejáveis, e o reino dos galeses. Com os esco-

---

[9] Em *Beowulf* (vv. 1017 e 1181), referido como Hrothulf.

Mid Rugum ic wæs ond mid Glommum   ond mid Rumwalum.
Swylce ic wæs on Eatule   mid ælfwine, 70
se hæfde moncynnes,   mine gefræge,
leohteste hond   lofes to wyrcenne,
heortan unhneaweste   hringa gedales,
beorhtra beaga,   bearn Eadwines.
Mid Sercingum ic wæs   ond mid Seringum; 75
mid Creacum ic wæs ond mid Finnum   ond mid Casere,
se þe winburga   geweald ahte,
wiolena ond wilna,   ond Wala rices.
Mid Scottum ic wæs ond mid Peohtum   ond mid Scridefinnum;
mid Lidwicingum ic wæs ond mid Leonum   ond mid Longbeardum, 80
mid hæðnum ond mid hæleþum   ond mid Hundingum.
Mid Israhelum ic wæs   ond mid Exsyringum,
mid Ebreum ond mid Indeum   ond mid Egyptum.
Mid Moidum ic wæs ond mid Persum   ond mid Myrgingum,
ond Mofdingum   ond ongend Myrgingum, 85
ond mid Amothingum.   Mid Eastþyringum ic wæs
ond mid Eolum ond mid Istum   ond Idumingum.
Ond ic wæs mid Eormanrice   ealle þrage,
þær me Gotena cyning   gode dohte;
se me beag forgeaf,   burgwarena fruma, 90
on þam siex hund wæs   smætes goldes,
gescyred sceatta   scillingrime;
þone ic Eadgilse   on æht sealde,
minum hleodryhtne,   þa ic to ham bicwom,
leofum to leane,   þæs þe he me lond forgeaf, 95
mines fæder eþel,   frea Myrginga.
Ond me þa Ealhhild   oþerne forgeaf,
dryhtcwen duguþe,   dohtor Eadwines.
Hyre lof lengde   geond londa fela,
þonne ic be songe   secgan sceolde 100
hwær ic under swegle   selast wisse
goldhrodene cwen   giefe bryttian.
ðonne wit Scilling   sciran reorde
for uncrum sigedryhtne   song ahofan,
hlude bi hearpan   hleoþor swinsade, 105
þonne monige men,   modum wlonce,

ceses eu estive, e com os pictos, e com os scridefinns; com os lidvikings eu estive, e com os leones, e com os lombardos, com os pagãos, e com os heróis, e com os hundingas. Com os israelitas eu estive, e com os assírios, com os hebreus, e com os indianos,[10] e com os egípcios. Com os medos eu estive, e com os persas, e com os myrgingas, e com os mofdingas, e com os myrgingas, e com os amothingas. Com os turíngios orientais eu estive, e com os eols, e com os istes e idumungas.

E eu estive com Ermanrico todo o tempo, lá o rei dos godos me tratou bem; deu-me um anel, o senhor dos habitantes da fortaleza, que era de ouro puro, e avaliado em seiscentas peças de *schilling*; eu, então, o entreguei aos cuidados de Eadgils, meu senhor e protetor, quando voltei ao lar, uma recompensa ao estimado homem, pois ele me concedeu terras, o senhor dos myrgingas, na terra natal de meu pai.

E a mim Ealhhild concedeu outra coisa, a majestosa rainha, filha de Eadwin. Sua glória se espalhou por muitas terras, enquanto eu pudesse dizer as canções, onde eu soubesse, sob os céus, de melhor rainha adornada em ouro, doadora de tesouros. Quando eu e Scilling, com voz clara, erguemos uma canção para nosso vitorioso senhor, alta e harmoniosa a harpa soou; então, muitos homens, de corações valorosos, disseram em palavras o que bem sabiam: que eles nunca tinham ouvido melhor canção.

Mais tarde, eu passei por todas as terras dos godos, buscando os melhores companheiros; tal era a corte de Ermanrico: Hethca eu busquei, e Beadeca, e Herelings, Emerca eu busquei, e Frindla, e o Ostrogodo, sábio e bom pai de Unwen. Secca eu busquei, e Becca, Seafola e Theodric, Heathoric e Sifeca, Hlithe e Incgentheow. Eadwin eu busquei, e Elsan, Ælgelmund e Hungar, e a orgulhosa tropa dos withmyrgingas. Wulfhere eu busquei, e Wyrmhere; muitas vezes a guerra não cessou, quando o exército de Hræd, com poderosas espadas, teve de defender os arredores da floresta de Vístula, o antigo território do povo de Átila. Rædhere eu busquei, e Rondhere, Rumstan e Gislhere, Withergield e Freotheric, Wudgan e Hama; estes companheiros não eram os piores, apesar de eu ter de nomeá-los por último. Por diversas vezes, daquela tropa, voou sibilante a lança estridente no povo hostil; ali, os exilados tomaram posse do ouro retorcido de homens e mulheres, Wydga e Hama. Assim, eu sempre des-

---

[10] Em Mitchell e Robinson, *op. cit.*, p. 201, o termo *Indeum* está traduzido como "judeus".

wordum sprecan,   þa þe wel cuþan,
þæt hi næfre song   sellan ne hyrdon.
ðonan ic ealne geondhwearf   eþel Gotena,
sohte ic a gesiþa   þa selestan;   110
þæt wæs innweorud   Earmanrices.
Heðcan sohte ic ond Beadecan   ond Herelingas,
Emercan sohte ic ond Fridlan   ond Eastgotan,
frodne ond godne   fæder Unwenes.
Seccan sohte ic ond Beccan,   Seafolan ond þeodric,   115
Heaþoric ond Sifecan,   Hliþe ond Incgenþeow.
Eadwine sohte ic ond Elsan,   ægelmund ond Hungar,
ond þa wloncan gedryht   Wiþmyrginga.
Wulfhere sohte ic ond Wyrmhere;   ful oft þær wig ne alæg,
þonne Hræda here   heardum sweordum   120
ymb Wistlawudu   wergan sceoldon
ealdne eþelstol   ætlan leodum.
Rædhere sohte ic ond Rondhere,   Rumstan ond Gislhere,
Wiþergield ond Freoþeric,   Wudgan ond Haman;
ne wæran þæt gesiþa   þa sæmestan,   125
þeah þe ic hy anihst   nemnan sceolde.
Ful oft of þam heape   hwinende fleag
giellende gar   on grome þeode;
wræccan þær weoldan   wundnan golde
werum ond wifum,   Wudga ond Hama.   130
Swa ic þæt symle onfond   on þære feringe,
þæt se biþ leofast   londbuendum
se þe him god syleð   gumena rice
to gehealdenne,   þenden he her leofað."
Swa scriþende   gesceapum hweorfað   135
gleomen gumena   geond grunda fela,
þearfe secgað,   þoncword sprecaþ,
simle suð oþþe norð   sumne gemetað
gydda gleawne,   geofum unhneawne,
se þe fore duguþe wile   dom aræran,   140
eorlscipe æfnan,   oþþæt eal scæceð,
leoht ond lif somod;   lof se gewyrceð,
hafað under heofonum   heahfæstne dom

cobri, nestas jornadas, que o mais querido dos habitantes da terra é aquele ao qual Deus concede poder sobre os homens para governar, enquanto ele aqui viver".

 Os andarilhos vagam, assim como foi predestinado, os músicos dos homens, através de muitas terras, falando o necessário, dizendo palavras de agradecimento; sul ou norte, sempre encontram alguém sábio em canções; não avarento em presentes é aquele que deseja exaltar sua glória ante os guerreiros, seus feitos nobres, até que tudo se acabe, a luz e a vida juntas; aquele que age com honra tem glória eterna sob o céu.

Deor

Da mesma forma que *Widsith*, o poema *Deor* também se encontra no manuscrito do *Livro de Exeter*. O poema trata do lamento de um poeta, de nome Deor, que foi substituído por um rival. Em seu relato ele recorre, como uma forma de consolo, às personagens das lendas do passado heroico que também sofreram dificuldades e privações, pois, assim como um dia tais problemas aconteceram e chegaram a um fim para essas personagens, o poeta acredita que o mesmo acontecerá com ele em seu atual momento de tristeza. Isto se reflete na expressão *Þæs ofereode þisses swa mæg*,[11] que se repete ao longo da narrativa.

---

[11] Numa tradução literal, "aquilo já passou, isto também pode". Aqui, visando a seu conteúdo semântico, traduzimos para o português como "aquilo já passou, isto também passará".

Welund him be wurman   wræces cunnade,
anhydig eorl   earfoþa dreag,
hæfde him to gesiþþe   sorge ond longaþ,
wintercealde wræce;   wean oft onfond,
siþþan hine Niðhad on   nede legde,   5
swoncre seonobende   on syllan monn.
þæs ofereode,   þisses swa mæg!
Beadohilde ne wæs   hyre broþra deaþ
on sefan swa sar   swa hyre sylfre þing,
þæt heo gearolice   ongieten hæfde   10
þæt heo eacen wæs;   æfre ne meahte
þriste geþencan,   hu ymb þæt sceolde.
þæs ofereode,   þisses swa mæg!
We þæt Mæðhilde   monge gefrugnon
wurdon grundlease   Geates frige,   15
þæt hi seo sorglufu   slæp ealle binom.
þæs ofereode,   þisses swa mæg!
ðeodric ahte   þritig wintra
Mæringa burg;   þæt wæs monegum cuþ.
þæs ofereode,   þisses swa mæg!   20
We geascodan   Eormanrices
wylfenne geþoht;   ahte wide folc
Gotena rices.   þæt wæs grim cyning.
Sæt secg monig   sorgum gebunden,
wean on wenan,   wyscte geneahhe   25
þæt þæs cynerices   ofercumen wære.
þæs ofereode,   þisses swa mæg!
Siteð sorgcearig,   sælum bidæled,
on sefan sweorceð,   sylfum þinceð
þæt sy endeleas   earfoða dæl.   30

Weland[12] conheceu o exílio através da espada,[13] o resoluto guerreiro sofreu tormentos, teve como companheiros a mágoa e a tristeza, e o exílio no frio inverno; certa vez, encontrou infortúnios quando Nithhad confinou-o, impondo maleáveis grilhões nos tendões do homem.[14] Aquilo já passou, isto também passará.

Para Beadohild, a morte de seus irmãos não foi tão pesarosa para seu espírito naquela situação, pois ela percebeu claramente que estava grávida; nunca conseguiu pensar claramente o que resultaria daquilo. Aquilo já passou, isto também passará.

Ouvimos falar muito de Mæthhilde, de como cresceu incomensurável o amor da geata, de forma que o seu malfadado amor tirou o sono de todos. Aquilo já passou, isto também passará.

Teodorico governou por trinta invernos a fortaleza dos merovíngios;[15] isto foi conhecido por muitos. Aquilo já passou, isto também passará.

De Ermanrico nós soubemos de sua mente de lobo; governou a vastidão do povo do reino dos godos. Ele foi um rei cruel. Muitos guerreiros se sentaram, aprisionados pela mágoa, esperando por infortúnios, fre-

---

[12] O lendário ferreiro dos mitos germânicos, responsável por fazer incríveis armas e armaduras; ele é citado em *Beowulf*, verso 455.

[13] A palavra *wurman* significa "serpente", mas aqui a interpretamos como uma metáfora para "espada".

[14] Nithhad foi o rei que capturou Weland e, para que este continuasse a trabalhar para ele, sem fugir, cortou-lhe o tendão dos tornozelos.

[15] Não está claro a qual povo o termo *Mæringa* se refere. No poema *Widsith* (verso 24), também aparece a figura do rei Teodorico, como rei dos francos. Optamos aqui por adotar a tradução de Teodorico como rei dos "merovíngios". Tal tradução também foi adotada por S. A. J. Bradley em *Anglo-Saxon Poetry*, Londres, Everyman's Library, 2003; já em Mitchell e Robinson, *op. cit.*, o termo foi traduzido como "visigodos".

Mæg þonne geþencan,   þæt geond þas woruld
witig dryhten   wendeþ geneahhe,
eorle monegum   are gesceawað,
wislicne blæd,   sumum weana dæl.
þæt ic bi me sylfum   secgan wille, 35
þæt ic hwile wæs   Heodeninga scop,
dryhtne dyre.   Me wæs Deor noma.
Ahte ic fela wintra   folgað tilne,
holdne hlaford,   oþþæt Heorrenda nu,
leoðcræftig monn   londryht geþah, 40
þæt me eorla hleo   ær gesealde.
þæs ofereode,   þisses swa mæg!

quentemente desejando que aquele reino fosse derrotado. Aquilo já passou, isto também passará.

O homem triste sentou-se, privado de alegria, com o espírito sombrio; parece-lhe que seu fardo de desgraças é sem fim. Pode então pensar que por todo este mundo o sábio Senhor frequentemente causa mudanças; muitos homens são agraciados com honra, com certa glória, alguns com uma porção de infortúnios.

Quero dizer isso sobre mim mesmo, eu, que certa vez fui o poeta dos heodenigas, querido por meu senhor. Meu nome é Deor. Por muitos invernos, tive um bom trabalho, um senhor leal; até agora, quando Heorrenda, um homem versado em canções, recebeu direito às terras que o protetor dos guerreiros havia me concedido anteriormente. Aquilo já passou, isto também passará.

A batalha de Brunanburh

O poema faz parte dos registros da *Crônica Anglo-Saxônica*, na entrada do ano de 937 d.C. Seria um poema comemorativo, para celebrar a vitória dos anglo-saxões, sob a liderança do rei Athelstan e seu irmão Edmund — filhos do então rei Edward e netos de Alfred, o Grande —, contra a tentativa de invasão de vikings vindos da Irlanda, liderados pelo rei de Dublin, Olaf Guthfrithson, aliado aos escoceses, liderados pelo rei Constantino II da Escócia. A importância de Brunanburh reside, principalmente, no fato de que é apenas após esta batalha que a Inglaterra pode ser considerada um reino unificado. Além disso, no poema, podemos encontrar a mesma simbologia aristocrática guerreira presente em *Beowulf*.

Her Æþelstan cyning,   eorla dryhten,
beorna beahgifa,   and his broþor eac,
Eadmund æþeling,   ealdorlangne tir
geslogon æt sæcce   sweorda ecgum
ymbe Brunanburh.   Bordweal clufan,   5
heowan heaþolinde   hamora lafan,
afaran Eadweardes,   swa him geæþele wæs
from cneomægum,   þæt hi æt campe oft
wiþ laþra gehwæne   land ealgodon,
hord and hamas.   Hettend crungun,   10
Sceotta leoda   and scipflotan
fæge feollan,   feld dænnede
secga swate,   siðþan sunne up
on morgentid,   mære tungol,
glad ofer grundas,   godes condel beorht,   15
eces drihtnes,   oð sio æþele gesceaft
sah to setle.   þær læg secg mænig
garum ageted,   guma norþerna
ofer scild scoten,   swilce Scittisc eac,
werig, wiges sæd.   Wesseaxe forð   20
ondlongne dæg   eorodcistum
on last legdun   laþum þeodum,
heowan herefleman   hindan þearle
mecum mylenscearpan.   Myrce ne wyrndon
heardes hondplegan   hæleþa nanum   25
þæra þe mid Anlafe   ofer æra gebland
on lides bosme   land gesohtun,
fæge to gefeohte.   Fife lægun
on þam campstede   cyningas giunge,
sweordum aswefede,   swilce seofene eac   30
eorlas Anlafes,   unrim heriges,
flotan and Sceotta.   þær geflemed wearð
Norðmanna bregu,   nede gebeded,
to lides stefne   litle weorode;
cread cnear on flot,   cyning ut gewat   35

Aqui, o rei Athelstan, líder dos nobres, doador de anéis aos homens, e também seu irmão, o príncipe Edmund, glória por toda a vida obtiveram em batalha, com a ponta de suas espadas, em Brunanburh. Romperam a muralha de escudos; os filhos de Edward destruíram os escudos de madeira a golpes de martelo, assim como lhes era natural, graças a seus ancestrais que por muitas vezes em combate contra os inimigos defenderam sua terra, tesouros e lares.

Os inimigos caíram, o povo dos escoceses e os homens do mar, tombaram condenados. O campo estava encharcado com o sangue dos guerreiros, depois que o sol se ergueu ao amanhecer — esplêndida estrela, brilhante vela de Deus, o Senhor eterno —, movendo-se sobre o solo, até que aquela nobre criação mergulhasse em seu descanso. Lá, tombaram muitos guerreiros, mortos por lanças, homens do norte, atingidos por cima de seus escudos, assim como também os escoceses, cansados, fatigados da batalha. Os saxões do oeste continuaram por todo o dia com sua tropa de elite no encalço da hoste inimiga, massacrando os fugitivos pela retaguarda intensamente com suas espadas afiadas. Os mércios não se recusaram a um duro combate desarmado com qualquer um dos homens que, com Olaf, sobre a turbulência do mar, no fundo de um barco, chegaram à terra, condenados a lutar. Cinco pereceram naquele campo de batalha dos jovens reis, postos para dormir por espadas; assim, também sete dos jarls[16] de Olaf, incontável número do exército dos marinheiros e escoceses. Lá, ocorreu de o senhor dos homens do norte ter de lutar, compelido por necessidade para a proa da embarcação, com uma pequena tropa; o rei apressou o barco para o mar e partiu nas correntezas escuras, para salvar sua vida.

---

[16] "Jarl" era um título aristocrático da sociedade escandinava medieval, equivalente ao título de "ealdorman" entre os anglo-saxões do século X; equiparável no continente ao título tradicional de nobreza de "conde".

on fealene flod,   feorh generede.
Swilce þær eac se froda   mid fleame com
on his cyþþe norð,   Costontinus,
har hilderinc,   hreman ne þorfte
mæca gemanan;   he wæs his mæga sceard,   40
freonda gefylled   on folcstede,
beslagen æt sæcce,   and his sunu forlet
on wælstowe   wundun forgrunden,
giungne æt guðe.   Gelpan ne þorfte
beorn blandenfeax   bilgeslehtes,   45
eald inwidda,   ne Anlaf þy ma;
mid heora herelafum   hlehhan ne þorftun
þæt heo beaduweorca   beteran wurdun
on campstede   cumbolgehnastes,
garmittinge,   gumena gemotes,   50
wæpengewrixles,   þæs hi on wælfelda
wiþ Eadweardes   afaran plegodan.
Gewitan him þa Norþmen   nægledcnearrum,
dreorig daraða laf,   on Dinges mere
ofer deop wæter   Difelin secan,   55
eft Iraland,   æwiscmode.
Swilce þa gebroþer   begen ætsamne,
cyning and æþeling,   cyþþe sohton,
Wesseaxena land,   wiges hremige.
Letan him behindan   hræw bryttian   60
saluwigpadan,   þone sweartan hræfn,
hyrnednebban,   and þane hasewanpadan,
earn æftan hwit,   æses brucan,
grædigne guðhafoc   and þæt græge deor,
wulf on wealde.   Ne wearð wæl mare   65
on þis eiglande   æfre gieta
folces gefylled   beforan þissum
sweordes ecgum,   þæs þe us secgað bec,
ealde uðwitan,   siþþan eastan hider
Engle and Seaxe   up becoman,   70
ofer brad brimu   Brytene sohtan,
wlance wigsmiþas,   Wealas ofercoman,
eorlas arhwate   eard begeatan.

Da mesma forma, também o velho foi com rapidez para seu lar no norte, Constantino, o grande guerreiro. Não tinha por que exaltar o confronto de espadas; ele fora privado de seus parentes, seus amigos, mortos no campo de batalha, derrotado em combate, e deixara seu filho no local da matança, destruído pelos ferimentos, jovem em batalha. O homem grisalho não precisava orgulhar-se da matança pelas espadas, velho adversário, muito menos Olaf; com os remanescentes de seu exército, não havia o que comemorar, por eles serem melhores em feitos de guerra, no campo de batalha e no choque dos estandartes, no conflito das lanças, na reunião dos homens, no confronto de armas, pois, neste campo de batalha, eles lutaram contra os filhos de Edward.

Partiram, então, os homens do norte em seus barcos longos, sanguinários sobreviventes de lanças, para Dingesmere, sobre as águas profundas, rumo a Dublin, de volta à Irlanda, envergonhados. Assim, como irmãos unidos, rei e príncipe buscaram seu lar, a terra dos saxões do oeste, exultantes pelo combate.

Eles deixaram para trás, para dividir os cadáveres, o de plumagem escura: o corvo negro; o de bico agudo e de penas cinzentas: a águia de cauda branca; o cobiçoso falcão guerreiro e a fera cinzenta: o lobo da floresta, para se deliciarem com a carnificina. Nunca havia ocorrido tamanha matança nesta ilha até hoje, de um exército perecer, antes disso, pela ponta da espada, assim como nos contam os livros, os velhos sábios, antes que, do leste, para cá, anglos e saxões viessem sobre o grande mar, buscando a Bretanha; valorosos guerreiros subjugaram os galeses, gloriosos heróis que conquistaram esta terra.

O início do manuscrito de *Beowulf*,
British Library, *Cotton MS Vitellius A. XV*, f132r.

Beowulf: o rei, o guerreiro e o herói

Elton Medeiros

"*Hwæt!*"[1] Era gritando essa palavra que J. R. R. Tolkien, antes de se tornar o famoso autor de obras como *O Hobbit* e *O Senhor dos Anéis*, costumava iniciar suas aulas do curso de inglês antigo na Faculdade de Inglês da Universidade de Oxford. Os alunos, receosos, corriam a seus lugares, permanecendo imóveis e calados, pois acreditavam que o professor estava zangado, exigindo silêncio. Entretanto, diferentemente do que esperavam, ele continuava, mais tranquilo: "*We Gardena in geardagum þeod cyninga þrym gefrunon hu ða æþelingas ellen fremedon!*".[2] Para surpresa dos alunos, a aula já havia começado sem que soubessem. O professor não os estava repreendendo, mas dizendo os primeiros versos do poema *Beowulf*.

O poema era um dos preferidos de Tolkien: seus cenários, batalhas, monstros e feitos heroicos eram uma inspiração para o autor na criação de seus livros. Tanto no círculo acadêmico (com teses, pesquisas e estudos dos mais diversos tipos), quanto no popular (com livros de ficção, filmes e histórias em quadrinhos), *Beowulf* sempre despertou fascínio. Se observarmos com atenção, sua narrativa é bem simples e recorrente tanto na literatura como no cinema: durante anos, uma população vive amedrontada por um inimigo implacável, um mal antigo, até que surge um príncipe com seu grupo de guerreiros. Vindos de terras distantes, eles enfrentam os monstros trazidos pela escuridão da noite, seres tomados de ódio e ávidos pela carne dos vivos. Com sua espada, o príncipe enfrenta poderosos exércitos, sobrevive a grandes perigos e, por fim, luta contra um dragão, numa caverna recheada de tesouros. E, apesar das adversidades, desdenha da morte. Torna-se um rei temido por seus inimigos e adorado por seu povo. O arquétipo do herói em sua forma plena.

---

[1] "Escutem!"

[2] "Ouvimos falar da glória dos guerreiros daneses dos dias de outrora, dos reis de sua tribo, de como aqueles príncipes realizaram feitos de coragem!"

Talvez exatamente essa simplicidade seja a responsável pelo interesse que o poema desperta, pois afasta-nos de nossa realidade cotidiana e nos leva a um mundo antigo, distante, mas ao mesmo tempo familiar e que nos atinge de um modo quase inconsciente, como um conto de fadas. Afinal, os versos de abertura de *Beowulf* não deixam de ser um tipo de "Era uma vez...".

É curioso que um poema medieval fascine tanto e ainda tenha tanto a nos dizer. É como se, a exemplo dos próprios monstros da obra, *Beowulf* fosse também um monstro a nos desafiar até os dias de hoje. Uma criatura formada por diversas partes, extremamente difícil de ser definida: poema épico, elegia, mero entretenimento? Seria uma obra pagã ou uma criação de tempos cristãos? Ou ambos? A quem se destinava? Quem era seu público?

O que se sabe é que sua narrativa se insere no cenário mítico da Escandinávia do período migratório das tribos germânicas dos séculos V e VI. Já sobre o único manuscrito existente, a datação mais aceita gira em torno do ano 1000. E esse é um dos grandes problemas, pois não existem outras versões contemporâneas ou anteriores ao que conhecemos como *manuscrito de Beowulf*, além do fato de o nome da personagem homônima também não aparecer em nenhum outro lugar. Diferentemente de seus monstros, que deixam rastros de sangue e destruição para o herói seguir até seu covil, não há sinais claros do poema que possamos seguir para descobrir sua verdadeira natureza e origem.

Desde sua primeira edição moderna, em 1815, *Beowulf* é alvo de análises que tratam dos mais diversos aspectos: data, origem, autoria, público, crítica literária, estilo, fontes, analogias, estrutura, elementos pagãos e cristãos, mito e história, simbolismo e alegoria, entre outros. Até o início do século XX, os estudos em torno da obra estiveram ligados a uma visão romântica do século XIX, que submetia o texto a estudos filológicos e históricos preocupados em encontrar uma suposta realidade por trás do poema. Devido a isso, *Beowulf* foi vítima de tentativas de identificações históricas como, por exemplo, a ideia da "geografia de *Beowulf*", do filólogo Frederick Klaeber, que, em sua edição do poema, de 1922, tentou identificar geograficamente, na Escandinávia, onde teria se passado a história do poema;[3] ou ainda estudos puramente teóricos

---

[3] A edição de Frederick Klaeber, *Beowulf and The Fight at Finnsburg* (Boston, D.

e linguísticos que ignoravam o poema ou o manuscrito em favor de teorias baseadas em suposições concebidas previamente pelos próprios estudiosos. Entretanto, dentro da tradição de estudos do poema, existem algumas obras de destaque que contribuíram muito para melhor compreendermos *Beowulf*.

Um dos primeiros trabalhos desse quilate é o de F. A. Blackburn, "The Christian Coloring in the *Beowulf*", de 1897.[4] Junto com ele, também podemos citar, de H. Munro Chadwick, o livro *The Heroic Age*, de

---

C. Heath, 1950 [1922]), é uma das mais famosas, reeditada até a atualidade. A ideia que ele nos oferece é a de localizar a tribo de Beowulf, os geatas, no sul da atual Suécia, relacionando-os ao nome *Gautar* (em nórdico antigo; em sueco moderno, *Götar*). Essa visão geográfica e etnográfica a respeito do poema persiste até os dias de hoje, com trabalhos que muitas vezes nem mesmo questionam tais elaborações, considerando-as indícios históricos categóricos a respeito dos povos norte-europeus do período. Entretanto, em absolutamente nenhum momento a narrativa de *Beowulf* nos dá qualquer indicação geográfica precisa. Sendo assim, tais interpretações seriam meras especulações dos próprios pesquisadores. Tomemos como exemplo os geatas. Como dissemos, há muito editores e tradutores do poema os associam aos godos e ao sul da Suécia. Beda, o Venerável, em sua *Historia Ecclesiastica Gentis Anglorum* (livro 1, capítulo 5), relata os três povos que teriam vindo do continente e dado início aos reinos anglo-saxônicos: os anglos, os saxões e os jutos (este último chamado por ele em latim de *Iuti* ou *Iutae*). Os jutos sempre se mostraram como um enigma para a historiografia (sendo geralmente considerados uma tribo da península da Jutlândia, na Dinamarca, mas de forma extremamente dúbia), assim como, aparentemente, os próprios anglo-saxões. Quando a obra de Beda foi adaptada para o inglês antigo, nos tempos do rei Alfred, o Grande, os jutos foram traduzidos como geatas: *Comom hi of þrim folcum ðam strangestan Germaniae, þæt of Seaxum ond of Angle ond of Geatum* ("Eles vieram das três tribos mais poderosas da Germânia, dos saxões, e dos anglos e dos geatas"). Dificilmente essa troca de nomes é um erro, haja vista que ela se repete diversas vezes em outras partes da mesma obra. É possível interpretar que os geatas fossem na verdade uma "*Ur*-tribo", um povo mítico que funcionasse como a origem de outras populações norte-europeias. Assim, se levarmos em consideração que a tribo de Beowulf fazia parte de uma construção lendária medieval — servindo, na Inglaterra, como parte de um processo de construção identitária mítica que se desenvolvia entre os séculos VIII e X —, qualquer tipo de identificação ou afirmação mais categórica tanto sobre a geografia do poema quanto sobre a identidade histórica dos geatas se torna inócua ou, ao menos, extremamente superficial. Principalmente se pensarmos que *Beowulf* é um poema, uma obra literária, que não possui qualquer obrigação de se manter fiel à realidade histórica; ver John D. Niles, *Homo Narrans: The Poetics and Anthropology of Oral Literature*, Filadélfia, University of Pennsylvania Press, 1999, pp. 138-40.

[4] F. A. Blackburn, "The Christian Coloring in the *Beowulf*", *Publications of the Modern Language Association of America* (*PMLA*), XII, 1897, pp. 205-25.

1912.[5] São os primeiros ensaios críticos a se concentrar nas origens do poema, diferentemente das típicas especulações historiográficas ou literárias do século XIX, que buscavam identificar personagens e locais históricos reais, ocultos no texto. Esses dois trabalhos concordam quanto à origem pagã do poema, e que ele teria passado por mudanças nas mãos de um poeta cristão em algum monastério, para adequar a obra à nova fé. Segundo os autores, o poeta, no entanto, teria exagerado, demonstrando até mesmo certa artificialidade ao introduzir as imagens cristãs no poema, na tentativa de encobrir sinais pagãos, o que acabou trazendo inconsistências à narrativa. Em sua concepção, o poeta teria pouca habilidade ao lidar com a temática cristã, indicando talvez uma conversão recente.

Foi justamente essa a ideia que mais se arraigou no mundo acadêmico e mesmo no imaginário popular sobre *Beowulf*. Basta vermos filmes, livros, quadrinhos, algumas traduções do poema e outras formas de mídia. Há sempre um impulso de caracterizar a narrativa de *Beowulf* como pagã e erroneamente adaptada ao cristianismo: o que seria "cristão" acaba sendo eliminado por seus idealizadores de forma completamente subjetiva e aleatória. O problema principal, do ponto de vista acadêmico, é que, mais de cem anos depois dos trabalhos de Blackburn e Chadwick, muitos pesquisadores ainda insistem em nortear seus trabalhos a partir do pressuposto de que existiria uma versão pré-cristã e completa do poema, e tentam eliminar o que seria interpolação cristã, reforçando a artificialidade da dicotomia paganismo/cristianismo.

Já entre os anos 1920 e 1940, pesquisadores como Levin L. Schücking[6] e Marie Padgett Hamilton[7] não viam o autor de *Beowulf* como um mero editor cristão de obras pagãs, sem muita habilidade. Ao contrário de seus antecessores, Schücking e Hamilton viam no poema todo um antigo código moral de conduta, remanescente dos tempos germânicos pagãos, e um autor que teria trabalhado de forma consciente na adequação desta velha tradição à teologia cristã. Schücking, por exemplo,

---

[5] H. Munro Chadwick, *The Heroic Age*, Nova York, Cambridge University Press, 1912.

[6] Levin L. Schücking, "Das Königsideal im *Beowulf*", *Modern Humanities Research Association (MHRA) Bulletin*, III, 1929, pp. 143-54.

[7] Marie Padgett Hamilton, "The Religious Principle in *Beowulf*", *Publications of the Modern Language Association of America (PMLA)*, LXI, 1946, pp. 309-31.

identifica que a noção de realeza presente no poema é definida pela literatura cristã e por paralelos entre a cultura greco-latina e elementos germânicos — sob a influência da hermenêutica cristã agostiniana.

Com outro enfoque, temos em 1936 o famoso ensaio de J. R. R. Tolkien, "The Monsters and the Critics".[8] Este é reconhecidamente um marco nos estudos sobre *Beowulf*, ao interpretar o poema como um todo, principalmente em relação a seu significado e valor. Tolkien destaca a condição humana e a relaciona com elementos artísticos como "equilíbrio entre início e fim", o contraste entre juventude e velhice; os monstros personificariam as forças do mal e do caos, sendo colocados como elementos centrais da narrativa. Com este seu trabalho, Tolkien lançou uma nova luz sobre o poema, salvando-o da tradição de literatos e historiadores que apenas o dissecavam, analisando a obra como partes, como uma mera fantasia folclórica ou como um relato pseudo-histórico, em vez de enxergar a importância de *Beowulf* por sua verdadeira natureza: a de uma obra artística poética. A influência deste ensaio será mais tarde reforçada na década de 1980, principalmente no campo da história literária e da semiótica, onde *Beowulf* já não é mais estudado como causa, mas como efeito: o poema como representação artística e social do período no qual surgiu, e não como mera alegoria histórica.

Outros trabalhos subsequentes terão certa similaridade com o de Tolkien, focados nos aspectos semânticos, imagens e valores encontrados em *Beowulf*. De maneira geral, todos eles abordam a forma como os antigos ideais desta sociedade de fundo germânico se apresentam no poema já dentro da tradição cristã, junto com a valorização da imagem heroica e de nobreza.[9] Dentre esses trabalhos, o de maior destaque é o do professor Robert E. Kaske, "*Sapientia et Fortitudo* as the Controlling Theme of *Beowulf*", de 1958[10] — trabalho profundamente influenciado pela

---

[8] J. R. R. Tolkien, "The Monsters and the Critics", *Proceedings of the British Academy*, XXII, 1936, pp. 245-95.

[9] Para uma abordagem mais aprofundada sobre a história dos estudos em torno de *Beowulf*, entre os séculos XIX e XX, ver Lewis E. Nicholson, *An Anthology of Beowulf Criticism*, Indiana, Notre Dame University Press, 1966; e também Robert E. Bjork e John D. Niles (orgs.), *A Beowulf Handbook*, Lincoln, Nebraska University Press, 1998, pp. 1-12.

[10] R. E. Kaske, "*Sapientia et Fortitudo* as the Controlling Theme of *Beowulf*", *Studies in Philology*, LV, 1958, pp. 423-57.

obra *Europäische Literatur und Lateinisches Mittelalter* do filólogo e pesquisador alemão Ernst Robert Curtius.[11] Kaske defende que a ideia central do poema seria o equilíbrio entre "sabedoria" e "força", estabelecendo um paralelo de similaridades entre o cristianismo e o paganismo germânico, e demonstrando como as personagens representariam personificações desse binômio na narrativa.

Por sua vez, temos também o trabalho de Dorothy Whitelock,[12] *The Audience of Beowulf*, de 1964, que influenciou decisivamente a metodologia dos estudos a respeito das origens do poema. Whitelock argumenta contra os ditos "críticos" (como Tolkien os chamava), dando margem para novas abordagens que escapassem das antigas formas de pesquisa ainda remanescentes do romantismo oitocentista. O trabalho de Whitelock revelou-se de grande influência principalmente no final do século XX (décadas de 1980 e 1990) entre pesquisadores que não apenas deram continuidade às ideias propostas por ela, aprofundando-as, como também realizaram uma releitura de Tolkien e seu artigo de 1936. Um dos pontos fundamentais do trabalho de Whitelock para os estudos sobre *Beowulf* — que acabará por se tornar uma referência até os dias de hoje nas pesquisas desse campo — é o que aborda um aspecto essencial do poema:[13] qual é o público da obra? Em outras palavras, a quem se direcionava *Beowulf*?

Todo este conjunto de abordagens, principalmente a partir de Tolkien, acabou por influenciar pesquisadores em seus mais diversos campos de estudos sobre *Beowulf*, dando origem a uma corrente de pesquisa que perdura até o presente e que se volta para uma interdisciplinaridade envolvendo especialmente áreas como História, Antropologia, Literatura e Semiótica.

Como podemos ver, *Beowulf* se revela como uma obra detentora de uma longa tradição acadêmica — extremamente polêmica —, mas que, ao mesmo tempo, vem rompendo os círculos de especialistas, ganhando

---

[11] Publicado em língua portuguesa como *Literatura europeia e Idade Média latina*, São Paulo, Hucitec, 1996.

[12] Dorothy Whitelock, *The Audience of Beowulf*, Oxford, Clarendon Press, 1964.

[13] Por exemplo, R. I. Page, "The Audience of *Beowulf* and the Vikings", *in* Colin Chase (org.), *The Dating of Beowulf*, Toronto, Toronto University Press, 1997, p. 113.

um interesse crescente entre o grande público.[14] No Brasil, o poema também vem rompendo a barreira da língua e começa a ganhar mais espaço, deixando de ser desconhecido tanto do público em geral, quanto do público especializado, o que se confirma pelo aumento de produções e de pesquisas acadêmicas nos últimos anos, no início do século XXI, em torno de *Beowulf* e de seu período de produção. Ao que tudo indica, eles estão longe de ser os últimos trabalhos a vermos em língua portuguesa a respeito do famoso campeão da tribo dos geatas, matador de monstros dos "dias de outrora".

O MANUSCRITO E O POEMA

Dos manuscritos que integram o acervo da British Library, há um que atende pelo curioso nome *Cotton Vitellius A. XV*. Em sua atual encadernação, feita no século XIX, apresenta em ambas as capas o brasão dourado da família Cotton e, em sua lombada, a seguinte inscrição também em dourado:

---

[14] Apenas para mencionar alguns exemplos, podemos citar o livro de John Gardner, *Grendel*, de 1971, onde o autor reconstrói a narrativa de *Beowulf* do ponto de vista de seus monstros; especificamente, como o título deixa claro, de Grendel (o que, em certa medida, nos faz lembrar o conto "A casa de Astérion", de Jorge Luis Borges, de 1947). Temos também, de autoria de Neil Gaiman, os contos "Bay Wolf", publicado na coletânea *Smoke and Mirrors*, de 1998; e "The Monarch of Glen", na coletânea *Fragile Things*, de 2006. Apesar de não ser o foco principal desses contos, em ambos é clara a presença de elementos e personagens de *Beowulf*, fato confirmado pelo próprio autor. Há diversas outras adaptações do poema para os quadrinhos. No Brasil, recentemente, tivemos a publicação de uma adaptação de *Beowulf* para o formato da literatura de cordel, de autoria do escritor Marco Haurélio (*A saga de Beowulf*, São Paulo, Aquariana, 2013). No cinema já tivemos três produções de maior destaque: *Beowulf* de 1999 (dirigido por Graham Baker) — o filme é ambientado em um cenário "futurista pós-apocalíptico", e seu roteiro tenta adaptar a história do poema; *Beowulf & Grendel* de 2005 (dirigido por Sturla Gunnarsson), talvez o filme que mais se aproximou da narrativa do poema, retratando, no entanto, apenas a primeira parte da obra; por fim temos a animação *Beowulf* de 2007 (dirigida por Robert Zemeckis), cujo roteiro deturpa a narrativa original, sacrificando a história do poema e sobrecarregando a narrativa com efeitos especiais e cenas de ação. Para outros exemplos de *Beowulf* na contemporaneidade e cultura pop, cf. Robert E. Bjork e John D. Niles (orgs.), *op. cit.*, pp. 341-73.

ANGLO-SAXON
VERSIONS AND POEMS:
FLORES SOLILOQUIORUM
S. AUGUSTINI,
NICODEMI EVANGELIUM,
ETC.,
BEOWULF, AND
JUDITH AND HOLOFERNES.
BRIT. MUS.
COTTON MS.
VITELLIUS A. XV.

Suas páginas apresentam certo estado de deterioração, o que é acentuado pelas nítidas marcas de queimado em suas bordas. Mas é nele que encontraremos um dos mais antigos poemas da língua inglesa: *Beowulf*.

O manuscrito foi reunido pelo antiquário inglês Sir Robert Bruce Cotton (1571-1631), a partir da junção de dois diferentes códices: o *Southwick Codex*[15] e o *Nowell Codex*, este último assim chamado devido à inscrição de seu antigo proprietário no topo de sua primeira página, o antiquário Laurence Nowell (*c*. 1510/20-*c*. 1571).

O manuscrito onde se encontra *Beowulf* é assim chamado em função de Sir Cotton. Ele mantinha os manuscritos de sua coleção em estantes, tendo cada uma o busto de um imperador romano no topo. Assim, nosso manuscrito era da coleção de Sir Cotton, mantido na estante do imperador Vitélio, sendo o décimo quinto da prateleira "A". Daí *Cotton Vitellius A. XV*.

O manuscrito chegou ao Museu Britânico em 1753, após ter sobrevivido ao grande incêndio da Ashburnham House em 23 de outubro de 1731, que destruiu e danificou cerca de duzentos itens da coleção de Cotton. Dizem que alguns manuscritos só foram salvos por terem sido literalmente jogados pela janela do prédio. Apesar de ter escapado da destruição, as laterais das páginas do manuscrito foram danificadas pelo fogo e trechos tornados obscurecidos e até irreconhecíveis. Desta forma,

---

[15] O estudioso Kemp Malone, no início do século XX, foi o primeiro a utilizar esse nome como uma forma de diferenciar aquele conjunto de textos do *Nowell Codex*. Ver Kevin Kiernan, *Beowulf and the Beowulf Manuscript*, Ann Arbor, Michigan University Press, 1999, p. 70.

relatos de testemunhas que haviam tido contato com o manuscrito antes do incidente tornaram-se de suma importância para seu estudo na época.

Supõe-se que antes de chegar às mãos de Nowell o *manuscrito de Beowulf* — como também é conhecido o *Nowell Codex* — tenha permanecido na biblioteca de um dos monastérios espalhados pela Inglaterra, ao menos até sua dissolução, no século XVI, pelo rei Henrique VIII. Durante esse período, ele despertou o interesse de ao menos dois leitores, pois há indícios de traduções de palavras do inglês antigo para o inglês médio no texto *As maravilhas do Oriente*, um dos textos que compõem o manuscrito.[16]

Uma das primeiras grandes contribuições para o estudo do *manuscrito de Beowulf* se deu com o estudioso inglês Humfrey Wanley, que copiou e publicou os versos 1 a 19 e 53 a 73 do poema, no ano de 1705, auxiliando leituras após o incêndio. Outra grande contribuição foi a do islandês Grímur Jónsson Thorkelin (1752-1829), apesar de seu primeiro contato com o texto ter sido após o incêndio. Em 1787, Thorkelin pediu que fosse feita uma cópia do poema e, em 1789, ele mesmo fez uma segunda cópia. A partir delas (conhecidas como *Thorkelin A e B*) ele produziu a primeira edição de *Beowulf*, em latim, em 1815 na Dinamarca: *De Danorum rebus gestis seculi III & IV: Poëma Danicum dialecto Anglo-Saxonica* ("Os feitos dos daneses dos séculos III e IV: poema dinamarquês em idioma anglo-saxônico"). Apesar das diversas imprecisões, esse trabalho foi muito importante para outros pesquisadores que o utilizaram em paralelo ao manuscrito após o incêndio da coleção de Cotton, possibilitando a reconstrução precisa de sua narrativa original.

Como o conhecemos, o texto de *Beowulf* está dividido em seções numeradas, chamadas *fitts*.[17] Ele possui ao todo quarenta e três *fitts*, que

---

[16] Apesar de *Beowulf* ser o mais conhecido, o *Cotton Vitellius A. XV* contém um total de nove textos. No *Southwick Codex* temos: *O solilóquio de Santo Agostinho* (autoria atribuída ao rei Alfred, o Grande), *O evangelho de Nicodemos*, *O diálogo de Salomão e Saturno*, *Homilia de São Quintin* (o final está perdido); já no *Nowell Codex*: *A paixão de São Cristóvão* (o início está perdido), *As maravilhas do Oriente* (ilustrado), *Carta de Alexandre a Aristóteles*, *Beowulf*, *Judite* (o início está perdido).

[17] Em inglês antigo, *fitt* significa "canto", "poema", e está presente tanto em obras poéticas, quanto na prosa do período anglo-saxão. No prefácio em latim ao poema *Heliand* (composto em saxão antigo), o termo é explicado como sendo uma seção, uma parte de um poema ou trecho adequado para uma leitura (*lectio*).

têm início a partir do verso 52 (sendo os versos anteriores um tipo de prólogo). Não se sabe ao certo como foi definida esta divisão e quem foi o responsável por ela.[18] Uma pista seria o fato de que dez dos *fitts*[19] iniciam com a palavra *maðelode*, que indica a introdução de uma fala (por exemplo: *Beowulf maþelode bearn Ecgþeowes*, "Beowulf falou, o filho de Ecgtheow", v. 1383), e três deles iniciam com o narrador em primeira pessoa com a expressão *mine gefræge* ou *ic gefrægn*[20] (por exemplo: *Þa wæs on morgen mine gefræge*, "Foi então, pela manhã, ouvi dizer", v. 837). Mas esta divisão nem sempre é tão regular.

Outro ponto importante é a organização dos textos do manuscrito. O *Nowell Codex* contém três textos em prosa e dois em forma poética. A razão mais provável para esses cinco textos terem sido reunidos num único manuscrito é a similaridade temática entre eles. Pelas criaturas que fazem parte das narrativas, podemos dizer que o manuscrito seria um "livro de monstros". Pois, como em *Beowulf*, o texto *As maravilhas do Oriente* também descreve um mundo habitado por criaturas devoradoras de homens e por dragões:

> "Além do rio Brixontes, a leste daqui, existe um povo que nasce grande e alto, que tem pés e pernas de doze pés de comprimento, ombros com tórax de sete pés de largura. Eles são negros, e são chamados de hostes [ou seja, 'inimigos']. Assim que eles pegam uma pessoa, eles a devoram. Assim, existem no Brixontes animais selvagens que são chamados letices. Eles têm orelhas de asno e pele de ovelha e pés de pássaro. Assim, existe uma outra ilha, ao sul do Brixontes, na qual nascem homens sem cabeça que têm olhos e boca em seu peito. Eles têm oito pés de altura e oito pés de largura. Dragões nascem lá, e têm cento e cinquenta pés de comprimento, e são tão grandes como pilares de pedra. Por causa dessa abundância de dragões, ninguém pode viajar facilmente por essa terra" (*As maravilhas do Oriente*, seções 13-16).

---

[18] Bruce Mitchell e Fred C. Robinson, *Beowulf: An Edition*, Oxford, Blackwell, 1998, pp. 6-7.

[19] Cantos VI, VII, VIII, XIV, XX, XXI, XXII, XXIII, XXVI, XXVIII.

[20] Cantos XIII, XXXVII, XXXVIII.

Com relação ao texto *Carta de Alexandre a Aristóteles*, existem mais similaridades com *Beowulf*, principalmente no aspecto heroico das personagens, em especial Alexandre, o Grande:

> "E, realmente, meus guerreiros e toda a minha tropa ganharam tantas riquezas, que com dificuldade podiam trazer e carregar com eles o fardo de todo aquele ouro. Suas armas também não eram um fardo pequeno, porque eu havia ordenado que todas as armas de meus guerreiros e toda a minha tropa e exército usassem armaduras de ouro. E toda a minha tropa se parecia com estrelas ou relâmpagos devido à quantidade de ouro. Brilhavam e reluziam à minha frente e ao meu redor em glória, e eles levavam à minha frente bandeiras de guerra e estandartes. E tão grandiosa era a visão e o espetáculo daquela minha tropa, que o esplendor estava além de todos os outros poderosos reis que existiam no mundo. Quando eu mesmo vislumbrei e vi minha prosperidade e minha glória e o sucesso de minha juventude e a prosperidade de minha vida, eu estava de certa forma realizado com prazer em meu coração" (*Carta de Alexandre a Aristóteles*, seção 11).

Este trecho da *Carta de Alexandre* ressalta as imagens da tropa, da exaltação da figura heroica como governante ímpar, das riquezas entregues aos seus soldados. Imagens idênticas aparecem em *Beowulf* desde o começo. Em vez de Alexandre e seu exército, temos o jovem e poderoso herói da tribo dos geatas e seu bando de guerreiros que retornam para a corte do rei Hygelac cheios de tesouros, presentes do rei Hrothgar, após a morte do monstro Grendel e sua mãe.

Outra similaridade entre a *Carta de Alexandre* e *Beowulf* é o trecho em que Alexandre e seus homens, ao tentarem atravessar um rio para chegarem até certo vilarejo, são atacados por "monstros da água":

> "Então, ordenei a duzentos de meus guerreiros do exército grego que se armassem com armas leves e atravessassem até a vila nadando, e eles nadaram através do rio até a ilha. E, quando eles haviam nadado até aproximadamente um quarto do rio, algo terrível lhes aconteceu. Lá, surgiu uma multidão de monstros da água, maiores e mais terríveis na aparência do que ele-

fantes, que tragaram os homens em meio às ondas para o fundo do rio, e os despedaçaram com sanguinolência em suas bocas, e dilaceraram todos de modo que nenhum de nós sabia onde eles haviam ido parar. Eu, então, me enfureci com meus guias, que nos haviam levado para tal perigo. Eu ordenei que 150 deles fossem empurrados para o rio, e, assim que eles estavam na água, os monstros da água estavam prontos, e os tragaram da mesma maneira como haviam feito com os outros, e os monstros da água se agitaram no rio, tão numerosos como formigas, eles eram inúmeros. Então, eu ordenei que fosse tocada a trombeta, e o exército foi embora" (*Carta de Alexandre a Aristóteles*, seção 15).

Em *Beowulf*, a imagem de monstros das profundezas capturando pessoas ocorre por duas vezes. A primeira, quando o herói descreve seus feitos enquanto disputava com Breca uma competição de natação (*Beowulf*, vv. 549-58). E a segunda, quando Beowulf mergulha no lago onde vivem Grendel e sua mãe (*Beowulf*, vv. 1501-12).

As semelhanças com a *Carta de Alexandre* podem ser ainda mais claras quando o exército de Alexandre chega a um local onde se encontra um "lago muito grande", infestado por serpentes e répteis de toda espécie e onde, mais tarde, eles acabam por se defrontar com uma criatura que habita os pântanos, que remete diretamente à descrição de Grendel e seu covil em *Beowulf* (vv. 102-4, 1408-30):

"Então, veio de lá, de repente, uma fera dos alagadiços e dos charcos" (*Carta de Alexandre a Aristóteles*, seção 15).

O tema e as imagens são muito parecidos, como se vê também nos outros textos do manuscrito: os confrontos de São Cristóvão contra o Mal (embate que não ocorre de forma espiritual, mas física, semelhante a Beowulf contra o dragão) e de Judite contra Holofernes, retratado no poema como um gigante monstruoso que morre decapitado pela heroína (semelhante a *Beowulf*, vv. 1588-90). Desta forma, podemos dizer que, de fato, o *manuscrito de Beowulf* seria um "livro de monstros".

As origens do poema e as críticas a respeito

O poema *Beowulf* é uma grande quimera. Ele possui elementos de várias origens, é cronologicamente impreciso, sua estrutura possui variações linguísticas de diversas partes da Inglaterra, e estão presentes influências pagãs e cristãs. Em função disso, dentro dos estudos sobre o período da Inglaterra anglo-saxônica, sem dúvida alguma *Beowulf* é um dos textos mais estudados, em relação tanto a seu aspecto histórico quanto a seu aspecto literário.

Infelizmente, pode-se dizer que muitos dos problemas e das discussões em torno do poema são, na verdade, criações dos próprios estudiosos, que procuram por certa característica ou analogia preconcebida por eles mesmos e culpam o texto e seu autor por obscurecê-las se falham ao encontrá-las.[21]

Ao iniciar um estudo sobre *Beowulf*, há quatro elementos aos quais é costume atentar: origem, público, datação e autoria. Poderíamos citar ainda um quinto elemento, que, de certa forma, acaba por englobar os demais: o gênero narrativo. Dentre eles, a discussão acerca da autoria é a mais árida, uma vez que não há como saber com certeza quem foi o responsável pela obra: até o presente, não há elementos suficientes que sustentem qualquer tipo de teoria. Portanto, há muitos estudiosos do período anglo-saxão, a exemplo de estudiosos da Bíblia, que tendem a não se preocupar em demasia com a autoria de *Beowulf*. Em contrapartida, através da leitura do poema podemos identificar certos pontos importantes que podem nos auxiliar a pensar sobre seu local de origem e datação.

Como vimos, uma das ideias iniciais sobre *Beowulf* é a de que o poema descenderia de uma tradição germânica pré-cristã e que teria passado por uma adaptação, recebendo assim uma máscara de cristianismo. Um dos principais argumentos para isso seria o fato de que, ao longo da narrativa, a presença da fé cristã é muito sutil. Não é citada a figura de Cristo, nem há menção a qualquer outro elemento cristão, a não ser Deus. Contudo, numa observação mais cautelosa, pode-se perceber que *Beowulf* é muito mais que simplesmente uma narrativa pagã reaproveitada pelo cristianismo, pois a presença de elementos cristãos é uma parte fundamental do poema.

---

[21] Dorothy Whitelock, *op. cit.*, p. 67.

A busca por uma versão pagã anterior ao poema atual se demonstra infrutífera, pois não há provas que assegurem sua existência. A não ser por indícios que remetem à tradição oral, o que temos é apenas o manuscrito do *Cotton Vitellius A. XV*, e nele os elementos cristãos permeiam o texto, são intrínsecos a ele, provavelmente fruto de um autor consciente de seu trabalho.[22] Podemos dizer, então, que o público de *Beowulf* era cristão, pois os termos e as referências bíblicas são breves e pouco esclarecedoras para aqueles que não tivessem conhecimento da doutrina cristã. Passagens do poema sobre a Criação (vv. 89-98) e o Dilúvio (vv. 1687-92), por exemplo, ficariam sem sentido na obra. E a existência de imagens do Velho Testamento reforça essa ideia.

Nos tempos anglo-saxônicos, uma plateia que tivesse conhecimento do Velho Testamento podia ser considerada conhecedora da fé cristã como um todo.[23] Durante a conversão, primeiramente eram ensinados os Evangelhos, a redenção do mundo através da Paixão de Cristo, a Sagrada Trindade, e só mais tarde se falava do Velho Testamento. O uso de passagens do Velho Testamento é um indicativo de que os ouvintes de *Beowulf* já teriam conhecimento, mesmo que superficial, de toda a doutrina cristã ou, ao menos, do essencial. Assim, ao relatar a linhagem amaldiçoada de Grendel como fruto do pecado de Caim, fica clara sua importância para o público ouvinte/leitor.

Mesmo passagens que a princípio estariam relacionadas claramente ao imaginário germânico podem, na verdade, ocultar um significado muito mais profundo. Por exemplo, o combate final entre o herói Beowulf e Wiglaf contra o dragão — fonte inspiradora de Tolkien para o seu dragão em *O Hobbit* — por muitas vezes foi comparado ao combate do herói Sigurd contra Fafnir na *Saga dos Volsungos*. Um paralelo natural, uma vez que o episódio é narrado em *Beowulf*, versos 884-92.[24]

Não haveria, portanto, grandes dúvidas quanto ao paralelo. Entretanto, o dragão de *Beowulf* possui uma característica por demais pecu-

---

[22] Ideia defendida por J. R. R. Tolkien (*op. cit.*) e Dorothy Whitelock (*op. cit.*, pp. 3-4), além de outros pesquisadores mais recentes; ver Robert E. Bjork e Anita Obermeier, "Date, Provenance, Author, Audience", *in* Bjork e Niles (orgs.), *op. cit.*, pp. 31-3.

[23] Dorothy Whitelock, *op. cit.*, p. 7.

[24] Apenas com a diferença de que no poema o matador do dragão é Sigemund, pai de Sigurd.

liar: ele é o único "dragão voador" dentre as fontes norte-europeias da Alta Idade Média. Não por acaso, essa imagem é um dos modelos característicos de representação do Demônio na tradição cristã, inspirada, por exemplo, em passagens como a seguinte, do Apocalipse (12, 7-9):

> "Houve então uma batalha no céu: Miguel e seus anjos guerrearam contra o Dragão. O Dragão batalhou, com seus anjos, mas foi derrotado, e não se encontrou mais um lugar para eles no céu. Foi expulso o grande Dragão, a antiga serpente, o chamado Diabo e Satanás, sedutor de toda a terra habitada; foi expulso para a terra, e seus anjos foram expulsos."

Podemos apenas conjecturar a forma pela qual uma população de origem germânica, na Alta Idade Média, interpretaria as palavras da Bíblia: imaginaria de fato um dragão, um monstro antigo, habitante de um covil subterrâneo, como é o caso do dragão voador de *Beowulf*?

Além do elemento cristão, outra questão importante é o fato de que, claramente, *Beowulf* é uma obra de cunho aristocrático — com personagens de uma aristocracia guerreira de ideais heroicos —, direcionada para uma plateia do mesmo âmbito social. A mescla de temas bíblicos e de temas do cotidiano dos povos retratados integra sua sociedade e seu passado dentro de uma História Sagrada cristã, fenômeno presente em outras obras do mesmo período inglês e que, obviamente, não é exclusivo da Inglaterra anglo-saxônica. Ocorre ali uma adaptação de temas bíblicos ao cotidiano e à sociedade desses povos:

> "Num fragmento de uma peça pascal francesa de começos do século XIII [...] em que o tema tratado é o das cenas entre José de Arimateia e o cego Longino, curado pelo sangue de Cristo, os soldados de Pilatos são chamados *chivalers* ou apostrofados de *vaissal*, e todo o tom da conversa entre as personagens, por exemplo, entre Pilatos e José, ou entre José e Nicodemo é, de uma maneira totalmente evidente e emocionante, o tom da conversa da França do século XIII."[25]

---

[25] Erich Auerbach, *Mimesis*, São Paulo, Perspectiva, 2004, p. 140.

Com uma ideia mais clara de seu público-alvo, é possível dizer que uma obra como *Beowulf* desempenhava um papel muito mais importante, dentro de uma sociedade cristã como a da Inglaterra anglo-saxônica, que o do simples entretenimento. Contudo, qual seria esse papel?

Graças a estudos diretamente ligados à corrente "tolkieniana", atualmente já se tornou costumeiro pensar em *Beowulf* como um dos grandes expoentes artísticos do período anglo-saxônico. As abordagens filológicas e estruturalistas, a análise de elementos oriundos da patrística e de padrões oriundos da composição oral sem sombra de dúvida expandiram significativamente as fronteiras do conhecimento sobre o poema. Entretanto, paradoxalmente, o sucesso dessas mesmas abordagens, ao longo dos anos, acabou por limitar nossa compreensão de *Beowulf* a uma ação poética modelada por um ambiente social. Isso não significa que tais abordagens não devam fazer parte de nossa compreensão da obra. Não podemos, no entanto, nos limitar a elas. Não devemos analisar o poema partindo exclusivamente do pressuposto de que ele é uma obra de arte, mas devemos buscar uma nova abordagem que trate *Beowulf* de forma mais ontológica que estética. Isso significa lidar com o poema como um ato literário com antecedentes e consequências culturais, não limitado a sua forma escrita. Nesse ponto, nos deparamos com outro problema metodológico: valorizarmos excessivamente a palavra escrita em relação à oralidade. Pois, se tentarmos compreender um texto como *Beowulf* apenas pelo viés do documento escrito, estaremos comprometendo nosso entendimento holístico da obra, como um conjunto de símbolos e sentimentos atuantes dentro de uma sociedade,[26] e, consequentemente, a função da obra dentro dessa sociedade. Seguindo a definição de John D. Niles, poderíamos chamar essa função de "discurso ritualizado". Por "discurso", devemos entender uma associação de significados, ao lidar com determinado tema, que permite abordagens sobre ele enquanto se estabelece um conjunto de relações entre um corpo de informações e um conjunto de normas comportamentais e práticas institucionais. E, por "ritualizado", aplicado a mitos, poemas heroicos etc., estaríamos falando de um estilo elevado de linguagem, voltado principalmente para apresentações em público, dentro de um ambiente ou ocasião especial, que se

---

[26] John D. Niles, *op. cit.*, pp. 127-8.

associa à estética, à ética e à ideologia do rito, e também ao status e poder daqueles que tomam parte do ato.[27]

Assim, o "discurso ritualizado" pode ser entendido como um tipo de narrativa oral cerimonial, com um linguajar característico, que claramente difere do coloquial. Nesse sentido, a forma de expressão oral do mito e da poesia heroica — da mesma forma que ocorre em orações e em fórmulas de práticas mágicas do mesmo período — é linguisticamente singular, de ritmo específico, com dicção "arcaica", com uso de paralelismo retórico, antíteses, pleonasmos, redundâncias, digressões e uma impostação de voz especial. Tais narrativas orais constituiriam uma forma de interação social que combinaria o prazer da reunião do público ouvinte com a articulação de crenças, valores e memórias coletivas, que seriam de suma importância para o grupo: tinham o intuito de evocar elementos de um passado que fosse detentor de estruturas mentais e sentimentos articulados com o presente do grupo social, reforçando uma continuidade com esse passado e a legitimação da identidade do grupo.[28]

Retornando à questão do papel que o poema desempenharia, podemos primeiramente dizer qual *não* seria esse papel. Diferentemente de concepções anteriores, *Beowulf* não seria o reflexo político e ideológico de um grupo em particular, vivendo em um local e momento específico da Inglaterra anglo-saxônica, ou uma "janela para o passado", que nos permitiria vislumbrar o que seria a realidade das instituições sociais germânicas, nem um relato pseudo-histórico, ou simplesmente uma lenda heroica pagã reabilitada pelo cristianismo.

Em vez disso, *Beowulf*, como nós o conhecemos, pode ser visto como um exemplo de "discurso ritualizado", parte de um longo processo de construção identitária que teria atingido seu clímax durante a formação do reino inglês no século X. Reflete as grandes necessidades coletivas de uma sociedade complexa, que vinha passando por mudanças que culminaram em um momento de grandes transformações. Como exemplo mais claro disso, temos o próprio manuscrito de *Beowulf*. Em sua forma escrita, o texto data de por volta do ano mil; trata-se de uma cópia de uma versão prévia, que certamente não é anterior ao início do século X. Nesse período, os anglo-saxões já haviam sido cristianizados há quase

---

[27] *Idem*, pp. 120-1.

[28] *Idem*, p. 122.

quatrocentos anos, sendo, inclusive, uma cultura cristã desenvolvida o bastante para produzir nomes como Beda, o Venerável, Alcuíno de York, Ælfric de Eynsham, e responsável por missões no continente europeu e pela criação de centros religiosos. Atrelada a isso, uma cultura literária escrita em língua vernácula também já existia por quase o mesmo período de tempo.

Contudo, é importante frisar que a existência de uma cultura letrada de forma alguma acabou com a existência de uma cultura oral. Durante o período da composição escrita de *Beowulf*, a palavra escrita e a oralidade coexistiam, inclusive nos círculos aristocráticos e da realeza anglo-saxônica, através daquilo que pesquisadores como David Pratt chamam de "teatro da corte".[29] Textos legislativos, normativos e outros que fossem ligados à figura régia se enquadravam, com as devidas ressalvas, como exemplos de "discursos ritualizados" visando à manifestação e legitimação da autoridade do governante. Além, claro, do uso da poesia em inglês antigo como veículo da doutrina cristã e da reinvenção de seu passado germânico. Logo, devemos entender a Inglaterra anglo-saxônica como detentora de uma cultura letrada e ao mesmo tempo oral, em que *Beowulf* não seria *apenas* uma obra escrita, mas seria *também* uma obra escrita.

Sendo assim, interpretar *Beowulf* como um exemplo de "discurso ritualizado", voltado principalmente a uma aristocracia de origem germânica, e como parte de um processo amplo de construção da identidade social, nos auxilia a melhor analisar as possibilidades de sua origem e datação.

A origem da narrativa, por mais incerta que ela ainda seja, pode ser fixada entre os séculos VII e VIII, durante o período de surgimento e consolidação dos primeiros reinos anglo-saxônicos. Seguindo essa hipótese, com a formação de tais reinos e de uma aristocracia guerreira viria também o impulso por origens que justificassem seu presente, suas ideologias, estruturas de poder e costumes. E a matéria-prima perfeita para isso seriam as histórias relacionadas ao período de seus ancestrais, durante o período migratório para a ilha da Bretanha nos séculos V e VI. Histórias e lendas que na Inglaterra poderiam ser reimaginadas, recriadas, atenden-

---

[29] David Pratt, *The Political Thought of King Alfred the Great*, Cambridge, Cambridge University Press, 2007.

do a seus propósitos como um contraponto legitimador de sua própria época, como parte de um real processo de etnogênese. E uma das melhores maneiras de obter essa legitimação era através da poesia heroica, que poderia facilmente ser acessível não apenas ao círculo aristocrático.

Outro fator que reforça esse ímpeto por um passado legitimador é a cristianização. Podemos dizer que o processo de cristianização na Inglaterra foi *sui generis* se compararmos, por exemplo, com o que ocorreu entre os saxões continentais. Diferentemente de seus "primos", a cristianização dos anglo-saxões se deu, em geral, de forma pacífica e relativamente rápida. Uma das razões para isso recai na influência política que a conversão poderia proporcionar aos líderes anglo-saxões; além disso, ao fazer parte da cristandade, eles ingressariam numa estrutura muito mais abrangente de poder e passado histórico que a dos mitos de seus ancestrais. Era agora possível reinterpretar seu passado e torná-lo não mais restrito ao mundo germânico, mas parte de algo maior, que envolvesse, por exemplo, o Império Romano, o mundo do Velho Testamento e os demais povos do mundo cristão, dentro de uma mesma narrativa de "História Sagrada", de uma "História de Salvação", conceito de suma importância para a hermenêutica cristã.

Essa ideia de construção de um passado que mescla elementos germânicos, romanos e bíblicos pode ser encontrada em uma das obras mais importantes da Inglaterra anglo-saxônica, a *Historia Ecclesiastica Gentis Anglorum* do Venerável Beda, dos séculos VII-VIII, e mais tarde, de forma ideológica e politicamente articulada, nos textos oriundos das reformas sociopolíticas do rei Alfred, o Grande, nos séculos IX e X.

Sendo assim, *Beowulf* seria fruto de uma elaboração que remonta aos primeiros reis anglo-saxões dos séculos VII e VIII e que se estende até os séculos IX e X, quando é registrado por escrito e toma a forma que conhecemos. Logo, falarmos de origem da composição ou de datação nos moldes por meio dos quais os antigos pesquisadores de *Beowulf* pensavam — com um local e momento específico de concepção do poema "original" — não faz sentido dentro dos novos parâmetros de abordagem, uma vez que sua narrativa estaria em processo constante de composição. Por outro lado, pensarmos em origem e datação a partir da evidência material existente do manuscrito *Cotton Vitellius A. XV* pode ser muito mais frutífero, pois a Inglaterra dos séculos IX e X passava por um processo de amálgama cultural após as ondas invasoras escandinavas, e uma obra como *Beowulf* dificilmente ficaria intacta em tal momento.

Beowulf, então, como o conhecemos, registrado de forma escrita, também pode ser visto — além de um símbolo da cristalização de um longo processo criativo — como um indício dessa mescla entre anglo-saxões e escandinavos, alicerces desse novo reino da Inglaterra que surgia na primeira metade do século X. Um reino composto por uma aristocracia "anglo-danesa", que compreenderia a história da linhagem dos scyldingas em *Beowulf* e poderia reconhecê-la na genealogia de seu rei, tornando-a parte de um mito das origens. Assim, o texto que se encontra no *manuscrito de Beowulf* poderia servir aos propósitos dessa nova sociedade como fonte de um passado mítico comum a todos os seus habitantes.

Desta forma, podemos interpretar o poema como uma reelaboração mítico-histórica de um passado germânico, por parte de um autor e de uma plateia que estariam tão distantes dele quanto um escritor moderno está dos tempos de Camões e Shakespeare. Podemos olhar para a elaboração de *Beowulf* como um grande ato de imaginação histórica. Por meio de atos como esse, a população da Inglaterra anglo-saxônica recriava sua própria identidade espiritual, como se refletida em um espelho distante.[30] Uma representação única, inspirada no passado germânico do início da Idade Média. E, como *Os contos de Canterbury*, redigidos por Chaucer no final do século XIV, ele seria retrospectivo e abrangente, sintetizando um período literário e cultural de forma singular e inovadora.

As traduções de *Beowulf*

Desde sua descoberta, *Beowulf* tem atraído a atenção de diversos pesquisadores e tradutores. A história dessas traduções para o inglês moderno e para outros idiomas reflete não apenas o desenvolvimento dos estudos linguísticos e históricos em torno da obra, mas também as mudanças de atitude dos pesquisadores ao encararem o poema, o que se evidencia pela terminologia empregada e pelo estilo das traduções.

As primeiras traduções de *Beowulf* foram realizadas por Humfrey Wanley em 1705 (que traduziu não mais do que alguns versos), na Inglaterra, e por Grímur Jónsson Thorkelin em 1815, na Dinamarca. Thorke-

---

[30] John D. Niles, "Pagan Survival and Popular Belief", *in* Malcolm Godden e Michael Lapidge (orgs.), *The Cambridge Companion to Old English Literature*, Cambridge, Cambridge University Press, 1994, p. 137.

lin foi o primeiro a traduzir todo o poema para outro idioma: o latim. Apesar de seu pioneirismo nas traduções do poema, o resultado final foi extremamente insatisfatório. Thorkelin não tinha grandes conhecimentos do inglês antigo e não compreendeu a narrativa da obra claramente, o que o levou a considerações errôneas de tradução sobre a trama do poema. Sua tradução traz a seguinte narrativa: os jutos e os frísios, unidos sob a liderança de Grendel, decidem investir contra os scyldingas do rei Hrothgar. Beowulf vai até a corte de Hrothgar para ajudá-lo e enfrenta Grendel por três vezes, ferindo-o na segunda vez e matando-o na terceira (quando são relatadas as histórias de Sigemund e Heremod). Mas Grendel retorna à vida e ataca novamente, sendo auxiliado por sua mãe numa batalha naval, quando Beowulf o derrota mais uma vez. Beowulf, então, volta para a sua terra natal cheio de tesouros, torna-se rei por cinquenta anos e, em sua velhice, enfrenta e derrota o dragão.

Após Thorkelin, a segunda tradução de maior importância foi realizada por N. F. S. Grundtvig em 1820, também na Dinamarca, sob o título *Bjovulfs Drape: Et Gothisk Helte-Digt fra forrige Aartusinde af Angelsaxisk paa Danske Rim*;[31] mais tarde, em 1841, ele alterou o título para *Bjovulfs Drape eller det Oldnordiske Heltedigt*,[32] reafirmando assim suas convicções sobre as supostas "verdadeiras origens" do poema. Apesar de reconhecer as falhas da edição e tradução de Thorkelin, Grundtvig era um admirador dela. Ainda assim, decidiu realizar sua própria tradução. Para que pudesse ter um maior entendimento e precisão sobre o conteúdo do poema, ele estudou inglês antigo e, supostamente, memorizou o texto inteiro. Isso teria lhe dado uma visão muito mais completa da narrativa, do contexto do poema e dos elementos que teriam faltado no trabalho de Thorkelin. Por estar familiarizado com a antiguidade, com a história dinamarquesa e o folclore germânico, Grundtvig foi capaz de corrigir vários equívocos de Thorkelin. Ele identificou diversos nomes próprios que Thorkelin não tinha identificado. Mesmo sem ter contato com o manuscrito, pôde deduzir trechos perdidos do poema e identificar a figura do rei Hygelac com a do histórico Chochilaicus, que

---

[31] "O poema de Beowulf: um poema heroico gótico do milênio passado traduzido do anglo-saxão para versos dinamarqueses."

[32] "O poema de Beowulf ou o antigo poema heroico nórdico."

teria atacado a região da Frísia no começo do século VI, ligando-o, assim, à narrativa de *Beowulf*.

Apesar de ser, em vários aspectos, superior à tradução de Thorkelin, o trabalho de Grundtvig não agradou aos pesquisadores da época. Naquele momento, os interessados em *Beowulf* desejavam ter um contato literal, direto, com o conteúdo do poema, diferentemente do que aquela nova tradução lhes oferecia. Grundtvig traduziu o poema para o dinamarquês (a primeira tradução de *Beowulf* para um idioma moderno) e classificou o poema como uma história a ser oferecida aos jovens, como um exemplo do passado de seu país. Considerava *Beowulf* uma obra com grande e belo potencial artístico, mas mal executada como um todo. Segundo ele, comparado às obras de Homero, este seria um poema heroico simplório, até mesmo infantil. Desta forma, alguns estudiosos veem a edição de Grundtvig mais como uma paráfrase do que como uma tradução, uma vez que ela seria uma tentativa de retificar as supostas falhas e imperfeições do poema original (segundo seu ponto de vista neoclássico), adaptando-o a uma forma mais adequada a sua época e a seus propósitos pessoais nacionalistas.

Em 1820, além da de Grundtvig, outra tradução também estava sendo elaborada, mas não na Dinamarca. Tratava-se da tradução de Sharon Turner para o inglês moderno. Embora tivesse realizado a tradução de alguns trechos do poema em 1805, Turner não compreendia o poema suficientemente. Para sua obra de 1820, os erros e a falta de precisão sobre a narrativa continuaram. Um de seus erros mais notórios foi ter interpretado o combate de Beowulf contra Grendel como sendo Hrothgar cometendo um assassinato.

Independentemente das traduções de Grundtvig e Turner, no mesmo ano de 1820 um terceiro trabalho era concluído, que no entanto só seria publicado em 1826. Tratava-se da tradução, também para o inglês, de John Josias Conybeare, que já em 1814 havia publicado uma tradução da *Batalha de Finnsburh* em latim (com uma paráfrase em inglês). Ele manteve alguns dos erros de Thorkelin e produziu uma tradução carregada de um linguajar poético semelhante ao *Paraíso perdido* de Milton. Ao contrário de Grundtvig, que via o poema simplesmente como uma bela obra artística, Conybeare encarava-o como um documento histórico que retratava a antiguidade dos povos germânicos.

A visão de *Beowulf* como mera obra artística primitiva ou como documento histórico da antiguidade do norte europeu só começaria a mudar a partir de John Mitchell Kemble, que, em 1833, publicou uma edição do poema, revisada e atualizada em 1835, seguida, em 1837, de uma tradução em prosa. Sem qualquer outra pretensão além de tornar o poema mais acessível ao público em geral, Kemble traduziu o poema em prosa para o inglês, de forma tão literal quanto lhe foi possível, mas mantendo-o compreensível; acrescentou um glossário que fosse útil como elo com o original, uma forma de os leitores poderem interpretar o poema por si mesmos. A tradução de Kemble fez o interesse por *Beowulf* crescer, possibilitou melhores condições para trabalhar com o poema e tornou-o acessível àqueles que não eram especialistas na obra e não conheciam o inglês antigo.

Desde Thorkelin, *Beowulf* foi chamado de "épico" e comparado a obras da antiguidade clássica, como a *Odisseia* e a *Eneida*. Após a tradução de Kemble, surgiu a tendência de ver *Beowulf* como um épico desvinculado da tradição mediterrânea e até mesmo da cristã. Um épico da cultura germânica. Para tanto, em 1839 e 1840, surgem as duas primeiras traduções de *Beowulf* para um idioma moderno que não o inglês ou uma língua escandinava: o alemão. Em 1839, Heinrich Leo afirmava que o texto era na verdade alemão, como se pode ver no título de sua tradução: *Bëówulf, das älteste Deutsche, in angelsächsischer Mundart erhaltene, Heldengedicht*.[33] Porém, foi a tradução de Ludwig Ettmüller, de 1840 — *Beowulf: Heldengedicht des achten Jahrhunderts* —,[34] que se revelou a de maior relevância desde a de Kemble, na qual ele se baseou. Para sua edição do poema, Ettmüller tentou separar as supostas camadas do poema. Uma camada mais antiga ("original") e uma mais tardia ("cristã"). Em 1875, ele publicou uma nova edição, na qual são omitidas as passagens que ele acreditava serem interpolações de um autor cristão. Ettmüller buscava o "texto original", e para isso ele ofereceu a tradução mais fiel possível, com versos que tentavam imitar a métrica aliterativa original. Sua tradução costuma ser criticada por utilizar palavras estranhas, muitas vezes as próprias palavras originais em inglês antigo (seguidas de notas explicativas). Apesar disso, Ettmüller foi um dos primeiros a elaborar a hipótese de múltiplos autores da obra, e trazer o poema pa-

---

[33] "Beowulf, o mais antigo poema heroico alemão, composto no dialeto anglo-saxão."

[34] "Beowulf: poema heroico do século VIII."

ra a esfera dos pesquisadores alemães, responsáveis por uma parte considerável dos estudos sobre *Beowulf* até o final daquele século.

Além de Ettmüller, em 1855, Benjamin Thorpe realizou uma nova tradução para o inglês, mas cheia de erros e sem grande impacto entre os pesquisadores do poema. Em 1857, C. W. M. Grein traduziu os versos de *Beowulf* linha por linha, realizando assim a primeira tradução do poema para o alemão diretamente do inglês antigo. Sua tradução foi publicada novamente em 1863 e mais uma vez em 1883, revisada por Richard Paul Wülker. Alguns anos depois, em 1859, Karl Simrock (que já havia traduzido a *Nibelungenlied*) produziu a terceira tradução de *Beowulf* em alemão. E, em 1863 (com reedição em 1898), Moritz Heyne realizou a quarta versão do poema, em versos livres. Assim, a partir do final do século XIX, surgiu uma tradição de traduções confiáveis de *Beowulf* em alemão.

Se os alemães se voltavam cada vez mais para o poema em novas traduções, na Inglaterra as coisas não eram muito diferentes. Em 1857, John Earle publicou uma versão de *Beowulf* intitulada *A Primitive Old Epic*, na revista *Household Words*, de Charles Dickens. Seria apenas em 1892 que publicaria oficialmente sua tradução, utilizando um linguajar arcaico, na tentativa de dar um aspecto heroico ao poema. Mas foi a tradução de William Morris e A. J. Wyatt que mais se utilizou de um linguajar formal e arcaico para o poema. Wyatt era o acadêmico, e Morris, o poeta (conhecido por ter traduzido obras como a *Eneida* e a *Nibelungenlied*). Wyatt havia feito uma versão em prosa do poema, e em 1895 William Morris realizou sua tradução em versos, com base nela.

Além daquelas para o inglês moderno e para o alemão, novas traduções começaram a surgir no final do século XIX para outros idiomas. Em francês, no ano de 1877, Léon Botkine realizou a tradução parcial de *Beowulf*. Hubert Pierquin, em 1912, fez uma tradução completa em prosa e publicou-a lado a lado com o texto original; em 1991, André Crépin publicou uma edição em verso.

Na Itália, Giuseppe Pecchio publicou uma versão parcial do poema em 1833, seguindo a tradução de Sharon Turner de 1820. Mas foi apenas em 1882 que uma tradução completa e mais precisa foi publicada por Giuseppe Schumann. Esta edição foi logo seguida pela de Giusto Grion, em 1883. Entretanto, foi apenas em 1934, com a tradução literal em prosa de Federico Olivero, que *Beowulf* se tornou mais popular entre o público italiano.

A primeira tradução do poema para o sueco foi realizada em 1889, por Rudolf Wickberg, em versos, evitando imitar a aliteração do texto original e visando à composição de uma versão de fácil leitura e moderna. Em 1954, Björn Collinder publicou uma nova tradução de maior qualidade; em 1958, o arqueólogo Sune Lindqvist excluiu, em sua versão, todas as passagens que considerava de caráter cristão, e publicou o restante na forma de uma crônica.

Na Holanda, a primeira tradução de *Beowulf* é de 1896, feita por L. Simons; uma segunda viria em 1930, e uma terceira em 1977 por Jan Jonk. Na Noruega, a primeira tradução foi em 1921, por Henrik Rytter. Na Finlândia em 1927, por R. Dillström. A primeira tradução no Japão foi feita por Fumio Kuriyagawa, em prosa, em 1931. Na Rússia, a primeira tradução foi realizada por Boris Iarkho, em 1934, e uma segunda, mais completa, em 1975, por V. Tikhomirova. Na Bulgária, os primeiros trechos de *Beowulf* foram traduzidos em 1937, por R. Rusev. Em 1966, Anna Przedpelska-Trzeciakowska fez na Polônia uma versão para crianças, baseada na tradução em inglês de Rosemary Sutcliff, de 1961. Em 1964, Y. Magdi Wahba traduziu, no Egito, o poema para o árabe. A primeira tradução para o islandês é de 1983, por Halldóra B. Björnsson, e na Hungria a primeira tradução só surgiria em 1994, por Szegö György.

Na Espanha, uma tradução voltada para crianças foi publicada em 1934, por Manuel Vallvé. Mas a primeira tradução direta de passagens do poema foi feita por Maria Manent em 1947; já a primeira tradução completa, em prosa, foi realizada em 1959 (republicada em 1962), por Orestes Vera Pérez.

Em língua portuguesa, a primeira versão da narrativa de *Beowulf* apareceu no Brasil em 1955, numa revista em quadrinhos. Essa versão foi originalmente escrita em italiano, por Enrico Basari, para uma revista em quadrinhos, em 1941, e em 1955 a história surgiu, traduzida anonimamente para o português, sob o título *O monstro de Caim*. Dentre todas as versões já produzidas com base no poema (livros, filmes, quadrinhos etc.) está é a mais "criativa" de todas.[35]

---

[35] A reconstrução da história pode ter sido concebida sob a influência da tradução de Sharon Turner e de Giuseppe Pecchio e é extremamente distorcida em relação ao poema original. Por exemplo, a história começa com o pagão "Rogar" (Hrothgar) assassinando seu bom irmão cristão "Etheow" (Ecgtheow) numa disputa por terras, incentivada pelo maligno espírito Grendel; Beowulf, como filho do rei morto, é então obrigado a

Apesar de esta ter sido a primeira vez em que a história de *Beowulf* apareceu em língua portuguesa, foi só em 1992 que surgiu, no Brasil, sua primeira tradução de fato, realizada por Ary González Galvão. Esta tem o mérito de ser a primeira tradução completa do poema para o português; entretanto, apresenta problemas. Galvão optou por uma tradução em versos livres, tentando por vezes imitar a aliteração do poema original (nem sempre com sucesso) e lembrando em certa medida as primeiras traduções do século XIX. Além disso, por vezes ele utiliza termos anacrônicos que não condizem em nada com o contexto e com o cenário do poema, lembrando muito mais as gestas de cavalaria dos séculos XII-XIII do que o mundo norte-europeu dos séculos VI-X. Entretanto, o maior problema da obra de Galvão se refere aos versos do poema. Enquanto o texto original do *manuscrito de Beowulf* possui 3182 versos, a tradução de Galvão termina com 3129 versos, sem maiores explicações sobre os 53 versos faltantes, fato que, numa leitura mais atenta, pode ser explicado pela omissão de partes da narrativa original ao longo da tradução.

A segunda tradução de *Beowulf* em língua portuguesa — e a primeira integral — ocorreu em 2007, realizada dessa vez por Erick Ramalho.[36] A obra de Erick Ramalho é inegavelmente superior à de Galvão. Contudo, é necessário ressaltar que o autor claramente optou por priorizar, na tradução, os aspectos estéticos do poema, em detrimento de seus aspectos semânticos, fato que fica claro logo na introdução, que revela sua intenção de dar ao texto em língua portuguesa um ar altivo, ao verter o

---

servir Rogar para pagá-lo pelos ritos fúnebres realizados. Temendo que Beowulf usurpe seu trono, Rogar envia-lhe uma mensagem em runas, dizendo-o para matar Grendel. Grendel intercepta a mensagem e promete matar Beowulf, mencionando o poder mágico de sua mãe, Frotha. Uma grande batalha envolve os "ringuedanos" ("Ring-Danes", os daneses) contra os "geatos" (os geatas), enquanto Beowulf e Grendel (este, sob a influência da magia protetora de Frotha) confrontam-se a certa distância da batalha. Durante a luta, o sangue cristão de Beowulf espirra sobre o monstro, anulando a magia pagã. Isso possibilita a Beowulf cortar a cabeça de Grendel, e depois levá-la para o rei Rogar. Ao final da história, Rogar se torna um monge penitente e deixa seu reino para Gunnar. A história termina com o moribundo Beowulf carregado aos céus por um coro de anjos e sentado no trono de Thor. Como podemos ver, é óbvia a completa deturpação da narrativa original do poema.

[36] Um fato digno de nota é que, ao menos até o momento da redação final deste texto, todas as traduções do poema em língua portuguesa são de autoria brasileira. Não foi possível localizar nenhuma tradução de *Beowulf* realizada em solo português.

poema anglo-saxônico para versos decassílabos, e valendo-se de um linguajar que lembra muito o estilo lírico de Camões em *Os Lusíadas*, ou ainda as obras shakespearianas. O resultado, ainda que interessante, é bastante peculiar e anacrônico.

Em 2014, tivemos a publicação da tradução realizada por J. R. R. Tolkien, que até então se encontrava inédita.[37] Tradução polêmica e que dividiu opiniões. Para o público em geral, sem sombra de dúvida, a publicação desse novo volume do autor de *O Senhor dos Anéis* é muito mais do que bem-vinda, por ser mais uma joia para o acervo da *memorabilia* tolkieniana. Para os estudiosos da biografia do autor, o *Beowulf* de Tolkien — assim como outros de seus trabalhos — é extremamente importante para a compreensão de seu processo criativo e da forma pela qual as obras do passado norte-europeu serviram como fonte de inspiração para o nascimento de suas obras de ficção. Sendo assim, essa nova publicação torna-se mais uma peça do mosaico que compõe a vida e a obra de seu autor, e, por meio desse enfoque, não apenas esse texto, como outros que fazem parte do *corpus* de Tolkien e que ainda permanecem inéditos, não apenas seriam muito bem recebidos, como deveriam ser publicados o quanto antes. Contudo, para o público acadêmico voltado aos estudos medievais, o livro realmente tem muito pouco a oferecer. Em primeiro lugar, Tolkien concluiu sua tradução de *Beowulf* em 1926,[38] e apenas quase noventa anos depois ela foi publicada. Além disso, apesar de a tradução ter sido concluída, ela nunca foi revisada por Tolkien. E, ao que tudo indica, nunca foi intenção do autor publicá-la. Uma das razões seria o perfeccionismo do autor e sua incapacidade de encontrar uma versão definitiva do texto que lhe agradasse, como ele explica em uma carta ao colega Kenneth Sisam, datada do mesmo ano: "Eu tenho *Beowulf* totalmente traduzido, mas dificilmente está de meu agrado. Eu lhe enviarei uma 'amostra' para sua livre apreciação — apesar de gostos divergirem e, de fato, ser difícil agradar à mente de alguém...".[39] Isso poderia explicar muitas das "imprecisões" e o estilo antiquado, até mesmo pedante,

---

[37] J. R. R. Tolkien, *Beowulf: A Translation and Commentary together with Sellic Spell*, Londres, Harper Collins, 2014 (ed. bras.: *Beowulf: uma tradução comentada, incluindo o conto Sellic Spell*, São Paulo, WMF Martins Fontes, 2015).

[38] Tolkien, que já lecionava na Universidade de Oxford, tinha por volta de 34 anos na época.

[39] J. R. R. Tolkien, *Beowulf: A Translation*, op. cit., p. 2.

que algumas vezes se encontra no texto, muito próximo do estilo das traduções do final do século XIX. E é este o grande e principal problema a respeito do *Beowulf* de Tolkien: trata-se de uma tradução de certa forma inconclusa.

Muitos quiseram traduzir *Beowulf* num estilo que acreditavam ser reconhecido como "heroico". Outros tentaram reproduzir a aliteração e a estética da poesia do texto. Já outros evitaram qualquer tipo de imitação do estilo original da obra e tentaram recriar o poema num idioma moderno, enquanto outros ignoraram completamente o estilo poético e decidiram reconstruir o poema em prosa.

Entretanto, mais importante do que tudo isso é o fato de que, em todas as traduções, sempre estará presente o conflito entre um antigo poema num idioma germânico arcaico, que representa um universo e uma sociedade que remontam a um tempo mítico, e um público moderno. Ao traduzir um texto como *Beowulf*, é uma tarefa quase impossível impedir que o mundo e a época que nos cercam influenciem na tradução, assim como, em contrapartida, também é quase impossível não ser influenciado pelo poema. Desta forma, a tarefa de traduzir uma obra como *Beowulf* poderia ser muito bem resumida através das palavras de Friedrich Nietzsche ao dizer que "aquele que luta contra monstros deve cuidar para que, na luta, não se transforme também em monstro".[40]

Sobre a atual tradução

Em 1940, J. R. R. Tolkien, contribuiu com seu ensaio "On Translating *Beowulf*"[41] para a edição de *Beowulf and the Finnsburh Fragment: A Translation into Modern English Prose*, de John R. Clark Hall, em que ele aborda as principais dificuldades de traduzir o poema para um idioma moderno. Nele, Tolkien ressalta que nenhuma tradução, por melhor que seja, pode substituir a leitura do texto original. Além disso, muitas palavras do poema não existem mais, e seus significados não possuem similares modernos apropriados. Um terceiro fator abordado por Tolkien

---

[40] Friedrich Nietzsche, *Para além do bem e do mal*, São Paulo, Hemus, 2001, p. 89, § 146.

[41] J. R. R. Tolkien, *The Monsters and the Critics and Other Essays*, Londres, Harper Collins, 1997, pp. 49-71.

é a forma escolhida para uma tradução. Segundo ele, o melhor seria a prosa, por ser uma forma que permite ao leitor uma compreensão mais abrangente do poema.

Seguindo esta orientação de Tolkien, foi escolhida a prosa para a atual tradução, acompanhada do texto original em forma poética. A prosa é claramente a forma mais simples e prática para a tradução de um texto como *Beowulf*, devido às particularidades do verso em inglês antigo, das aliterações e demais elementos da escrita poética, e também por facilitar a leitura daquele que toma seu primeiro contato com o texto; ou seja, o conteúdo semântico da obra se impõe sobre sua estética literária, virtualmente irreproduzível em português contemporâneo.

Como outros poemas de sua época, *Beowulf* foi escrito em versos aliterativos. Ao realizar a tradução, não houve intenção de manter essa aliteração presente nos versos originais: enquanto é admirável o esforço daqueles que decidiram traduzir o poema para um idioma moderno e ao mesmo tempo manter a aliteração, também são nítidos, em algumas destas traduções, trechos em que a similaridade sonora de uma ou outra palavra levou os tradutores a utilizarem um vocabulário demasiadamente arcaico ou não condizente com o contexto da obra. Consequentemente, em favor do som de uma palavra, sacrificou-se o sentido poético do universo do poema, descaracterizando-o, como observa, a propósito de um outro poema, Claudio Weber Abramo:

"Afinal, a linguagem serve para comunicar ideias; linguagem não é o mesmo que um ajuntamento de sons, ou um instrumento musical para elaborações rítmico-melódicas [...] Traduzir (poesia ou qualquer outro tipo de texto) conferindo-se predominância a sons e ritmos e subordinando-se a semântica aos caprichos do metro constitui uma desconsideração consciente quanto ao que é mais importante. Decerto traduções métricas podem ser excelentes enquanto poesia, o que não significa necessariamente que sejam boas como traduções."[42]

Como outras obras ao redor do mundo, *Beowulf* existe no universo da imaginação e das idealizações heroicas de uma sociedade, mas tam-

---

[42] Claudio Weber Abramo, *O corvo: gênese, referências e traduções do poema de Edgar Allan Poe*, São Paulo, Hedra, 2011, p. 13.

bém possui uma aura sombria e trágica: funerais, a inevitabilidade do destino, a velhice, a perda de parentes, o campo de batalha cheio de mortos e a ameaça de criaturas malignas devoradoras de homens. *Beowulf* é um grande espetáculo de luz e sombra. E foi esta a principal característica que se buscou ao traduzi-lo.

Houve também a preocupação em evitar anacronismos e uma terminologia não condizente com a ambientação de *Beowulf* e o cenário histórico da época retratada, a Escandinávia dos séculos V-VI e o período da Inglaterra anglo-saxônica. Foram utilizados termos familiares e mais apropriados à época, como "guerreiros" e "heróis" (para as palavras como *þegn* e *hæleð*), "senhor" ou "líder" (para *dryhten*), "forte" ou "fortaleza" (para *burh*) e "tribo", "nação" ou "povo" (para *þeod, leode*), por exemplo.

Outro elemento importante na tradução de *Beowulf* é a presença dos *kennings*. Como dito anteriormente, o poema foi escrito em versos aliterativos. De forma extremamente sucinta, pode-se definir a aliteração da seguinte maneira: em cada linha do poema original, os versos possuem um número indeterminado de sílabas e são divididos em duas partes. A aliteração consiste em um efeito sonoro que ocorre a partir da repetição de palavras com o mesmo fonema, geralmente três em cada linha (duas na primeira parte do verso e uma na segunda, ou vice-versa). Já as vogais formam aliteração entre si, sendo possível a combinação de uma vogal com qualquer outra daquele verso. Nota-se que havia uma preocupação do autor com a sonoridade das palavras, com a finalidade de facilitar a memorização do poema, prática comum na cultura oral. Aqui os versos em itálico sinalizam a aliteração:

>Đa *com* of *more* under *misthleoþum*
>Grendel gongan *godes* yrre bær
>*mynte* se *manscaða* *manna* cynnes
>sumne besyrwan in *sele* þam hean.
>*Wod* under *wolcnum* to þæs þe he *winreced*
>goldsele gumena *gearwost* wisse
>*fættum* fahne.
>
>(*Beowulf*, vv. 710-6)

Apesar dos esforços dos poetas, nem sempre as palavras permitiam uma boa aliteração; por vezes, era até mesmo impossível. Foi necessário que se desenvolvessem técnicas para possibilitar a continuidade da aliteração. A solução foi substituir a palavra problemática por um sinônimo ou por uma expressão que possuísse o som desejado, uma metáfora da palavra original. Assim, nasciam os *kennings*. Na *Edda em prosa*, do islandês Snorri Sturluson, existem dois textos[43] em que são descritos diversos tipos de *kennings* e seus significados originais. Dentre alguns exemplos de *kennings*, temos o *caminho da baleia* (para o mar), *a vela do mundo* (para o sol), *madeira da alegria* (para harpa), *bebedora de sangue* (para espada), *tempestade de espadas* (para batalha), *cavalo do mar* (para barco), *elmo do povo* (para rei). Até mesmo alguns nomes próprios podem ser considerados *kennings*, por representarem características das personagens. Em *Beowulf*, o rei Heremod é um homem aguerrido, violento (*here*: guerra, combate; *mod*: mente, espírito); Freawaru, filha do rei Hrothgar, uma jovem nobre e bem protegida (*frea*: nobre, senhor; *waru*: cuidado, proteção); e Beowulf, um guerreiro extremamente forte (*beo*: abelha; *wulf*: lobo; "o lobo das abelhas", ou seja, o urso).

Evitou-se qualquer tipo de adaptação desses nomes, mantendo-os o mais próximo do original e respeitando as formas mais comumente aceitas no campo de estudos sobre o poema. Nomes como os de *Ecgþeow*, *Hreðel* e *Hroðgar*, foram regularizados para uma grafia moderna: *Ecgtheow*, *Hrethel* e *Hrothgar*. Nomes de povos e tribos foram adaptados para seus correspondentes históricos quando é clara a identificação, como "daneses" para *Dene*, "frísios" para *Fresan* e "francos" para *Francan*; para os demais foi mantida a grafia original em inglês antigo, como "geatas" para *Geatas*, "helmingas" para *Helmingas*, "scyldingas" para *Scyldingas*.

Todo ato de tradução é uma tarefa complexa. Nenhuma tradução, por melhor que seja, estará a salvo de críticas e equívocos. Na atual tradução de *Beowulf*, tentamos atingir um meio-termo: evitamos realizar uma tradução extremamente literal, o que turvaria o sentido do texto, tornando-o confuso e de difícil leitura. Ao mesmo tempo, tentamos mantê-lo o mais próximo possível de seu conteúdo semântico em inglês antigo, evitando adaptações e arcaísmos desnecessários, o que tornaria o texto uma reelaboração, até mesmo uma paráfrase, do texto original, e não uma tradução.

---

[43] O *Skáldskaparmál* e o *Háttatál*; ver Snorri Sturluson, *Edda*, Londres, Everyman's Library, 1998, pp. 59-220.

Beowulf está longe de ser um texto simples de interpretar e, especialmente, de traduzir. Nem por isso a tarefa do tradutor deve ser repudiada em prol de uma exaltação exclusiva e monolítica do texto original. Muito pelo contrário! Traduções, principalmente de textos complexos e de valor histórico — como é o caso em questão —, são de suma importância tanto para o público em geral quanto para o pesquisador e estudioso sobre o tema.

Podemos, por fim, parafrasear as palavras de Santo Agostinho,[44] ao falar sobre o poder da memória, mas aplicando-as a *Beowulf* — ao ato de traduzi-lo e interpretá-lo —, e dizer que o poder de sua narrativa é prodigioso. É vasto, de proporções monumentais. Quem pode de fato explorar suas profundezas? Essa é uma característica do poema. E, sendo parte de sua natureza, dificilmente podemos compreendê-lo em sua totalidade, uma vez que cada leitor o absorve de forma singular, e, a cada nova leitura, novos elementos se revelam, como que surgidos diretamente do meio das brumas e da escuridão onde habitam Grendel, sua mãe e os demais monstros do universo mítico banhado pelo antigo Mar do Norte.

O universo de *Beowulf*

Dentre as dificuldades suscitadas por um texto como *Beowulf*, as principais questões são as referentes aos aspectos linguísticos e aos equívocos que a falta de um conhecimento mais profundo do idioma do poema pode causar. Na introdução da edição de 1925, Chambers fala sobre as armadilhas existentes ao traduzir o texto a partir do inglês antigo, especialmente quando somos enganados pelo conhecimento que temos do idioma moderno.[45] Tais erros, tais armadilhas, em que muitos estudiosos e tradutores incorrem, são provocados muitas vezes pelo desconhecimento do contexto social e histórico, fonte primordial da obra. A com-

---

[44] Santo Agostinho, *Confissões*, livro 10, capítulo 8: "*Magna ista vis est memoriae, magna nimis, deus, penetrale amplum et infinitum: quis ad fundum eius pervenit?*" ("Grande é realmente o poder da memória, prodigiosamente grande, meu Deus! É um santuário amplo e infinito. Quem o pôde sondar até suas profundezas?").

[45] A. J. Wyatt e R. W. Chambers, "*Beowulf and the Finnsburg Fragment*" (Cambridge University Press, 1925, p. XXIV), *in* Mitchell e Robinson, *op. cit.*, p. 183.

preensão, dessa forma, não se realiza unicamente através do conhecimento linguístico do idioma registrado, mas por meio de uma visão holística do poema: "Portanto, os sistemas linguísticos são comparáveis, e as eventuais ambiguidades podem ser resolvidas quando se traduzem textos à luz dos contextos e em referência ao mundo do qual *aquele dado texto fala*".[46]

No caso de *Beowulf*, uma das maneiras de buscar o universo no qual se inspira o poema é a história; mais precisamente, a arqueologia. A interpretação de uma obra como a que temos aqui e a de uma escavação arqueológica do período anglo-saxônico possuem grandes semelhanças. Em ambas, encontraremos reminiscências do passado de uma cultura cheias de simbolismos para seus contemporâneos, mas que muitas vezes pouco significam para o observador moderno. O que chegou até nós é apenas uma fração daquilo que provavelmente existia, nos restando realizar conjecturas e hipóteses do que aquelas fontes, sejam elas materiais ou literárias, significavam para as pessoas que as conceberam e as testemunharam. Na tentativa de compreender tais evidências, às vezes utilizamos elementos de nosso mundo contemporâneo, ideias preconcebidas.[47]

Uma vez que toda a narrativa em *Beowulf* ocorre nesse tempo lendário, mítico, declarado logo no início do poema através da expressão *in geardagum*,[48] o passado é aqui um elemento essencial. Portanto, é necessário compreender como o passado era encarado pelo público contemporâneo de *Beowulf*, assim como o nosso é por nós mesmos; afinal, como diz um provérbio árabe, "os homens se parecem mais com sua época do que com seus pais".[49] Além disso, temos no poema os elementos simbólicos desse passado: as heranças, os feitos dos ancestrais, gigantes, dragões, ferreiros míticos e tesouros antigos. Elementos que faziam parte de um mundo idealizado por uma aristocracia guerreira e que também são representados por meio da lealdade dos guerreiros para com seu bando, das virtudes do herói e dos laços de dependência deste para com seu se-

---

[46] Umberto Eco, *Quase a mesma coisa: experiências de tradução*, Rio de Janeiro, Record, 2007, p. 54.

[47] Mitchell e Robinson, *op. cit.*, p. 184.

[48] "Nos dias de outrora."

[49] Marc Bloch, *Os reis taumaturgos*, São Paulo, Companhia das Letras, 2002, p. 60.

nhor e líder, como é demonstrado no discurso de Wiglaf após a morte de Beowulf (vv. 2633-60). Vemos ainda o ato da distribuição de tesouros e presentes como forma de reforçar os elos sociais de gratidão e lealdade, representados por imagens recorrentes de anéis, colares, moedas e demais objetos de valor. Chifres e canecas para beber hidromel, cerveja ou vinho e a harpa são elementos simbólicos do salão, onde antigas histórias sobre os feitos dos heróis são narrados, e também o próprio salão, como o grande Heorot, que representa o núcleo dessa sociedade aristocrática. Aliados a todos esses elementos, os símbolos máximos da figura heroica deste universo germânico: a espada, a lança, o elmo e o escudo.

Junto com o idioma e suas características, todos esses elementos do poema devem ser encarados como representações da sociedade anglo-saxônica, uma vez que, dentro deste universo, seu valor simbólico torna-se mais importante do que seu valor concreto e real dentro da história e da arqueologia do período. É a compreensão desses símbolos que se torna imprescindível para a compreensão de *Beowulf* não apenas como uma obra artística, mas como a representação dos modelos e idealizações de uma sociedade.

O salão

Ao longo do poema, o salão desempenha um papel central dentro da sociedade. Temos o salão do rei Hygelac, o salão de Beowulf, os salões citados nos episódios envolvendo as personagens de Finn, rei dos frísios, e Ingeld, líder dos heathobardos, e Heorot, o grande salão do rei Hrothgar, o maior de todos os salões.

O salão é o local onde ocorrem as grandes festividades, onde temos banquetes, bebidas, conversas, músicas e a narração de antigas lendas e histórias. Ele possui um caráter cerimonial na sociedade, é um local de alegria e paz para a aristocracia guerreira, onde a honra e a glória dos heróis é reconhecida e recompensada através da distribuição de presentes e tesouros. Um lugar onde os laços sociais de lealdade e amizade são estabelecidos e reforçados.

No poema, Heorot é o principal dos salões descritos e o único com tamanha importância dentro de toda a literatura anglo-saxônica. O grande salão do rei Hrothgar se destaca não apenas por suas proporções extraordinárias e por sua magnificência, mas também por possuir um nome próprio. Encontraremos salões com um nome apenas na mitologia (como o famoso Valhalla, do deus Odin). Ele fica não muito distante da costa e há um caminho pavimentado até ele. Seu teto é alto e amplo, tão grandioso que é possível avistá-lo de longe. Sua entrada é grande o bastante para permitir que entre um monstro como Grendel, e lá repousam lanças e escudos. Possui um assoalho de madeira em seu interior (v. 1317), um trono, e, para os demais homens, existem bancos, para que se sentem durante o banquete. Seu interior é espaçoso o bastante não apenas para um grande número de homens, mas para que um poeta possa cantar e tocar sua harpa, para que serviçais circulem livremente trazendo comida e bebida, e até mesmo cavalos sejam trazidos ao seu interior. As portas são fechadas com trancas de ferro. Provavelmente existem outros dormitórios ou prédios vizinhos, para onde o rei Hrothgar e sua rainha se retiram para dormir e para onde o herói Beowulf é levado para descansar após o confronto com Grendel.

O salão, dentro do universo literário idealizado de *Beowulf*, é descrito em detalhes, e seu aspecto social é claro. Entretanto, é difícil dizer até que ponto tais descrições realmente refletiam o cenário da Inglaterra anglo-saxônica. Em Yeavering, norte da Inglaterra, as escavações arqueológicas do salão real do rei Edwin da Nortúmbria (século VII) podem nos fornecer uma boa ideia deste tipo de construção descrita no poema. A construção principal do complexo do salão de Edwin se estendia por uma área que tinha em torno de 25 por 12 metros, e próximo havia uma suposta cozinha ou local de abate de animais, talvez com alguma função religiosa, e um possível local para assembleias.[50] Outro sítio arqueológico com os restos de um salão está localizado na região de Cowdery's Down, Hampshire, datado entre os séculos VII e VIII, indicando que lá havia um complexo de diversas estruturas, alicerçadas em seu exterior por vigas; em seu interior existia um assoalho acima do solo (como em Heorot, *Beowulf*, v. 320). Outra construção semelhante seria a do rei Alfred (século IX), em Cheddar, Somerset. Apesar de algumas semelhanças, não seria tão grande quanto os salões que podem ser encontrados na Escandinávia, mais próximos às descrições de Heorot no poema.

Em Gudme, na ilha de Funen, Dinamarca, foram encontrados os restos de um salão dos séculos IV-V que media por volta de 47 metros de

---

[50] John D. Niles, "Visualizing *Beowulf*", *in* Seamus Heaney, *Beowulf: An Illustrated Edition*, Nova York, W. W. Norton, 2008, p. 222.

comprimento. Mas um dos salões mais próximos ao poema seria o de Gammel Lejre, na ilha da Zelândia, Dinamarca. Em 1986-1988, e novamente em 2004-2006, escavações revelaram a existência de pelo menos três grandes salões; talvez os maiores de seu tempo. O mais antigo teria sido construído em torno do ano 550, período próximo à ambientação descrita em *Beowulf*. O segundo salão dataria de 680, aproximadamente, e o terceiro, de 890, foi utilizado até a cristianização da Dinamarca, quando uma nova capital foi estabelecida próxima à cidade de Roskilde. Eles possuíam de 47 a 48,5 metros de comprimento, e, assim como outros salões do período, suas longas paredes são levemente curvadas, fazendo com que as extremidades do salão fossem mais estreitas e seu centro mais largo (como a forma de um barco). Provavelmente seu teto era convexo, apresentando o ápice de curvatura no centro e as partes mais baixas justamente nas extremidades. Sua sustentação se dava por grandes pares de vigas internas e por outras que escoravam as paredes pelo lado de fora. Enquanto o primeiro salão media de 7 a 8 metros de largura no ponto de maior curvatura das paredes, os demais chegavam até a 11,5 e 12 metros, proporcionando um grande espaço interno. Eles possuíam de três a quatro portas, sendo a maior localizada no meio do salão. Além de serem o lugar dos banquetes e demais atividades sociais, os salões também podiam ser usados como dormitórios, separados por divisórias de tecido, com uma lareira no centro da área comum a todos. Não se cozinhava dentro do salão, pois outro complexo de construções próximo indica o que pode ter sido a cozinha e o armazém de estocagem, onde outras atividades eram desenvolvidas (como a do ferreiro, por exemplo), além de outros locais para dormir. Características físicas muito semelhantes às descrições encontradas em *Beowulf*.

Armas e armaduras

No poema, quando Beowulf e seus homens se aproximam de Heorot pela primeira vez (vv. 301-31), é dada uma descrição detalhada de suas armas e armaduras, revelando serem grandes guerreiros e membros de uma aristocracia cuja honra era demonstrada através de seus utensílios de guerra: *wæs se irenþreat wæpnum gewurþad* ("a tropa de ferro era honorável em armas"). Tais equipamentos dentro da narrativa possuem não apenas um sentido concreto, como ferramentas a serem usadas em combate, mas também um aspecto simbólico importante. Representam a figura do guerreiro e da sociedade guerreira. Espadas, elmos, lanças, escudos e demais itens são utilizados como pagamento e recompensa, herança, símbolos de vinganças e por vezes remetem a um passado mítico dentro do mundo poético de *Beowulf*.

a) O elmo

Assim como outros itens de combate, o elmo possui uma função prática de proteção, mas também uma função simbólica. Por todo o poema encontramos referências a elmos sendo usados por guerreiros em batalha, ou metaforicamente, com o termo *helm* associado a reis e líderes como guardiões de seus homens e de seus reinos: *helm Scyldinga* (protetor dos scyldingas, v. 371). Por vezes o poema também cita os elmos como *heregriman* (máscara de batalha), uma vez que alguns deles cobriam o rosto do guerreiro (protegendo tanto a face, quanto as bochechas), de modo que era difícil reconhecê-lo. Muitos deles eram decorados com motivos mitológicos, formas estilizadas de dragões ou outras formas zoomórficas. Como é descrito no poema — o que se comprova pela arqueologia —,[51] os elmos costumavam ser reforçados com uma crista metálica que o cobria verticalmente (a *wala*), proporcionando maior resistência contra golpes durante um combate. Além dessa defesa, alguns elmos possuíam pedaços de cota de malha presos a sua base, para garantir uma maior proteção ao pescoço e à nuca.

Nos vv. 303-5 do poema é dito:

> *Eoforlic scionon*
> *ofer hleorbergan* *gehroden golde*
> *fah ond fyrheard* *ferhwearde heold.*[52]

A presença de imagens de javalis sobre a crista de elmos é outro elemento de *Beowulf* que também pode ser confirmado através de achados arqueológicos na Inglaterra e na Escandinávia. Tal imagem pode ser encontrada por todo o poema como um símbolo da ferocidade em batalha. Em tempos pagãos, é possível que tenha existido uma associação do ja-

---

[51] Mitchell e Robinson, *op. cit.*, pp. 188-9.

[52] "Imagens de javalis brilhavam sobre os elmos adornados de ouro, resplandecentes e forjados pelo fogo, mantendo a proteção da vida."

vali com o deus Freyr (ou Yngvi-Freyr). A ligação de tais adornos com os elmos e seu aspecto simbólico é tão grande que os termos *swyn* ou *eofer* (ambos referentes a "javali") acabam sendo utilizados como sinônimos para elmo ao longo do poema (vv. 1111-2).

b) A espada e a faca (*seax*)

A arma que simboliza as características heroicas e aristocráticas dentro de *Beowulf* é a espada. Ao longo de todo o poema, elas são descritas como antigas relíquias de grande poder, por terem sido forjadas por incríveis ferreiros (v. 1681) ou ainda por serem artefatos dos tempos dos gigantes (v. 1558). Algumas podem possuir nomes como Hrunting (a espada de Unferth) ou Naegling (a espada de Beowulf quando enfrentou o dragão), e também podem possuir inscrições e imagens que expliquem sua origem (vv. 1688-98), além de padrões em formas de ondas que permeiam suas lâminas. Essas lâminas tinham por volta de 90 centímetros e possuíam dois gumes, sendo às vezes necessário utilizar as duas mãos para manejá-las. As descrições de formas semelhantes a serpentes (*wyrmfah*, v. 1698), fumaça ou "traços venenosos" (*atertanum fah*, v. 1459) nas lâminas decorrem provavelmente da técnica utilizada para forjá-las. Lingotes de ferro e aço eram torcidos separadamente e depois reunidos (três a cinco deles) para serem levados novamente ao fogo e forjados como uma única peça. Após o metal esfriar, era possível ver traços dos lingotes na superfície da lâmina, na forma de ondas ou serpentes.

Os punhos das espadas também podiam ser decorados com padrões entrelaçados e anéis (vv. 1521, 1564, 2037). Em espadas do século VI,[53] encontradas em sepulturas, foram identificadas inscrições rúnicas em suas empunhaduras, como a espada que Beowulf encontra no covil da mãe de Grendel (vv. 1694-8). Em outras, do século VIII, podemos encontrar imagens de animais.

Enquanto a espada era uma arma de grande porte e usada com as duas mãos, a faca ou *seax* era uma arma mais leve e versátil. A *seax* era uma arma extremamente comum durante o período da Inglaterra anglo-saxônica: não à toa, foi a partir dela que surgiu o nome dos saxões. Tratava-se de uma faca, com um único lado cortante, geralmente com uma lâmina de aproximadamente 20 centímetros. No poema, encontramos

---

[53] Mitchell e Robinson, *op. cit.*, p. 191.

alguns exemplos dela, como a faca que a mãe de Grendel usa ao tentar matar Beowulf (vv. 1545-6), ou quando Beowulf usa sua própria *seax* para matar o dragão (vv. 2703-4). Tal arma podia ser tão eficiente em combate quanto uma espada. Enquanto espadas e machados necessitavam de espaço para serem manuseados, uma *seax* poderia ser utilizada tranquilamente num combate corpo a corpo com pouco espaço entre os oponentes.

c) A lança e o escudo

Enquanto a espada era o símbolo do heroísmo e das qualidades aristocráticas, a lança era a arma que simbolizava o guerreiro. Logo no primeiro verso de *Beowulf*, temos o exemplo disso quando o poeta se refere ao povo dinamarquês: *Gardena* (*gar*, "lança"; *dena*, "danês"; isto pode ser interpretado como "daneses de lança" ou "guerreiros daneses"). Em escavações arqueológicas de sepultamentos, esta é a arma mais comumente encontrada. Em geral, suas hastes eram feitas de madeira de freixo, possuíam uma ponta de metal, e chegavam a medir mais de 1,5 metros de comprimento. A presença desta arma no poema é constante. É uma lança, por exemplo, que o vigia de Hrothgar carrega quando se aproxima do grupo de Beowulf (v. 236); é o que eles estão carregando também (v. 328). Um dos *kennings* para uma tropa, para um bando de guerreiros, é justamente "floresta de lanças" (*garholt*, v. 1834).

O outro utensílio que, ao lado da lança, representa a figura do guerreiro é o escudo. Assim como a lança, as imagens de escudos permeiam o poema e a todo instante se fazem presentes. Um dos *kennings* referentes aos guerreiros é, por exemplo, "portadores de escudo" (*bordhæbbende*, v. 2895). Outra expressão, que não chega a ser um *kenning*, é "muralha de escudos" (*bordweal*, v. 2980): trata-se da formação que o exército assumia num confronto. Era formada, literalmente, uma parede de escudos, com os guerreiros, um ao lado do outro, tentando resistir às investidas do inimigo.

Os escudos eram redondos, tendo em torno de 1 metro de diâmetro, protegendo do queixo até os joelhos. Eram feitos de madeira e cobertos por couro, sendo as bordas fixadas por uma tira de metal que contornava toda a sua circunferência. No centro, havia um grande botão de metal que servia para proteger a mão de quem o portava. Eles poderiam ser pintados e decorados com símbolos.

Barcos e transportes

Imagens que remetem ao oceano e ao mar são um dos pontos principais da poesia anglo-saxônica. Em *Beowulf*, existem várias referências e *kennings* para as embarcações. Os barcos possuíam cascos trincados, isto é, eram construídos com pranchas de madeira sobrepostas e pregadas, formando uma quilha flexível. Eram amplos o bastante para acomodar homens e equipamentos. Diferentemente das embarcações vikings do século IX, os barcos anglo-saxônicos eram quase exclusivamente impulsionados por velas (vv. 217-24 e 1905-10) em vez de remos.[54] Outro elemento característico de tais embarcações, e que se faz presente na poesia, era a proa altiva, decorada e curvilínea (*hringedstefna*, v. 32; *hringnaca*, v. 1862; *bundenstefna*, v. 1910; *wundenstefna*, v. 220). Exemplos podem ser vistos na embarcação do sítio arqueológico de Sutton Hoo (monte I), região de Suffolk, leste da Inglaterra, nos sítios da Escandinávia e naquelas retratadas na Tapeçaria de Bayeux.

Outra presença relevante no poema é a dos cavalos. Em *Beowulf*, as passagens sobre cavalos e montarias não são numerosas, mas, quando surgem, é dada grande importância à riqueza e ao valor dos equipamentos do animal: sela, arreios etc. (vv. 1035-8). Imagens equivalentes a essas descrições podem ser vistas em sítios arqueológicos do século VI, na Alemanha. E também em arreios do século IX, encontrados em York, decorados com formas de animais forjados em prata.

Morte e funeral

Um dos temas mais recorrentes em *Beowulf* é a morte. O poema inicia e termina com um funeral, e ao longo da narrativa a presença da morte é constante, sempre lembrando as personagens da inevitabilidade do destino.

Assim como outros elementos da narrativa, também é possível encontrar similaridades entre o poema e a arqueologia. Entretanto, aqui é preciso cautela, uma vez que claramente há elaborações puramente literárias referentes ao tema. O funeral de Scyld Scefing, no início do poema,

---

[54] *Idem*, p. 192.

foi por muito tempo comparado ao barco funerário do sítio de Sutton Hoo, e outros encontrados no leste da Inglaterra, pela semelhança entre os utensílios depositados junto ao corpo do rei danês e os que foram encontrados em tais sítios arqueológicos. Apesar disso, não há comprovação de um funeral como o de Scyld Scefing, o que leva a crer que seja uma criação literária. Os outros funerais do poema parecem ser mais próximos aos indícios arqueológicos já encontrados, apesar de certas discrepâncias. Por exemplo, a descrição da cremação do corpo de Beowulf e do posterior depósito dos tesouros em sua sepultura não encontra nenhum paralelo arqueológico.[55]

Dentre as descrições funerárias, aquela com maiores detalhes no poema é a do monte onde se esconde o dragão. Os anglo-saxões, assim como outros povos, sepultavam seus mortos em montes artificiais, montes funerários como os descritos em *Beowulf* e como os de Sutton Hoo. Os anglo-saxões certamente tinham conhecimento de seu passado, das antigas tumbas e montes funerários dos tempos pagãos, do período neolítico, e também os utilizavam para seus próprios sepultamentos e ocasionalmente os violavam. Sendo assim, as descrições no poema de monte de pedras (v. 2213), com sua estrutura e arquitetura (vv. 2542-5), poderiam representar o conhecimento que eles tinham de tais construções antigas.

O INGLÊS ANTIGO

Dos idiomas do norte da Europa medieval, o inglês antigo (ou anglo-saxão, como também é conhecido) se destaca como um dos que possuem uma das maiores produções de textos que sobreviveram até nossos dias. O inglês antigo pertence ao ramo germânico da família de idiomas indo-europeus; do mesmo ramo, fazem parte o frísio, as línguas escandinavas medievais e o saxão antigo. Ele foi utilizado na Inglaterra aproximadamente entre os séculos IV ao XI, marcando o período da Inglaterra anglo-saxônica. A partir da invasão e conquista normanda em 1066, o idioma passou a sofrer alterações, dando origem ao inglês médio (ou medieval), que futuramente dará origem ao inglês moderno.

---

[55] *Idem*, p. 194.

Assim como ocorre com outras línguas antigas e modernas, o que chamamos de inglês antigo é na verdade um nome genérico para os diversos dialetos existentes na Inglaterra do período. Ao consultarmos os textos existentes, é possível notar diferenças entre o inglês antigo do reino de Mércia e aquele de Ânglia Oriental ou o de Wessex, por exemplo.

Ao se estudar o idioma atualmente, utiliza-se como padrão o dialeto de Wessex. Isso se deve ao fato de que a maior parte dos textos e documentos conhecidos foram escritos nesse dialeto. A razão disso pode ser a ascensão da casa real de Wessex e sua hegemonia sobre o restante da Inglaterra a partir do final do século IX.

A breve explicação a seguir a respeito da pronúncia do idioma ajudará os leitores a se familiarizarem com o texto original de *Beowulf* e dos demais poemas aqui apresentados, especialmente com os nomes de suas personagens:

1. Vogais e ditongos
O inglês antigo possui as seguintes vogais e ditongos:
a — pronuncia-se como o *a* em "Mann" no alemão moderno e como *a* em "gato". Ex.: *mann* (homem), *gar* (lança), *lað* (hostil).
æ — como o *a* em "bat" no inglês moderno ou semelhante ao *e* em "réu". Ex.: *ræd* (conselho), *fæder* (pai), *æþeling* (príncipe).
e — como o *e* em "set" no inglês moderno ou também como o *e* em "ele". Ex.: *her* (aqui), *bedd* (cama), *sele* (salão).
i — como o *i* em "machine" no inglês moderno e o *i* em "igreja". Ex.: *rice* (reino), *scip* (barco), *iren* (ferro).
o — como o em "roll" no inglês moderno e como *o* em "louco". Ex.: *god* (bom), *lof* (fama), *oðer* (outro).
u — como o *u* em "pull" no inglês moderno e o *u* em "lua". Ex.: *brun* (brilhante), *duguð* (guerreiro, veterano), *uncuð* (desconhecido).
y — como o ü em "Bücher" no alemão moderno (os lábios como quem diz *u* mas com o som de *i*). Ex.: *bryd* (esposa), *lyt* (pouco), *fyllo* (banquete).
Todos os ditongos em inglês antigo são compostos pelo som [ə], como o último *a* na palavra "drama" em inglês.
ea — como a vogal æ + [ə]. Ex.: *eall* (tudo), *geardagum* (tempos de outrora), *heard* (duro), *deað* (morte).
eo — como a vogal *e* + [ə]. Ex.: *beor* (cerveja), *leoht* (luz), *þeoden* (líder, senhor).

ie — como a vogal *i* + [ə]. Ex.: *hierde* (guardião), *liesan* (libertar), *bierhtan* (brilhar).

Em inglês antigo, cada vogal (e ditongo) possui um som curto e um longo. Em geral, elas são diferenciadas em reproduções modernas com algum tipo de sinal ou acento (as longas é que costumam receber tais sinais). Por exemplo: *god* (som curto) e *gōd* (som longo). Nos textos originais, existem algumas marcações (como acentos) para que se diferenciem vogais e ditongos com sons curtos ou longos. Mas tal tipo de marcação nos manuscritos é extremamente irregular e não muito precisa.

Também é importante dizer que ditongos e vogais longas possuem o mesmo som das curtas; a diferença na pronúncia está apenas na duração do som produzido. Por exemplo, a palavra *is* quando pronunciada com um som curto, breve, significa o verbo "é, está"; quando pronunciada com som longo, mais demorado, significa "gelo". Outros exemplos podem ser vistos com a palavra *god* (*god*: "Deus"; *gōd*: "bom").

2. Consoantes

As consoantes *b*, *d*, *l*, *m*, *n*, *p* e *t* são pronunciadas exatamente como na língua portuguesa. O *r* é pronunciado como no inglês moderno, com um som áspero quando no princípio da palavra ou quando seguido de vogal (como nas palavras "red" e "run"); no final de uma sílaba, ou antes de uma consoante, tem um som quase imperceptível (como em "arm" e "farm"). O *w*, como no inglês moderno, tem um som equivalente ao *u* na palavra "mingau" (como em "waite" e "war"); e o *x* possui um som gutural entre o *k* e o *h*.

c — possui dois sons diferentes. Na maioria das vezes, representa o som de *k* como em "king" em inglês moderno e como o *c* em "carta". Ex.: *cyning* (rei), *candel* (vela). Entretanto, quando estiver junto às vogais *e* e *i*, ou em nomes terminados em *-ic*, possui o som como o *ch* de "church" em inglês moderno ou *tch* em "tchau". Ex.: *ceap* (bens), *cild* (criança), *cirice* (igreja) e nomes como *Ælfric* e *Godric*.

g — possui dois sons principais. O primeiro deles é o som de *g* como em "game" em inglês moderno ou o *g* em "galo", quando antecede *a*, *o*, *u*. Ex.: *god* (bom), *gamol* (velho, idoso), *fugol* (pássaro), *frumgar* (líder). Quando adjacente às vogais *e*, *i* e *æ* a letra *g* possui o som de *y* como em "year" no inglês moderno ou o *i* em "Iemanjá". Ex.: *gif* (se), *geong* (jovem), *dæg* (dia). Se acompanhado da letra *n*, o *g* terá o som semelhante às mesmas situações do inglês moderno; como o *g* em "finger". Ex.: *singan* (cantar), *wong* (amplo), *Hengest* (nome próprio), *longe* (longo).

f — como outras letras, sua sonoridade é igual ao do inglês moderno e do português. Ex.: *folc* (povo), *æfter* (depois), *hlaf* (pão). Entretanto, quando se encontra no meio de uma palavra, entre duas vogais, sua pronúncia será como o som de *v* em "over" no inglês moderno ou como o *v* em "avestruz". Ex.: *heofon* (céu), *leofan* (amado).

s — semelhante ao que ocorre com a letra *f*, sua sonoridade é como a do inglês moderno e do português. Ex.: *sunu* (filho), *fyrst* (tempo), *græs* (grama). Porém, quando aparece no meio de uma palavra, entre duas vogais, seu som será como o de *z* em "razor" no inglês moderno ou como o *s* de "casa". Ex.: *freosan* (congelar), *isensmið* (ferreiro).

þ e ð — seu equivalente no inglês moderno é o *th*. Em geral seu som é como o *th* em "think". Ex.: *þeaw* (costume, tradição), *brecða* (tristeza), *wið* (contra). No meio de palavras, entre vogais, seu som se assemelha ao *th* em "that" no inglês moderno. Ex.: *cweðan* (dizer). Alguns estudiosos costumam utilizar o þ para o *th* como o som padrão e o ð para o som entre vogais, mas isso não é uma regra (nem mesmo nos textos originais), e ambos os símbolos são usados indistintamente para ambos os casos.

h — no início de uma palavra possui um som aspirado, como em "hand" no inglês moderno. Ex.: *hund* (cão), *ham* (lar), *hæðen* (pagão). No meio e no final de uma palavra ele assume um som aspirado como o *ch* em "Achtung" no alemão e o escocês "loch". Ex.: *eahta* (oito), *riht* (certo), *burh* (fortaleza).

sc — é o dígrafo do inglês antigo que equivale ao som de *sh* em inglês moderno como em "share" ou ao *ch* em "chave". Ex.: *scip* (barco), *scead* (sombra), *ascian* (perguntar).

cg — é o equivalente no inglês moderno ao *dg*, como em "edge" e "bridge". Ex.: *brycge* (ponte), *fricgan* (inquirir), *Ecgtheow* (nome próprio), *gesecgan* (dizer, contar).

Esta é apenas uma simples introdução. Para mais detalhes sobre a história, a gramática, a métrica e outros estudos mais aprofundados sobre o inglês antigo e de outras línguas germânicas relacionadas, ver as obras de Robert E. Diamond, *Old English: Grammar and Reader*, Detroit, Wayne State University Press, 1999; de J. R. Clark Hall, *A Concise Anglo-Saxon Dictionary*, Toronto, Toronto University Press, 1960; de Orrin W. Robinson, *Old English and Its Closest Relatives: A Survey of the Earliest Germanic Languages*, Stanford, Stanford University Press, 1992; de Bruce Mitchell, *An Invitation to Old English and Anglo-Saxon England*, Oxford, Blackwell, 1997; e, do mesmo autor, *A Guide to Old English*, Oxford, Blackwell, 1999.

BREVE CONTEXTO HISTÓRICO

Anglo-saxões e escandinavos na Inglaterra

Os anglo-saxões eram povos oriundos do norte da Europa continental (península da Jutlândia e noroeste da atual Alemanha), que durante o século V migraram para a antiga província romana da *Britannia*. Foram aceitos pelos bretões sob a condição de auxiliá-los contra a ameaça dos irlandeses e principalmente dos pictos, que viviam nas terras além da muralha de Adriano (atual Escócia). Esses povos, especificamente os anglos, os saxões e os jutos, realmente teriam auxiliado os bretões, mas, assim que os pictos deixaram de ser um problema, eles mesmos se tornaram a ameaça, voltando-se contra seus aliados. Passaram a ocupar suas terras, empurrando-os para Gales, Cornualha e Escócia, até conquistarem toda a região, que passou então a se chamar *Englaland* ("terra dos anglos"). Criaram novos reinos, sendo Kent um dos primeiros — fundado pelo lendário Hengest, que, junto com o irmão, Horsa, teria enfrentado o também lendário rei bretão Vortigern —, e Wessex, fundado pelo também lendário líder saxão Cerdic. Assim começa, historicamente, o período chamado de "Inglaterra anglo-saxônica", que se estende aproximadamente de 449 d.C., com as primeiras levas invasoras, até 1066, com a morte do rei Harold Godwinson na batalha de Hastings, travada contra o duque Guilherme da Normandia.

Semelhante ao que os anglo-saxões haviam feito aos bretões, no século VIII grupos de escandinavos começaram a atacar a Inglaterra. Um dos primeiros relatos é do ano de 789, ao sul da Inglaterra, mas o ataque mais famoso e que causou maior impacto foi o do ano de 793 ao mosteiro de Lindisfarne (norte da Inglaterra), na costa do reino da Nortúmbria, o qual se tornou o marco convencional para o início da chamada "Era Viking". Ela se estenderá até o século XI, com a batalha de Stamford Bridge, quando o último grande líder viking (Harald Hardrada, rei da Noruega) morrerá, também em 1066. Em Lindisfarne, os invasores saquearam e incendiaram o mosteiro, e aqueles que não morreram provavelmente foram levados e vendidos como escravos. As notícias do ataque chocaram toda a cristandade da época. Alcuíno de York, que estava na corte de Carlos Magno, escreveu ao rei Æthelred da Nortúmbria:

> "Vede, há quase trezentos e cinquenta anos que nós e nossos antepassados vivemos nessa bela terra, e nunca antes apareceu na Inglaterra horror como o que acabamos de sofrer dos pagãos. [...] Olhai a igreja de São Cuthbert manchada com o sangue dos padres de Cristo, roubada de todos os seus ornamentos [...]."[56]

O terceiro ataque só irá acontecer por volta de 832-835. A partir de então, as investidas passam a ser frequentes e anuais, até que, por volta de 865, veio a maior onda invasora viking vista até então. Nesta, em vez de apenas atacar e saquear, os escandinavos decidem se fixar e ocupar o território inglês. Não demorou muito para que caíssem em suas mãos os reinos da Nortúmbria, Ânglia Oriental e boa parte de Mércia. E, em cada reino conquistado, suas casas régias eram extintas, e reis eram nomeados para governar como fantoches. Em 871, os vikings haviam já conquistado três quartos da Inglaterra, e o último reino que ainda se mantinha livre da ocupação escandinava era Wessex, governado por aquele que viria a se tornar conhecido como rei Alfred, o Grande (871-899). Foi durante esse período, quando o reino de Alfred se estendia por todo o sul da Inglaterra, que se iniciou uma tentativa mais organizada de resistência. Wessex de fato quase chegou a ser conquistado pelo líder viking Guthrum, mas, por fim, Alfred saiu vitorioso, em 878, estabelecendo tratados de paz e acordos com os escandinavos, até reconquistar Lunden[57]

---

[56] Dorothy Whitelock (organização e tradução), *English Historical Documents c. 500-1066*, Nova York, Oxford University Press, 1955, p. 775. Ver também *Monumenta Germaniae Historica, Epistolae IV*, Epístola 129, p. 183.

[57] Durante o período anglo-saxônico o nome *Lundenwic* (que hoje traduziríamos como "Mercado de Londres") também estará associado à cidade, quase como um termo equivalente. Na verdade, Lundenwic se localizaria nos arredores da Londres da época — onde hoje seria a região de Covent Garden —, mas desde então já conhecida como uma área de comércio e trânsito intenso de pessoas da própria Inglaterra e do exterior.

(Londres) — que ainda se mantinha sob o domínio dos vikings — no ano de 886.

O "grande exército pagão" (*micel hæðen here*) ou simplesmente "o grande exército" — como se popularizou na historiografia sobre o tema —, ou seja, os grupos invasores escandinavos, atuou aproximadamente de 865 a 896 na Inglaterra, com um intervalo entre as décadas de 880 e 890, quando atuaram no continente. A partir de então, passaram a ter mais derrotas que vitórias e muitos resolveram se fixar nos territórios conquistados da *Danelaw* (o território ocupado pelos escandinavos), e, assim, o "grande exército" foi desaparecendo.

Podemos dizer que, sem a atuação do rei Alfred, toda a Inglaterra teria caído nas mãos dos escandinavos. Mas, apesar da inimizade, foi graças a eles que Wessex pôde consolidar seu poder e promover a unificação do território inglês sob a coroa de sua casa real, já que as demais casas régias anglo-saxônicas não mais existiam. Ao enfrentar os vikings, Alfred assegurou o poder de Wessex sobre as demais regiões ainda livres da ocupação, possibilitando que seu filho, Edward, o Velho (899-924), iniciasse a transformação do reino de Wessex no reino da Inglaterra, o que foi concretizado por seu neto, Athelstan (924-939), em meados do século X, após a lendária batalha de Brunanburh, em 937, aproximadamente.

Por volta de 934, o reino viking de Dublin possuía um novo rei, Olaf Guthfrithson.[58] Olaf começou a reunir uma grande frota na costa da Irlanda, com o objetivo de reconquistar as terras na Inglaterra que haviam sido tomadas de sua família. Em 937, ele partiu com sua frota para a Inglaterra; assim que chegou, os reinos de Strathclyde e da Escócia se aliaram a ele e iniciaram seu avanço sobre o território inglês, até que finalmente foram confrontados pelo exército de Athelstan. Entretanto, sob a liderança do rei e de seu irmão, o príncipe Edmund, os invasores foram massacrados em um local chamado Brunanburh.[59]

---

[58] Seu pai era Guthfrith, rei viking de York, que anos antes havia sido expulso da Inglaterra pelo rei Athelstan.

[59] Na *Crônica de Æthelweard*, o local é chamado *Brunandun*; Simeon de Durham o chama de *Wendun*; e Florence de Worcester diz apenas que Olaf teria entrado pela foz do Humber. De qualquer forma, o local da batalha nunca foi identificado com precisão. Na *Crônica Anglo-Saxônica*, a passagem do ano de 937 a respeito da batalha está inteiramente em forma poética, em versos aliterativos, o mesmo estilo de *Beowulf*.

Essa batalha possui uma importância vital para a história da Inglaterra, pois foi com ela que o processo de expansão do domínio político de Wessex foi finalmente concluído. Com essa vitória, Athelstan se tornava o primeiro senhor de toda a Inglaterra.[60] Em um de seus documentos pessoais, podemos encontrar a seguinte denominação: *Angelsaxonum Denorumque gloriosissimus rex* — glorioso rei dos anglo-saxões e dos daneses.[61] É possível notar também nos documentos da época a presença de nomes escandinavos entre os oficiais do rei Athelstan e de seus sucessores (Edmund, Eadred e Eadwig). Demonstrando que, por volta de um período de ao menos 35 anos, aristocratas de origem escandinava (oriundos da *Danelaw*) faziam parte do governo inglês.[62]

Os sinais da presença escandinava são ainda hoje presentes em solo britânico. Por exemplo, os nomes de muitas regiões do centro-norte e nordeste da Inglaterra possuem origem escandinava. Na escultura, também encontramos a influência nórdica. Um exemplo são as cruzes, que combinam elementos célticos, anglo-saxões e escandinavos, como a cruz da igreja em Gosforth, Cúmbria, norte da Inglaterra, que foi esculpida em estilo característico céltico, mas possui imagens alusivas ao *Ragnarök*[63] (a vingança de Vidar, o filho de Odin, sobre o grande lobo Fenrir).

E temos também a influência no campo político. Por exemplo, o termo anglo-saxão *ealdorman* era utilizado para os nobres e oficiais no reino, mas posteriormente tornou-se comum a utilização do termo *earl*

---

[60] Sir Frank M. Stenton, *Anglo-Saxon England*, Oxford, Oxford University Press, 1989, p. 343: "*In the fighting around Brunanburh, Athelstan was defending a state which embraced the descendants of Alfred's Danish enemies, and a civilization which united them to Christian Europe*" ("No combate em torno de Brunanburh, Athelstan estava defendendo um estado que abraçava os descendentes dos inimigos daneses de Alfred, e uma civilização que os unia à Europa cristã").

[61] Sir Frank M. Stenton, *op. cit.*, p. 353.

[62] A forma pela qual os vikings são muitas vezes chamados nos textos da época é *hæðen* ("pagão"); ou seja, o que causava estranhamento aos anglo-saxões era o fato de serem pagãos, e não de serem escandinavos. Assim, não seria estranho a uma casa real saxã ter a seu serviço homens da *Danelaw* e possuir entre seus ancestrais nomes escandinavos como aparece em *Beowulf* e na genealogia do rei Æthelwulf.

[63] O *Ragnarök*, o crepúsculo dos deuses na mitologia nórdica, a grande batalha final. Como em muitas tradições pagãs, este não seria o fim, mas o início de um novo ciclo, quando o mundo renasceria para uma nova fase. Ver Mike Dixon-Kennedy, *European Myth and Legend*, Londres, Blandford, 1997, pp. 192-3.

(derivado do nórdico antigo *jarl*), principalmente nas áreas de ocupação escandinava. Essa prática persistiu até o século XI, quando o título se generalizou para todos os oficiais da Inglaterra, escandinavos e anglo-saxões.[64]

A linhagem de Wessex e Beowulf

Dentre as fontes da Inglaterra medieval, uma das mais importantes é a *Crônica Anglo-Saxônica*. Organizada como a conhecemos hoje nos tempos do rei Alfred, ela faz um relato anual dos fatos mais importantes na Inglaterra desde o início da era cristã até o ano de 1154. Na entrada referente ao ano de 855, encontram-se informações a respeito de Æthelwulf, rei de Wessex e pai do rei Alfred: lá, é dito que os vikings teriam se estabelecido em Sheppey durante o inverno, que o rei concedeu por decreto a décima parte das terras do reino à Igreja em honra ao Senhor, e que ele também teria ido a Roma, e lá permanecido por um ano. Entretanto, é o que sucede a essas informações que nos chama a atenção:

> "E, dois anos após ter retornado da França, ele morreu, e seu corpo foi sepultado em Winchester, e ele havia reinado por 18 anos e meio. E Æthelwulf era filho de Egbert, filho de Ealhmund, filho de Eafa, filho de Eoppa, filho de Ingild. Ingild era irmão de Ine, rei dos saxões do oeste, que manteve o reino por 37 anos e que mais tarde foi para junto de São Pedro e findou sua vida lá. E eles eram filhos de Cenred. Cenred era filho de Ceowold, filho de Cutha, filho de Cuthwine, filho de Ceawlin, filho de Cynric, filho de Creoda, filho de Cerdic. Cerdic era filho de Elesa, filho de Esla, filho de Gewis, filho de Wig, filho de Freawine, filho de Freothogar, filho de Brand, filho de Bældæg, filho de Woden, filho de Frealaf, filho de Finn, filho de Godwulf, filho de Geat, filho de Tætwa, filho de Beaw, filho de Sceldwa, filho de Heremod, filho de Itermon, filho de Hathra, filho de Hwala, filho de Bedwig, filho de Sceaf, ou seja, filho de Noé. Ele nasceu na arca de Noé. Lamech, Methuselah, Enoch, Jared,

---

[64] Nos tempos de Cnut, o mais famoso dos *earls* foi Godwin de Wessex, pai de Harold Godwinson, o último rei anglo-saxão da Inglaterra.

Mahalaleel, Cainan, Enos, Seth, Adão, o primeiro homem, e nosso pai, ou seja, Cristo (Amém)."[65]

Temos aqui uma construção genealógica que legitima a herança divina do poder do rei, combinando os antepassados saxões, os deuses pagãos germânicos e os patriarcas bíblicos, e ligando a casa de Wessex diretamente a Deus. A referência a Woden[66] claramente indica uma tentativa de legitimar a origem divina da família, ligando-a à figura do antigo deus pagão. Existem outros relatos, na *Crônica*, de outras casas reais que remontam suas linhagens até a antiga divindade pagã, porém nenhuma se compara, em extensão e multiplicidade de nomes, à do rei Æthelwulf.

Por volta do ano de 980, temos um novo documento na região de Wessex. O documento em questão é a *Crônica de Æthelweard*. Sua autoria é dada ao nobre Æthelweard, descendente de Æthelred I, irmão mais velho do rei Alfred, o Grande.

A *Crônica de Æthelweard* teria sido feita a partir de um exemplar da *Crônica Anglo-Saxônica*, sendo então traduzida para um latim extremamente confuso e com adaptações do inglês antigo. Ela também faz um relato anual de acontecimentos até o governo do rei Edgar (c. 943-975). Sobre o ano de 855, seu relato é quase idêntico ao da *Crônica Anglo-Saxônica*. Mas, após o nome de Woden, ao final, ele acrescenta uma informação interessante:

> "[...] o décimo sétimo Beow, o décimo oitavo Scyld, o décimo nono Scef. E esse Scef chegou com um barco pequeno na ilha do oceano que é chamada Scaney, com armas em torno de si, ele ainda um jovem garoto e desconhecido para o povo daquela terra. Mas ele foi recebido por eles, e acolhido por eles, e o aclamaram rei; e daquela família origina-se a descendência do rei Æthelwulf."[67]

---

[65] Dorothy Whitelock, *The Anglo-Saxon Chronicle*, Londres, Eyre & Spottiswoode, 1961, p. 44.

[66] Woden é o equivalente anglo-saxão ao Wotan dos germânicos continentais e ao Odin dos escandinavos.

[67] Alistair Campbell (organização e tradução), *Chronicon Æthelweardi*, Londres, Thomas Nelson & Son, 1962, pp. 32-3.

Assim como na *Crônica Anglo-Saxônica*, este é o único relato detalhado, na *Crônica de Æthelweard*, sobre a origem da casa real de Wessex, fato que se repete em outra obra do período: *Vida do Rei Alfred* de Asser. Asser era um monge de origem galesa que serviu ao rei Alfred, tornando-se mais tarde bispo de Sherborne, sul da Inglaterra, e seu biógrafo. Na *Vida do Rei Alfred*, ao se referir à linhagem do rei, Asser relata informações idênticas às duas crônicas já mencionadas, com mínimas diferenças.

Todos esses textos abrangem um período de aproximadamente cem anos, de 890 até 980, tendo como ponto comum a figura do rei Alfred. Uma hipótese é a de que, para Alfred e para a casa de Wessex, era importante a construção de uma linhagem que remontasse a Woden, por ser uma forma de legitimação do poder real baseada em uma personagem remanescente dos tempos pagãos, uma imagem da antiga divindade adaptada a uma forma cristianizada, humanizada, como ancestral nobre e legítimo — fato que não era de todo inédito nas genealogias régias no continente —,[68] remontando, assim, tanto ao passado germânico quanto ao mundo cristão.

Além de Woden, aliado à construção de uma ancestralidade cristã, o que chama a atenção são três nomes que se repetem em todas as três versões da genealogia da casa de Wessex, pois eles também aparecem em *Beowulf* (vv. 4-19). Na *Crônica Anglo-Saxônica* eles são "Scef", "Sceldwa" e "Beaw"; na *Vida do Rei Alfred*, são "Seth", "Sceldwa" e "Beaw"; na *Crônica de Æthelweard*, são "Scef", "Scyld" e "Beow"; e, em *Beowulf*, são "Scef", "Scyld" e "Beowulf".

Essa relação da genealogia de Wessex com o poema fica ainda mais forte se compararmos o trecho da *Crônica de Æthelweard*, citado ainda há pouco, com os versos 26-7 e 43-6 de *Beowulf* sobre a origem de Scef (ancestral do rei Hrothgar) e sua chegada de além-mar quando criança.

Podemos supor que a personagem Sceaf e sua genealogia talvez fizessem parte de alguma lenda ou mito norte-europeu que não chegou até

---

[68] Um bom exemplo, no continente, da importância dessa ancestralidade é o do líder frísio Radbod. Segundo o relato, Radbod estaria prestes a ser batizado quando recusou, dizendo que preferia ir para o inferno e se juntar a seus antepassados, do que chegar ao céu sem eles. Ver Richard Fletcher, *The Barbarian Conversion*, Nova York, Henry Holt, 1999, p. 239.

nós,[69] e que a casa de Wessex, por conhecê-la, utilizava-a para aproximá-los da aristocracia dos escandinavos, já que durante o século X eles passam a governar a Inglaterra como um todo, tanto os anglo-saxões quanto os escandinavos e seus descendentes. O que teríamos, então, seria o interesse da casa de Wessex em vincular sua linhagem à dos nórdicos, talvez visando a um maior prestígio e autoridade sobre os líderes da *Danelaw*, o que acabou se refletindo em obras como *Beowulf*:

> "A evidência da genealogia dos saxões ocidentais mostra que as invasões danesas e os assentamentos não levaram os ingleses a se dissociarem da era heroica da Escandinávia. Pelo contrário, o norte heroico os atraía, e seu interesse nele os permitiu estabelecer um passado comum para a política e as relações éticas da época."[70]

O período que os textos das três genealogias da casa de Wessex e do manuscrito de *Beowulf* abrangem está fora dos grandes ataques vikings, e é um momento de relativa ordem dentro da Inglaterra. Um período mais propício e harmonioso para o estreitamento das relações com a população da *Danelaw*, de reorganização social e religiosa, florescimento artístico e cultural, e também para o fortalecimento da imagem heroico-aristocrática.

Beowulf como modelo aristocrático

Dentro do cenário que *Beowulf* nos apresenta, destacamos aqui o elemento que está diretamente ligado ao público a quem o poema estaria direcionado: como mencionado anteriormente, a aristocracia. Contudo, o que caracteriza essa aristocracia, plasmada na figura régia? A figura do rei era essencial na Inglaterra, possuindo um caráter sagrado, de mediação entre o mundo terreno e a divindade. Desde suas origens pré-cristãs,

---

[69] No prólogo à *Edda em prosa*, o islandês Snorri Sturluson (1179-1241), ao citar a ancestralidade de Odin, apresenta uma genealogia muito semelhante à da casa de Wessex, onde também encontraremos nomes que nos chamam a atenção: Sescef, Scialdun e Biaf. Ver Snorri Sturluson, *op. cit.*, p. 3.

[70] Alexander C. Murray, "*Beowulf*, the Danish Invasions, and Royal Genealogy" *in* Colin Chase (org.), *The Dating of Beowulf*, *op. cit.*, p. 105.

ele era o mediador entre os poderes divinos e seu povo, e sua imagem estava intrinsecamente ligada ao âmbito político e religioso. O rei era uma *persona mixta*, que atuava através da "sorte", da "bênção"[71] da divindade da tribo; com o cristianismo, sua identificação passou a ser com Cristo.[72] Temos, assim, uma permanência, a continuidade de uma tradição que remonta aos tempos pagãos e que se adapta com a cristianização. Extremamente ligada ao rei, a aristocracia, apesar de não possuir o mesmo papel central do rei, ainda assim goza da legitimação de sua autoridade por meio de sua linhagem e de qualidades que a diferenciam de outros grupos dentro da sociedade. São essas as características que iremos encontrar dentro de *Beowulf*, onde podemos observar um ideal social construído com base numa mescla de elementos culturais da tradição germânica e cristã.

Temos nos primeiros versos de *Beowulf* (vv. 1-11) o primeiro contato com a imagem do rei, apresentado como um homem aguerrido, um líder militar. Mas não pensemos que tal caracterização se baseie exclusivamente em posturas de combate. No poema encontraremos diversas passagens de aspecto moralizante e de qualidades idealizadas dessa imagem aristocrática.

Para melhor visualizarmos esse universo idealizado, podemos mencionar a questão levantada durante um fórum a respeito das escavações do sítio arqueológico de Sutton Hoo: "Sutton Hoo seria a realidade por trás do mundo de *Beowulf*?". A resposta não poderia ser melhor:

> "Nem Sutton Hoo nem *Beowulf* representam uma avaliação precisa da realidade. Ambos contêm alusões ao mundo real, mas nós não temos certeza de quais elas seriam. A partir do estudo dos sepultamentos nos arriscamos neste momento a conhecer mais sobre como os anglo-saxões pensavam do que como eles viviam."[73]

---

[71] Encontrada ao longo de *Beowulf* através dos termos *eadig* e *saelig*.

[72] Ernst H. Kantorowicz, *Os dois corpos do rei*, São Paulo, Companhia das Letras, 1998, pp. 51-2 e 56.

[73] "*Neither Sutton Hoo nor* Beowulf *represents a straight account of reality. Both contain allusions to the real world, but we do not know for certain which they were. From the study of burial we risk at present knowing more about how the Anglo-Saxons*

Beowulf, a exemplo de algumas sagas escandinavas e de outras narrativas lendárias e míticas germânicas, é uma narrativa de caráter aristocrático e régio, de perfil biográfico, com um estilo breve, simples, permeado por versos aliterativos e inicialmente pertencente à cultura oral. Neste tipo de obra abundam genealogias, atritos e combates. Seguindo a ordem cronológica (ainda que imprecisa ou ficcional), não há um aprofundamento das personagens ao decorrer da história; estas são representadas por meio de falas e atos, constituindo assim seu caráter dramático e modelar,[74] o que lembra, em certa medida, o estilo das personagens homéricas e também das narrativas bíblicas, por seu papel e função exemplar.[75]

No caso da Inglaterra anglo-saxônica, vemos que, conforme tais narrativas se desenvolvem, as circunstâncias e os elementos que lhes deram origem são simplificados, distorcidos ou exagerados. Tribos menores e personagens de pouca expressão são suprimidas em favor de elementos mais significativos. A cronologia é reorganizada de forma que personagens e tribos de locais e épocas diferentes passem a coexistir num mesmo momento de um passado mítico, indefinido, no qual o ponto central passa a ser a figura individual do herói biografado e do grupo em que ele vive. As narrativas acabam por se desenvolver através das ações destas personagens ante as necessidades do momento segundo seu código moral de conduta e habilidades ou qualidades que representem os elementos idealizados pela aristocracia da época.

Em *Beowulf* o herói demonstra isso através de qualidades como liderança (vv. 20-5), habilidades em combate (vv. 287-9 e 1246-50), coragem (vv. 572-3), honra e glória (vv. 1384-9, 1534-6 e 2890-1), lealdade (vv. 2166-9). Mas não apenas valores positivos permeiam o poema. Há também os modelos negativos, como Grendel e a linhagem de Caim (vv. 86-104, 168-9, 1258-67), que representam o traidor, o proscrito que se voltou contra a ordem social e contra Deus.

Ainda sobre elementos moralizantes, segundo os debates acadêmicos da virada do século XIX para o XX, *Beowulf* não poderia ser classi-

---

thought than about how they lived." Ver Martin Carver, *Sutton Hoo: Burial Ground of Kings?*, Londres, British Museum Press, 1998, p. 173.

[74] Jorge Luis Borges, *Literaturas germánicas medievales*, Madri, Alianza Editorial, 2005, pp. 117-8.

[75] Erich Auerbach, *op. cit.*, p. 12.

ficado como um épico heroico, como a *Eneida* ou a *Odisseia*. Contudo, ele compartilha uma característica: as máximas. As máximas dentro de tais obras possuem uma função moralizante, como reflexões a respeito do mundo e da condição humana. Num simples levantamento é possível encontrar em *Beowulf* em torno de 23 passagens que podem ser classificadas como máximas.[76] Por exemplo: "Assim deve ser um homem jovem, de boas ações, generoso com presentes na casa de seu pai, para que, ao envelhecer, ainda estejam ao seu lado seus caros companheiros, e para que, quando a guerra chegar, o povo o sirva" (vv. 20-4); "Da mesma forma, é triste, para um homem velho, viver para ver seu filho balançar jovem na forca; ele então canta um lamento, uma triste canção, enquanto seu filho balança — um prazer para o corvo —, e ele não pode ajudá-lo de forma alguma, velho e sábio" (vv. 2444-9).

É claro que esses modelos exaltam qualidades dignas de uma aristocracia anglo-saxônica idealizada dos séculos VIII, IX e X, assim como teremos no século XII um fenômeno semelhante com as gestas de cavalaria e as histórias do ciclo arturiano. A identificação desse ideal com um ambiente ou com figuras históricas ou pseudo-históricas reforça ainda mais o aspecto moralizante de tais obras, o que as diferencia de simples contos populares, inserindo seus ouvintes dentro de um universo mítico familiar. Portanto, passando por Hildebrando e a batalha contra os godos e hunos, os feitos de Sigurd/Siegfried, Valtário, Byrhtnoth e a *Batalha de Maldon*, a *Saga dos Volsungos*, a *Nibelungenlied*, todos trazem a imagem idealizada de um mundo aristocrático mítico para seu público, principalmente na forma de narrativas e poemas heroicos.

Em *Beowulf*, temos a construção de um mito social da cultura anglo-saxônica. Ao observarmos sua sociedade através do poema, temos a imagem de Beowulf como o ideal deste mundo aristocrático, que pode ser representado pelos últimos versos do poema: "Disseram que ele foi, dos reis deste mundo, o mais amável dos homens e o mais gentil, o mais bondoso para o povo e o mais ávido por fama".

---

[76] *Beowulf*, vv. 20-5, 183-7, 287-9, 455, 572-3, 1002-8, 1060-2, 1246-50, 1384-9, 1534-6, 1838-9, 1925-62, 2026-31, 2166-9, 2291-3, 2444-9, 2600-1, 2706-9, 2764-6, 2858-9, 2890-1, 3063-5, 3174-7.

Glossário de nomes próprios

(Os números referem-se aos versos do poema, e, entre parênteses, estão as variações ortográficas do inglês antigo.)

Abel: personagem bíblica assassinada pelo irmão Caim (Gênesis 4, 1-16) — 108.
Ælfhere: parente de Wiglaf — 2604.
Æschere: conselheiro e guerreiro de Hrothgar, morto pela mãe de Grendel — 1323, 1329, 1420, 2122.
Beanstan: pai de Breca — 524.
Beowulf (*Beow*): rei danês, filho de Scyld — 18, 53.
Beowulf (*Biowulf*): neto de Hrethel, filho de Ecgtheow, sobrinho de Hygelac e depois rei dos geatas — 343, 364, 405, 457, 501, 506, 529, 609, 623, 631, 653, 676, 795, 818, 856, 872, 946, 957, 1020, 1024, 1043, 1051, 1191, 1216, 1299, 1310, 1383, 1441, 1473, 1651, 1704, 1758, 1817, 1854, 1880, 1971, 1987, 1999, 2194, 2207, 2324, 2359, 2389, 2425, 2510, 2663, 2681, 2724, 2807, 2842, 2907, 3066, 3151.
Breca: filho de Beanstan, líder dos brondingas — 506, 531, 583.
Brondingas: uma tribo, o povo de Breca — 521.
Brosingas: tribo cujo nome talvez se relacione ao colar mágico da deusa nórdica Freya — 1199.
Caim (*Cain*): personagem bíblica, responsável pelo assassinato de Abel (Gênesis 4, 1-16) e, segundo o poema, pai da raça dos monstros e demônios — 107, 1261.
Dæghrefn: um guerreiro dos hugas, morto por Beowulf — 2501.
Daneses (*Dene*): o povo de Hrothgar — 155, 242, 253, 271, 350, 359, 389, 498, 599, 657, 668, 696, 767, 823, 1090, 1158, 1323, 1417, 1582, 1670, 1680, 1712, 1720, 1814, 1904, 2035, 2050, 2068, 2125. *Beorht-Dene* — 427, 609. *East-Dene* — 392, 616, 828. *Gar--Dene* — 1, 601, 1856, 2494. *Hring-Dene* — 116, 1279. *Norð-Dene* — 783. *Suð-Dene* — 463, 1996. *West-Dene* — 383, 1578.

Eadgils: príncipe sueco, filho de Ohthere e irmão de Eanmund — 2392.
Eanmund: príncipe sueco, filho de Ohthere e irmão de Eadgils — 2611.
Earnanæs: um promontório na terra dos geatas, próximo ao local da batalha com o dragão — 3031.
Ecglaf: pai de Unferth — 499, 590, 980, 1808, 1465.
Ecgtheow (*Ecgþeow*): pai de Beowulf — 263, 373, 529, 631, 957, 1383, 1473, 1651, 1817, 1999, 2177, 2425, 1550, 2367, 2398, 2587.
Ecgwela: um rei danês — 1710.
Eofor: guerreiro dos geatas, irmão de Wulf, e assassino de Ongentheow — 2486, 2964, 2993, 2997.
Eomer: filho de Offa — 1960.
Ermanrico (*Eormenric*): rei dos ostrogodos — 1201.
Finn: rei dos frísios — 1068, 1081, 1096, 1128, 1146, 1152, 1156.
Finlandeses (*Finnas*): o povo da Finlândia — 580.
Fitela: sobrinho (ou filho) de Sigemund — 879, 889.
Floresta dos Corvos (*Hrefnawudu, Hrefnesholt*): floresta da Suécia — 2925, 2935.
Folcwalda: pai de Finn — 1089.
Francos (*Francan*): o povo dos francos — 1210, 2912.
Freawaru: filha de Hrothgar — 2022.
Frísios (*Fresan, Frysan*): o povo de Finn — 1093, 1104, 1207, 2912.
Froda: chefe dos heathobardos e pai de Ingeld — 2025.
Garmund: pai de Offa — 1962.
Geatas (*Geatas, Weders*): o povo de Beowulf e Hygelac — 195, 205, 260, 362, 374, 378, 443, 601, 625, 640, 669, 676, 1171, 1173, 1191, 1202, 1213, 1301, 1432, 1484, 1551, 1642, 1785, 1792, 1831, 1836, 1856, 1911, 1930, 2184, 2192, 2318, 2327, 2356, 2390, 2402, 2419, 2472, 2483, 2560, 2576, 2584, 2623, 2658, 2901, 2927, 2946, 2991, 3137, 3178. *Guð-geatas* — 1538. *Sæ-geatas* — 1850, 1986. *Weder* — 225, 341, 423, 461, 498, 697, 1894, 2120, 2186, 2336, 2462, 2656, 2705, 2786, 2900, 3037, 3156. *Weder-geatas* — 1492, 1612, 2551, 2379.
Gifthas (*Gifðas*): uma tribo germânica — 2494.
Grendel: monstro que aterrorizou os daneses, morto por Beowulf — 102, 127, 151, 195, 384, 409, 424, 474, 478, 483, 527, 591, 666, 678, 711, 819, 836, 927, 930, 1054, 1253, 1258, 1266, 1282, 1334, 1354, 1391, 1538, 1577, 1586, 1639, 1648, 1775, 1997, 2002, 2006, 2070, 2078, 2118, 2139, 2353, 2521.

Guthlaf (*Guðlaf*): um guerreiro dinamarquês — 1148.

Hæreth (*Hæreð*): pai de Hygd — 1929, 1981.

Hæthcyn (*Hæðcyn*): príncipe dos geatas, segundo filho de Hrethel — 2434, 2437, 2482, 2925.

Halga: príncipe danês, irmão mais novo de Hrothgar — 61.

Hama: personagem legendária da tribo dos godos — 1198.

Healfdene: rei dos daneses, pai de Hrothgar — 57, 189, 268, 344, 469, 645, 1009, 1020, 1040, 1064, 1474, 1652, 1699, 1867, 2011, 2143, 2147.

Heardred: rei dos geatas, filho de Hygelac — 2202, 2388, 2375.

Heathobardos (*Heaðo-Beardan*): tribo germânica — 2032, 2037, 2067.

Heatholaf (*Heaþolaf*): um homem da tribo dos wylfingas, morto por Ecgtheow — 460.

Heathoræms (*Heaþo-Ræmas*): uma tribo escandinava — 519.

Helmingas: a família de Wealhtheow — 620.

Hemming: parente de Offa e Eomer — 1944, 1961.

Hengest: líder danês, assassino de Finn — 1083, 1091, 1096, 1127.

Heorogar (*Heregar*): rei dinamarquês, irmão mais velho de Hrothgar — 61, 467, 2158.

Heorot: o famoso salão do rei danês Hrothgar — 78, 166, 403, 432, 475, 497, 593, 991, 1017, 1176, 1267, 1279, 1302, 1330, 1588, 1671, 1990, 2099.

Heoroweard: filho de Heorogar — 2161.

Herebeald: príncipe dos geatas, filho mais velho de Hrethel, morto por seu irmão Hæthcyn — 2434, 2463.

Heremod: rei dos daneses, anterior à dinastia de Scyld — 901, 1709.

Hereric: tio de Heardred e irmão de Hygd — 2206.

Hetwares: o poema é dúbio, podendo tanto se referir a um povo ou a um guerreiro entre os francos, aliado dos frísios, que enfrentou Hygelac — 2363, 2919.

Hildeburh: irmã do líder danês Hnæf e esposa do rei Finn — 1071, 1114.

Hnæf: líder dos daneses, irmão de Hildeburh, assassinado por Finn — 1069, 1114.

Hoc: pai de Hildeburh e Hnæf — 1076.

Hondscio (*Hondscioh*): guerreiro dos geatas, companheiro de Beowulf morto por Grendel — 2076.

Hreosnabeorh: um promontório na costa da terra do povo dos geatas — 2477.

Hrethel (*Hreðel*): rei dos geatas, pai de Hygelac e avô materno de Beowulf — 374, 454, 1485, 1847, 2191, 2358, 2430, 2474, 2992.
Hrethelingas (*Hreðlingas, Hrebling*): os da linhagem de Hrethel, os geatas — 1923, 2925, 2960.
Hrethric (*Hreðric*): filho de Hrothgar — 1189, 1836.
Hronesness (*Hronesnæsse*): um promontório na costa da terra dos geatas — 2805, 3136.
Hrothgar (*Hroðgar*): rei dos daneses atormentado por Grendel e auxiliado por Beowulf — 61, 64, 235, 277, 355, 339, 356, 367, 371, 396, 407, 417, 452, 456, 613, 653, 662, 717, 826, 863, 925, 1017, 1066, 1236, 1296, 1321, 1399, 1407, 1456, 1483, 1580, 1592, 1646, 1687, 1816, 1840, 1884, 1899, 1990, 2010, 2020, 2129, 2155, 2351.
Hrothmund (*Hroðmund*): filho de Hrothgar — 1189.
Hrothulf (*Hrobulf*): filho de Halga, sobrinho de Hrothgar — 1017, 1181.
Hrunting: a espada de Unferth — 1457, 1490, 1659.
Hugas: nome aplicado aos francos aliados dos frísios — 2502, 2914.
Hunlafing: "filho de Hunlaf", um guerreiro do bando de Hengest — 1143.
Hygd: esposa de Hygelac — 1926, 2172, 2369.
Hygelac (*Higelac*): rei dos geatas, tio de Beowulf — 194, 261, 342, 407, 435, 452, 737, 758, 813, 914, 1202, 1483, 1530, 1574, 1820, 1830, 1923, 1970, 1983, 2000, 2151, 2169, 2201, 2355, 2372, 2386, 2434, 2914, 2943, 2952, 2958, 2977, 2988.
Ingeld: príncipe dos heathobardos, filho de Froda — 2064.
Ingwine: os "amigos de Ing", os daneses — 1044, 1319.
Jutos (*Eotan*): o povo de Finn — 1072, 1088, 1141, 1145.
Merovíngios (*Merewioing*): denominação aplicada aos francos — 2921.
Modthryth (*Modþryðo, Modthrytho, Thryth*): a esposa do rei Offa — 1931.
Nægling: a espada de Beowulf — 2680.
Offa: rei dos anglos continentais, marido da rainha Modthryth — 1949, 1957.
Ohthere: filho do rei Ongentheow — 2380, 2394, 2612, 2928, 2932.
Onela: filho do rei Ongentheow — 62, 2616, 2932.
Ongentheow (*Ongenþeow*): rei dos suecos, morto por Wulf e Eofor — 1968, 2387, 2475, 2486, 2924, 2951, 2961, 2986.
Oslaf: guerreiro danês, companheiro de Hengest — 1148.

Scyld Scefing: rei lendário, fundador da casa real danesa de Hrothgar — 4, 19, 26.

Scyldingas: o povo de Scyld Scefing, os membros da dinastia danesa — 30, 53, 58, 148, 170, 229, 274, 291, 351, 371, 428, 456, 500, 663, 778, 913, 1069, 1154, 1166, 1168, 1183, 1321, 1418, 1563, 1601, 1653, 1675, 1792, 1871, 2026, 2052, 2101, 2105, 2159. *Ar-Scyldinga* — 464, 1710. *Here-Scyldingas* — 1108. *Sige-Scyldingas* — 597, 2004. *Þeod-Scyldingas* — 1019.

Scylfingas: o povo dos suecos — 2381, 2487, 2603, 2968. *Guð-Scilfingas* — 2927. *Heaðo-Scilfingas* — 2205. *Heaðo-Silfing* — 63.

Sigemund: herói lendário, filho de Wæls, tio (ou pai) de Fitela — 875, 884.

Sweon: os suecos — 2472, 2946, 2958, 3001.

Swerting: avô paterno (ou tio) de Hygelac — 1203.

Swiorice: os suecos — 2383, 2495.

Thryth (*Pryðo*): ver Modthryth.

Unferth (*Unferð*): filho de Ecglaf, orador de Hrothgar — 499, 530, 1165, 1488.

Wægmundingas: a família de Weohstan, Wiglaf e Beowulf — 2607, 2814.

Wæls: pai de Sigemund — 897.

Wealhtheow (*Wealhþeow*): rainha danesa, esposa de Hrothgar — 612, 629, 664, 1162, 1215, 2173.

Weders: ver Geatas.

Weland: famoso ferreiro das lendas germânicas — 455.

Wendels (*Wendlas*): uma tribo germânica, talvez os vândalos — 348.

Weohstan: pai de Wiglaf — 2602, 2752, 2907, 3076, 3120.

Wiglaf: filho de Weohstan e companheiro de Beowulf — 2602, 2631, 2745, 2852, 2862, 2906, 3076.

Withergyld (*Wiðergyld*): um guerreiro dos heathobardos — 2051.

Wonred: pai de Wulf e Eofor — 2971.

Wulf: guerreiro dos geatas, irmão de Eofor — 2965, 2993.

Wulfgar: guerreiro da corte do rei Hrothgar — 348, 360.

Wylfingas: uma tribo germânica — 461, 471.

Yrmenlaf: irmão mais novo de Æschere — 1324.

Genealogias

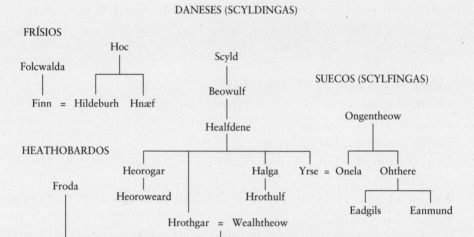

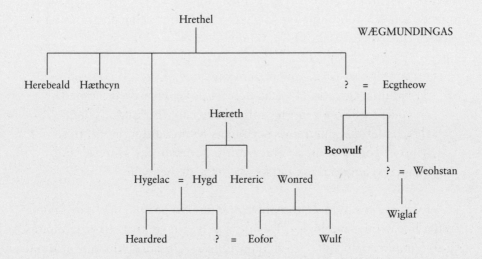

As guerras entre os geatas e os suecos

Quando a história do rei Beowulf contra o dragão está prestes a começar, o narrador condensa os acontecimentos ocorridos nos cinquenta anos de seu reinado numa breve passagem. É uma sequência confusa de eventos que os versos 2200-8 revelam:

> "Depois disso, ocorreu, em dias posteriores, o confronto da batalha, quando Hygelac pereceu, e de Heardred a espada de guerra causou a morte, sob a proteção do escudo, quando eles, os ferozes guerreiros scylfingas, o buscaram na vitoriosa tribo e, com violência, atacaram o sobrinho de Hereric. Foi quando o amplo reino passou às mãos de Beowulf."

Esses eventos serão retomados ao longo do poema, mas não de uma forma linear ou cronológica. Devido a isso, a narrativa se torna muitas vezes complexa, dificultando a compreensão. Organizando tais informações a respeito dos conflitos entre geatas e suecos, podemos reconstruí-los da seguinte forma:

1. Hæthcyn acidentalmente mata seu irmão Herebeald, e por isso seu pai (Hrethel) morre de tristeza (vv. 2432-71). Desta forma, Hæthcyn se torna rei dos geatas.

2. Após a morte de Hrethel, Ohthere e Onela, filhos do rei Ongentheow dos suecos, atacam os geatas (vv. 2472-8).

3. Em retaliação, Hæthcyn ataca Ongentheow na Suécia (vv. 2479-84). Inicialmente ele é bem-sucedido, mas acaba sendo morto na floresta dos corvos (vv. 2922-41). Os guerreiros de Hygelac — Wulf e Eofor — matam Ongentheow e Hygelac sai vitorioso da batalha (vv. 2484-9, 2942-99), tornando-se rei dos geatas. Ohthere, filho de Ongentheow, torna-se rei dos suecos.

4. Hygelac é morto na Frísia e seu filho, Heardred, torna-se rei (vv. 2354-78).

5. O irmão de Ohthere, Onela, usurpa o trono da Suécia e expulsa os filhos de Ohthere, Eanmund e Eadgils, do reino (vv. 2379-84). Heardred os acolhe em sua corte, mas, devido a essa hospitalidade, Onela ataca os geatas e mata Heardred. Onela retorna para seu reino, deixando para trás Beowulf, que se torna o novo rei dos geatas (vv. 2385-90).

6. Por volta dessa mesma época, Weohstan, pai de Wiglaf, mata Eanmund em favor de Onela (vv. 2611-9).

7. Eadgils consegue escapar; mais tarde, ele mata Onela na Suécia, com o auxilio de Beowulf (vv. 2391-6) e supostamente se torna rei dos suecos.

8. Durante os cinquenta anos de reinado de Beowulf, a morte de Eanmund não é vingada. Após a morte de Beowulf, o irmão de Eanmund, Eadgils, provavelmente buscará vingança contra Wiglaf, filho de Weohstan, pela morte do irmão (vv. 2999-3005).

Cronologia da Inglaterra anglo-saxônica

c. 400 — Povos germânicos começam a chegar à província romana da *Britannia*.

c. 540 — Gildas lamenta a chegada dos povos germânicos e suas incursões sobre os bretões em sua obra *De excidio Britanniae*.

597 — Santo Agostinho de Canterbury chega ao reino de Kent para converter os anglo-saxões.

616 — Morte de Æthelberht, rei de Kent.

c. 625 — Principal monte funerário de Sutton Hoo (monte 1).

633 — Morte de Edwin, rei da Nortúmbria.

635 — Bispo Aidan se estabelece em Lindisfarne.

642 — Morte de Oswald, rei da Nortúmbria.

664 — Sínodo de Whitby.

669 — Arcebispo Teodoro e o abade Adriano chegam a Canterbury.

674 — Fundação do monastério de Monkwearmouth.

682 — Fundação do monastério de Jarrow.

687 — Morte de São Cuthbert.

689 — Morte de Cædwalla, rei de Wessex.

690 — Morte do arcebispo Teodoro.

c. 700 — Composição dos *Evangelhos de Lindisfarne*.

709 — Morte dos bispos Wilfrid e Aldhelm.

716-57 — Reinado de Æthelbald em Mércia.

731 — Beda conclui sua *Historia Ecclesiastica Gentis Anglorum*.

735 — Morte de Beda.

754 — Morte de São Bonifácio, missionário anglo-saxão entre os saxões do continente.

757-96 — Reinado de Offa em Mércia.

781 — Alcuíno de York se junta à corte de Carlos Magno.

793 — Ataque viking a Lindisfarne.

802-39 — Reinado de Egbert em Wessex.

804 — Morte de Alcuíno.

839-56 — Reinado de Æthelwulf em Wessex.

869 — Vikings derrotam e matam Edmund, rei de Ânglia Oriental.

871-99 — Reinado de Alfred, o Grande, em Wessex.

878 — Alfred derrota os vikings na batalha de Edington, e os vikings se estabelecem em Ânglia Oriental.

c. 880-99 — Reforma alfrediana: composição das traduções de obras como *Consolatione Philosophiae* de Boécio, *Regula Pastoralis* de Gregório Magno, e *Historia Adversus Paganos* de Orósio.

899-924 — Reinado de Edward, o Velho, em Wessex.

924-39 — Reinado de Athelstan em Wessex; é o primeiro rei de toda a Inglaterra.

937 — Batalha de Brunanburh.

957-75 — Reinado de Edgar na Inglaterra.

959-88 — Arcebispado de Dunstan em Canterbury.

963-84 — Episcopado de Æthelwold em Winchester.

964 — Clérigos seculares são expulsos de Old Minster, Winchester, e substituídos por monges.

971-92 — Arcebispado de Oswald em York.

973 — Rei Edgar coroado em Bath.

c. 975 — Composição dos manuscritos do *Livro de Exeter* e do *Livro de Vercelli*.

978-1016 — Reinado de Æthelred II na Inglaterra.

991 — Batalha de Maldon.

c. 1000 — Composição dos manuscritos *Codex Junius XI* e *Cotton Vitellius A. XV* (o manuscrito de *Beowulf*).

c. 1010 — Morte de Ælfric de Eynsham.

1013-14 — Invasão liderada por Sweyn, rei da Dinamarca.

1016-35 — Reinado de Cnut na Inglaterra, Dinamarca, Noruega e parte da Suécia.

1023 — Morte de Wulfstan, arcebispo de York.

1042-66 — Reinado de Edward, o Confessor, na Inglaterra.

1066 — Batalha de Stamford Bridge: o exército inglês, liderado pelo rei Harold Godwinson, derrota os vikings liderados por Harald Hardrada, rei da Noruega; cerca de quinze dias depois o exército inglês liderado pelo rei Harold é derrotado pelos normandos, liderados por Guilherme, duque da Normandia, na batalha de Hastings.

1066 — Guilherme, o Conquistador, duque da Normandia, é coroado rei da Inglaterra.

Mapas

A geografia de *Beowulf* segundo Frederick Klaeber

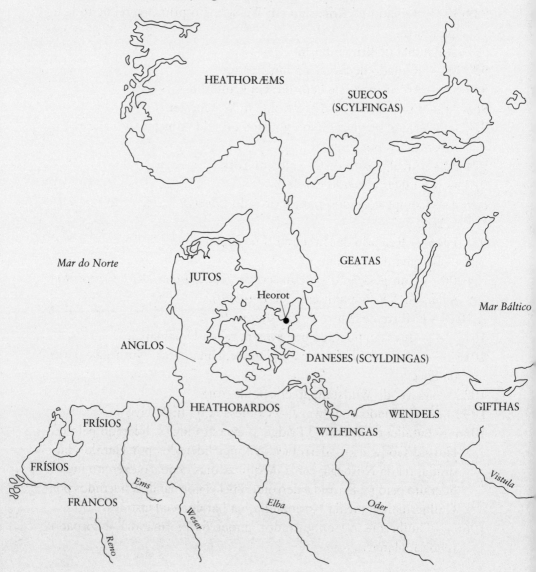

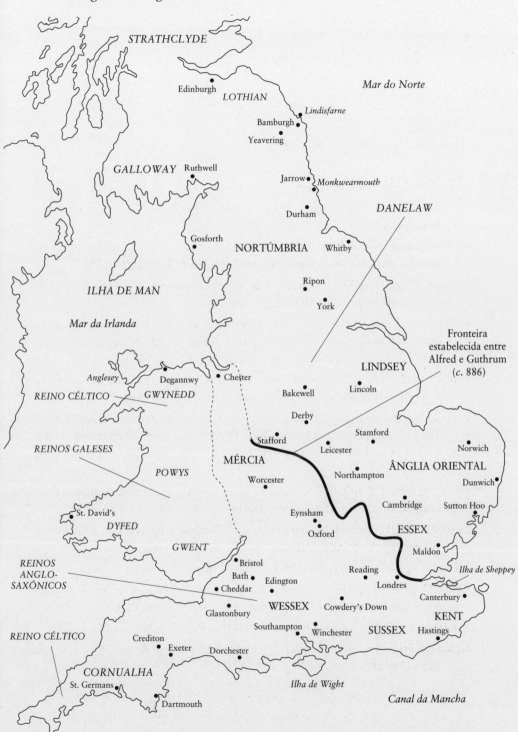

Bibliografia

I. Edições e fac-símiles de *Beowulf*

ALEXANDER, Michael. *Beowulf: A Glossed Text*. Londres: Penguin, 2000.

ARNOLD, Thomas. *Beowulf: A Heroic Poem of the Eighth Century*. Londres: Longmans, 1876.

CRÉPIN, André. *Beowulf: Édition diplomatique et texte critique, traduction française, commentaires et vocabulaire*. Goppingen: Kummerle, 1991.

DOBBIE, Elliott van Kirk. *Beowulf and Judith. Anglo-Saxon Poetic Record 4*. Nova York: Columbia University Press, 1953.

ETTMÜLLER, Ludwig. *Carmen de Beovulfi Gautarum regis rebus praeclare gestis atque interitu, quale fuerit ante quam in manus interpolatoris, monachi Vestsaxonici, inciderat*. Zurique: Zürcher & Fürrer, 1875.

GRUNDTVIG, N. F. S. *Beowulfes beorh Eller Bjovulfs-drapen, det old-angelske helte digt, paa grund-sproget*. Copenhague: K. Schönberg, 1861.

HEYNE, Moritz. *Beowulf: Mit ausführlichem Glossar*. Paderborn: F. Schöningh, 1863; 5ª ed., rev. Adolf Socin, 1888; 8ª ed., rev. Levin L. Schücking, 1908; 15ª ed., rev. Else von Schaubert, 1940; 17ª ed., rev. Else von Schaubert, 1961.

HOLDER, Alfred. *Beowulf. I: Abdruck der Handschrift im British Museum*. Freiburg im Breslau: J. C. B. Mohr, 1881.

HOLTHAUSEN, Ferdinand. *Beowulf nebst dem Finnsburg-Bruchstück*. Heidelberg: Winter, 1905-1906, 2 volumes.

JACK, George. *Beowulf: A Student Edition*. Oxford: Clarendon Press, 1994.

KEMBLE, John Mitchell. *The Anglo-Saxon Poems of Beowulf, The Travellers Song, and The Battle of Finnesburh*. Londres: William Pickering, 1833.

KIERNAN, Kevin S. *Eletronic Beowulf*. Londres: British Library, 2000, 2 CDs.

KLAEBER, Frederick. *Beowulf and The Fight at Finnsburg*. Boston: D. C. Heath, 1950 [1922].

KURIYAGAWA, Fumio. "Beowulf and The Fight at Finnsburg", *English Literature and Philology*, 3, 1931-1932, pp. 1-283.

MALONE, Kemp. *The Thorkelin Transcripts of Beowulf in Facsimile*. Copenhague: Rosenkilde & Bagger, 1951.

_____. *The Nowell Codex: British Museum Cotton Vitellius A. XV, Second MS*. Copenhague: Rosenkilde & Bagger, 1963.

MITCHELL, Bruce e ROBINSON, Fred C. *Beowulf: An Edition*. Oxford: Blackwell, 1998.

SEDGEFIELD, Walter J. *Beowulf*. Manchester: University of Manchester Press, 1910.

THORKELIN, Grímur Jónsson. *De Danorum rebus gestis seculi III & IV: Poëma Danicum dialecto Anglo-Saxonica*. Copenhague: Th. E. Ragel, 1815.

THORPE, Benjamin. *The Anglo-Saxon Poems of Beowulf, The Scop or Gleeman's Tale, and the Fight at Finnsburh*. Nova York: Barron's Educational Series, 1855.

TRAUTMANN, Moritz. "Das Beowulflied: Als Anhang das Finn-Bruchstück und die Waldhere-Bruchstücke", *Bonner Beiträge zur Anglistik 16*. Bonn: P. Hanstein, 1904.

TRIPP, Raymond P., Jr. *Beowulf: An Edition and Literary Translation in Progress*. Denver: Society for New Language Study, 1991.

WRENN, C. L. *Beowulf with the Finnsburh Fragment*. Londres: Harrup, 1953.

WYATT, A. J. *Beowulf: Edited with Textual Foot-Notes, Index of Proper Names, and Alphabetical Glossary*. Cambridge: Cambridge University Press, 1894.

ZUPITZA, Julius. *Beowulf: Autotypes of the Unique Cotton MS. Vitellius A. XV in the British Museum, with a Transliteration*. Londres: Oxford University Press, 1882.

II. Traduções de *Beowulf*

ALEXANDER, Michael. *Beowulf: A Verse Translation*. Harmondsworth: Penguin, 1973.

AYRES, Harry Morgan. *Beowulf: A Paraphrase*. Williamsport: Bayard, 1933.

BJÖRNSSON, Halldóra B. *Bjólfsviða*. Reykjavik: Fjölvi, 1983.

BOTKINE, Léon. *Beowulf, épopée anglo-saxonne*. Le Havre: Imprimerie Lepelletier, 1877.

BRADLEY, S. A. J. *Anglo-Saxon Poetry*. Londres: Everyman's Library, 2003.

CHICKERING, JR., Howell D. *Beowulf: A Dual-Language Edition*. Nova York: Anchor Books, 1989.

COLLINDER, Björn. *Beowulf översatt i originalets versmått*. Estocolmo: Natur och Kultur, 1954.

CONYBEARE, John Josias. *Illustrations of Anglo-Saxon Poetry*. Londres: Harding & Lepard, 1826, n° 39.

CROSSLEY-HOLLAND, Kevin. *Beowulf: The Poetry of Legend*. Woodbridge: Boydell, 1987.

_____. *The Anglo-Saxon World*. Oxford: Oxford University Press, 1999.

DONALDSON, E. Talbot. *Beowulf*. Nova York: W. W. Norton, 1966.

EARLE, John. *The Deeds of Beowulf: An English Epic of the Eighth Century Done into Modern Prose*. Oxford: Clarendon Press, 1892.

EBBUTT, Maude Isabel. *Myths and Legends Series: The British*. Nova York: Avenel, 1986.

ETTMÜLLER, Ludwig. *Beowulf: Heldengedicht des achten Jahrhunderts*. Zurique: Meyer & Zeller, 1840.

GALVÃO, Ary González. *Beowulf*. São Paulo: Hucitec, 1992.

GORDON, Robert K. *The Song of Beowulf*. Londres: Dent, 1923.

GREENFIELD, Stanley B. *A Readable Beowulf: The Old English Epic Newly Translated*. Carbondale: Southern Illinois University Press, 1982.

GREIN, C. W. M. *Dichtungen der Angelsachsen, stabreimend übersetzt*. Göttingen: G. H. Wigand, 1857, 2 volumes.

GRION, Giusto. "Beowulf: poema epico anglosassone del VII secolo", *Atti della Real Accademia Lucchese di Scienze, Lettere ed Artii* 22, 1883, pp. 197-379.

GRUNDTVIG, N. F. S. *Bjowuls Drape: Et Gothisk Helte-Digt*. Copenhague: A. Seidelin, 1820.

GUMMERE, Francis B. *The Oldest English Epic: Beowulf, Finnsburg, Waldere, Deor, Widsith, and the German Hildebrand*. Nova York: Macmillan, 1909.

GYÖRGY, Fordította Szegö. *Beowulf*. Budapeste: Eötvös Loránd Tudományegyetem, Anglisztika Tanszék, 1994.

HAARDER, Andreas. *Sangen om Bjovulf*. Copenhague: G. E. C. Gad, 1984.

HALL, J. R. Clark. *Beowulf and The Fight at Finnsburg: A Translation into Modern English Prose*. Londres: Allen & Unwin, 1901.

_____. *Beowulf and the Finnsburh Fragment: A Translation into Modern English Prose*. Londres: Allen and Unwin, 1940.

HEANEY, Seamus. *Beowulf*. Nova York: W. W. Norton, 2000.

_____. *Beowulf: An Illustrated Edition*. Nova York: W. W. Norton, 2008.

HERRERA, José Luis. *Beowulfo*. Madri: Aguilar, 1965.

HIEATT, Constance B. *Beowulf and Other Old English Poems*. Nova York: Odyssey, 1967.

HOFFMAN, P. *Beowulf: Aeltestes deutsches Heldengedicht*. Hannover: M & H Schaper, 1893.

HUDSON, Marc. *Beowulf: A Translation and Commentary*. Lewisburg: Bucknell University Press, 1990.

IARKHO, Boris I. *Saga o Vol'sungakh*. Moscou, [s.e.], 1934.

JONK, Jan. *Beowulf, een prosavertaling*. Amsterdã: Bert Bakker, 1977.

KEMBLE, John Mitchell. *A Translation of the Anglo-Saxon Poem of Beowulf, with a Copious Glossary, Preface, and Philological Notes*. Londres: William Pickering, 1837, 2 volumes.

KENNEDY, Charles W. *Beowulf: The Oldest English Epic, Translation into Alliterative Verse*. Nova York: Oxford University Press, 1940.

LEHMANN, Ruth P. M. *Beowulf: An Imitative Translation*. Austin: University of Texas Press, 1988.

LEHNERT, Martin. *Beowulf: Ein altenglisches Heldenepos*. Stuttgart: Reclam, 2004.

LEO, Heinrich. *Bëówulf, das älteste Deutsche, in angelsächsischer Mundart erhaltene, Heldengedicht*. Halle: Eduard Anton, 1839.

LEONARD, William Ellery. *Beowulf*. Nova York: Century Co., 1923.

LERATE, Luis e LERATE, Jesus. *Beowulf y otros poemas anglosajones (siglos VII--X)*. Madri: Alianza, 1999.

LINDQVIST, Sune. *Beowulf Dissectus: Snitt ur fornkvädet jämte svensk tydning*. Uppsala: Almqvist & Wiksell, 1958.

LIUZZA, Roy Michael. *Beowulf: A New Verse Translation*. Toronto: Broadview Literary Texts, 2000.

LUMSDEN, Henry W. *Beowulf, an Old English Poem*. Londres: K. Paul Trench, 1883.

MORGAN, Edwin. *Beowulf: A Verse Translation into Modern English*. Berkeley: University of California Press, 1962.

MORRIS, William e WYATT, Alfred J. *The Tale of Beowulf, Sometime King of the Weder Geatas*. Hammersmith: Kelmscott, 1895.

NYE, Robert. *Beowulf: A New Telling*. Nova York: Hill & Wang, 1968.

OLIVERO, Federico. *Beowulf*. Turim: Edizioni dell' "Erma", 1934.

Osborn, Marijane. *Beowulf: A Verse Translation with Treasures of the Ancient North*. Berkeley: University of California Press, 1984.

Oshitari, Kinshiro. *Beowulf*. Tóquio: Kenkyusha, 1990.

Pérez, Orestes Vera. *Beowulf: Traducción, en prosa, del anglosajón al español*. Madri: Aguilar, 1959.

Pierquin, Hubert. *Le poème anglo-saxon de Beowulf*. Paris: Picard, 1912.

Polevoy, P. N. *Leguêndi i skazánia stároi Ievrôpi: Pod zvon metchei, Piêsni Eddi, Piesn' o Nibelungakh, Skazánie o Beovul'fe*. Smolensk: Smiadyn', 1993.

Porter, John. *Beowulf*. Norfolk: Anglo-Saxon Books, 2003.

Raffel, Burton. *Beowulf*. Nova York: New American Library, 1963.

Ramalho, Erick. *Beowulf*. Belo Horizonte: Tessitura, 2007.

Rebsamen, Frederick R. *Beowulf Is My Name, and Selected translation of Other Old English Poems*. São Francisco: Rinehart, 1971.

_____. *Beowulf: A Verse Translation*. Nova York: Harper Collins, 1991.

Rytter, Henrik. *Beowulf og striden um Finnsborg fra angelsaksisk*. Olso: Det Norska Samlaget, 1921.

Simons, L. *Beowulf: Angelsaksisch Volksepos vertaald in stafrijm en met inleidung en aanteekeningen*. Gent: A. Sffer, 1896.

Simrock, Karl. *Beowulf: Das älteste deutsche Epos*. Stuttgart: J. G. Catta, 1859.

Swanton, Michael. *Beowulf: Edited with an Introduction, Notes and New Prose Translation*. Manchester: Manchester University Press, 1978.

Tharaud, Barry. *Beowulf*. Niwot: University Press of Colorado, 1990.

Trask, Richard M. *Beowulf and Judith: Two Heroes*. Lanham: University Press of America, 1997.

Tolkien, J. R. R. *Beowulf: A Translation and Commentary together with Sellic Spell*. Londres: Harper Collins, 2014 (ed. bras.: *Beowulf: uma tradução comentada, incluindo o conto Sellic Spell*. São Paulo: WMF Martins Fontes, 2015).

Turner, Sharon. *The History of the Manners, Landed Property, Government, Law, Poetry, Literature, Religion and Language of the Anglo-Saxons*. Londres: Longman, Hurst, Rees & Orme, 1805.

Wahba, Y. Magdi M. *Qudama al-Injiliz wa-malhamat Biyulf*. Cairo: Dar al--Ma'rifah, 1964.

Weller, Shane (org.). *Beowulf*. Nova York: Dover, 1992.

Wright, David. *Beowulf*. Londres: Penguin, 1957.

III. Outras fontes

BEDE. *Ecclesiastical History of English People*. Londres: Penguin, 1990.

BYOCK, Jesse L. (trad.). *The saga of king Hrolf Kraki*. Londres: Penguin, 1998.

_____. *The Saga of the Volsungs*. Londres: Penguin, 1999.

CAMPBELL, Alistair (org. e trad.). *Chronicon Æthelweardi*. Londres: Thomas Nelson & Son, 1962.

HOLLANDER, Lee M. (trad.). *The Poetic Edda*. Austin: Texas University Press, 2000.

KEYNES, Simon e LAPIDGE, Michael (orgs. e trads.). *Alfred the Great: Asser's Life of King Alfred and Other Contemporary Sources*. Londres: Penguin, 1983.

MURPHY, G. Ronald (trad.). *The Heliand*. Oxford: Oxford University Press, 1992.

STURLUSON, Snorri. *Edda*. Londres: Everyman's Library, 1998.

TACITUS. *The Agricola and the Germania*. Londres: Penguin, 1970.

VIRGILIO. *Eneida*. São Paulo: Editora 34, 2014.

WHITELOCK, Dorothy (org. e trad.). *English Historical Documents c. 500-1066*. Nova York: Oxford University Press, 1955.

_____. *The Anglo-Saxon Chronicle*. Londres: Eyre & Spottiswoode, 1961.

IV. Bibliografia geral

AUERBACH, Erich. *Mimesis*. São Paulo: Perspectiva, 2004.

ABRAMO, Claudio Weber. *O corvo: gênese, referências e traduções do poema de Edgar Allan Poe*. São Paulo: Hedra, 2011.

BJORK, Robert E. e NILES, John D. (orgs.). *A Beowulf Handbook*. Lincoln: Nebraska University Press, 1998.

BJORK, Robert E. e OBERMEIER, Anita. "Date, Provenance, Author, Audience". *In* BJORK, Robert E. e NILES, John D. (orgs.). *A Beowulf Handbook*. Lincoln: Nebraska University Press, 1998.

BLACKBURN, F. A. "The Christian Coloring in the *Beowulf*", *Publications of the Modern Language Association of America (PMLA)*, XII, 1897, pp. 205-25.

BLOCH, Marc. *Os reis taumaturgos*. São Paulo: Companhia das Letras, 2002 [1998].

_____. *Apologia da história ou o ofício do historiador*. Rio de Janeiro: Jorge Zahar Editor, 2002.

BORGES, Jorge Luis. *Literaturas germánicas medievales*. Madri: Alianza Editorial, 2005.

CAMPBELL, James. *The Anglo-Saxons*. Londres: Penguin, 1991.

CARVER, Martin. *Sutton Hoo: Burial Ground of Kings?* Londres: British Museum Press, 1998.

CHADWICK, H. M. *The Heroic Age*. Nova York: Cambridge University Press, 1912.

CHANEY, William A. *The Cult of Kingship in Anglo-Saxon England*. Manchester: Manchester University Press, 1999.

CHASE, Colin (org.). *The Dating of Beowulf*. Toronto: Toronto University Press, 1997.

CURTIUS, Ernst Robert. *Literatura europeia e Idade Média latina*. São Paulo: Hucitec, 1996.

DIXON-KENNEDY, Mike. *European Myth and Legend*. Londres: Blandford, 1997.

EARL, James W. *Thinking About Beowulf*. Stanford: Stanford University Press, 1994.

ECO, Umberto. *Quase a mesma coisa: experiências de tradução*. Rio de Janeiro: Record, 2007.

ELIADE, Mircea. *Mito e realidade*. São Paulo: Perspectiva, 1972.

FLETCHER, Richard. *The Barbarian Conversion*. Nova York: Henry Holt, 1999.

GEARY, Patrick J. *O mito das nações: a invenção do nacionalismo*. São Paulo: Conrad, 2005.

GODDEN, Malcolm e LAPIDGE, Michael (orgs.). *The Cambridge Companion to Old English Literature*. Cambridge: Cambridge University Press, 1994.

GREENFIELD, Stanley B. e CALDER, Daniel G. *A New Critical History of Old English Literature*. Nova York: New York University Press, 1986.

HAMILTON, Marie Padgett. "The Religious Principle in *Beowulf*", *Publications of the Modern Language Association of America (PMLA)*, LXI, 1946, pp. 309-31.

HAURÉLIO, Marco. *A saga de Beowulf*. São Paulo: Aquariana, 2013.

HILL, John. *The Anglo-Saxon Warrior Ethic: Reconstructing Lordship in Early English Literature*. Gainesville: Florida University Press, 2000.

JONES, Gwyn. *Kings, Beasts and Heroes*. Oxford: Oxford University Press, 1972.

KANTOROWICZ, Ernst H. *Os dois corpos do rei*. São Paulo: Companhia das Letras, 1998.

Kaske, R. E. "*Sapientia et Fortitudo* as the Controlling Theme of *Beowulf*", *Studies in Philology*, LV, 1958, pp. 423-57.

Ker, Niel R. *Catalogue of Manuscripts Containing Anglo-Saxon*. Oxford: Clarendon Press, 1957.

Kiernan, Kevin. *Beowulf and the Beowulf Manuscript*. Ann Arbor: Michigan University Press, 1999.

Mayr-Harting, Henry. *The Coming of Christianity to Anglo-Saxon England*. Avon: Penn State Press, 1994.

Medeiros, Elton O. S. "*Hávamál*: tradução comentada do nórdico antigo para o português", *Mirabilia* 17 (2), 2013, pp. 245-601.

Momigliano, Arnaldo. *As raízes clássicas da historiografia moderna*. Bauru: EDUSC, 2004.

Murray, Alexander C. "*Beowulf*, the Danish Invasions, and Royal Genealogy". *In* Chase, Colin (org.). *The Dating of Beowulf*. Toronto: Toronto University Press, 1997.

Nicholson, Lewis E. *An Anthology of Beowulf Criticism*. Notre Dame: Notre Dame University Press, 1966.

Nietzsche, Friedrich. *Para além do bem e do mal*. São Paulo: Hemus, 2001.

Niles, John D. "Pagan Survival and Popular Belief". *In* Godden, Malcolm e Lapidge, Michael (orgs.). *The Cambridge Companion to Old English Literature*. Cambridge: Cambridge University Press, 1994.

_____. *Homo Narrans: The Poetics and Anthropology of Oral Literature*. Filadélfia: University of Pennsylvania Press, 1999.

_____. "Visualizing *Beowulf*". *In* Heaney, Seamus. *Beowulf: An Illustrated Edition*. Nova York: W. W. Norton, 2008.

Orchard, Andy. *A Critical Companion to Beowulf*. Cambridge: D. S. Brewer, 2004.

Page, R. I. "The Audience of *Beowulf* and the Vikings". *In* Chase, Colin (org.). *The Dating of Beowulf*. Toronto: Toronto University Press, 1997.

Pratt, David. *The Political Thought of King Alfred the Great*. Cambridge: Cambridge University Press, 2007.

Schücking, Levin L. "Das Königsideal im *Beowulf*", *Modern Humanities Research Association (MHRA) Bulletin*, III, 1929, pp. 143-54.

Stenton, Sir Frank M. *Anglo-Saxon England*. Oxford: Oxford University Press, 1989.

Tolkien, J. R. R. "The Monsters and the Critics", *Proceedings of the British Academy*, XXII, 1936, pp. 245-95.

_____. *Finn and Hengest: The Fragment and the Episode*. Londres: Harper Collins, 1982.

_____. *The Monsters and the Critics and Other Essays*. Londres: Harper Collins, 1997.

WHITELOCK, Dorothy. *The Audience of Beowulf*. Oxford: Clarendon Press, 1964.

WYATT, A. J. e CHAMBERS, R. W. "*Beowulf* and the Finnsburg Fragment" (Cambridge University Press, 1925, p. XXIV). *In* MITCHELL, Bruce e ROBINSON, Fred C. *Beowulf: An Edition*. Oxford: Blackwell, 1998.

Sobre o tradutor

Elton Oliveira Souza de Medeiros nasceu na cidade de São Paulo em 20 de agosto de 1977. Graduou-se em História pela Faculdade de Filosofia, Letras e Ciências Humanas da Universidade de São Paulo e, em 2006, defendeu dissertação de mestrado a respeito do poema *Beowulf* e sua relação histórica e literária com o mundo norte-europeu medieval. Em 2011, defendeu sua tese de doutorado — na área de História Social, também na USP —, voltada à análise da literatura religiosa anglo-saxônica e sua importância para a sociedade da Inglaterra dos séculos IX-X.

Entre 2013 e 2014, fez estágio pós-doutoral de um ano na Faculdade de Humanidades e Ciências Sociais da Universidade de Winchester, na Inglaterra, com apoio da CAPES, e lá desenvolveu um projeto de pesquisa sobre a produção intelectual e literária na Alta Idade Média e suas implicações nas práticas de poder e religiosidade para a concepção do ideal de realeza cristã na Inglaterra anglo-saxônica.

Atualmente, continua a desenvolver estudos voltados ao norte da Europa medieval e a dedicar-se à tradução de textos da época para a língua portuguesa. Atua também em grupos de pesquisa nacionais e internacionais — como o Brathair (Grupo de Estudos Celtas e Germânicos), a ISSEME (International Society for the Study of Early Medieval England) e o Insulæ (Grupo de Estudos sobre Britânia, Irlanda e Ilhas do Arquipélago Norte na Antiguidade e Medievo) — e como professor no ensino superior.

Este livro foi composto em Sabon, pela Franciosi & Malta, com CTP e impressão da Edições Loyola em papel Pólen Natural 80 g/m² da Cia. Suzano de Papel e Celulose para a Editora 34, em setembro de 2022.